W0464843

Hafturlaub

metro wurde
begründet von
Thomas Wörtche

Zu diesem Buch

Hafturlaub. Wenn die ehemalige Polizistin Jasmin Meyer das Wort bloß hört, wird ihr übel – auch sie wurde Opfer einer Gewalttat. Nun aber muss sie sich ihren Ängsten stellen: Die 11-jährige Fanny wird bedroht, und Jasmin vermutet, dass ein Strafgefangener dahintersteckt. Da stellt sich heraus, dass einer der Verdächtigen ein Klient Pal Palushis ist, Anwalt und auch Jasmins Lebenspartner. Als der Vergewaltiger Hafturlaub erhält, realisiert Jasmin, dass sie ganz auf sich allein gestellt ist. Doch um Fanny zu beschützen, scheut sie vor nichts zurück.

»Petra Ivanovs Bücher sind nicht nur spannend, sondern wahre Sittengemälde.« *Coopzeitung, Basel*

»Petra Ivanov gelingt es, komplexe Charaktere zu entwickeln, die berühren, abstoßen, irritieren. Sie schafft es, Zwischentöne zu gestalten, feine Beziehungsmuster zu weben.« *Mitra Devi, Tages-Anzeiger*

Die Autorin

Petra Ivanov, geboren 1967 in Zürich, verbrachte ihre Kindheit in den USA. Nach ihrer Rückkehr in die Schweiz absolvierte sie die Dolmetscherschule und arbeitete als Übersetzerin, Sprachlehrerin sowie Journalistin. Heute ist sie als Autorin tätig und gibt Schreibkurse an Schulen und anderen Institutionen. Ihr Debütroman *Fremde Hände* erschien 2005. Petra Ivanov hat zahlreiche Auszeichnungen erhalten, u. a. den Zürcher Krimipreis (2010).

Im Unionsverlag sind außerdem lieferbar: *Fremde Hände; Tote Träume; Kalte Schüsse; Stille Lügen; Tiefe Narben; Tatverdacht, Leere Gräber* und *Geballte Wut.*

Mehr über Buch und Autorin im Anhang
und auf *www.unionsverlag.com*

Petra Ivanov

Hafturlaub

Kriminalroman

Unionsverlag

Die Originalausgabe erschien 2014 im Appenzeller Verlag.

Die Autorin dankt Pascal Hantz für die Einsicht in seine Akten.

Im Internet
Aktuelle Informationen, Dokumente, Materialien
zu Petra Ivanov und diesem Buch
www.unionsverlag.com

Unionsverlag Taschenbuch 726
Mit freundlicher Genehmigung des Appenzeller Verlags, Schwellbrunn
© by Appenzeller Verlag AG, Schwellbrunn
© by Unionsverlag 2016
Neptunstrasse 20, CH-8032 Zürich
Telefon +41 44 283 20 00
mail@unionsverlag.ch
Alle Rechte vorbehalten
Reihengestaltung: Heinz Unternährer
Umschlaggestaltung: Martina Heuer, Zürich
Umschlagfoto: sanchez (Frau), markusspiske (Hintergrund) / photocase.com
Druck und Bindung: CPI – Clausen & Bosse, Leck
ISBN 978-3-293-20726-4

Für Sandra

1

Das Mädchen stieg in die S-Bahn ein. Es zögerte, als es den Biergeruch wahrnahm. Auf der Treppe, die zum Oberdeck des Wagens führte, lag eine grüne Dose. Ein klebrig aussehender Fleck bedeckte zwei Stufen. Kurz überlegte das Mädchen, sich einen Platz im Unterdeck zu suchen, doch ein Blick genügte, um zu erkennen, dass alle Abteile besetzt waren. Vorsichtig setzte das Mädchen einen Fuß auf die Stufe. Die Sohlen seiner Ballerinas gaben schmatzende Geräusche von sich, als es die Treppe hochstieg. Oben angekommen, rieb das Mädchen die Sohlen auf dem Boden, um sie zu reinigen.

Die Ballerinas waren neu. Lange hatte sich die Mutter geweigert, ihm welche zu kaufen. Stattdessen musste das Mädchen Schuhe mit Fußbett tragen. Es hatte sich dafür geschämt. Kein Wunder, wurde es von den Jungen nicht wahrgenommen. Wer interessierte sich schon für ein Mädchen mit Klötzen an den Füssen? Von Mode hatte die Mutter keine Ahnung. Deshalb hatte das Mädchen beim letzten Einkauf nur beiläufig und ohne große Hoffnung auf die Ballerinas im Schaufenster gedeutet. Es hatte nicht damit gerechnet, dass sein Wunsch endlich erfüllt würde. Als die Mutter stehenblieb, konnte das Mädchen sein Glück kaum fassen. Zehn Minuten später besaß es ein Paar pinkfarbene Ballerinas mit Schleifen. Die Mutter legte ihm den Arm um die Schultern und drückte ihm einen Kuss auf den Scheitel. Das Mädchen ließ es geschehen. Seit der Trennung vom Vater benahm sich die Mutter häufig merkwürdig. Die plötzlichen Gefühlsausbrüche waren zwar peinlich, aber angenehmer als die geistige Abwesenheit, die sie immer häufiger beschlich. Manchmal hielt die Mutter mitten im Gespräch inne, weil sie den Faden verloren hatte. Letzte Woche hatte sie im Supermarkt eine Packung Katzenfutter vom Regal genommen, obwohl Felix seit fast vier Monaten tot war. Rasch schob das Mädchen den Gedanken weg. Noch immer schossen ihm die Tränen in die Augen, wenn es an den Kater dachte.

Es bückte sich und hob den Fuß, um die Sohle genauer zu untersuchen. Dabei fiel ihm eine stumpfe Stelle auf dem Leder auf. Es befeuchtete den Zeigefinger und polierte den Schuh. Es bemerkte nicht, wie sein Rock hochrutschte und den Blick auf seine langen, nackten Beine freigab. Auch nicht, wie der Mann im Viererabteil das Interesse an seiner Zeitung verlor. Konzentriert verteilte das Mädchen Speichel auf dem Leder. Erst als der Schuh wieder wie neu aussah, richtete es sich auf. Es steuerte auf einen Fensterplatz zu, um dem Vater zuzuwinken.

Der Vater brachte das Mädchen nach jedem Besuch zum Bahnhof. Er schien nicht zu begreifen, dass es mit seinen elf Jahren schon fast erwachsen war. Seine Klassenkameradinnen durften ohne Eltern ins Einkaufszentrum fahren, seine beste Freundin Celine nahm abends sogar Gesangsunterricht in der Stadt. Nie wurde sie von ihrer Mutter begleitet. Nur meine Eltern behandeln mich wie ein Kind, dachte das Mädchen. Mit einem Seufzer nahm es den Schulthek vom Rücken und stellte ihn neben den Sitz.

Die Lichter über der Tür blinkten bereits, als das Mädchen aus dem Fenster schaute und den Vater suchte. Dort stand er, den Kopf in den Nacken gelegt, die Augen zusammengekniffen, um besser sehen zu können. Als er die Tochter erblickte, breitete sich ein Lächeln auf seinem Gesicht aus. Das Mädchen lächelte zurück, die trüben Gedanken waren wie weggeblasen. Es stellte sich die Fältchen an den Augenwinkeln des Vaters vor, die Bartstoppeln, die so herrlich kitzelten, wenn es einen Gute-Nacht-Kuss bekam. Früher, als das Mädchen klein gewesen war, hatten sie Katz und Maus gespielt. Auf allen vieren hatte der Vater versucht, die Tochter zu fangen. Durchs ganze Haus hatte er sie gejagt, unter dem Esstisch hindurch, die Treppen hinauf, bis die Knie brannten und das Mädchen sich kichernd ergab. Sogleich war der Vater über ihm gewesen, mit einem zufriedenen Schnurren hatte er das Mädchen mit den Lippen gepackt, an der Haut geknabbert, während es sich vor Lachen wand.

Heute verbrachten sie die Nachmittage häufig am Fluss, wo sie Scrabblesteine legten, Leute beobachteten, einander Geschichten vorlasen oder, wenn es das Wetter erlaubte, im Wasser planschten. Abends kochten sie gemeinsam. Nicht so, wie die Mutter kochte. Meist fehlte irgendeine Zutat, so dass sie improvisieren mussten. Trotzdem schmeckte das Essen immer.

Langsam fuhr der Zug an. Der Vater reckte beide Arme in die Höhe und bewegte sie hin und her. Das Mädchen winkte zurück.

Es war 17.54 Uhr, als die S-Bahn die Haltestelle Zürich-Hardbrücke verließ.

Bis vor kurzem war der Bahnhof für das Mädchen lediglich ein Name gewesen. Tauchte das Schild neben dem Gleis auf, so bedeutete es, dass der Zug bald in Zürich eintreffen würde. Nie zuvor war das Mädchen dort ausgestiegen. Vom Fenster aus hatte es das komplizierte Geflecht der Schienen betrachtet und sich gefragt, woher der Lokführer wusste, welches Gleis in den Tunnel zum Hauptbahnhof führte. Über dem Bahnhof Hardbrücke erstreckte sich die gleichnamige Brücke wie ein steinernes Reptil. Das Mädchen wunderte sich, dass die Pfeiler das Gewicht all der Autos und Lastwagen zu tragen vermochten. Als es das erste Mal dort ausgestiegen war, hatte es den Kopf eingezogen und sich an die Hand des Vaters geklammert. Gemeinsam hatten sie sich einen Weg zum Lift gebahnt, der Lärm eines vorbeifahrenden Intercity-Zugs hatte das Gespräch verunmöglicht. Oben angekommen, hatte der Vater das Mädchen zur Seite gezogen und auf ein Hochhaus mit gläserner Fassade gezeigt.

»Das ist der Prime Tower«, erklärte er. »Das höchste Gebäude der Schweiz. Im 35. Stock gibt es ein Restaurant. Dorthin lade ich dich an deinem 18. Geburtstag ein!«

Als das Mädchen nun durch ein Netz von Oberleitungen hindurch das Hochhaus betrachtete, glaubte es, niemals

18 Jahre alt zu werden. Die Zeit verstrich so langsam. Es träumte davon, berühmt zu sein, als Schauspielerin vielleicht oder als Sängerin. Wie gerne hätte es wie Celine Gesangsunterricht genommen! Doch sowohl die Mutter als auch der Vater hielten seine Idee für eine vorübergehende Laune. Nie konnten sich die Eltern auf etwas einigen, doch ausgerechnet hier waren sie gleicher Meinung. Celine hatte sich sogar für eine Castingshow bewerben dürfen. Sie hatte es zwar nicht bis vor die Kamera geschafft, immerhin hatte sie aber vor Publikum gesungen.

Und ich?, dachte das Mädchen. Ich muss ins Geräteturnen. Nicht einmal ins Kunstturnen darf ich. Im Kunstturnen gebe es zu viele Wettkämpfe, sagt die Mutter. Nur, weil sie immer arbeitet. Sonst könnte sie mich begleiten. Das Mädchen lehnte die Stirn gegen die Fensterscheibe. Es fröstelte im klimatisierten Wagen. Obwohl der Sommer noch nicht begonnen hatte, herrschte draußen Badewetter. Das Mädchen trug sein Lieblings-Top, das lilafarbene mit den Spaghettiträgern. Die Tante hatte es ihm zum Geburtstag geschenkt. Wenigstens sie hatte ein Gespür für Mode.

Das Mädchen ließ sich in den Sitz zurückfallen. Es streifte die Ballerinas ab und legte die Füße auf den Sitz gegenüber. Jemand hatte eine Gratiszeitung liegen lassen. Als das Mädchen danach griff, rutschte ihm der linke Träger über die Schulter. Der Mann im Viererabteil nahm einen Schluck Wasser aus einer PET-Flasche.

Davon merkte das Mädchen jedoch nichts. Es starrte auf ein Foto von Justin Bieber, der sich angeblich von seiner Freundin getrennt hatte. Beim Anblick der Haarsträhne, die dem Sänger in die Stirn fiel, begann das Herz des Mädchens zu klopfen. Seine Brust fühlte sich seltsam eng an, als würde die Luft aus ihr gepresst. Es war ein wohliger Schmerz, einer, den das Mädchen auskostete. Fühlte sich so die Liebe an? Traurig und wunderschön zugleich? Manchmal, wenn der Druck zu stark wurde, lief ihm das Augenwasser über. Die Tränen flossen gemächlich, ohne dass das Mädchen das Bedürfnis hatte, sie zurückzuhalten. Sie waren warm und salzig, kein Ausdruck von Verzweiflung, sondern die Folge eines Naturgesetzes, wie Schmelzwasser, das aus einem Gletscher rann. In Gedanken versunken strich sich das Mädchen über den Arm.

Das Ruckeln der S-Bahn holte es in die Gegenwart zurück. Der Schulthek kippte und versperrte den Durchgang. Das Mädchen betrachtete die Anzeige auf dem Bildschirm: Zürich-Altstetten. Auf dem Perron stand eine Frau mit einer Brezel in der Hand. Das Mädchen merkte, dass es Hunger hatte. Das Essen würde auf dem Tisch stehen, wenn es nach Hause kam. Nach den Besuchen beim Vater gab sich die Mutter immer besonders Mühe, etwas Feines zu kochen. Unter der Woche hatte sie keine Zeit, aufwendige Mahlzeiten zuzubereiten. Manchmal brachte sie etwas vom Chinesen mit, doch meist tischte sie Brot und Käse auf. Am Samstag hingegen bereitete sie Lasagne, Risotto oder Pizza mit selbstgemachtem Teig zu.

»Ist das dein Schulthek?«, fragte eine Männerstimme.

Das Mädchen drehte den Kopf.

Der Mann im Viererabteil hielt einen Schulrucksack mit Pferdemotiven in den Händen. »Er lag im Durchgang«, erklärte er und schob den Thek unter die nackten Beine des Mädchens.

Es bedankte sich.

Die Uhr auf dem Perron zeigte 17.59 Uhr, als der Zug den Bahnhof Altstetten hinter sich ließ.

Am Himmel brauten sich Wolken zusammen. Das Mädchen sah sie nicht. Es schämte sich für den Schulthek. Nur Kinder hatten einen mit Pferdemotiv. Die Mutter weigerte sich, einen neuen zu kaufen. Der Thek sei in gutem Zustand, meinte sie. Es hatte nichts genützt, dass ihr das Mädchen erklärte, alle anderen Fünftklässler trügen normale Rucksäcke, ohne Bildmotiv, ohne Reflektoren an den Schnallen. Das Mädchen hatte sogar behauptet, es werde ausgelacht, was zwar nicht stimmte, denn genau genommen wurde es gar nicht beachtet. Dass Nichtbeachtung aber viel schlimmer als Spott war, begriff die Mutter sowieso nicht.

»Der Thek ist keine zwei Jahre alt«, hatte sie festgestellt.

»Es ist ein Kinderthek!«

»Letztes Jahr hat er dir noch gefallen.«

Letztes Jahr war eine Ewigkeit her. Vor einem Jahr hatte der Vater noch zu Hause gewohnt. Wenn das Mädchen zu Bett gegangen war, hatte es die Zimmertür einen Spalt offen gelassen, um den Feierabendgeräuschen zu lauschen: dem monotonen Surren des Geschirrspülers, dem sanften Klirren von Rotweingläsern und dem leisen Gemurmel von Stimmen aus dem Wohnzimmer. Im Laufe des Jahres waren die Stimmen immer lauter geworden. Das Mädchen hatte nicht verstanden, worüber sich die Eltern stritten. Doch es hatte am Tonfall gemerkt, dass die Auseinandersetzungen eine Bedrohung darstellten.

Nun war es ruhig im Haus. Abends schloss das Mädchen die Zimmertür, um die Stille nicht hören zu müssen. Oder, schlimmer noch, das Weinen der Mutter, wenn sie in der Badewanne lag. Das Mädchen fragte sich, was die Mutter getan hatte, um den Vater zu vertreiben. Die Eltern erklärten, niemand sei schuld. Sie sprachen von Auseinanderleben und unterschiedlichen Prioritäten. Das Mädchen glaubte ihnen nicht. Manchmal machte es sich Vorwürfe. Vielleicht hätte es häufiger im Haushalt mithelfen oder besser auf Prüfungen lernen müssen. Wenn es gute Zeugnisse nach Hause brachte, strahlten die Eltern. Es war lange her, seit die Mutter glücklich ausgesehen hatte.

Der Vater hingegen schien zufrieden. Seine neue Wohnung war klein, aber das Mädchen hatte dort ein eigenes Zimmer. Die Möbel hatte es selbst aussuchen dürfen. Im weißen Metallbett mit kunstvoll geschwungenen Bögen fühlte es sich wie ein Hollywood-Star. Nur an den Lärm hatte es sich noch nicht gewöhnt. Aus der Bar an der Ecke ertönten bis in die frühen Morgenstunden Gelächter und Musik. Unter seinem Fenster johlten Betrunkene, mitten in der Nacht fuhren Autos vorbei.

Freitags ging das Mädchen direkt nach der Schule zum Vater. Den Samstag verbrachten sie zusammen, gegen Abend kehrte das Mädchen zur Mutter zurück. Bereits am Freitagmorgen musste es deshalb wissen, was es am Samstag anziehen wollte und ob es etwas benötigte, das beim Vater nicht vorhanden war, eine Schwimmbrille vielleicht, ein bestimmtes Buch, ein Spiel oder seine Regenjacke. Es hatte sich angewöhnt, den Wetterbericht im Internet zu lesen, bevor es packte, doch die Vorhersage traf nicht immer zu.

Wie um dies zu untermauern, erhellte ein Blitz den Himmel. Das Mädchen zuckte zusammen. Ängstlich blickte es aus dem Fenster. Die S-Bahn fuhr dem Schlieremerberg entlang. Die Bäume am Waldrand wirkten abweisend, die Dunkelheit hinter ihnen war komplett. Im Tal auf der gegenüberliegenden Seite hob sich das Spital Limmattal vom violetten Himmel ab. Auf der Krebsstation war die Großmutter gestorben, vor drei Jahren. Doch daran dachte das Mädchen jetzt nicht. Es zählte die Sekunden zwischen einem Blitzschlag und dem tiefen Grollen des Donners, das mit einiger Verzögerung folgte. Noch war das Gewitter weit weg. Vielleicht schaffe ich es rechtzeitig nach Hause, dachte das Mädchen.

Es war 18.02 Uhr, als die S-Bahn in Urdorf einfuhr.

Das Mädchen hob den Schulthek auf und schlüpfte in die Träger. Noch eine Haltestelle. Sein Atem ging flach, seine Beine fühlten sich seltsam kraftlos an. Es konnte sich nicht erklären, wovor es Angst hatte. Es fürchtete nicht, vom Blitz getroffen zu werden. Die Bedrohung, die es spürte, war diffus. Vielleicht war es die Angst vor dem Schrecken selbst, die es die Augen schließen ließ. Es mochte Unberechenbares nicht.

Noch zwei Minuten bis zur Haltestelle Urdorf-Weihermatt. Der Hausteil, in dem das Mädchen wohnte, seit die Familie vor fünf Jahren aus einer Genossenschaftswohnung dorthin umgezogen war, lag in unmittelbarer Nähe des Bahnhofs. »Araberhäuschen« wurden die verschachtelten, hellen Flachdachbauten im Dorf genannt. Weiter oben befanden sich die Villen der Reichen. Früher hatten sich die Mutter und das Mädchen einen Spaß daraus gemacht, sich das Leben hinter den hohen Hecken vorzustellen. Sie hatten sich ausgemalt, wie die Hausherrin mit dem automatischen Rasenmäher plauderte, weil sie sich langweilte, oder die Zehennägel ihres Pudels lackierte, um sich zu beschäftigen. Dabei hatten sie hinter vorgehaltener Hand gekichert.

Ob die Mutter je wieder lachen würde? In den Sommerferien wollten sie zwei Wochen in den Bergen verbringen, wo die Tante ein Ferienhaus besaß. Das Mädchen wäre lieber ans Meer gefahren, doch dafür fehlte das Geld. Auch auf das Reitlager im Jura musste es dieses Jahr verzichten. Immerhin hatte der Vater versichert, dass sie im Winter zusammen Ski fahren gingen, nur sie beide. Vielleicht nähme er sogar Snowboard-Unterricht. Davon hatte das Mädchen der Mutter nichts erzählt. Sie würde nur den Kopf schütteln und behaupten, der Vater stecke in einer Midlife-Krise. Das Wort benutzte sie gerne. Es war die Erklärung für alles, was schieflief.

Ein weiterer Blitz erhellte den Himmel. Das Mädchen hielt sich am Griff neben der Tür fest. In der Ferne sah es bereits die Villen am Waldrand, ein einsamer Spaziergänger schritt mit eingezogenem Kopf zügig dem Bahngleis entlang. Um sich abzulenken, betrachtete das Mädchen den Bildschirm, auf dem die nächsten Haltestellen aufgeführt waren. Eine Lautsprecherstimme kündigte Urdorf-Weihermatt an. Als der Zug abbremste, stellte sich jemand hinter das Mädchen. Es war zu sehr mit sich beschäftigt, um den Mann aus dem Viererabteil zu erkennen.

Nur wenige Sekunden, bevor die S-Bahn hielt, fielen die ersten schweren Regentropfen. Das Mädchen schaute auf seine Ballerinas. Ob es sie ausziehen und barfuß nach Hause laufen sollte? Mit Schuhen wäre es schneller. Aber das Wasser könnte das weiche Leder beschädigen. Das Mädchen war hin- und hergerissen. Entscheidungen zu treffen, gehörte nicht zu seinen Stärken. Manchmal überlegte es so lange, dass es seine Chance verpasste. Wie damals, als es einen H&M-Gutschein zu Weihnachten bekommen hatte und sich nicht entschließen konnte, ob es den Pullover mit den Silberfäden oder die rosa Kapuzenjacke kaufen sollte. Am Schluss waren beide Kleidungsstücke nicht mehr in der richtigen Größe erhältlich gewesen.

Die Tür ging auf. Eine Windböe erfasste das feine Haar des Mädchens. Fast gleichzeitig krachte ein lauter Donnerschlag. Das Mädchen war nicht mehr fähig, Vor- und Nachteile abzuwägen. Ohne an seine Ballerinas zu denken, rannte es los. Es klammerte sich an die Schulterriemen seines Schultheks, als könnten diese ihm Halt geben. Nach wenigen Schritten klebte ihm das Top wie eine zweite Haut am Körper. Die Schuhe klatschten laut auf dem Asphalt, doch das Mädchen hörte das Geräusch nicht.

Genauso wenig, wie es die Schritte hinter sich hörte.

Es war 18.04 Uhr, als die S-Bahn aus dem Bahnhof Urdorf-Weihermatt fuhr und in der Ferne verschwand.

2

Pal Palushi legte das Urteil des Verwaltungsgerichts hin. Als Strafverteidiger war er es gewohnt, Niederlagen einzustecken. Seine Klienten waren größtenteils Männer, die aus Wut, Gier, Rache oder schlicht Dummheit Delikte begangen hatten, für die sie sich vor dem Gesetz zu verantworten hatten. Die Schuldfrage stand selten im Raum. Pals Aufgabe bestand darin, dafür zu sorgen, dass die Verfahrensrechte seiner Klienten gewahrt wurden. Er fühlte sich nicht als moralische Instanz, sondern als Garant für die Rechtsstaatlichkeit. Deshalb verhielt er sich seinen Klienten gegenüber absolut loyal, egal, was sie zu ihm geführt hatte. Trotzdem, oder gerade deswegen, ließ er keine Nähe zu. Er fürchtete, den Blick fürs Wesentliche zu verlieren, wenn es ihm nicht gelang, Distanz zu wahren. Er brauchte einen klaren Kopf, um Informationen zu analysieren und strategische Überlegungen anzustellen. Aus diesem Grund irritierte ihn die Enttäuschung, die er beim Lesen des Urteils spürte.

Er stand auf, um einen Ordner im USM-Regal gegenüber seinem Schreibtisch zurechtzurücken. Wenn ihn seine Gefühle verwirrten, verspürte er unweigerlich den Drang, in seiner Umgebung Ordnung zu schaffen. Er hatte schon ganze Nächte damit verbracht, sein Ablagesystem neu zu organisieren, weil er Schuldgefühle empfunden hatte, die er sich nicht erklären konnte, oder weil ihm ein Fall zu nahe gegangen war. Wie jetzt.

Eric Laupper war Anfang der Neunzigerjahre vom Bezirksgericht Zürich wegen Vergewaltigung zu einer Freiheitsstrafe von zehn Jahren verurteilt worden. In der Hoffnung, eine mildere Strafe zu erhalten, zog er den Fall weiter ans Obergericht. Inzwischen hatte aber der aufsehenerregende Mord eines

Rückfalltäters die Öffentlichkeit in Aufruhr versetzt. Die Bevölkerung verlangte mehr Sicherheit. Das Obergericht sprach gegen Laupper eine Verwahrung aus. Seither waren über zwanzig Jahre vergangen. Noch immer saß Laupper in der Justizvollzugsanstalt Pöschwies. Dies, obwohl er über längere Zeit im offenen Vollzug gelebt hatte und seine bedingte Entlassung bereits eingeleitet worden war. Dass die Behörden einen Rückzieher gemacht hatten, lag nicht an Laupper. 2006 war ein Gefangener beschuldigt worden, im Hafturlaub eine Prostituierte attackiert zu haben. Anfänglich war von versuchter Vergewaltigung die Rede gewesen, nach jahrelangen Untersuchungen war es schließlich zu einer Verurteilung wegen Freiheitsberaubung gekommen. Doch der Schaden war angerichtet. Von einem Tag auf den anderen wurden unbegleitete Urlaube für Verwahrte gestrichen. Man versetzte Laupper zurück in den geschlossenen Vollzug und verweigerte ihm jegliche Lockerungen.

Pal war kein Spezialist für Strafvollzugsrecht. Ein Mitarbeiter der Kanzlei, der krankheitshalber ausfiel, hatte Eric Laupper vertreten. Pal hatte den Gefangenen bisher nur ein einziges Mal getroffen, kurz nachdem er das Mandat übernommen hatte. Er war in die Pöschwies gefahren, um sich mit einem Klienten zu besprechen, und hatte die Gelegenheit ergriffen, sich Laupper vorzustellen. Das Treffen hätte nicht mehr als ein Höflichkeitsbesuch werden sollen. Pal wusste, wie belastend Freiheitsstrafen für viele seiner Klienten waren. Sie fühlten sich ohnmächtig, einer Institution ausgeliefert, die ungleich stärker war als sie. Ein neuer Anwalt war eine zusätzliche Belastung, die mit einem einfachen Besuch verringert werden konnte.

Pal setzte sich wieder an seinen Schreibtisch und nahm ein Fläschchen Evian aus einer Schublade. Normalerweise versuchte er, tagsüber wenig zu trinken. Je mehr Flüssigkeit er zu sich nahm, desto mehr schwitzte er. Obwohl er am Mittag immer das Hemd wechselte, rochen seine Kleider am Abend, als habe er sie mehrere Tage getragen. Da er heute keine weiteren Termine hatte, leerte er die halbe Flasche, anschließend schloss er die Augen und dachte an seinen Gefängnisbesuch zurück.

Viele Klienten, die Pal während seiner bald acht Jahre als Strafverteidiger betreut hatte, glaubten, ungerecht behandelt zu werden. Sie behaupteten, aus Not mit Drogen gehandelt zu haben oder aus Leichtsinn zu schnell gefahren zu sein. Ihre Frauen schlugen sie, weil diese sie provoziert hatten, die Töchter, um die Familienehre zu retten. Pal stellte sich auf die Klagen ein, er wusste, dass es aussichtslos war, diesen Klienten klarzumachen, dass nicht sie die Opfer waren, sondern die Menschen, die sie verletzt hatten.

Vor dem Besuch in der Pöschwies hatte Pal die Akte von Eric Laupper überflogen. Als er die zahlreichen Rekurse sah, die der Gefangene eingereicht hatte, erhielt Pal den Eindruck eines Mannes, der die Verantwortung für sein Handeln nicht übernehmen wollte. Pal nahm sich vor, eine Viertelstunde zuzuhören und sich dann mit dem Versprechen zu verabschieden, sich zu melden, sobald das Urteil des Verwaltungsgerichts vorliege. Aus der Viertelstunde war eine halbe geworden. Als Pal das Anwaltszimmer verließ, entschloss er sich, mit seinem kranken Berufskollegen zu reden. Lauppers Schilderungen stimmten ihn nachdenklich. Wenn sie den Tatsachen entsprachen, würde Pal sich vertieft mit dem Strafvollzugsrecht auseinandersetzen müssen.

Es klopfte an der Tür, und Lisa Stocker trat ein. Die Sekretärin arbeitete seit vier Jahren im Anwaltsbüro, sie unterstützte sowohl Pal als auch die anderen beiden Anwälte, die sich die Räumlichkeiten an der Löwenstrasse teilten. Da sie nie ohne Grund störte, hob Pal fragend die Augenbrauen.

»Frau Herzog ist hier«, erklärte Lisa leise. »Weißt du, wo Jasmin steckt?«

Pal sah auf die Uhr. Ihm kam es vor, als sei er gerade erst von der Mittagspause zurückgekehrt, doch es war bereits 15 Uhr. Jasmin hätte längst hier sein sollen. Beunruhigt blickte er auf sein Handy. Keine Nachricht. Als er Jasmins Nummer wählte, verließ Lisa diskret den Raum. Die Combox schaltete sich ein, und Pal schloss kurz die Augen. Er versuchte, sich einzureden, dass Jasmin nur vergessen hatte, das Handy zu laden, in seinem Inneren wusste er aber, dass es nicht stimmte.

Alles war so gut gegangen. Die Ereignisse, die Jasmin Meyers Karriere bei der Polizei beendet und sie für immer gezeichnet hatten, lagen zweieinhalb Jahre zurück. Das erste Jahr hatte sie schwer traumatisiert in der Wohnung ihrer Mutter verbracht. Nur mit Mühe war es Pal gelungen, den Kontakt zu ihr aufrechtzuerhalten. Doch seine Geduld hatte sich gelohnt. Jasmin hatte den Schritt zurück ins Leben gewagt. Einen Ermittlungsauftrag, den Pal ihr zugehalten hatte, hatte sie wie eine Rettungsleine ergriffen. Sie hatte dafür gekämpft, in die Normalität zurückzukehren, und es hatte tatsächlich ausgesehen, als hätte sie es geschafft. Sie fand eine kleine Wohnung in Zürich-Altstetten, wenig später trat sie eine Stelle bei einer privaten Sicherheitsfirma an.

Niemand hatte den Absturz kommen sehen. Auslöser war ein Streit gewesen. Jasmin hatte einem Rowdy den Zugang zu einem Club verwehrt. Als der Mann sie beschimpfte, schlug sie zu. Mit ihren 1.65 Metern und 52 Kilogramm war sie dem Bodybuilder körperlich weit unterlegen gewesen. Was ihr an Masse fehlte, kompensierte sie aber mit Geschwindigkeit, Technik und vor allem Wut. In diesem Augenblick brach der Hass aus ihr heraus, den sie in sich trug, seit sie Opfer eines Verbrechens geworden war. Er galt hauptsächlich ihr selbst. Der Rowdy diente nur als Ventil. Er war zur falschen Zeit am falschen Ort. Dieser Umstand hatte ihn fast das Augenlicht gekostet.

Jasmin war auf der Stelle entlassen und wegen Körperverletzung angezeigt worden. Pal gelang es, eine außergerichtliche Einigung zu erzielen, so dass sie mit einer bedingten Geldstrafe davonkam. Weit schlimmer waren aber die Auswirkungen auf ihr seelisches Gleichgewicht. Der Vorfall warf sie wieder zurück. Sie schloss sich in ihrer Wohnung ein, schob den selbstmontierten Riegel vor und starrte aus dem Fenster hinaus in eine Welt, der sie nicht mehr angehörte.

Und dann kam der Anruf von Milena Herzog. Sie hatte die Homepage entdeckt, die Pal hatte erstellen lassen, als Jasmin mit dem Gedanken spielte, sich als Ermittlerin selbständig zu machen. Da Jasmins Privatwohnung als Geschäftsadresse ungeeignet war, hatte Pal seine Kollegen gebeten, sie in der Kanzlei Kunden empfangen zu lassen. Bisher war erst eine einzige Anfrage eingegangen. Ein Handwerker wollte seine untreue Ehefrau beschatten lassen, verlor das Interesse jedoch, als ihm bewusst wurde, wie teuer ihn der Auftrag zu stehen käme. Jasmin hatte die Idee einer eigenen Detektei schon fast aufgegeben, als sich Milena Herzog meldete. Die Klientin wollte am Telefon nicht sagen, worum es ging, sicherheitshalber wies Jasmin sie auf ihren Stundenansatz hin. Milena Herzog bat um einen Termin.

Nun war sie hier. Doch von Jasmin fehlte jede Spur. Mit einem Seufzer stand Pal auf. Er nahm sein Armani-Jackett vom Bügel und schlüpfte hinein. Vor dem Spiegel zog er seine Krawatte gerade, fuhr sich mit dem Kamm durchs leicht gewellte, dunkle Haar und strich seine Hose glatt, bevor er sein Büro verließ und zum Empfang schritt.

Milena Herzog war eine Frau mit ebenmäßigen Gesichtszügen und direktem Blick. Pal schätzte sie auf Mitte vierzig, möglicherweise jünger. Die geröteten Augen zeugten von wenig Schlaf, doch ihr Händedruck war erstaunlich kräftig. Pal stellte sich vor.

»Frau Meyer ist leider in einer dringenden Angelegenheit aufgehalten worden«, erklärte er mit Bedauern in der Stimme. »Es tut ihr furchtbar leid. Sie wird in einer halben Stunde hier sein. Kann ich Ihnen etwas anbieten?«

Milena Herzog zögerte.

»Eine Tasse Kaffee vielleicht? Ein Mineralwasser?«, fuhr Pal fort. »Frau Meyer bedauert, dass sie Ihnen Umstände macht. Sie ist die Zuverlässigkeit in Person.«

»Ich muss meine Tochter von der Schule abholen. So lange kann ich nicht warten.«

»Möchten Sie einen neuen Termin vereinbaren?«

Milena Herzog zögerte.

»Oder wäre es wegen Ihrer familiären Verpflichtungen vielleicht einfacher, die Besprechung bei Ihnen zu Hause abzuhalten? Ich bin sicher, Frau Meyer hätte nichts dagegen.«

»Warum nicht? Ja, das würde gehen.« Die Erleichterung war Milena als Herausforderungen, nicht als Hindernisse. Als er nun das leichte Kopfschütteln seiner Sekretärin sah, fragte er sich erstmals, ob Valentin womöglich recht hatte. War das Fass voll? Ohne ein weiteres Wort kehrte er in sein Büro zurück, schloss die Tür und holte seine Motorradkleidung aus dem Schrank. Nachdem er sich umgezogen hatte, teilte er Lisa mit, dass er in einer halben Stunde zurück sei.

Der Juninachmittag war so warm, dass sich der Asphalt unter den Rädern seiner Ducati weich anfühlte. Ideales Wetter für eine Passfahrt, dachte Pal, an einer Baustelle vorbeizirkelnd. Er hatte mit Jasmin erst eine einzige Ausfahrt gemacht dieses Jahr. Mit Unbehagen dachte er daran zurück. Jasmins aggressiver Fahrstil hatte ihm mehrmals den Puls in die Höhe gejagt. Er war kein übervorsichtiger Fahrer, doch riskante Manöver vermied er auf der Straße – anders als bei den Supermoto-Rennen, die er auf dafür vorgesehenen Pisten fuhr. Nicht so Jasmin. Sie forderte das Schicksal geradezu heraus. Ihre Waghalsigkeit hatte ihn angezogen, als sie sich kennengelernt hatten, doch es gab eine feine Grenze zwischen Mut und Leichtsinn. Jasmin hatte sie überschritten.

Pal bremste vor einer weiteren Baustelle. Gerne hätte er das Gas aufgedreht, um sich von der Kraft des Superbikes berauschen zu lassen, in der Stadt kam er aber nur langsam voran, was seinen Unmut verstärkte. Er musste sich noch auf eine Einvernahme vorbereiten, zwei Beschwerden verfassen sowie umfangreiche Unterlagen eines albanischen Bauunternehmens studieren. Vor allem Letzteres belastete ihn. Am nächsten Morgen hatte er eine Besprechung mit einem Klienten, den er in einem Inkassoverfahren vertrat. Um ihn kompetent zu beraten, musste er die dubiosen Geschäfte des Bauunternehmens nachvollziehen können. Pal hatte sich zwar auf Strafrecht spezialisiert, doch er hatte ein Nachdiplomstudium in internationalem Wirtschaftsrecht absolviert. Als gebürtiger Kosovare wurde er immer wieder bei Fragen zu Wirtschaftsbeziehungen mit dem Balkan beigezogen. Diese privatrechtlichen Mandate ermöglichten ihm einen Lebensstil, von dem er als Sohn eines Gastarbeiters nie zu träumen gewagt hätte. Sie hatten aber auch ihren Preis, denn wer einem Anwalt so viel zahlte, erwartete die entsprechende Leistung.

Auf der Badenerstraße waren viele Velofahrer unterwegs. Pal behielt sie im Auge, besonders zwischen dem Bezirksgericht und der Kalkbreite, wo die Schlaglöcher sie zu Ausweichmanövern zwangen. Dass die Stadt die Löcher nicht ausbesserte, passte nicht zu Pals Bild von Zürich. Er fragte sich, ob die Arbeitskräfte fehlten oder ob es an den nötigen Finanzen mangelte. Auf Ordnung und Sauberkeit legte man in Zürich Wert. Genau deshalb gefiel es Pal hier.

Zürich-Altstetten lag an der Grenze zu Schlieren. Da der Wohnraum in der Stadt begehrt war, waren auch hier die Mieten gestiegen. Für ihre Zweizimmerwohnung bezahlte Jasmin 1300 Franken pro Monat, obwohl sie an einer stark befahrenen Straße lag. Pal hatte ihr angeboten, bei ihm einzuziehen, doch sie hatte abgelehnt. Sie brauche einen Ort, wohin sie sich zurückziehen könne. Als er nun vor der verschmutzten Häuserzeile hielt, fragte er sich, ob er ihren erneuten Absturz hätte verhindern können, wenn er hartnäckiger gewesen wäre. Er arbeitete oft bis spät abends, Verabredungen einzuhalten, war schwierig. Manchmal sahen sie sich mehrere Tage nicht.

Jasmins Monster stand an der Hauswand. Sie war also da. Pal holte den Schlüssel hervor, den sie ihm gegeben hatte, und schloss die Haustür auf. Der Geruch von Waschmittel schlug ihm entgegen. Er stieg die Treppe in den vierten Stock hoch, einen Lift gab es nicht. Vor Jasmins Wohnungstür blieb er stehen. Er hörte keine Geräusche. Widerwillen kam in ihm auf. Ein Teil von ihm wollte nicht wissen, was hinter der Tür lag, als stelle sie eine Schwelle dar, die, einmal überschritten, keine Rückkehr erlaubte. Pal schüttelte über sich den Kopf.

Er klingelte. Nichts geschah. Er wartete einige Sekunden, dann steckte er den Schlüssel ins Schloss. Er stieß auf Widerstand. Jasmin war also in der Wohnung. Erneut klingelte er, diesmal länger. Als sie immer noch nicht öffnete, hämmerte er mit der Faust gegen die Tür.

»Jasmin! Mach auf, ich bins, Pal.«

Er stellte sich so hin, dass sie ihn durch den Spion erkennen konnte. Endlich bewegte sich etwas. Er vernahm Schritte, dann das Klicken des Riegels. Die Tür wurde aufgezogen, und abgestandene Luft schlug ihm entgegen. Die Wohnung lag im Dunkeln. Zögernd trat er ein. Sein Fuß stieß gegen etwas, das mit einem scheppernden Geräusch davonrollte. Als sich seine Augen ein wenig an die Dunkelheit gewöhnt hatten, erkannte er, dass es sich um eine leere Coladose handelte.

»Jasmin?«

»Was willst du?« Ihre Stimme kam aus der Ecke, wo ihre Matratze lag.

Dass sie auf dem Boden schlief, störte Pal. Er hatte ihr ein Bett kaufen wollen, doch ihr Stolz ließ es nicht zu, Geld von ihm anzunehmen. Langsam bewegte er sich auf die Stimme zu. Er trat auf etwas Weiches, vermutlich ein Kleidungsstück, als er einen Bogen darum machen wollte, prallte seine Ferse gegen eine Hantel. Der Schmerz schoss ihm das Bein hoch. Leise fluchend tastete er nach der Kurbel, die neben dem Fenster befestigt war, und öffnete den Rollladen. Licht flutete ins Zimmer. Jetzt erkannte er Jasmin, die auf der Matratze saß und sich die Augen rieb. Neben dem Bett stand ein Teller mit Essensresten zwischen weiteren leeren Coladosen. Pal riss die Fenster auf.

»Was soll der Scheiß?«, stieß Jasmin aus.

Pal konnte sich nur noch mit Mühe beherrschen. »Weißt du, wie spät es ist?«

»Es ist mir egal«, schnauzte sie. »Was fällt dir ein, einfach hereinzuplatzen?«

Pal holte Luft, da fiel sein Blick auf Jasmins Handgelenke. Sie waren mit Mullbinden verbunden. Ihm wurde kalt. Er hatte den Gedanken stets verdrängt, Jasmin könnte sich das Leben nehmen, seine Furcht übertrieben gefunden und deshalb unterdrückt. Jasmin war stark. Eine Kämpfernatur. Suizid passte nicht zu ihr, so einfach würde sie sich nicht ergeben, hatte er sich eingeredet. Doch tief in seinem Innern hatte die Angst geschlummert. Er hatte befürchtet, nicht bei Jasmin zu sein, wenn ihr Lebenswille der Resignation Platz machte. Ein bitterer Geschmack breitete sich in seinem Mund aus.

Er löste sich aus seiner Starre und kniete sich vor sie hin, unsicher, ob er sie in die Arme schließen durfte. Das schulterlange Haar fiel ihr ins Gesicht, doch es verdeckte ihre Augenringe nicht. Früher hatten Kollegen sie ihrer schimmernden Rehaugen wegen »Bambi« genannt. Der Blick, dem Pal jetzt begegnete, war matt und ausdruckslos. Er stellte sich vor, wie sie alleine auf dem schmutzigen Laken lag, eine Klinge in der Hand. Hatte sie gezögert, als sie die ersten Blutstropfen sah? Oder hatte sie die Schnitte entschlossen ausgeführt? Warum hatte sie ihre Meinung geändert? Dass der Zufall sie gerettet hatte, glaubte Pal nicht. Als ehemalige Kriminalpolizistin wusste Jasmin genau, wie sie ihrem Leben ein Ende setzen musste.

»Starr mich nicht so an!« Jasmin rieb sich die Augen. »Wie spät ist es überhaupt? Warum bist du nicht im Büro?«

Pals Blick folgte ihren bandagierten Handgelenken.

»Verdammt, Pal, was ist ...« Plötzlich hob sie die Hände. »Deswegen! Du glaubst, ich hätte mir die Pulsadern aufgeschnitten.« Sie lachte ohne Humor.

»Jasmin, ich möchte dir helfen, bitte. Ich habe gelesen, dass es in Embrach eine neue Spezialstation für Traumapatienten gibt, vielleicht ...«

»Lass mich in Ruhe! Such dir jemand anders, den du retten kannst.«

Er legte ihr die Hand auf den Arm.

Sie schüttelte sie ab. »Lass mich, habe ich gesagt! Ich will schlafen! Ich habe die ganze Nacht kein Auge zugetan.«

»Warst du bei einem Arzt? Oder hast du die Wunden selbst verbunden?«

Jasmin seufzte verärgert. Sie riss ein Stück Klebeband ab und begann, den Verband am linken Handgelenk aufzurollen. Darunter kam eine Gaze zum Vorschein. Als Jasmin sie löste, sah Pal ein dunkles Band, das sich ihren Arm hinaufwand und in einen Schlangenkopf mündete. Pal starrte auf die Giftzähne, die aus dem aufgerissenen Maul ragten.

»Was ist?«, fragte Jasmin gereizt. »Hast du noch nie ein Tattoo gesehen? Jetzt lass mich endlich in Frieden!«

»Du hast dich tätowieren lassen?«, fragte Pal ungläubig.

Als sich Jasmin von ihm abwandte, verlor er die Fassung. Er fühlte sich wie eine Marionette. Jasmin löste Gefühle in ihm aus, über die er keine Kontrolle hatte. Sie zog ohne erkennbares Muster an den Fäden, die sie in der Hand hielt, und ließ ihn tanzen. Valentin hatte recht. Irgendwann war genug.

»Schau mich an, wenn ich mit dir rede!« Er packte sie an der Schulter.

Jasmin sprang auf. »Fass mich nicht an!«

Pal stand ebenfalls auf. »Ich habe alles stehen und liegen lassen, weil ich mir Sorgen um dich gemacht habe! Glaubst du, ich hätte nichts Wichtigeres zu tun, als Babysitter zu spielen? Und mich dafür auch noch wie Dreck behandeln zu lassen?«

»Ich habe dich nicht darum gebeten! Du bist ein verdammter Kontrollfreak, das ist dein Problem!«

»Nein, du bist mein Problem!«

Kaum hatten die Worte seinen Mund verlassen, bereute er sie. Genau deshalb bemühte er sich stets, sich zu beherrschen. Einmal gesagt, entwickelten Worte eine Eigendynamik und ließen sich nicht mehr zurücknehmen. Jasmin trat einen Schritt zurück, die Arme vor der Brust verschränkend. Pal fasste sich mit beiden Händen an den Kopf. Wenn er ehrlich war, galt seine Wut sich selbst. Er hatte die Situation falsch eingeschätzt, dass er überreagiert hatte, war ihm peinlich.

Die grünen Augen der Schlange mit ihren Spaltpupillen fixierten ihn. Das Reptil war hässlich. Was hatte Jasmin dazu bewogen, ihre Handgelenke zu verunstalten? Kaum hatte er sich die Frage gestellt, wusste Pal die Antwort: die Narben. Drei Monate war Jasmin an ein Bett gefesselt gewesen. Die Kabelbinder hatten leuchtend rote Striemen hinterlassen. Seither trug Jasmin fast ausschließlich Kleidungsstücke mit langen Ärmeln. Dass sie sich ihrem Schicksal nicht einfach ergeben, sondern eine Lösung gesucht hatte, hätte Pal freuen müssen, doch er empfand nur Bedauern. Er fragte sich, was unter der zweiten Mullbinde steckte.

Jasmin zeigte zur Tür. »Da geht es raus. Du brauchst nicht wiederzukommen. So einfach kannst du dein Problem lösen.«

»Jasmin …«

»Verschwinde!«

Pal versuchte, die Situation mit einer Halbwahrheit zu retten. »Bitte, Jasmin, hör mir zu. Es tut mir leid! Ich bin schlecht gelaunt. Das Verwaltungsgericht hat den Rekurs eines Klienten abgelehnt. Der Fall beschäftigt mich.«

»Wie schrecklich!«, stieß Jasmin mit gespieltem Entsetzen aus. »Eine berufliche Niederlage!«

»Darum geht es mir nicht«, erklärte Pal beherrscht. »Sondern um den Klienten.«

Jasmin schnaubte. »Blödsinn! Bei der Arbeit lässt du keine Gefühle zu.«

»Ich bin keine Maschine, auch wenn du das manchmal zu glauben scheinst. Dieser Fall lässt mich nicht kalt. Aber ich bin aus einem anderen Grund hier. Du bist nicht zu deinem Termin erschienen, und ich wollte mich vergewissern, dass …«

»Termin?« Plötzlich riss Jasmin die Augen auf. »Milena Herzog! Scheiße!« Hektisch begann sie, Kleider aufzusammeln.

»Es ist alles in Ordnung«, beruhigte Pal sie. Er berichtete vom Treffen. »Sie erwartet dich um 17 Uhr.«

Jasmin ließ sich wieder auf die Matratze fallen. »Scheiße, scheiße, scheiße!«

Als sich Pal neben sie setzte, wich sie nicht zurück.

»Verdammt, Pal, ich …« Sie schüttelte den Kopf.

»Schon gut, das kann vorkommen.«

Noch immer schüttelte sie den Kopf. »Endlich ein Auftrag in Sicht, und ich vermassle es.«

»Du hast nichts vermasselt. Lass dir eine gute Ausrede einfallen.«

»Pal, es tut mir leid.« Sie rieb sich die Schläfen. »Was ich gesagt habe, habe ich nicht so gemeint.«

Sie schwiegen. Durchs offene Fenster drangen die Geräusche des Sommers: Vogelgezwitscher, Gartenstühle, die auf einem Sitzplatz zurechtgerückt wurden, ein Ball, der gegen eine Hauswand prallte, das Klappern eines Putzeimers. In der Ferne erstarb der Motor eines Rasenmähers.

Jasmin sprach als Erste. »Ich weiß, dass ich für dich ein Problem bin.«

Pal lockerte seine Krawatte. »Nein, das bist du nicht. Manchmal«, er suchte nach milden Worten, »fühle ich mich einfach hilflos.«

Sie nahm seine Hand. »Ich muss mir selber helfen.«

Pal strich ihr über die Finger. »Du weißt, ich bin immer für dich da.«

»Erzähl mir von deinem Klienten«, wechselte sie das Thema. »Warum geht er dir unter die Haut?«

Pal zögerte. Er unterstand dem Anwaltsgeheimnis, er war nicht befugt, Informationen über seine Klienten preiszugeben. Er hob eine Coladose auf, um festzustellen, ob sich darin noch Flüssigkeit befand.

»Ich hol dir eine frische.« Jasmin stand auf und verschwand in der Küche. Kurz darauf kam sie zurück und reichte ihm eine eiskalte Cola.

»Danke.«

»Was wird deinem Klienten vorgeworfen?«

»Der Sachverhalt ist unbestritten.« Es zischte, als Pal die Dose öffnete. »Mein Klient hat seine Tat vor langer Zeit gestanden. Und seine Strafe abgesessen. Doch er befindet sich immer noch im Gefängnis.«

»Das verstehe ich nicht.«

»Er wurde verwahrt.«

Jasmin richtete sich auf. »Dann ist er zu Recht im Knast! Genau dazu ist eine Verwahrung schließlich da.«

»Ich glaube eher, er ist ein Opfer des Systems«, widersprach Pal. »Beziehungsweise der Gesellschaft.«

»Der Verbrecher als Opfer?« Jasmins Augen blitzten vor Wut. »Verwechselst du da nicht etwas? Was hat er getan? Weswegen wurde er verurteilt?«

Pal hob beschwichtigend die Hände. »Eric Laupper hat ein Verbrechen begangen, das versuche ich nicht zu beschönigen. Doch ich bezweifle, dass er noch ein Risiko für die Gesellschaft darstellt. Dennoch werden ihm keine Vollzugslockerungen gewährt. Sogar zu einer Spitaluntersuchung wurde er von einem Aufseher begleitet.«

»Das ist auch richtig so!«

»Jahrelang hat er in der Gemeinde Regensdorf Abfall eingesammelt. An Fluchtgelegenheiten hat es ihm nicht gemangelt. Trotzdem hat er nicht einen einzigen Regelverstoß begangen, weder innerhalb noch außerhalb der Anstalt.«

»Das muss gar nichts heißen, das weißt du genau. Es kann sogar ein schlechtes Zeichen sein – Psychopathen sind bekannt dafür, dass sie sich extrem gut anpassen können!«

»Eric Laupper hat sein halbes Leben im Gefängnis verbracht. Er hat seine Strafe längst verbüßt.«

»Daran hätte er denken sollen, bevor er eine Straftat beging! Selber schuld.«

»Für seine Tat ist er selbst verantwortlich, ja. Dafür, dass er immer noch sitzt, aber nicht. Das Problem ist, dass niemand Risiken eingehen will. Es bläst ein rauher Wind, nicht nur in der Justiz, sondern im Vollzug generell. Das Bedürfnis nach Sicherheit hat überhandgenommen. Es herrscht keine Verhältnismäßigkeit mehr.«

»Es kann nie genug Sicherheit geben!«

»Wenn die Gerechtigkeit der Sicherheit zuliebe geopfert wird, geht das zu weit. Vor allem, weil es keinen Grund dafür gibt. Noch nie waren wir so wenigen Gefahren ausgesetzt. Doch jede einzelne Panne wird von den Medien hochgespielt. Ein Justizskandal«, Pal zeichnete Anführungs- und Schlusszeichen in die Luft, »verkauft sich gut. Dass kaum etwas schiefläuft, interessiert niemanden. Auch nicht, dass diese seltenen Pannen in keinem Verhältnis zur wirklichen Bedrohung stehen. Der Mensch verhält sich paradox. Im Alltag fürchten wir uns vor dem wenig Wahrscheinlichen, die wahren Gefahren aber übersehen wir.«

»Es reicht, wenn einmal etwas schiefläuft! Besteht auch nur die geringste Gefahr, dass ein Straftäter rückfällig wird, gehört er hinter Gitter!«

Pal schüttelte den Kopf. »Es gibt keine absolute Sicherheit, verstehst du das nicht? Ein Restrisiko bleibt immer, das gehört zum Leben. Wenn ich einer jungen Frau sage, dass ihr 19-jähriger Freund mit einer Wahrscheinlichkeit von 14 Prozent im nächsten Jahr eine sexuelle Grenzüberschreitung begeht, wird sie sich ziemlich sicher von ihm trennen. Dabei entspricht der Freund genau dem schweizerischen Durchschnitt. Soll der Staat ihn deswegen vorsorglich einsperren? Damit würden wir die Rechtssicherheit opfern, eines der wichtigsten Güter eines demokratischen Staates! Wohin führt es, wenn wir beginnen, Menschen aus der Gesellschaft zu eliminieren, weil sie eine Tat begehen könnten?« Er betonte das letzte Wort. »Das ist kein Rechtsstaat mehr. Und genau das ist es, was mich an diesem Fall stört. Mein Klient wird dafür missbraucht, dem Volk eine Sicherheit vorzutäuschen, die es nicht gibt.«

»Wie würdest du reagieren, wenn du betroffen wärst?«, fragte Jasmin mit harter Stimme. »Was, wenn deine Schwester oder deine Nichte von einem entlassenen Häftling ausgeraubt, verletzt oder, noch schlimmer, vergewaltigt oder getötet würde? Wie wichtig wäre dir deine Rechtssicherheit dann?«

»Jedes Opfer ist eines zu viel«, stimmte Pal zu. »Doch aus juristischer Sicht ist ein sachlich nicht gerechtfertigter Freiheitsentzug unhaltbar.«

»Aus meiner Sicht ist eine Gewalttat unhaltbar!«

»Und deswegen nehmen wir in Kauf, dass Menschen grundlos weggeschlossen bleiben? Man schätzt, dass 70 bis 80 Prozent der Straftäter, die als rückfallgefährdet gelten, sich in Freiheit bewähren würden. Aber wie sollen sie das beweisen? Sie tauchen in keiner Statistik auf. Jeder Rückfalltäter hingegen wird skandalisiert.« Pal beugte sich vor. »Wird ein harmloser Mensch wegen eines Fehlentscheids verwahrt, lässt sich das nie beweisen. Rückfallraten werden maßlos überschätzt. Sie ändern sich zudem mit der Kriminalpolitik.«

»Schieb dir deine Statistiken sonst wohin!«, fauchte Jasmin. »Gott sei Dank gibt es Menschen, die auch an die Opfer denken und nicht nur an Zahlen oder Paragraphen!«

3

Milena Herzog wohnte in einer familienfreundlichen Siedlung am Rande Urdorfs. Von Zürich-Altstetten dauerte die Fahrt nur eine Viertelstunde. Viel zu rasch kam Jasmin beim Besucherparkplatz an, wo ein Fußweg zu den versetzten, aneinandergebauten Häusern führte. Gerne wäre sie noch weitergefahren. Wenn sie auf ihrer Monster über die Straßen brauste, fielen alle Sorgen von ihr ab. Ihr Puls passte sich dem Hämmern des Desmo-Herzens an, manchmal jagte sie den Motor bis in die obersten Tourenbereiche, nur um das vertraute Ballern zu hören. Doch ein Umweg hatte nicht drin gelegen. Auf keinen Fall wollte sie sich verspäten, nicht nach dem verpassten Termin am Nachmittag.

Vor einem Zweifamilienhaus, das sich äußerlich kaum von den anderen der Siedlung unterschied, blieb sie stehen. Auf dem winzigen Rasen lag ein Paar Inlineskates, über einem Gartenstuhl trocknete ein Badetuch. Die Blumen unterhalb des Fensters benötigten dringend Wasser; sie ließen die Köpfe hängen, als hätten sie die Hoffnung längst aufgegeben. Jasmin fühlte sich ihnen seltsam nahe. Sie schob das Gefühl beiseite und stieg vom Motorrad. Als sie den Reißverschluss ihrer Sheltexjacke öffnete, entdeckte sie auf dem Deckel der Lichtmaschine eine feine Ölspur. Besorgt ging sie in die Knie. Ob er undicht war? Ein Limadeckel kostete rund 1000 Franken. Das konnte sie sich schlicht nicht leisten. Erst kürzlich hatte sie die Zahnriemen erneuert und die Dichtungen der Frontgabel ausgetauscht.

Mit einem Schlag waren die Ängste zurück, die sie seit Monaten quälten. Sie fürchtete, dem Leben nicht mehr gewachsen zu sein. Selbst Alltägliches wie der Unterhalt ihrer Ducati, einfache Hausarbeiten oder Einkäufe stellten fast unüberwindbare Hindernisse dar. Sie begriff nicht, was mit ihr los war. Ein Jahr lang war alles so gut gelaufen. Sie hatte den »Metzger«, wie ihr Peiniger von den Medien genannt wurde, zwar nicht vergessen, doch die Erinnerungen an die Gefangenschaft waren verblasst. Noch immer war sie nachts schweißgebadet aufgewacht, doch es war ihr gelungen, Traum und Wirklichkeit auseinanderzuhalten. Seit einigen Monaten war die Grenze fließend. Manchmal überkam sie ein Gefühl von Unwirklichkeit. In solchen Momenten betrachtete sie ihre Hände, versuchte, die Finger zu bewegen, und fragte sich, ob sie zu ihr gehörten. Ihre Glieder waren ihr fremd, sie vermochte sie nicht zu steuern. Ihr Bewusstsein befand sich außerhalb ihres Körpers, an einem Ort, an dem keine Gefahren lauerten und nichts von ihr erwartet wurde. Am Anfang hatte dieser Zustand nur einige Minuten gedauert, inzwischen vergingen Stunden, bis sie sich wieder als Ganzes fühlte. Früher hatte ihr der Sport geholfen, sich zu spüren. In letzter Zeit brachte sie dafür kaum die nötige Energie auf. Sie spulte ihr Pflichtprogramm ab, doch ihr Körper hatte die Endorphinausschüttung eingestellt.

Sie zwang sich, sich auf die bevorstehende Aufgabe zu konzentrieren. Ihre mentale Stärke hatte sie in einer lebensgefährlichen Situation gerettet. Da würde sie es wohl schaffen, sich auf das Gespräch mit Milena Herzog zu fokussieren. Sie ignorierte die nagende Unsicherheit sowie den Drang umzukehren. Sie brauchte diesen Auftrag. Entschlossen zog sie die Ärmel ihrer Bluse über die Verbände an den Handgelenken und marschierte auf den Eingang zu.

Die Tür wurde aufgezogen, bevor sie klingeln konnte. Die plötzliche Bewegung ließ Jasmin zusammenzucken. Ihr gegenüber stand eine Frau, die seltsam vertraut wirkte. Es dauerte einen Augenblick, bis Jasmin begriff, warum. Milena Herzog erinnerte sie an ihr Spiegelbild. Oberflächlich betrachtet, bestand zwischen ihnen bis auf die braunen Haare keine Ähnlichkeit, doch der angespannte Zug um den Mund, die leicht hochgezogenen Schultern und der etwas zu schnelle Atem kamen Jasmin vertraut vor. Als sie Milena Herzog in die Augen schaute, erkannte sie darin Angst.

Ihre Stimme klang überraschend sicher. »Frau Meyer, danke, dass Sie extra hergefahren sind. Bitte, kommen Sie herein.«

»Ich muss mich vielmals entschuldigen«, begann Jasmin.

Milena Herzog winkte ab. »Zwischenfälle passieren. Kann ich Ihnen etwas anbieten?«

»Ein Glas Wasser, bitte.«

Milena Herzog führte Jasmin ins Wohnzimmer und bat sie, am Esstisch Platz zu nehmen. Es herrschte ein angenehmes Chaos im Raum. Auf dem Tisch lagen Stifte, eine Schere und zerschnittene Pferdemagazine. Ein Regal war überfüllt mit Büchern und Alben, an den Wänden hingen Plakate von Ausstellungen und eingerahmte Kinderzeichnungen. Vor dem Fernseher befand sich ein Sitzsack mit losen Fäden, daneben eine aufgerissene Getreideriegel-Verpackung.

»Ich mache mir einen Espresso«, rief Milena Herzog aus der Küche. »Sind Sie sicher, dass Sie keinen möchten?«

Der Koffeinschub klang verlockend. »Doch, gerne.«

Kurz darauf kam Milena Herzog mit einem Tablett zurück. Sie stellte zwei Tassen Espresso, zwei Gläser und einen Krug Wasser auf den Tisch. Als ihr Blick auf die Verpackung des Getreideriegels fiel, seufzte sie. Sie ging zu einer Treppe, die in den oberen Stock führte.

»Fanny!«, rief sie.

»Was?«, erklang eine gedämpfte Mädchenstimme.

Milena Herzog wartete. Eine Tür ging auf.

»Was ist?« Die Stimme klang lauter.

»Komm bitte herunter.«

»Warum?«

Als Milena Herzog nicht antwortete, ertönten Schritte. Kurz darauf erschien ein Mädchen, das ausschließlich aus langen, dünnen Armen und Beinen zu bestehen schien. Die feinen Haare hatte Fanny zu einem Pferdeschwanz zusammengebunden, doch einzelne Strähnen rutschten ihr aus dem Haargummi. Als sie Jasmin bemerkte, senkte sie scheu den Blick.

»Fanny, das ist Frau Meyer.«

Jasmin stand auf und reichte ihr die Hand. »Hallo Fanny.«

Die Antwort war zu leise, als dass Jasmin sie hätte verstehen können. Fanny streifte ihre Hand, ohne aufzusehen. Als ihre Mutter sie auf den Abfall hinwies, hob Fanny die Verpackung auf und huschte davon. Milena Herzog sah ihr nach.

»Sie hat es nicht einfach«, erklärte sie. »Mein Mann und ich haben uns vor einem halben Jahr getrennt. Fanny leidet sehr darunter.« Sie seufzte. »Wir hätten es ihr gerne erspart, doch wir sahen keinen anderen Weg. Fanny zuliebe unsere Beziehung aufrechtzuerhalten, wäre falsch gewesen. Sie ist sehr feinfühlig, sie hätte sofort durchschaut, dass wir ihr etwas vorspielen. Matthias und ich hielten es für besser, ihr die Wahrheit zu sagen.«

Jasmin nickte, obwohl Milena Herzog nicht auf Zustimmung zu warten schien. Trotz der Angst, die irgendwo in ihrem Innern lauerte, wirkte sie selbstsicher. Sie kam Jasmin nicht vor wie eine Frau, die Entscheidungen hinterfragte. Ihre nächsten Worte bestätigten den Eindruck.

»Daran lässt sich nichts ändern. Fanny wird lernen müssen, mit der neuen Situation umzugehen. Insgeheim hofft sie natürlich, dass Matthias zurückkommt. Doch wir machen ihr nichts vor. Das wird nicht passieren.« Milena Herzog sah Jasmin an. »Sie fragen sich, warum ich Ihnen das alles erzähle.«

»Ich nehme an, es hat mit Ihrem Auftrag zu tun.«

Milena Herzog holte aus ihrer Handtasche zwei gefaltete A4-Blätter. »Vor drei Monaten erhielt ich per Post einen Brief.«

Sie reichte Jasmin ein Blatt. Der blasse Streifen am Rand wies darauf hin, dass es sich um eine Kopie handelte. Darauf stand ein einziger Satz: »Dafür wirst du büßen, du schlampe!«

Unweigerlich stellten sich Jasmins Nackenhaare auf. Sie legte den Drohbrief auf den Tisch, damit Milena Herzog das Zittern ihrer Hände nicht bemerkte.

»Waren Sie bei der Polizei?«

»Natürlich. Doch der Absender war vorsichtig. Nichts deutet auf die Herkunft des Briefes hin, außer der Poststempel.

Der Umschlag wurde in Regensdorf abgeschickt.« Sie sah Jasmin mit einem vielsagenden Blick an.

Jasmin begriff. Die Justizvollzugsanstalt Pöschwies, das größte geschlossene Gefängnis der Schweiz, befand sich in Regensdorf. Hinter den Mauern lebten über 400 Straftäter. Einer von ihnen war der »Metzger«. Er war zu einer lebenslangen Freiheitsstrafe mit anschließender Verwahrung verurteilt worden. Seit zehn Jahren war keinem Gefangenen die Flucht aus der Pöschwies gelungen. Trotzdem würde sich Jasmin nicht sicher fühlen, solange der »Metzger« lebte. Daran änderten weder die Mauern, die Nato-Drähte noch die Panzertüren etwas. Bei der Vorstellung, es könnte einem Gefangenen möglich sein, unsichtbar die Hand nach seinem Opfer auszustrecken, und sei es nur in Form eines Briefes, wurde ihr kalt. Sie bemühte sich, den Gedanken von sich zu schieben. Regensdorf gehörte zu den bevölkerungsreichsten Gemeinden des Kantons Zürich. Es lebten nicht nur Straftäter dort.

Jasmin räusperte sich. »Wurde das Papier analysiert? Die Tinte untersucht? Die Techniker im Urkundenlabor der Kapo Zürich sind hoch qualifiziert. Sie haben eine Datenbank mit Inkjet-Tinten- und Toner-Proben aufgebaut. Aufgrund der Zusammensetzung der Tinte können sie zum Beispiel herausfinden, von welchem Hersteller ein Tintenstrahldrucker stammt.«

»Das Forensische Institut hat alles versucht. Der Absender hat einen weitverbreiteten Laserdrucker benutzt.«

»DNA?«

Milena Herzog schüttelte den Kopf. »Aber das ist noch nicht alles. Vor vier Wochen kehrte Fanny von einem Besuch bei ihrem Vater zurück. Zu Hause fand sie in ihrem Schulthek einen Umschlag, auf dem mein Name stand. Darin befand sich diese Nachricht.« Sie reichte Jasmin das zweite Blatt.

»Ich werd es dir heihmzahlen, schlampe!«, las Jasmin.

Die Furcht stand Milena Herzog ins Gesicht geschrieben. Am liebsten hätte Jasmin ihre Hand genommen und gedrückt. Sie dachte an die zahlreichen Opfer, die sie als Polizistin befragt hatte. Sie hatte sich immer eingebildet, deren Angst zu verstehen, doch weder Empathie, Erfahrung noch Weiterbildungen in Psychologie hatten ihr zu vermitteln vermocht, was sich in ihrem Gegenüber wirklich abspielte. Jasmin hatte das Ausmaß der Ohnmacht nicht verstehen können, die das Ausgeliefertsein hervorrief. Erst als ihr eigenes Leben bedeutungslos wurde, weil sie keine Kontrolle mehr darüber hatte, begriff sie, dass Angst das Selbstwertgefühl zerstörte.

»Sie möchten, dass ich herausfinde, wer diese Drohbriefe geschrieben hat«, sagte Jasmin mit fester Stimme.

Milena Herzog sah ihr in die Augen. »Nein, ich möchte, dass Sie meine Tochter beschützen. Der Umschlag wurde ihr in den Schulthek gelegt!« Ihre Stimme wurde laut. »Er weiß, wer sie ist! Er war in ihrer Nähe!«

»Er?«

Milena Herzog hob verzweifelt die Arme.

»Sie gehen davon aus, dass es ein Mann ist?«, fragte Jasmin.

»Ich habe keine Ahnung«, gestand Milena Herzog. »Die Polizei vermutet, dass die Drohungen mit meiner Arbeit zusammenhängen. Zuerst haben sie Matthias verdächtigt. Aber das ist absolut lächerlich! Er liebt Fanny über alles, er würde ihr nie wehtun. Mir auch nicht. Trotz der Trennung gehen wir zivilisiert miteinander um. Er hätte schlicht keinen Grund, mir anonyme Briefe zu schreiben und mir etwas ›heimzuzahlen‹ schon gar nicht.« Sie hielt kurz inne. »Vor einem Jahr habe ich erfahren, dass Matthias eine Beziehung zu einer anderen Frau hatte. Wenn jemand einen Grund hat, wütend zu sein, dann ich.«

»Sind Sie es?«

»Ich war enttäuscht und gekränkt. Die Vorstellung, dass er mich neun Monate lang betrogen hat, ohne dass ich es merkte, ließ unser Leben wie eine einzige, große Lüge erscheinen. Ja, ich war auch wütend. Hauptsächlich deshalb, weil Matthias mir vorwarf, ich würde überreagieren. Nachdem er die Beziehung zu Sybille abgebrochen hatte, glaubte er, wir könnten einfach weitermachen, als wäre nichts gewesen.« Leise erklärte sie: »Ich konnte nicht mehr zurück. Mein Vertrauen in ihn war zerstört. Das versteht er bis heute nicht.«

»Was macht Ihr Mann beruflich?«

»Er ist Sekundarlehrer.«

»Und Sybille?«

»Sie hat im gleichen Schulhaus unterrichtet.« Milena Herzog schüttelte den Kopf. »Ich weiß, was Sie denken, aber Sybille hat die Briefe nicht geschrieben. Nachdem Matthias mit ihr Schluss gemacht hat, hat sie gekündigt. Seit fünf Monaten unterrichtet sie an einer deutschen Schule in Singapur.« Sie betrachtete ihre Hände. »Ich glaube, Matthias vermisst sie.«

Jasmin wusste, dass hinter der Gewalt an Frauen und Kindern häufig männliche Bezugspersonen steckten. Oft wollten Opfer die Tatsache nicht wahrhaben, dass der Mensch, den sie liebten oder geliebt hatten, ihnen wehtun könnte. Deshalb verstand Jasmin, warum die Polizei den Lehrer besonders genau unter die Lupe genommen hatte. Bevor sie jedoch weitere Fragen zu den Drohungen stellte, musste sie wissen, was genau Milena Herzog von ihr erwartete und ob sie mit Jasmins Konditionen einverstanden war. Als sie das Thema anschnitt, fiel ihr Milena Herzog ins Wort.

»Ich habe einen Vertrag aufgesetzt.« Sie holte eine Sichtmappe hervor. »Vielleicht können Sie ihn kurz durchsehen, dann besprechen wir die einzelnen Punkte.«

Jasmin wurde flau im Magen. Wegen ihrer starken Legasthenie fiel ihr das Lesen und Schreiben schwer. Über die Jahre hatte sie Strategien entwickelt, um die Schwäche zu verbergen. Dazu gehörte, sich nie in Gegenwart anderer mit Texten zu beschäftigen. Nicht einmal Pal wusste, wie sehr sie mit den Buchstaben kämpfte. Als Milena Herzog ihr ein mehrseitiges Dokument reichte, beschleunigte sich Jasmins Puls. Sie starrte auf die Sätze, unfähig, einen Sinn darin zu erkennen.

»Ich hoffe, Sie empfinden mein Vorgehen nicht als unhöflich. Ich wollte Ihnen Arbeit abnehmen. Aber vielleicht habe ich auch über das Ziel hinausgeschossen«, sagte Milena Herzog entschuldigend.

Jasmin zwang sich zu einem Lächeln. »In der Regel arbeite ich mit einem Standardvertrag«, log sie. »Gerne nehme ich aber die Punkte auf, die Ihnen wichtig sind. Allerdings möchte ich Ihren Vorschlag in Ruhe im Büro durchgehen, wenn es Ihnen recht ist.«

»Natürlich«, sagte Milena Herzog rasch. »Ich war wohl etwas voreilig. Bitte verstehen Sie, es geht mir nur darum, das Administrative möglichst schnell zu erledigen, damit Sie anfangen können.«

»Dann sind Sie also mit meinen Konditionen einverstanden?«

»Ich finde Ihren Ansatz fair, ja. Ich habe mir aber erlaubt, Wochenpauschalen einzusetzen.« Sie beugte sich vor und deutete auf die zweite Seite des Vertrags.

Jasmin legte das Dokument weg. »Verschwenden wir keine Zeit damit. Erklären Sie mir, was genau Sie von mir erwarten. Sie haben gesagt, ich soll Fanny beschützen. Rund um die Uhr? Oder nur, wenn sie das Haus verlässt?«

»Ich möchte, dass Sie Fanny von der Schule abholen, wenn ich arbeite. Mittwochs habe ich frei, freitags geht sie jeweils direkt zu Matthias. Bis vor kurzem ist sie alleine hingefahren, und Matthias hat sie am Bahnhof Hardbrücke abgeholt. Seit der Entdeckung des Briefes im Thek habe ich eine Begleitung organisiert. Da Matthias bis 16.30 Uhr unterrichtet, kann er nicht rechtzeitig in Urdorf sein. Aber er bringt sie am Samstagabend zurück.«

»Das heißt, ich würde Fanny am Freitag von der Schule abholen und nach Zürich bringen. An den restlichen Tagen würde ich sie nach Hause begleiten und hier warten, bis Sie zurückkehren?«

»Am Dienstag und am Donnerstag geht sie ins Geräteturnen. Meistens bin ich rechtzeitig zurück, um sie hinzufahren. Sollte ich länger arbeiten müssen, wäre ich froh, Sie könnten das übernehmen.« Milena Herzog seufzte tief. »Ich weiß nicht, ob ich überreagiere. Die Vorstellung, jemand könnte ihr etwas antun … ich will gar nicht daran denken.«

»Wie schätzt die Polizei die Lage ein? Wer ist zuständig für den Fall?«

»Ich habe mich direkt an die Gewaltschutzabteilung in Zürich gewandt«, erklärte Milena Herzog. »Der Sachbearbeiter heißt Rainer Kälin.«

Der Name kam Jasmin bekannt vor, doch sie kannte den Polizisten nicht persönlich. Der Dienst »Gewaltschutz« war erst ins Leben gerufen worden, nachdem sie die Kantonspolizei verlassen hatte. Er diente als Anlaufstelle für bedrohte Personen oder Institutionen, führte Gefährlichkeitsanalysen durch und war für Schutzmaßnahmen zuständig. Er war aus der Gruppe »Häusliche Gewalt« hervorgegangen, die bis zur Reorganisation der Kriminalpolizei dem Kapitalverbrechen angehört hatte.

»Zivile Fahnder haben Fanny drei Wochen lang beobachtet«, fuhr Milena Herzog mit gesenkter Stimme fort. »Sie wusste nichts davon, wir wollten ihr keine Angst einjagen. Während dieser Zeit geschah nichts Auffälliges. Kein Unbekannter hat sich ihr genähert, niemand ist ihr gefolgt. Aber das muss nichts heißen. Möglicherweise hält sich der Täter absichtlich zurück. Die Polizei hat nicht die Ressourcen, eine Privatperson über Monate hinweg zu beschützen. Vielleicht wollte der Täter warten, bis die Maßnahme abgebrochen wurde, oder aber, er hatte bis jetzt einfach nicht die Möglichkeit, Fanny etwas anzutun.« Sie schluckte nervös. »Weil er tatsächlich ein Rekurrent von mir ist.«

»Ein Rekurrent?«, fragte Jasmin. »Was machen Sie beruflich?«

»Ich arbeite bei der Justizdirektion«, antwortete Milena Herzog. »Ich behandle die Rekurse von Gefängnisinsassen.«

Als Jasmin ihre Monster startete, war die Sonne bereits untergegangen. Nur ein violetter Streifen leuchtete noch am Horizont. Sie hatte Milena Herzogs Einladung zum Abendessen angenommen, hauptsächlich, um Fanny näher kennenzulernen – ein schwieriges Unterfangen, wie sich herausstellte. Ihre Fragen beantwortete das Mädchen einsilbig, ob aus Scheu oder Desinteresse, war Jasmin nicht klar. Vielleicht hatte Fanny bloß Angst. Obwohl ihre Mutter versuchte, die Wahrheit vor ihr zu verheimlichen, vermutete Jasmin, dass Fanny weit mehr mitbekam, als Milena Herzog annahm. Kinder wurden häufig unterschätzt.

Ihre eigene Mutter hatte nicht viel davon gehalten, sie und ihre Brüder in Watte zu packen. Dazu hatte sie weder die Zeit noch die Energie gehabt. Nachdem ihr Mann kurz nach Jasmins zweitem Geburtstag verschwunden war, hatte sie die Familie alleine durchbringen müssen. Sie hatte nie einen Hehl daraus gemacht, was sie von jemandem hielt, der seine Familie sitzenließ, und versuchte nicht, die Situation zu beschönigen. Beschwerten sich Jasmins Brüder, weil sie die Ferien in einem städtischen Sommerlager verbringen mussten, rechnete ihnen Edith Meyer bis auf den Rappen vor, was ihr Ende Monat übrigblieb, nachdem sie Miete und Rechnungen bezahlt hatte. Familienferien lagen einfach nicht drin. Neue Kleider ebenso wenig. Jasmin hatte die abgelegten Jeans und verschlissenen Turnschuhe ihrer älteren Brüder getragen. Früh hatte sie gelernt, im Haushalt mit anzupacken. Sie kochte für Bernie und Ralf, erledigte einfache Putzarbeiten und kümmerte sich um die Wäsche, wenn ihre Mutter Doppelschichten im Service leistete. Sie beschwerte sich nie, denn sie kannte kein anderes Leben. Freundinnen, mit denen sie ihre Lebensumstände vergleichen konnte, hatte sie nicht. Wegen ihrer burschikosen Art wurde sie von anderen Mädchen gemieden. Es störte sie nicht. Sie baute lieber mit ihren Brüdern Seifenkisten, als mit Puppen zu spielen, oder durchstöberte Schrottplätze auf der Suche nach Ersatzteilen für Bernies Moped.

Fanny war das genaue Gegenteil. Sie schien sich für alles zu interessieren, wofür sich Mädchen normalerweise begeistern: Pferde, Kuscheltiere, pastellfarbene Kleider und Popsänger, die kaum den Windeln entwachsen waren. Um keinen Preis wollte sie auffallen. Sie wirkte unscheinbar, vermutlich verhielt sie sich in der Gruppe angepasst. Dennoch spürte Jasmin eine Unruhe in ihr. Das Mädchen erinnerte sie an eine Pusteblume, deren Samen darauf warteten, vom Wind fortgetragen zu werden.

Fanny strahlte eine Bereitschaft aus, sich Neuem zuzuwenden. Vielleicht war es der Anfang der Pubertät, möglicherweise reagierte sie aber auch auf die Veränderungen in ihrem Leben. Ob Milena Herzog ahnte, dass ihre Tochter an einer Schwelle stand? Oder ließ sie sich durch Fannys Fügsamkeit täuschen? Jasmin befürchtete, dass ihre Aufgabe schwieriger sein würde, als Milena Herzog sie darstellte.

Dass sie den Auftrag annehmen würde, stand für sie trotzdem fest. Zwar hatte sie den Vertrag noch nicht angeschaut, doch sie war dringend auf das Einkommen angewiesen. Sie verdrängte die Frage, ob sie der Aufgabe gewachsen war. Sie hatte eine Ausbildung bei den Grenadieren absolviert. Sie kannte sich mit komplexen Ermittlungen sowie mit Personenschutz aus. Die Enge, die ich beim Gedanken an Milena Herzogs Klientel in der Brust spüre, ist normal, redete sie sich ein. Angst gehört zu den Urinstinkten des Menschen. Dank ihr reagiert der Körper mit erhöhter Wachsamkeit. Nicht jedes Angstgefühl ist mit einer Panikstörung gleichzusetzen.

Jasmin richtete ihre Aufmerksamkeit auf die Umgebung. Da sie Fanny am nächsten Tag von der Schule abholen würde, wollte sie sich mit dem Schulweg des Mädchens vertraut machen. Langsam fuhr sie durch das Quartier unterhalb des Bahngleises. Die Einfamilienhäuser hatten Wohnblöcken Platz gemacht, dazwischen erstreckten sich Grünflächen. Die Primarschule lag neben dem Freibad am Dorfrand. Das Hauptgebäude war von der Straße aus gut sichtbar, die Sportanlage hingegen befand sich versteckt dahinter. Es wäre ein Leichtes, von dort aus ein Kind ungesehen zu beobachten. Nadelbäume säumten die Wiese, eine niedrige Mauer bot ein ideales Versteck.

Jasmin parkte vor dem Freibad und setzte ihre Erkundungen zu Fuß fort. Ein Spazierweg führte entlang eines Bachs durch die umliegenden Felder. Sie begegnete einigen Hundehaltern, auf einem Kanalisationsschacht saßen zwei Jugendliche und rauchten. Aus der Ferne hörte sie das Geräusch aufprallender Bälle, kurz darauf kam sie an beleuchteten Tennisplätzen vorbei. Jasmin nahm die entspannte Sommerstimmung in sich auf. Nach und nach beruhigten sich ihre Nerven, die seit Pals Besuch am Nachmittag wie angeschlagene Saiten vibriert hatten.

Im Bemühen, ihr das Leben zu erleichtern, hielt Pal ihr ihre Unzulänglichkeit vor. Manchmal zweifelte Jasmin am Sinn der Beziehung. Welche Zukunft hatte sie? Die Selbstverständlichkeit, mit der sie früher einem neuen Tag begegnet war, war ihr abhandengekommen. Sie dachte daran, wie sie einst ausgeruht aufgewacht war und sich den Herausforderungen ihres Berufs gestellt hatte. Heute war sie froh, wenn sie es überhaupt aus dem Bett schaffte. Eine noch nie dagewesene Müdigkeit hatte sie erfasst. Sie hüllte sie ein wie ein schwerer Wintermantel, so dass jede Bewegung einem Kraftakt gleichkam. Jasmin sehnte sich nach Schlaf, doch sobald sie im Bett lag, begann ihr ganzer Körper zu kribbeln.

Es war nicht fair, Pal mit in den Abgrund zu ziehen, und dennoch schaffte sie es nicht, ihn loszulassen. Er war das Bindeglied zwischen ihr und dem Leben, das sie einst geführt hatte. Seine Gegenwart verdrängte das Gefühl von Unwirklichkeit, gegen das sie ständig ankämpfte. Wenn sie ihn berührte, die weiche Haut über seinen harten Muskeln spürte, hatte ihre Existenz wieder einen Sinn. Sie stellte sich sein kantiges Gesicht vor, die breite Stirn und den intelligenten Blick, der weich wurde, wenn Pal sie ansah. Lächelte er, so bildete sich ein Grübchen an seinem Kinn, und auf einmal sah Jasmin nicht mehr den distanzierten Anwalt vor sich, sondern den Mann, den sie liebte. Beim Gedanken an ihn wurde ihr warm ums Herz.

Über dem Wald war der Mond aufgegangen und tauchte die Landschaft in silbriges Licht. Jasmin blieb stehen und lauschte ihren Atemzügen. Ob Pal schon zu Hause war? Sie sah auf die Uhr. Viertel nach zehn. Sie stellte sich vor, wie er, neben sich eine Schale Cornflakes, kauend vor einem Stapel Akten saß. Hemd und Hose hatte er vermutlich ausgezogen, in seiner Wohnung trug er meist nur T-Shirt und Boxershorts. Jasmin warf einen letzten Blick auf die Umgebung. Dann kehrte sie zügigen Schrittes zum Parkplatz zurück.

4

Fanny hasste ihre Mutter. Sie war gemein. Wie konnte sie nur einen Babysitter einstellen! Fanny war elf Jahre alt! Nach den Sommerferien würde sie in der sechsten Klasse sein. Wenn jemand davon erführe, würde man sie auslachen. Sie hätte keine Freunde mehr. Alle anderen Mädchen hüteten selbst schon Kinder. Nur Fanny wurde von ihrer Mutter wie ein kleines Kind behandelt. Am liebsten hätte sie ihr gesagt, was sie von dieser Frau Meyer mit ihren nervösen Fingern hielt, die dauernd an etwas herumzupften. Aber dann würde ihre Mutter wieder in der Badewanne weinen.

Das Abendessen war schrecklich gewesen. Frau Meyer hatte getan, als schmecke ihr der Salat, doch sie hatte die Tomaten auf dem Teller nur herumgeschoben. Das Brot hatte sie zwischen den Fingern zerbröselt, aber keinen Bissen gegessen. Ihre Mutter hatte so getan, als merke sie nichts. Nur den Eistee hatte Frau Meyer getrunken, aber Fanny war nicht entgangen, dass sie zwei ganze Löffel Zucker hineingegeben hatte. Hätte Fanny sich das erlaubt, hätte ihre Mutter sie gescholten. Aber Frau Meyer durfte sogar die Ellenbogen beim Essen auf den Tisch stützen.

Die ganze Zeit hatte sie Fanny mit ihren blöden Kuhaugen beobachtet. Bestimmt hielt sie sich für besonders gescheit. Sie war wie alle Erwachsenen. Sie glaubte zu wissen, was Fanny dachte. Aber Fanny würde es ihr nie verraten. Sie schrieb nicht einmal mehr Tagebuch, seit sie eine Geschichte gelesen hatte, in der ein Mädchen seine Geheimnisse einem Tagebuch anvertraut hatte, das heimlich von seiner Stiefmutter gelesen wurde. Lange Zeit hatte das Mädchen nicht begriffen, warum plötzlich alles schiefleif. Dann wurde ihm klar, dass die Stiefmutter dahintersteckte.

Mir wird das nicht passieren, dachte Fanny. Vielleicht sollte ich mein Tagebuch verbrennen? Nur so kann ich ganz sicher sein, dass es nicht in falsche Hände gerät. Die Vorstellung, den wunderschönen Zentauren auf dem Deckel in Flammen aufgehen zu sehen, trieb ihr die Tränen in die Augen. Das Tagebuch hatte ihr ihre Mutter zum elften Geburtstag geschenkt. Das Papier war so dick, dass es sich nicht wellte, wenn Fanny Andenken einklebte. Jeden Monat gestaltete sie eine Collage aus Fotos, Eintrittskarten, Kinotickets, manchmal sogar getrockneten Blüten oder Bildern aus Heften.

Sie musste darüber schlafen. Heute würde sie sich nicht entscheiden. Vielleicht fände sie auch ein besseres Versteck. In ihrer Schreibtischschublade war das Tagebuch nicht sicher. Ihre Mutter schnüffelte zwar nicht in ihrem Zimmer, doch Frau Meyer traute Fanny alles zu. Schließlich war sie eine Detektivin, auch wenn sie es vor Fanny zu verheimlichen versuchte. Fanny war nicht blöd. Sie hatte Augen und Ohren. Das schien ihre Mutter manchmal zu vergessen. Fanny hatte gehört, wie sie mit der Tante telefoniert und ihr von ihrer Angst erzählt hatte. Alles wegen dieses Briefes. Deshalb war auch Frau Meyer hier. Sie sollte herausfinden, wer ihn geschrieben hatte. Und auf Fanny aufpassen. Als hätte Fanny das nötig!

Fanny verstand nicht, warum ihre Mutter einen Beruf gewählt hatte, bei dem sie mit Verbrechern zu tun hatte. Sie selbst wollte unterrichten, genau wie ihr Vater. Früher hatte sie Schauspielerin oder Sängerin werden wollen, aber das war bestimmt schon über einen Monat her. Seit ihr Celine erzählt hatte, dass alle wirklich berühmten Stars früh starben, hatte Fanny ihre Meinung geändert.

Celine hatte keine Angst vor dem Tod. Sie hatte sich ihre eigene Beerdigung schon bis ins Detail ausgemalt. Auf ihrem Grabstein würde ein gerahmtes Foto von ihr stehen, umgeben von Rosen, die ihre Fans hingelegt hätten. Tausende kämen, um Celine die letzte Ehre zu erweisen. Es flössen so viele Tränen, dass die Erde nass wäre. Celine hatte bereits ihre Grabrede geschrieben. Sie wollte, dass Fanny sie vorlas. Fanny hatte sich nicht getraut, Nein zu sagen, obwohl sie sicher war, dass sie kein Wort herausbrächte.

Sie hatte Celine auch nichts vom Babysitter erzählt. Was würde sie sonst von ihr denken? Vielleicht suchte sie sich eine andere beste Freundin. Die Vorstellung war so schrecklich, dass Fanny das Gesicht im Kissen vergrub und ihren Tränen freien Lauf ließ. An allem war ihre Mutter schuld. Warum hatte sie Papa weggeschickt? Vorher war das Leben so schön gewesen.

5

Der Sitz der Direktion der Justiz und des Innern befand sich nur wenige Gehminuten vom Hauptbahnhof entfernt. Das Kaspar-Escher-Haus war nach einem Schweizer Industriellen und Sozialpionier benannt, der am Neumühlequai seine erste Maschinenfabrik errichtet hatte. 1920 hatte der Kanton Zürich das Haus übernommen und 13 Jahre später mit der Walcheüberbauung erweitert. Seither hatte sich wenig verändert. Bis vor einem Jahr. Um die Verwaltungsangestellten besser zu schützen, hatte der Kanton 3,7 Millionen Franken in Schleusen und bewachte Eingänge investiert. Auslöser war unter anderem ein Tötungsdelikt an einer Mitarbeiterin der Sozialdienste im Zürcher Oberland gewesen.

Als Milena Herzog das Gebäude betrat, blieb sie neben der Loge stehen und wühlte in ihrer Handtasche. Sie hatte sich immer noch nicht an die neuen Sicherheitsvorkehrungen gewöhnt. Bis vor kurzem hatte sie es als lästig empfunden, jedesmal ihren Badge hervorzukramen, wenn sie die Tür passieren wollte. Seit sie selbst Zielscheibe von Drohungen war, hatte sich ihre Einstellung geändert. Sie war froh, dass kein ungebetener Besucher ins Verwaltungsgebäude eindringen konnte. Wenigstens hier fühlte sie sich sicher.

Als Mitarbeiterin im Generalsekretariat der Justizdirektion trat sie Gefängnisinsassen nie direkt gegenüber. Sie behandelte Rekurse auf dem schriftlichen Weg. Diese betrafen Disziplinarverfügungen, mit denen der Insasse nicht einverstanden war, Vollzugslockerungen, die ihm verweigert wurden, abgelehnte Besuchs- oder Urlaubsgesuche sowie nicht stattgegebene Anträge auf eine Versetzung in eine andere Abteilung oder Anstalt. Bevor Milena einen Entscheid fällte, prüfte sie die Akten und holte beim Amt für Justizvollzug eine Stellungnahme ein. Jeden Antrag studierte sie genau. In den Akten standen zwar nur die Namen, doch sie war sich bewusst, dass Menschen dahintersteckten.

Menschen, denen sie, wenn sie ehrlich war, nicht auf offener Straße begegnen wollte. Die Vorstellung, dass einer der Insassen sie für seine Situation verantwortlich machte, setzte ihr deshalb zu. Sie hatte sich immer für eine starke Frau gehalten. Sie zögerte nicht, Entscheidungen umzusetzen, stellte sich der Kritik und stand offen zu ihrer Meinung. Die erste Drohung hatte sie aufgerüttelt, sie hatte sie aber als harmlos eingestuft. Es war der zweite Brief, der sie erschüttert hatte.

Immer wieder stellte sie sich vor, wie ihre Tochter im Zug verträumt aus dem Fenster schaute und dabei von einem Gewalttäter beobachtet wurde. Zwar war nicht erwiesen, dass der Drohbrief während der Fahrt nach Urdorf in Fannys Schulthek gesteckt worden war, doch eine andere Erklärung hatte die Polizei nicht. Fanny war von Freitag- bis Samstagabend von Matthias beaufsichtigt gewesen. Er hatte sie nie alleine gelassen. Theoretisch hätte jemand in seine Wohnung eindringen können, während er mit Fanny unterwegs gewesen war, die Wahrscheinlichkeit schätzte die Polizei jedoch als gering ein. Einbruchspuren hatten sie keine entdeckt. Dass Matthias die Tür nicht verriegelte, passte nicht zu ihm. Er war pflichtbewusst und zuverlässig, er würde seine Tochter keiner Gefahr aussetzen.

Milena hielt ihren Badge an den Leser und trat durch die Drehtür. Mit dem Lift fuhr sie in den zweiten Stock. Seit zehn Jahren arbeitete sie bei der Justizdirektion. Zielstrebig schritt sie durch die breiten Gänge, die Umgebung war ihr so vertraut, dass sie weder das graue Linoleum noch den Geruch nach Zahnarztpraxis wahrnahm. Im zweiten Stock waren die Interventionsstelle gegen häusliche Gewalt sowie verschiedene Fachstellen untergebracht, eine Etage tiefer lagen die Sicherheitsdirektion und die Baudirektion. Als sich Milena bei der Verwaltung beworben hatte, war Fanny knapp einjährig gewesen. Nach der zwölfmonatigen Babypause hatte Milena eine anspruchsvolle Teilzeitarbeit gesucht, ein schwieriges Unterfangen, wie sich bald zeigte. Dass sie die Stelle im Generalsekretariat erhalten hatte, war reines Glück gewesen, denn die Anwaltsprüfung – eine der gewünschten Zusatzqualifikationen – hatte sie erst später abgelegt.

Die Arbeit hatte ihr vom ersten Tag an gefallen. Jeder Fall war neu, die Bandbreite des Rechtsgebiets groß. Neben Rekursen behandelte sie auch parlamentarische Anfragen, Verordnungsänderungen und Aufsichtsbeschwerden oder beantwortete juristische Fragen der Fachstellen. Belastend empfand sie einzig, dass ihre Entscheide fast immer negativ ausfielen. Zwar war sie von Amtes wegen verpflichtet, auch entlastenden Punkten nachzugehen, doch im Zweifelsfall lehnte sie einen Rekurs ab. Sie hatte deswegen von Anwälten schon harte Worte einstecken müssen. Der Grund dafür war jedoch simpel. Wenn sie einen Rekurs guthieß, war der Entscheid endgültig. Das Amt für Justizvollzug hatte keine Möglichkeit, den Fall weiterzuziehen. Für den Rekurrenten hingegen sah das Gesetz noch einen weiteren Schritt vor: Lehnte Milena einen Rekurs ab, so konnte der Insasse den Fall ans Verwaltungsgericht weiterziehen. Dort wurde das Urteil von einem unabhängigen Richter gefällt, was Milena als sinnvoll erachtete. Sie fühlte sich außer bei klaren Fällen nicht in der Lage, einen Entscheid von so großer Tragweite alleine zu treffen. Wenn ihre Einschätzungen falsch waren, wenn sie beispielsweise einem Urlaubsgesuch stattgab und dann doch etwas geschah, würde man die Justizdirektion dafür verantwortlich machen.

Im Postraum leerte Milena ihr Fach und sah die eingegangenen Briefe kurz durch. Das Verwaltungsgericht hatte Eric Lauppers Gesuch für einen unbegleiteten Urlaub abgelehnt. Milena verspürte Mitleid mit dem Gefangenen, obwohl sie die Ansicht des Amts für Justizvollzug teilte: Weil sich Laupper gegen eine Therapie wehrte, war es nicht möglich, die Rückfallgefahr einzuschätzen, die von ihm ausging. Das Risiko, ihm einen unbegleiteten Urlaub zu bewilligen, war deshalb zu groß. Dennoch ließ sie das Schicksal des Verwahrten nicht kalt. Seine Akten begleiteten sie seit ihrem ersten Tag bei der Justizdirektion. Damals war Laupper als Querulant bekannt gewesen, immer wieder hatte er für Ärger gesorgt. Seit er vor neun Jahren seine Partnerin kennengelernt hatte, war es ruhig geworden um ihn.

Milena schüttelte den Kopf. Sie begriff nicht, was in einer Frau vorging, die sich mit einem verurteilten Sexualverbrecher einließ. Livia Merz hatte als Freiwillige beim Bewährungs- und Vollzugsdienst gearbeitet. Vor Laupper hatte sie zwei andere Insassen betreut. Das Personal der Pöschwies bezeichnete sie als intelligent und differenziert. Weil sie nach einer Scheidung ihre Tage mit einer sinnvollen Beschäftigung hatte füllen wollen, hatte sie sich beim Amt für Justizvollzug beworben. Als eine von rund 60 Freiwilligen besuchte sie regelmäßig Straftäter im Vollzug, unterstützte, begleitete und motivierte sie. In der Ausbildung lernten die Freiwilligen, wie wichtig Abgrenzung war. Dennoch geschah, was nicht hätte geschehen dürfen. Livia Merz verliebte sich in Eric Laupper.

»Milena!«, riss sie eine Frauenstimme aus den Gedanken.

Milena blieb vor einem Eckbüro stehen und begrüßte Astrid Oeschger. Die plumpe Mittfünfzigerin mit dem grauen Lockenkopf bat sie herein. Der Platz ihr gegenüber war leer.

»Ist Priska immer noch krank?«, fragte Milena.

»Bronchitis«, bestätigte Astrid.

»Die Ärmste. Hat sie jemanden für die Kinder?«

»Ihre Mutter hat sie zu sich genommen.«

Priska Sommers Söhne waren zwei und vier Jahre alt. Da ihr Mann häufig auf Geschäftsreisen war, blieb die Organisation des Familienalltags meist an ihr hängen, was ihre Arbeitskolleginnen hautnah mitbekamen. Sie waren zu viert im Fachteam 1, Astrid und Priska teilten sich ein Büro, Milena und Sinje Venuti, die als einzige 100 Prozent arbeitete, hatten je einen eigenen Raum.

»Rainer Kälin hat dich gesucht«, sagte Astrid. »Von der Kapo. Er wollte nicht sagen, worum es ging. Nur, dass er Neuigkeiten habe.«

Milena riss die Augen auf. »Neuigkeiten? In Bezug auf die Drohungen?«

Astrid wusste es nicht. In ihren Augen lag Mitgefühl. Milena eilte in ihr Büro und schloss die Tür. Im Stehen wählte sie Kälins Nummer. Sie kannte sie auswendig. Als sie die raspelnde Stimme des Polizisten hörte, hielt sie die Luft an. Wie oft hatte sie den Hörer hoffnungsvoll ans Ohr gepresst, nur um zu erfahren, dass die Polizei weiterhin im dunkeln tappte. Doch diesmal hatte Kälin sie angerufen, nicht umgekehrt.

»Hier ist Milena Herzog«, sagte sie atemlos.

»Danke, dass Sie zurückrufen«, antwortete der Polizist.

»Ja?«, drängte Milena.

Kälin kam gleich zur Sache. »Wir haben jemanden gefunden, der den Mann in der S-Bahn gesehen hat.«

Rainer Kälin hatte Fanny ausführlich über ihre Fahrt von Zürich nach Urdorf befragt. Fanny hatte einen Mann im Viererabteil nebenan erwähnt. Offenbar hatte er ihren Schulthek aufgerichtet, nachdem er umgefallen war. Ob er ihn auch geöffnet hatte, hatte Fanny nicht sagen können. Sie hatte den Mann als »mindestens so alt wie Papa« und »ein bisschen glatzköpfig« beschrieben.

»Also wissen Sie, wer er ist?«, fragte Milena aufgeregt.

»Wir wissen, dass er wie Fanny in Urdorf-Weihermatt ausstieg. Er folgte ihr aber nicht, sondern bog in die Unterführung ein. Anschließend ging er den Mühlebächliweg hinunter. Gut möglich, dass er in Urdorf lebt – oder zumindest jemanden dort besucht hat.«

Milena setzte sich. Wie immer, wenn sie an den Unbekannten dachte, zog sich ihr Magen vor Angst zusammen. Was, wenn es an diesem Abend nicht geblitzt und gedonnert hätte? Milena wusste, wie sehr sich Fanny vor Gewittern fürchtete. Deshalb war sie ihr entgegengeeilt. Hatte der Unbekannte sie gesehen? War er deshalb in die Unterführung eingebogen? Sie hatte Kälin die Namen aller Straftäter angegeben, deren Rekurse sie in den letzten Jahren bearbeitet hatte. Fannys Beschreibung passte auf über die Hälfte, wenn man beim Alter noch etwas Spielraum einräumte. Die Polizei hatte die Insassen überprüft, die sich in Halbfreiheit oder in einer offenen Klinik befanden. Die meisten hatten ein Alibi. Zwei Rekurrenten im geschlossenen Vollzug hatten zum fraglichen Zeitpunkt die Pöschwies für einen Beziehungsurlaub verlassen; aus den detaillierten Tagesplänen, die sie abgegeben hatten, gingen ihre genauen Aufenthaltsorte hervor. Demnach war keiner im Limmattal gewesen. Doch sowohl Milena als auch der Polizei war klar, dass ein Regelverstoß nicht auszuschließen war. Unbegleitete Urlaube dienten dazu, Straftäter auf eine Entlassung vorzubereiten. Deshalb wurden ihnen gewisse Freiheiten zugestanden. Schließlich gehörte die Wiedereingliederung in die Gesellschaft zu den wichtigsten Zielen des Vollzugs. Manchmal wurden diese Freiheiten missbraucht.

Milenas Blick streifte die Dossiers, die sie der Priorität nach sortiert und aufgestapelt hatte. Auf einmal packte sie eine heftige Wut. Tag für Tag arbeitete sie sich gewissenhaft durch die Aktenberge, versuchte stets, objektiv zu bleiben und sowohl den Argumenten des Amts für Justizvollzug als auch der jeweiligen Verteidiger Rechnung zu tragen. Sie behandelte jeden Rekurs gleich, auch wenn von Beginn weg klar war, dass wenig Aussicht auf Erfolg bestand. Immer versuchte sie, den Insassen vor sich zu sehen, der eine sorgfältige Prüfung und eine nachvollziehbare Begründung ihres Entscheids verdiente. Und trotzdem sahen die Rekurrenten in ihr einen Feind. Als wäre ich es gewesen, die einen Mann getötet, eine Frau vergewaltigt oder ein Kind missbraucht hat, dachte sie zornig.

»Sie wissen also nicht, wo der Mann hinging?«, bohrte Milena.

»Leider nein«, antwortete Kälin. »Aber wir arbeiten daran.«

Am liebsten hätte Milena mit einem bissigen Kommentar geantwortet. Sie riss sich zusammen, verabschiedete sich und legte auf. Kälin konnte nichts dafür. Statt den Computer zu starten, holte sie die Dossiers der zwei Rekurrenten hervor, die sich im Hafturlaub befunden hatten, als Fanny von Zürich nach Urdorf fuhr. Weil sie an das Amtsgeheimnis gebunden war, durfte sie die Namen der Gefängnisinsassen nicht weitergeben. Auf einmal war es ihr egal. Während sie in ihrem Büro saß und sich an die Vorschriften hielt, schmiedete ein Gewalttäter Rachepläne.

Milena nahm den Hörer erneut in die Hand. Diesmal wählte sie Jasmins Nummer.

Jasmin betrat die Kanzlei. Lisa Stocker blickte von ihrem Arbeitsplatz hinter dem Empfangstresen auf. Als sie Jasmin erkannte, gefror das Lächeln auf ihrem geschminkten Gesicht.

»Pal ist beschäftigt.«

Ohne ein Wort ging Jasmin auf das Sitzungszimmer zu, das sie benutzen durfte, wenn sie einen Arbeitsplatz brauchte. Die Tür war geschlossen.

»Du kannst da nicht rein!«, rief Lisa entsetzt. »Pal hat eine wichtige Besprechung.«

Jasmin drehte sich um. Wenn Pal im Sitzungszimmer war, stand sein Büro leer. Auch gut. Dort hatte sie sogar einen Computer. Sie hörte, wie Lisa Luft holte, als sie das Büro betrat, wartete ihren Einwand jedoch nicht ab. Sie brauchte einen ruhigen Ort, um Milena Herzogs Vertrag zu studieren und auf Pal zu warten. Sie war am Vorabend zu ihm gefahren, doch er war nicht zu Hause gewesen. Ein schlechtes Gewissen beschlich sie. Bestimmt hatte er wegen des Besuchs bei ihr länger arbeiten müssen. Ihre Vermutung wurde bestätigt, als sie die leere Cornflakes-Packung im Abfalleimer entdeckte.

Jasmin setzte sich auf den ledernen Bürostuhl und holte den Vertrag hervor. Ihr Blick fiel auf den Motorradanzug, der an einem Haken hinter der Tür hing. Als sie sich vorstellte, wie er sich an Pals Körper schmiegte, erwachte die Sehnsucht, die sie am Vorabend verspürt hatte. Pals Wesen war im ganzen Raum präsent: Klare Flächen und Linien prägten die Einrichtung, die Möbel waren vorwiegend aus Chrom, Glas und dunklem Leder; keine persönlichen Gegenstände ließen auf ein Leben außerhalb der Kanzlei schließen. Im Regal standen Fachbücher und Ordner, alle in Arial narrow beschriftet. Gegenüber den beiden Besucherstühlen hingen gut sichtbar Pals Diplome. Dass er sein Studium summa cum laude abgeschlossen hatte, würde jedem Klienten ins Auge springen. Auf einmal fühlte sich Jasmin klein.

Sie streifte ihre Motorradstiefel ab, zog die Beine an und richtete ihre Aufmerksamkeit auf den Vertrag in ihren Händen. Schon nach wenigen Minuten ließ ihre Konzentration nach. Warum schafften es Juristen nicht, verständlich zu schreiben? Die aneinandergereihten Substantive unterschieden sich kaum, jeder Satz zog sich über mehrere Zeilen hin. Draußen schien die Morgensonne und kündigte einen heißen Tag an. Jasmin schloss die Augen und ließ sich noch einmal das Telefongespräch mit Milena Herzog durch den Kopf gehen.

Sie war überrascht über die Aufgebrachtheit in ihrer Stimme gewesen. Ob Fanny erneut einen Drohbrief erhalten hatte? Milena Herzog hatte am Telefon nichts dazu sagen wollen, sie hatte nur angedeutet, sie habe neue Informationen und wünsche, dass Jasmin nicht nur Fanny beschütze, sondern auch eigene Ermittlungen anstelle. Was hatte sie dazu bewogen, den Auftrag auszuweiten? War ihr klar, dass sie damit möglicherweise die Grenze der Legalität überschritt? Natürlich, beantwortete Jasmin die Frage gleich selbst. Sonst hätte sie nicht um ein Treffen in einer Pizzeria am Stauffacher gebeten, weit weg vom Kaspar-Escher-Haus und den Restaurants, in denen ihre Arbeitskollegen speisten.

Jasmin versuchte zu ergründen, was die Vorstellung in ihr auslöste. Ein Teil von ihr freute sich auf die anspruchsvolle Aufgabe, gleichzeitig meldeten sich die vertrauten Zweifel. Was, wenn sie versagte? Ihr standen weniger Mittel zur Verfügung als der Polizei. Was erhoffte sich Milena Herzog? Als Polizistin war Jasmin selten mit privaten Ermittlern konfrontiert worden, wie ihre Kollegen hatte sie aber stets mit Ablehnung reagiert. Auf die Idee, Informationen mit einer Privatperson auszutauschen, wäre sie nie gekommen. Wie stünde Rainer Kälin dazu? Würde er Jasmins Arbeit als Ergänzung seiner Bemühungen oder als Behinderung betrachten?

Die Sonne schien Jasmin nun direkt ins Gesicht. Hinter ihren Augenlidern tanzten Farbtupfer. Gestern Nacht war sie wieder lange wachgelegen. Ihre Ärztin hatte ihr geraten, nicht gegen die Schlaflosigkeit anzukämpfen, sondern sie zu akzeptieren und statt wach im Bett zu liegen zu lesen oder einen Spaziergang zu machen. Doch dazu fehlte Jasmin meist die Energie. So war sie stundenlang auf der Matratze gelegen und hatte die Wand angestarrt.

Sie merkte erst, dass sie eingenickt war, als sie von Stimmen geweckt wurde. Bevor sie sich orientieren konnte, ging die Tür auf. Pal blickte sie zuerst überrascht, dann mit wachsendem Entsetzen an. Hinter ihm standen zwei Männer in dunklen Anzügen und mit Aktenkoffern in den Händen. Jasmin sprang auf, sammelte die Seiten des Vertrags ein und kam hinter dem Schreibtisch hervor. Kurz glaubte sie, Pal gäbe vor, sie nicht zu kennen, doch dann lächelte er gezwungen. Wie sehr er sich ärgerte, sah Jasmin an seinen Ohren. Sie leuchteten feuerrot.

Jasmin fasste sich. »Entschuldige, ich wollte nicht stören.« Sie hielt den Vertrag hoch. »Ich komme später vorbei.«

»Ich bin den ganzen Tag besetzt«, sagte Pal kühl.

»Ich werde mir von Lisa einen Termin geben lassen.« Es gelang Jasmin nicht, den Sarkasmus zu unterdrücken.

Sie kratzte ihre letzte Würde zusammen und stolzierte an den Männern vorbei. Als sie die Tür erreichte, räusperte sich Pal. Sein Blick war auf ihre Füße gerichtet. Sie hatte vergessen, die Stiefel anzuziehen. Ihr wurde kalt. Auf keinen Fall würde sie vor aller Augen unter den Schreibtisch kriechen, um sie zu holen. Mit erhobenem Kopf verließ sie die Kanzlei.

Die Pizzeria, in der sich Jasmin mit Milena Herzog verabredet hatte, lag gegenüber der St. Jakobskirche. Obwohl draußen noch Tische frei waren, hatte sich Milena Herzog ins Innere gesetzt. Jasmin hatte sie in der dunklen Ecke zuerst gar nicht wahrgenommen. Ungewohnt langsam bahnte sie sich einen Weg zwischen den Tischen hindurch. Unterwegs hatte sie einen Abstecher in ein Schuhgeschäft gemacht, um sich ein

Paar Flipflops zu kaufen. Den Fahrtwind zwischen den Zehen zu spüren, hatte sie als überraschend angenehm empfunden, doch beim Gehen gelang es ihr kaum, die Füße zu heben. Sie war solideres Schuhwerk gewohnt.

Milena Herzog starrte auf die Speisekarte. Jasmin bezweifelte, dass ihre Gedanken beim Essen waren. Obschon sie ihre Lippen mit einem kräftigen Rot nachgezogen hatte, wirkte sie blass.

»Danke, dass Sie es sich so kurzfristig einrichten konnten.« Milena Herzog reichte Jasmin die Hand. »Übrigens, ist es Ihnen recht, wenn wir uns duzen?«

Jasmin zögerte. Freundschaften hatten in einem Auftragsverhältnis nichts zu suchen. Andererseits würde sie nie vergessen, wie sie sich gefühlt hatte, als sie die Akten des »Metzger«-Falls gesehen hatte. Um ihrem Entführer auf die Spur zu kommen, hatten ihre Kollegen ihr Privatleben auseinandergenommen. Sie war sich als Objekt vorgekommen, nicht als Mensch. Genau so fühlte sich Milena Herzog jetzt. Jasmin schaffte es nicht, ihr die Bitte abzuschlagen.

»Warum hast du eigentlich ausgerechnet mich engagiert?«

»Aus verschiedenen Gründen.« Milena lächelte schwach. »Einmal, weil du eine Frau bist. Ich wollte keinen fremden Mann in die Nähe meiner Tochter lassen. Zudem bist du hervorragend qualifiziert. Und selbstverständlich war es für mich wichtig, dass du mich verstehst. Du weißt, was es bedeutet, jemandem ausgeliefert zu sein.«

Jasmin senkte den Blick. Natürlich wusste Milena Bescheid. Was hatte Jasmin erwartet? Der »Metzger«-Fall hatte hohe Wellen geworfen. Der ganze Justizapparat kannte die Geschichte.

»Dieses Gefühl der Hilflosigkeit, der Ohnmacht«, fuhr Milena leise fort. »Ich glaube nicht, dass ein Außenstehender es wirklich nachvollziehen kann. Und erst die Scham. Obwohl ich weiß, dass ich nichts Falsches getan habe, schäme ich mich, als läge es an mir, dass ich bedroht werde. Ich könnte niemanden in mein Leben lassen, der das nicht selbst durchgemacht hat.« Sie holte Luft. »Die Angst macht aus mir einen anderen

Menschen. Ich traue meinem Urteilsvermögen nicht mehr. Wenn sich Fanny nur wenige Minuten verspätet, verwandle ich mich in ein Nervenbündel. Ich erkenne mich selbst kaum.«

Jasmin nickte stumm.

Milena beugte sich vor. »Aber ich habe beschlossen, mich nicht mehr terrorisieren zu lassen! Ich will, dass du den Täter findest! Deshalb habe ich um dieses Treffen gebeten.«

»Ich soll aktiv ermitteln?«

Milena erzählte, was sie von Rainer Kälin erfahren hatte. »Dieser Unbekannte kennt vermutlich jemanden in Urdorf. Vielleicht lebt ein Angehöriger oder ein Freund dort. Ich möchte, dass du das Umfeld der Verdächtigen überprüfst.« Sie holte eine Sichtmappe aus ihrer Tasche. »Ich habe der Polizei eine Liste meiner Rekurrenten gegeben. Hier hast du eine Kopie. Weiter habe ich dir die wichtigsten Informationen aus den Akten zweier Insassen zusammengestellt, die am fraglichen Tag im Hafturlaub waren. Der jüngere passt nicht auf Fannys Beschreibung, doch Karl-Heinz Rathgeb käme als Täter in Frage. Fanny hat ihn auf dem Foto zwar nicht erkannt, aber das muss nichts bedeuten. Sie war völlig aus dem Häuschen, weil es geblitzt und gedonnert hat. Sie fürchtet sich vor Gewittern.«

Jasmin sah ihr in die Augen. »Dürfen Sie … darfst du mir diese Kopien aushändigen?«

Milena richtete sich auf. »Ich bin hier das Opfer, nicht der Täter!«

»Ich weiß«, sagte Jasmin. »Und trotzdem muss ich dir die Frage stellen.«

Milena holte tief Luft und ließ sie langsam entweichen. »Ehrlich gesagt, bin ich mir selbst nicht sicher. Ich bin sowohl als Privatperson als auch als Mitarbeiterin der Justizdirektion involviert. Doch ich bin der Meinung, die Drohungen richten sich an mich als Privatperson.«

»Das verstehe ich nicht.«

»Was mir als Privatperson widerfährt, untersteht nicht dem Amtsgeheimnis. Also darf ich darüber reden. Außerdem sind alle Informationen, die ich dir gegeben habe, in den Ermittlungsakten enthalten. Als Opfer darf ich mir diese ansehen. Auch darüber reden.« Milenas Blick wurde hart. »Und weißt du was? Wenn nicht, ist es mir egal. Ich werde das Leben meiner Tochter deswegen nicht aufs Spiel setzen!«

»Du nimmst die Drohungen also ernst«, stellte Jasmin fest.

»Natürlich! Diese Briefe wurden von einem verurteilten Gewalttäter geschrieben! Ich muss sie ernst nehmen.«

Der Kellner, der während des Gesprächs diskret im Hintergrund gewartet hatte, räusperte sich. Jasmin und Milena gaben ihre Bestellungen auf, ohne die Speisekarte lange zu studieren. Nachdem ihnen eine Flasche Cola und ein Glas Mineralwasser serviert worden waren, nahm Milena das Gespräch wieder auf.

»Gerade du müsstest das verstehen können. Ich kann nicht untätig herumsitzen und warten, bis etwas geschieht.«

»Es wird nichts geschehen.« Jasmin kramte den ungelesenen Vertrag aus ihrem Rucksack, strich ihn glatt und setzte ihre Unterschrift auf die letzte Seite. »Das verspreche ich dir. Erzähl mir von den Verdächtigten.«

6

Der 29-jährige Luca Bracchini war vor vier Jahren wegen Vergewaltigung zu einer unbedingten Freiheitsstrafe von drei Jahren verurteilt worden. Die Strafe hatte das Gericht zugunsten einer stationären Maßnahme aufgeschoben. Da die Therapie nicht den gewünschten Erfolg zeigte, blieb der Sanitärinstallateur nach Ablauf der vier Jahre weiterhin in Haft. Von einem Gutachter war das Rückfallrisiko als hoch eingeschätzt worden. Bracchini hatte um therapeutische Ausgänge gekämpft; als ihm diese verweigert worden waren, hatte er Rekurs eingelegt – ohne Erfolg. Hingegen hatte ihm das Amt für Justizvollzug vor einem Monat erlaubt, die Pöschwies für einen halben Tag zu verlassen, um an der Beerdigung seiner Mutter teilzunehmen. Bracchini war von Anstaltspersonal begleitet worden und nie unbeobachtet gewesen.

Jasmin fröstelte, als sie das Foto des Vergewaltigers betrachtete, das bei seiner Verhaftung aufgenommen worden war. Die dunklen Augen blickten vorwurfsvoll in die Kamera, der Schmollmund war trotzig verzogen. Obwohl sie nur ein Stück Papier in der Hand hielt, fühlte sich Jasmin beschmutzt. Rasch stand sie auf und legte das Blatt auf den Fenstersims, bevor sie sich wieder auf ihre Matratze setzte. Bracchini passte zwar nicht auf Fannys Beschreibung, doch die Beerdigung seiner Mutter hatte in Dietikon stattgefunden, ganz in der Nähe von Urdorf. Außerdem würde er vermutlich den Begriff »Schlampe« benutzen. Durch ihre Arbeit bei der Polizei hatte Jasmin ein sicheres Gespür für Ausdrucksweisen bekommen. Stammte der Drohbriefschreiber beispielsweise aus dem Balkan, so hätte er Milena eher als »Hure« bezeichnet.

Jasmin wandte ihre Aufmerksamkeit Karl-Heinz Rathgeb

zu. Die Unterlagen, die Milena über den Insassen zusammengestellt hatte, waren umfangreich. 1999 hatte er in einer Kneipe im Kreis 4 einen jungen Mann niedergestochen. Das Opfer hatte schwer verletzt überlebt. Die Tat bildete das Ende einer langen Serie von Tätlichkeiten, Drohungen und einfachen Körperverletzungen. Bis zu jenem Abend an der Langstraße waren alle Strafen bedingt ausgesprochen worden. Damit war nun aber Schluss. Das Gericht ordnete eine Freiheitsstrafe von 15 Jahren an. Eine Verwahrung lehnte es aus Gründen der Verhältnismäßigkeit knapp ab.

Aus Rathgebs Akten ging hervor, dass er bereits in seiner Jugend gewalttätig gewesen war, allerdings war es nie zu einer Anzeige gekommen. Obwohl Jasmin die Details nicht wissen wollte, blätterte sie weiter. Sie las, dass Rathgeb als 17-jähriger Schreinerlehrling einen Mitarbeiter mit einer Säge bedroht hatte, weil sich dieser abschätzig über ihn geäußert hatte. Daraufhin hatte man den Burschen entlassen. Wenig später war die Katze des Nachbarn mit abgeschnittenem Schwanz gefunden worden.

Das Blatt in Jasmins Hand zitterte. Sie zwang sich weiterzulesen. Mit Leuchtstift hatte Milena den Begriff »hohe Psychopathiewerte« markiert. Ein Gutachter hatte die Behandlungsmöglichkeit als sehr fraglich eingeschätzt. Da sich Rathgeb zudem strikt geweigert hatte, eine Therapie zu machen, hatte das Gericht darauf verzichtet, eine stationäre oder vollzugsbegleitende ambulante Maßnahme auszusprechen. Jasmin schüttelte den Kopf. Wie viele Laien hatte sie eine Therapie immer als milde Strafe betrachtet. Als der Verteidiger des »Metzgers« den Aufschub der Strafe zugunsten einer stationären Maßnahme beantragt hatte, hatte Jasmin mit Wut und Unverständnis reagiert. Bis ihr Pal erklärt hatte, dass eine therapeutische Maßnahme für den Betroffenen oft härter war. Eine stationäre Maßnahme wurde jeweils für fünf Jahre angeordnet. Erfüllte der Verurteilte nach Ablauf der fünf Jahre die Voraussetzungen für eine bedingte Entlassung nicht, wurde die Maßnahme vom Gericht verlängert. Zwar fanden regelmäßige

Überprüfungen statt, eine Höchstdauer gab es jedoch nicht. Deshalb wurde eine therapeutische Maßnahme häufig als »kleine Verwahrung« bezeichnet. Viele Straftäter bevorzugten eine Freiheitsstrafe, deren Ende absehbar war.

Hatte sich Karl-Heinz Rathgeb deshalb gegen eine Therapie gewehrt? In zwei Jahren musste er entlassen werden. Dies, obwohl er als manipulativ galt und ihm keine gute Prognose gestellt worden war. Doch das Amt für Justizvollzug hatte nichts Konkretes gegen ihn in der Hand. Es gab keinen Grund, ihm den Stufenvollzug, also zuerst Hafturlaube, dann einen Wechsel in den offenen Vollzug und schließlich ins Arbeitsexternat, zu verweigern. Die Verantwortlichen hatten eine nachträgliche Verwahrung beantragt, sie war aber abgelehnt worden, weil die rechtliche Basis fehlte. Immerhin war es deshalb zu Verzögerungen gekommen. Statt im offenen Vollzug befand sich Rathgeb immer noch in einer geschlossenen Abteilung. Dagegen hatte er Beschwerde eingereicht. Milena hatte den Rekurs abgelehnt.

Übelkeit packte Jasmin. Sie begriff, welche Vorstellungen Milena Herzog quälten. Wenn sich Karl-Heinz Rathgeb an ihr rächen wollte, würde er ihre Schwachstelle wählen: Fanny. Was würde er dem Mädchen antun?

Auf einmal bereute Jasmin, dass sie die Unterlagen auf ihrer Matratze sitzend durchgesehen hatte. Es kam ihr vor, als habe sie das Böse in ihr Bett gelassen. Sie sammelte die Berichte ein, nahm das Foto vom Fenstersims, warf alles in den leeren Küchenschrank und riss die Fenster ihrer Wohnung auf. Es drängte sie, nach Urdorf zu fahren, doch sie wäre zwei Stunden zu früh. Fanny befand sich noch in der Schule. Einem Impuls folgend, nahm Jasmin das Bettzeug von der Matratze und holte Waschmittel aus dem Bad. Bevor sie die Wohnung verließ, verriegelte sie die Fenster.

Zu ihrer Überraschung war die Waschmaschine frei. Jasmin trug sich nie in den Wochenplan ein, da sie nicht im voraus wusste, wann sie die Waschmaschine benötigen würde. Ein Blick auf den Kalender an der Wand zeigte ihr, dass eine andere Mieterin in zehn Minuten waschen wollte. Dann muss sie eben warten, dachte Jasmin, während sie die Bettwäsche in die Trommel stopfte. Der Kellerboden fühlte sich kalt an unter ihren nackten Füssen.

Auf dem Weg nach oben holte sie die Post aus dem Briefkasten. Offensichtlich hatte sie das Fach schon einige Tage nicht mehr geleert. So genau wusste sie es nicht. Seit sie von der Sicherheitsfirma entlassen worden war, hatte sie jegliches Zeitgefühl verloren. Bis vor wenigen Monaten war sie immerhin noch regelmäßig ins Eskrima-Training gegangen, eine philippinische Kampfkunst, in der Messer, Dolche und Stöcke zum Einsatz kamen. In letzter Zeit hatte sie aber nicht einmal dazu die Energie aufgebracht. Sie nahm sich vor, die Übungen wieder aufzunehmen. Wenn sie Fanny vor einem gefährlichen Gewaltverbrecher schützen wollte, musste sie in Form sein. Stichwaffen und Stöcke waren zwar kein Ersatz für die Heckler & Koch, die sie als Polizistin besessen hatte, doch das Statthalteramt hatte ihr Gesuch für einen Waffentragschein abgelehnt.

Sie hatte sich gehenlassen. Nicht nur in sportlicher Hinsicht. Wie hatte ihr das Leben so entgleiten können? Ihr Blick schweifte durch die Wohnung. Seit ihrem Einzug vor einem Jahr hatte sich nichts verändert. Noch immer aß sie am alten Campingtisch, den ihr ihre Mutter vermacht hatte, und schlief auf einer Matratze aus dem Brockenhaus. Jasmin hatte sich auch früher kein Nest gebaut, sie betrachtete ihren Körper als ihr Zuhause, nicht die vier Wände, die sie umgaben. Trotzdem nahm sie sich vor, die Räume ein bisschen wohnlicher zu gestalten. Dadurch, dass diese ihr den Schutz boten, den sie so dringend benötigte, gewannen sie an Bedeutung.

Während sie auf die Wäsche wartete, räumte sie auf. Sie spülte Geschirr, drehte eine Runde mit dem Staubsauger und stellte sich anschließend unter die Dusche. Beim Anblick der Schlangen auf ihrer Haut spürte sie Energie in sich hochsteigen. Die Abheilung schritt voran, der Schorf war beinahe abgefallen. Gerne hätte Jasmin auf die Verbände verzichtet, doch auf dem Motorrad waren ihre Handgelenke zu exponiert. Sie trug großzügig Wundsalbe auf und deckte die Tätowierungen wieder ab. Dabei dachte sie an Pals Reaktion. Schon beim Stechen hatte sie gewusst, dass ihm die Schlangen nicht gefallen würden, doch sie hatte es satt gehabt, durch die Narben immer an ihre Gefangenschaft erinnert zu werden. Vor allem das Mitleid in den Augen der Menschen, die ihre Geschichte kannten, setzte ihr zu. Nicht einmal Pal konnte es ganz unterdrücken. Abscheu war ihr da lieber.

Aus dem Schrank fischte Jasmin ein frisches Paar Jeans und eine leichte, langärmelige Bluse. Bald würde sie wieder T-Shirts tragen können. Sie fuhr mit dem Kamm durch ihr nasses Haar, schlüpfte in ihre Turnschuhe, holte die Bettwäsche aus der Waschküche und stopfte die schmutzigen Kleider in die Maschine. Obwohl es immer noch zu früh war, beschloss sie loszufahren. Sie würde einen kleinen Umweg über den Albispass machen. Benzin brauchte sie nicht mehr zu sparen. Sie hatte wieder ein Einkommen.

Es war 15.15 Uhr, als Jasmin in der Nähe des vereinbarten Treffpunkts beim Schulhaus parkte. Sie stellte sich so hin, dass sie den Ausgang der Schule im Blickfeld hatte. Sie würde mit Fanny zu Fuß nach Hause gehen und ihre Ducati später holen. Vom Schwimmbad nebenan drang das Kreischen der Kinder. Es erinnerte Jasmin an die langen Sommerferien und an das Gefühl der Freiheit, das sie empfunden hatte. Sie war nie gerne zur Schule gegangen. Der Druck und das ewige Stillsitzen hatten Aggressionen in ihr geweckt, die sie in den kurzen Pausen nicht hatte abbauen können. Noch jetzt wurde sie unruhig, wenn sie daran zurückdachte. Sie betrachtete die Eingangstür und stellte sich die nach Putzmittel riechenden Gänge vor. Sie sah den Garderobenhaken vor sich, an dem ihre Turntasche, die viel zu selten zum Einsatz gekommen war, gehangen hatte. In Gedanken hörte sie das Kratzen der Kreide an der Wandtafel und dachte an die Buchstaben, die vor ihr zu tanzen begonnen und die Plätze getauscht hatten. Sie einzufangen, hatte Jasmin alles abverlangt, doch sie hatte nie ein Wort des Lobs gehört, sondern nur enttäuschte Blicke geerntet. Es genügte nicht, die Buchstaben im Schreibheft festzuhalten, ihre Lehrerin hatte darauf bestanden, dass auch die Reihenfolge stimmte.

Die Schulglocke läutete. Jasmin atmete erleichtert auf. Schon bald strömten die ersten Kinder, Zweit- oder Drittklässler, vermutete Jasmin, aus dem Schulhaus und rannten über den Pausenhof. Die Tür ging erneut auf, und es folgten ältere Schüler, die es nicht so eilig hatten, nach Hause zu kommen. Sie schwatzten und lachten, eine Tasche schlitterte über den Asphalt und landete zwischen den Tentakeln eines steinernen Tintenfisches. Jasmin staunte über das Modebewusstsein, das bei den Primarschülern herrschte. Viele Knaben hatten die Haare mit Gel frisiert, die Mädchen trugen Miniröcke, enge Tops und Umhängetaschen.

Jasmin schirmte die Augen vor der Sonne ab. Fanny würde nicht aus der Menge herausstechen. So, wie Jasmin sie einschätzte, würde sie unauffällig über den Platz schlendern, den Kopf eingezogen, um ihre Größe zu kaschieren. Jasmin hatte nie verstehen können, woher dieser Wunsch kam, mit der Gruppe zu verschmelzen. Vielleicht, weil sie früh erkannt hatte, dass es in ihrem Fall aussichtslos war. Sie war immer aufgefallen. Die einzige Gemeinschaft, in die sie sich je hatte einfügen können, war das Polizeikorps gewesen. Dort hatte sie sich als Teil eines Ganzen gefühlt. Es war ihr leichtgefallen, die Regeln zu akzeptieren und sich in die Hierarchie einzugliedern, denn sie hatte ihre Vorgesetzten respektiert.

Wie es ihren ehemaligen Kollegen ergehen mochte? Sie vermisste sie. Vor allem Tobias Fahrni, der mit ihr das Büro geteilt hatte. Zwischen ihnen hatte sich im Laufe der Jahre eine tiefe Verbundenheit entwickelt. Es war Tobias gewesen, der den »Metzger« aufgespürt und sie gerettet hatte. Es war auch Tobias gewesen, der am Bett gesessen war, als sie im Krankenhaus erwachte. Und mit dem sie, einen Monat später, geschlafen hatte. Nicht aus Liebe, sondern weil sie sich innerlich tot gefühlt hatte. Der Akt war ein jämmerlicher Versuch gewesen, ihre Seele zum Leben zu erwecken. Die Scham darüber trieb ihr noch heute die Röte ins Gesicht. In ihrer Verzweiflung hatte sie sich Tobias förmlich an den Hals geworfen – und damit ihren besten Freund verloren. Pal hatte sie nie etwas davon erzählt.

Die Schüler hatten sich in alle Richtungen zerstreut. Nur noch einzelne kamen aus dem Schulhaus. Jasmin drehte sich um die eigene Achse. Hatte sie Fanny verpasst? War sie so in Gedanken versunken gewesen, dass sie das Mädchen übersehen hatte? Ihre Handflächen wurden feucht. Sie zwang sich, ruhig zu bleiben. Fanny wusste, wo Jasmin auf sie wartete. Vielleicht hatte sie bloß etwas im Schulzimmer vergessen und war nochmals ins Schulhaus zurückgekehrt.

Jasmin ging auf eine Gruppe Mädchen zu. »Entschuldigung, kennt jemand von euch Fanny Herzog?«

Ein sommersprossiges Mädchen nickte. »Sie geht mit uns in die Klasse.«

»Weißt du, wo sie ist?«

»Sie war gerade noch da. Oder, Kiki?«

Kiki sah sich verwundert um. »Ich habe sie gefragt, ob sie mit in die Badi kommt. Sie wollte aber nicht. Vielleicht ist sie nach Hause gegangen?«

»Fragen Sie doch Celine, Fannys beste Freundin.« Die Sommersprossige zeigte auf ein blondes Mädchen, das auf den Parkplatz vor dem Schulhaus zusteuerte.

Jasmin bedankte sich und spurtete fluchend über den Pausenhof. Wie hatte sie sich nur ablenken lassen können? Ein Anfängerfehler! Wie oft war ihr während der Ausbildung eingeschärft worden, dass Personenschutz hundertprozentige Konzentration erforderte! Genau das machte die Aufgabe so schwierig. Die Gefahr, aus Langeweile oder Unterforderung abzuschweifen, war groß. Bereits ein kleiner Moment der Unaufmerksamkeit konnte aber katastrophale Folgen nach sich ziehen. Eine einzige Sekunde reichte, um einen Menschen zu verletzen oder gar zu töten.

Oder um ein Mädchen zu entführen.

»Celine?«, rief Jasmin.

Das Kind drehte sich um. »Ja?«

»Hast du Fanny gesehen?«

Ein ängstlicher Ausdruck huschte über Celines Gesicht. Jasmin brauchte einen Augenblick, um zu begreifen, dass sie der Auslöser war. Sie atmete tief ein und setzte ein Lächeln auf. »Ich bin hier, um Fanny abzuholen, aber offenbar habe ich sie verpasst.«

Celine entspannte sich. »Sie hat mir gesagt, ich soll nicht auf sie warten.«

»Wann hat sie das gesagt?«

»Vorhin, als wir unsere Sachen zusammengepackt haben.«

»Wartest du normalerweise auf sie?«

»Meistens gehen wir ein Stück zusammen«, erklärte Celine. »Bei der Unterführung trennen wir uns. Ich wohne in der Fadmatt. Manchmal kommt Fanny aber auch mit zu mir.«

»War heute etwas anders als sonst?«

»Ich weiß nicht. Sie war irgendwie komisch.«

»Wie meinst du das?«

»Einfach anders.«

»Bitte erklär es mir, es ist wichtig!«, drängte Jasmin.

Celine kaute auf ihrer Unterlippe herum. »Ich glaube, sie hat ein Geheimnis. Früher haben wir einander alles erzählt, aber in letzter Zeit nicht mehr. Ich habe sie gefragt, was los ist, aber sie wollte es mir nicht sagen.« Celine sah sie misstrauisch an. »Warum wollen Sie das wissen? Wer sind Sie überhaupt?«

Jasmin erklärte, dass sie Fanny zu beschützen versuchte.

»Vor dem Mann?«, fragte Celine.

Jasmin erstarrte. »Hast du einen fremden Mann gesehen?«

Celine schüttelte den Kopf. »Fanny hat mir von ihm erzählt.«

»Was genau hat sie gesagt?«, bohrte Jasmin. »Denk nach!«

»Nur, dass ihre Mutter glaubt, ein Mann sei hinter ihr her.« Celine zuckte die Schultern. »Fanny hat keine Angst. Das hat sie mir selbst gesagt.«

»War der Mann hier? Hat Fanny ihn getroffen?«

»Woher soll ich das wissen? Sie erzählt mir ja nichts mehr!«

Celine hatte das Interesse am Gespräch verloren. »Ich muss gehen, meine Mutter ist da.«

Ein Renault hielt vor dem Velostand, der den Pausenhof von den Parkplätzen trennte. Celine rannte auf den Wagen zu. Mit klopfendem Herzen sah Jasmin ihr nach. Sie verspürte den Impuls, sich auf ihre Monster zu setzen und der Situation zu entfliehen. Nur die Vorstellung, Fanny könnte etwas zugestoßen sein, hielt sie davon ab. Sie war für die Sicherheit des Mädchens verantwortlich. Sie konnte es sich nicht leisten, ihren Ängsten nachzugeben.

Während sie den verlassenen Pausenhof betrachtete, fragte sie sich, ob sie überreagierte. Sowohl Luca Bracchini als auch Karl-Heinz Rathgeb saßen hinter Gittern. Wenn sie die Strafanstalt hätten verlassen dürfen, hätte Milena Jasmin informiert. Wie häufig durfte ein Insasse überhaupt raus? Jasmin nahm sich vor, sich mit den Abläufen im Strafvollzug vertraut zu machen. Plötzlich kam ihr ein Gedanke: Vielleicht waren der Drohbriefschreiber und der Mann im Zug nicht dieselbe Person. Was, wenn der Absender einen Kollegen gebeten hatte, den Brief hinauszuschmuggeln? Oder gar einen Aufseher? Jasmin holte tief Luft. Darüber würde sie sich später den Kopf zerbrechen. Jetzt galt es einzig und allein, Fanny zu finden. Gut möglich, dass sie schon zu Hause war. Jasmin überlegte, ob sie zuerst dort nachschauen sollte. Sie entschied sich dagegen. Wenn sich Fanny in Gefahr befand, würde sie wertvolle Zeit verlieren. Sie beschloss, zuerst das Schulareal abzusuchen. Hastig lief sie die Treppe hinunter zu den Sportplätzen hinter dem Gebäude. Ihr wurde klar, dass sie nicht einmal wusste, was für Kleider Fanny trug.

Das Brummen eines Rasenmähers setzte ein und vermischte sich mit dem Kreischen aus dem Schwimmbad. Die Nachmittagssonne brannte vom Himmel. Jasmin wischte sich den Schweiß von der Stirn und kniff die Augen zusammen. Der Fußballplatz war leer, ebenso der Spielplatz daneben. Aus einem offenen Fenster wehte der Klang einer Flöte. Die falschen Töne rührten Jasmin. Sie fühlte sich auf eine seltsame

Weise verbunden mit dem Flötenspieler, der im Bemühen, den Fehler zu korrigieren, die gleiche Stelle immer wieder und wieder spielte, genau wie Jasmin die grüne Fläche vor sich immer wieder und wieder absuchte. Ohne Erfolg. Es war, als hätte sich Fanny in Luft aufgelöst.

Um die aufkeimende Panik zu ersticken, stellte sich Jasmin vor, wie Fanny zu Hause ein Glace aus dem Gefrierfach holte und sich damit vor den Fernseher setzte. Vermutlich hatte sie Jasmin schlicht vergessen. Beruhigt joggte Jasmin zum Parkplatz zurück und schwang sich auf ihre Ducati. Milena hatte zwar behauptet, Fanny sei äußerst pflichtbewusst, doch Jasmin erinnerte sich an das Gefühl, das sie bei der Begegnung mit dem Mädchen gehabt hatte. Irgendetwas ging in Fanny vor. Vielleicht hatte sie die Schwelle, an der sie gestanden war, nun überquert – ob entwicklungsbedingt oder weil sie tatsächlich ein Geheimnis hütete, wie Celine behauptete, wusste Jasmin nicht. Aber ich werde es herausfinden!, dachte sie grimmig.

Ihre Monster heulte auf, als sie die Tourenzahl in die Höhe trieb und den Hang hinunterbrauste. Der Fahrtwind drang durch das halboffene Visier und ließ ihre Augen tränen. Schon bald bog sie in die Straße ein, die zum Haus der Herzogs führte. Jasmin schätzte, dass Fanny für die gleiche Strecke etwa zehn Minuten benötigte, da sie den Fußweg durchs Quartier nehmen würde. Jasmin schaltete den Motor aus und riss sich den Helm vom Kopf. Sie versuchte, ihren rasenden Puls zu beruhigen. Fanny durfte nicht merken, wie sehr sie Jasmin erschreckt hatte. Wenn das Mädchen die Grenzen ausloten wollte, musste Jasmin als Autoritätsperson auftreten, sonst würden die nächsten Wochen in einen Machtkampf ausarten, was Jasmins Aufgabe erschweren und Fannys Sicherheit gefährden würde.

Äußerlich ruhig schritt Jasmin an kleinen Gärten und winzigen Rasenflächen vorbei. Sie grüßte eine Nachbarin und lächelte einem spielenden Kind zu. Als sie sah, dass die Haustür der Herzogs geschlossen war, brach der Schweiß sofort wieder auf ihrer Stirn aus. Sie schalt sich eine Idiotin. Natürlich war die Tür zu. Fanny würde sie kaum offen stehen lassen. Trotzdem beschleunigte Jasmin ihre Schritte. Ob Fanny sie beobachtete? Jasmin ließ ihren Blick über die Fenster schweifen, entdeckte aber nirgendwo eine Gestalt. Wenige Meter vor dem Ziel verlor sie die Selbstbeherrschung. Statt auf dem Weg zu bleiben, joggte sie über den Rasen direkt auf das Haus zu. Mit einer Hand griff sie nach der Türklinke und drückte sie nach unten. Mit der anderen betätigte sie die Klingel. Die Tür war verschlossen. Niemand öffnete sie.

7

Eric Laupper starrte auf den Bildschirm. Bei seiner Verhaftung hatte der Polizist das Protokoll noch auf der Schreibmaschine getippt. Vieles hatte sich in den letzten 22 Jahren verändert. Eric bekam nur wenig davon mit. Er sah keinen Sinn darin, die Entwicklungen zu verfolgen. Genauso wenig, einen Computerkurs zu besuchen – den er erst noch selbst bezahlen musste. Wozu brauchte er im Knast Computerkenntnisse?

Immerhin konnte er statt Bewerbungen Briefe schreiben. Die anderen Kursteilnehmer bereiteten sich auf das Leben draußen vor. Sie kämpften mit Tabulatoren, Tabellen, Textbausteinen und einem brüchigen Lebenslauf. Eric schlug sich nur mit der Returntaste herum. Zurück an den Anfang. Eine Taste, die das Amt für Justizvollzug gut kennt, dachte er.

Aufs Speichern verzichtete er. Fehlte noch, dass der Nächste, der am PC saß, seine Briefe las. Es reichte, dass das Personal sie kontrollierte, auch wenn er nichts Persönliches schrieb. Mitgefangene bezeichneten ihn als paranoid, doch Eric wusste, dass jede unbedachte Äußerung in seiner Akte auftauchen konnte. Das hatte er schon als Kind gelernt. Er besaß nicht viel, seine Gedanken jedoch gehörten ihm. Ihm alleine.

Über die eingehende Post hatte er keine Kontrolle. Das störte Eric. Er hatte Livia mehrmals gebeten, ihr Herz nicht in Briefen auszuschütten, ab und zu packte es sie aber einfach. Die halbe Stunde, die sie pro Woche miteinander telefonieren durften, reichte nicht, um alles loszuwerden. Auch die Stunde im Besucherraum ging viel zu schnell vorbei. Deshalb setzte sie sich manchmal hin und füllte ganze Seiten mit ihrer kleinen, runden Schrift. Wenn Eric die geöffneten Umschläge erhielt, stieg jedesmal Wut in ihm auf. Er gab sich Mühe, sie zu verbergen. Nicht nur eine unbedachte Äußerung, auch sein Verhalten wurde zur Kenntnis genommen und notiert.

»Geht es mit dem Markieren?«, fragte der Kursleiter.

Eric gab einen undefinierbaren Laut von sich.

»Versuchen Sie es. Nehmen Sie dazu die Maus.«

Eric legte seine Hand auf das Gerät neben der Tastatur. Der Strich auf dem Bildschirm raste im Zickzackkurs nach oben und verwandelte sich in einen Pfeil.

»Wählen Sie ein Wort aus.«

Eric zeigte mit dem Finger auf den Bildschirm.

»Die Hand müssen Sie dazu auf der Maus lassen.« Der Kursleiter machte es vor. »Und dann klicken Sie zweimal. Sehen Sie? Das markierte Wort erkennen Sie an der Farbe.«

Der Kursleiter wandte sich mit einem ermutigenden Nicken dem Nächsten zu. Als Eric weiterschrieb, verschwand das markierte Wort. Er starrte auf die Tastatur. Was hatte er falsch gemacht? Kopfschüttelnd tippte er weiter.

Er hatte sich Livia zuliebe für den Kurs angemeldet. Er glaubte, ihr das schuldig zu sein. Sie machte sich Sorgen wegen seiner Antriebslosigkeit. Er hätte ihr sagen können, dass ein Computerkurs nichts an seiner Stimmung ändern würde. Da er ihr aber nur selten einen Wunsch erfüllen konnte, kam er einmal pro Woche her und gab sich Mühe, ein paar Sätze zustande zu bringen. Anschließend druckte er sie aus und schickte sie ihr. Es erschöpfte ihn, doch das erzählte er Livia nicht. Auch die Schmerzen erwähnte er nicht.

Er wusste nicht mehr, wann sie begonnen hatten. Zeit hatte für Eric keine Bedeutung. Anfangs hatte er die Koliken ignoriert. Als er den Durchfall kaum noch kontrollieren konnte, hatte er einen Besuch beim Anstaltsarzt beantragt. Der meinte, die Krämpfe seien vermutlich psychisch bedingt. Er sprach von Stress und hoher Belastung, entnahm eine Blutprobe und verschrieb Eric Medikamente.

Eric nahm sie nur widerwillig. Wer wusste, was wirklich in den Pillen steckte? Der Anstaltsarzt und die Psychiater verfolgten die gleichen Ziele. Seit Jahren waren sie hinter ihm her, wollten ihn zu einer Therapie zwingen, damit sie ihn endgültig fertigmachen konnten. Als Köder benutzten sie die Aussicht auf Vollzugslockerungen. Eric war nicht dumm. Er wusste genau, dass sich an seiner Situation nichts ändern würde. Im Gegenteil. Einem Mitinsassen hatten sie die Worte im Mund verdreht, so dass er am Schluss selbst nicht mehr wusste, was er dachte. Daraufhin konnte er die unbegleiteten Urlaube ganz abschreiben.

Die Schmerzen kamen schubweise. Die Müdigkeit war immer da. Eric hatte versucht, sich nichts anmerken zu lassen, doch seinem Werkmeister war aufgefallen, dass er Teile falsch zusammensetzte. Er musste zu einem Gespräch. Daraufhin wurde er in die Abteilung für Suchtgefährdete und Pensionäre versetzt. Zu den Dummen und den Schwachen. Endstation. Tiefer konnte er nicht mehr sinken. Wer in der ASP landete, wurde von niemandem respektiert. Kein Wunder, begann er kurz darauf, Blut zu scheißen.

»Ist alles in Ordnung, Herr Laupper?«, fragte der Kursleiter.

Eric richtete sich auf. Als er dem Anstaltsarzt vom Blut erzählt hatte, hatte dieser ihn für eine Darmspiegelung im Limmattalspital angemeldet. Seit der Pflegevater ihm als Kind den Arm gebrochen hatte, hatte Eric keinen Fuß in ein Spital gesetzt. Der Aufseher, der ihn begleitete, hatte seine Nervosität bemerkt. Er stellte ihm eine Tasse Kaffee und ein Stück Kuchen in der Cafeteria in Aussicht. An diese Vorstellung klammerte sich Eric, als er im sterilen Raum auf dem Untersuchungstisch lag, umgeben von Hightech-Geräten und effizientem Spitalpersonal. Er hatte sich gewünscht, Livia würde im Gang auf ihn warten.

Von der Untersuchung merkte er fast nichts. Man hatte ihm ein leichtes Narkosemittel verabreicht, er schlief nicht richtig, war aber auch nicht ganz wach. Als er wieder zu sich kam, war alles vorbei. Leicht benommen setzte er sich auf. Eine Frau mit runden Hüften und schlankem Hals führte ihn in ein Büro. Beim Gedanken, sie könnte mitangesehen haben, wie man ihm ein Instrument in den Arsch gesteckt hatte, wurde Eric übel. Er war froh, als sie wieder ging.

»Bitte, Herr Laupper, setzen Sie sich«, sagte ein weißhaariger Kittelträger. »Sind Sie sicher, dass ich den … Ihren …«

»Alioth«, sagte Eric. »Der Aufseher heißt Alioth.«

»Richtig, richtig. Sind Sie sicher, dass ich Herrn Alioth nicht hereinbitten soll?«

Eric wippte mit dem Fuß. Dass der Befund in seine Akte eingetragen würde, konnte er nicht verhindern. Vorläufig jedoch ging seine Krankheit nur ihn etwas an.

»Gut, Herr Laupper, wie Sie möchten.« Der Arzt schob einige Blätter auf seinem Schreibtisch hin und her. »Sie leiden an einer Entzündung des Dickdarms. Um festzustellen, was sie verursacht, wird die Gewebeprobe, die wir Ihnen entnommen haben, histologisch untersucht. Doch bereits jetzt kann ich sagen, dass es sich weder um eine medikamentös bedingte noch um eine pseudomembranöse Kolitis handelt. Meine Vermutung geht in Richtung Colitis ulcerosa. Da es aber Erkrankungen mit ähnlichen endoskopischen Befunden gibt, werden wir abwarten müssen.«

Eric versuchte, die Worte zu verstehen. Sie schienen ihm von weit weg zu kommen. »Muss ich zum Psychiater?«, fragte er.

Der Arzt runzelte die Stirn. »Zum Psychiater?«

»Wegen dieser Kol… Entzündung.«

»Wenn Sie unter Colitis ulcerosa leiden, verschaffen nur Medikamente eine Linderung. Über mögliche Therapien werden wir uns unterhalten, wenn die Laborresultate vorliegen. Vorerst möchte ich Ihnen ein entzündungshemmendes Präparat verschreiben.« Er füllte ein Rezept aus und reichte es Eric. »Ich wünsche Ihnen gute Besserung. Nehmen Sie es in nächster Zeit etwas ruhiger.«

In der Cafeteria gab es nur Mohnkuchen. Eric mochte die winzigen schwarzen Punkte nicht. Sie erinnerten ihn an Fliegenschiss, und vom Scheißen hatte er definitiv genug. Dem Aufseher hingegen schmeckte der Kuchen. Er verschlang zwei Stück und spülte sie mit Milchkaffee hinunter. Eric trank ein Glas Rivella. Gerne hätte er den Milchreis gekostet, doch die Blähungen machten ihm zu sehr zu schaffen. Seine zweite Pflegemutter hatte oft Milchreis gekocht. Eric erinnerte sich gut daran, wie der süße, warme Duft die Küche erfüllt hatte. Es war die einzige Wärme im Haus gewesen.

»KOLITIS ULZEROSA« tippte Eric mit dem Zeigefinger. Ob man daran starb? Seit er auf der ASP war, dachte er oft an den Tod. Er war nicht der einzige Verwahrte auf der Abteilung. Sie waren fünf. Keiner würde das Gefängnis lebend verlassen. Der Direktor hatte von einer Arbeitsgruppe berichtet, die sich mit dem Thema Alter im Knast beschäftigte, und etwas von Würde erzählt, doch Eric hatte nur mit halbem Ohr zugehört. Pläne interessierten ihn erst, wenn sie umgesetzt wurden. In Würde alt werden, dachte er kopfschüttelnd. So ein Blödsinn. Er durfte Livia zum Geburtstag nicht einmal eine Blume schenken, ohne dafür ein Antragsformular auszufüllen. Ihm musste keiner mit Würde kommen.

Er versuchte, sich auf den Bildschirm zu konzentrieren. Seit sein Rekurs abgelehnt worden war, fiel es ihm zusehends schwer, nach vorne zu schauen. Dort war nichts. Trotzdem kämpfte er gegen die Resignation an, die sich in ihm breitzumachen drohte, denn seine Stimmung übertrug sich auf Livia, und er wollte sie nicht noch unglücklicher machen. Manchmal fragte er sich, ob sie es bereute, sich mit ihm eingelassen zu haben. Sie hatte nicht gewusst, was sie erwartete, als ihre Beziehung über das Freundschaftliche hinauszuwachsen begann. Sie hatte geglaubt, seine Entlassung hänge nur von guter Führung ab. Als er in den offenen Vollzug versetzt worden war, hatte sie bereits Pläne für ein gemeinsames Leben geschmiedet. Die Rückversetzung hatte sie hart getroffen. Er hatte ihr Mut zugesprochen, ihr vorgemacht, der Regierungsrat werde schon zur Vernunft kommen. Doch er hatte gewusst, dass Entscheidungen der Behörden selten etwas mit Vernunft zu tun hatten.

Der Kursleiter teilte der Gruppe mit, dass die Stunde um sei. Eric schloss die Datei. Auszudrucken gab es heute nichts. Als er gefragt wurde, ob er die Änderungen im Dokument speichern wolle, klickte er auf »Nicht speichern«.

8

Jasmins Finger zitterten, als sie den Schlüssel in die Zündung steckte. In Gedanken ging sie Milenas Anweisungen durch. Hatte sie etwas vergessen? War Fanny womöglich direkt ins Geräteturnen gegangen? Aus der Tasche ihrer Jeans fischte sie einen Notizzettel. »15.20 Uhr, Schule aus«, hatte sie notiert. »17.30 Uhr, Geräteturnen Kantonsschule«. Ihr Handy zeigte 15.45 Uhr. Ob sie Milena verständigen sollte? Ihren Auftrag wäre sie los. Sie beschloss, zum Schulhaus zurückzufahren. Wenn Fanny bis 16 Uhr nicht auftauchte, würde sie Alarm schlagen.

Sie wollte gerade den Helm aufsetzen, als eine schmale Gestalt aus der Unterführung kam. Jasmin hielt den Atem an. Als sie das aschblonde Haar sah, stieß sie die Luft aus und eilte Fanny entgegen.

»Gott sei Dank! Ich habe mir schon Sorgen gemacht! Ist alles in Ordnung?«

Das Mädchen nickte, ohne Jasmin anzusehen.

»Hat dich jemand angesprochen?«

»Nein.«

»Ist dir jemand nachgelaufen?«

»Nein.«

»Wo warst du? Ich habe vor der Schule auf dich gewartet.«

Fanny zuckte die Schultern und wollte an Jasmin vorbeigehen.

Jasmin legte ihr die Hand auf die Schulter. »Warte! Ich habe dich etwas gefragt.«

Fanny versuchte, eine gleichgültige Miene aufzusetzen, doch es gelang ihr nicht. Ihr Blick verriet ihre Unsicherheit.

»Fanny?«, wiederholte Jasmin streng.

»Ich war in der Schule.«

»Und dann? Was hast du gemacht?«

»Ich musste auf die Toilette«, flüsterte sie.

»So lange?«

Fanny schwieg. Jasmin bohrte weiter, doch Fanny blieb bei ihrer Geschichte. Zu Hause verschwand sie sofort in ihrem Zimmer. Ratlos stand Jasmin in der Stube. Was war in der Schule vorgefallen? Nachdenklich tischte sie den Früchteteller auf, den Milena vorbereitet hatte, und legte eine Packung Vollkornbiskuits daneben. Als Fanny nach zwanzig Minuten immer noch nicht heruntergekommen war, klopfte Jasmin an die Zimmertür. Fanny reagierte nicht.

»Darf ich hereinkommen?«, fragte Jasmin.

Sie erhielt keine Antwort. Vorsichtig stieß sie die Tür einen Spalt auf. Das Mädchen lag auf dem Bett, das Gesicht zur Wand gedreht.

»Fanny?«, fragte Jasmin behutsam. »Sagst du mir, was los ist?«

»Nichts.«

»Es tut mir leid, wenn ich etwas heftig reagiert habe. Ich hatte Angst um dich.«

Fanny antwortete nicht.

»Ich habe Früchte und Biskuits aufgetischt. Magst du nach unten kommen?«

»Ich habe keinen Hunger.«

Jasmin gab auf. Wenn Fanny allein sein wollte, war das ihr gutes Recht. Vielleicht hatte sie Liebeskummer oder eine schlechte Note erhalten. Da Jasmin nicht gebraucht wurde, beschloss sie, sich Haus und Garten genauer anzusehen.

Vom Wohnzimmer aus führte eine Glastür auf einen gedeckten Sitzplatz. Auf dem Gartentisch lag die gestrige Zeitung, daneben ein Päckchen Kressesamen. Der Grill, der an der Wand stand, war offenbar schon längere Zeit nicht mehr benutzt worden, auf dem Gitterrost türmten sich leere Blumentöpfe, zwischen den Stahlbeinen hatte eine Spinne ihr Netz gespannt. Eine grün verputzte Betonwand grenzte den

Sitzplatz von demjenigen der Nachbarn ab, der schmale Rasenstreifen hingegen war durchgehend. Ein Blick auf die Grundstücke der anderen Zweifamilienhäuser verriet, dass der gemeinsame Rasen eine Ausnahme darstellte. Hecken trennten viele der Gärten voneinander ab. Die Herzogs verstanden sich anscheinend gut mit ihren Nachbarn.

Jasmins Vermutung wurde bestätigt, als eine ältere Frau herauskam und sich mit Emily Schweikert vorstellte. Milena musste ihr von Jasmin erzählt haben, denn sie schien nicht überrascht, als Jasmin erklärte, dass sie Fanny beaufsichtige.

»Eine traurige Geschichte«, sagte Emily Schweikert kopfschüttelnd. »In was für einer Welt leben wir nur? Ich verstehe Milenas Angst. Dass das ausgerechnet jetzt passieren muss. Wenn Matthias wenigstens noch hier wäre!« Über ihnen erklang ein leises Klicken. Vermutlich hatte Fanny das Fenster geöffnet, um das Gespräch mitzuverfolgen. »Vielleicht kommt er dadurch zur Vernunft«, fuhr die Nachbarin fort. »Manchmal muss etwas geschehen, damit wir erkennen, was uns wirklich wichtig ist.« Sie beugte sich vor. »Unter uns gesagt, früher hat man nicht so leicht aufgegeben. Eine Ehe war ein Bund fürs Leben.«

Jasmin dachte an ihren Vater. »Ich hatte noch nicht das Vergnügen, Herrn Herzog kennenzulernen.«

»Ein toller Mann, in jeder Hinsicht! Er ist Lehrer in der Stadt. Um Fanny hat er sich immer rührend gekümmert, deshalb würde es mich nicht erstaunen, wenn er ihr zuliebe zurückkäme.«

Obwohl Jasmin gerne mehr über die Beziehung zwischen Milena und Matthias erfahren hätte, wechselte sie das Thema. Sie wollte nicht, dass Fanny mitbekam, wie sie über die Ehe ihrer Eltern diskutierte. »Hat sich in den letzten Wochen jemand hier herumgeschlichen? Oder ist Ihnen sonst etwas aufgefallen?«

»Die Polizei hat mich auch danach gefragt. Nein, mir ist nichts aufgefallen, aber ehrlich gesagt, wäre es einfach, sich unbemerkt in den Garten zu schleichen.« Sie zeigte über den

Rasen. »Man muss nur dem Bahngleis folgen und dann durchs Gebüsch schlüpfen. Ich glaube nicht, dass es auffiele. Allerdings hat Milena vor drei Wochen Bewegungsmelder installiert. Auf dem Sitzplatz und vor dem Haus gehen die Lichter an, wenn sich jemand nähert.«

Jasmin holte die Bilder von Karl-Heinz Rathgeb und Luca Bracchini hervor. »Haben Sie einen dieser Männer schon einmal gesehen?«

Neugierig nahm Emily Schweikert die Ausdrucke in die Hand. »Sind das die Gefängnisinsassen, mit denen Milena zu tun hat?« Sie schauderte und zeigte auf Bracchini. »Dem möchte ich nicht über den Weg laufen!«

»Also haben Sie keinen der beiden gesehen?«

»Nein, ich glaube nicht.«

Jasmin bedankte sich und kehrte ins Haus zurück, wo sie ihre Erkundungstour fortsetzte. Die Terrassentür war abschließbar, im Druckknopf am Griff steckte ein Schlüssel. Die Kunststofffenster im Erdgeschoss genügten nur minimalen Sicherheitsanforderungen, keines war mit durchwurfhemmenden Glasscheiben versehen. Jasmin tastete mit den Fingern die Beschlagteile ab, kontrollierte Verschlüsse und Zapfen. Damit kannte sie sich aus. Als sie in ihrer Wohnung eine Sicherheitskette und einen zusätzlichen Riegel an der Tür montiert hatte, hatte sie auch die Fenster überprüft. Wie in einer Mietwohnung zu erwarten, hatte man nur das Standardmodell eingebaut.

Die Herzogs hingegen hätten die Möglichkeit gehabt, in die Sicherheit zu investieren. Warum hatten sie sich mit den günstigsten Fenstern begnügt? Nicht einmal eine Alarmanlage hatten sie installiert. Kopfschüttelnd stieg Jasmin die Treppe hinauf. Vor Milenas Schlafzimmertür zögerte sie. Dann riss sie sich zusammen. Zimperlichkeit war fehl am Platz. Wenn sie Fanny beschützen wollte, musste sie das Terrain erkunden. Dass sie dabei Milenas Privatsphäre verletzte, durfte sie nicht daran hindern.

Ein breites Ehebett dominierte den Raum. Zu beiden Seiten

standen Nachttischchen aus hellem Eichenholz. Auf einem lagen Bücher, Kleenex und Kosmetikartikel, das andere war unbenutzt. Das Kopfkissen lag in der Mitte der breiten Matratze, und der mit Ranken verzierte, helle Duvetbezug sah neu aus. Jasmin stellte sich vor, wie Milena die Spuren ihres Mannes zu beseitigen, die Leere, die er hinterlassen hatte, zu füllen versuchte. Durch seine Abwesenheit wurde Matthias fassbar.

Noch deutlicher spürte Jasmin ihn im Büro, das sich am Ende des Gangs befand. Vermutlich hatte Matthias hier seine Lektionen vorbereitet. Hohe Regale füllten den Raum, viele waren leer. Im Staub erkannte Jasmin die Abdrücke von Büchern. Über einem Schreibtisch hing eine Pinnwand voller Erinnerungen und Fotos. Auf vielen war Fanny zu sehen. Eine Aufnahme zeigte sie mit einer Medaille in der Hand. Sie trug Gymnastikkleidung, ihre nackten Arme und Beine glichen Streichhölzern. Das Lachen auf ihrem Gesicht war Jasmin fremd. Sie schien geradezu zu leuchten. Ihr Blick war auf einen Mann gerichtet, der am Bildrand stand und klatschte, vermutlich Matthias Herzog. Seine dichten, an den Schläfen ergrauten Haare waren kurzgeschnitten, die haselnussbraunen Augen vertrauenerweckend. In Jasmin lösten sie jedoch Argwohn aus. Brave Ehemänner gingen nicht fremd. Von der Familie als Ganzes entdeckte Jasmin nur ein einziges Foto. Darauf posierten Vater, Mutter und Tochter vor einem blühenden Fliederstrauch. Fanny stand zwischen ihren Eltern und blickte in die Kamera, Matthias betrachtete seine Tochter, Milena beobachtete ihren Mann.

Jasmin fragte sich, was die polizeilichen Abklärungen ergeben hatten. Konnte Matthias Herzog als Drohbriefschreiber wirklich ausgeschlossen werden? Milena hatte die Vorstellung, er könnte hinter der Tat stecken, als lächerlich bezeichnet, aber das war nicht anders zu erwarten gewesen. Außerdem: Welchen Grund hätte der Lehrer, seiner Tochter Angst einzujagen? Dass er sich an seiner Frau rächen wollte, konnte Jasmin nachvollziehen. Immerhin weigerte sie sich, ihn zurückzunehmen. In seinen Augen war sie vielleicht sogar schuld an der Trennung. Jasmins Bruder Bernie behauptete heute noch, er wäre nie fremd gegangen, hätte seine Frau häufiger die Beine für ihn breit gemacht. Männerlogik!

Wenn Jasmin eine neutrale Meinung hören wollte, käme sie nicht darum herum, mit Rainer Kälin Kontakt aufzunehmen. Sie bezweifelte, dass er offen mit ihr über den Fall reden würde, doch vielleicht machte er Andeutungen, die ihr weiterhalfen. Beim Gedanken, seine Nummer zu wählen, regte sich in ihr Widerstand. Wenn er ihre Akte kannte? Bei der Vorstellung kam sie sich nackt vor.

Jasmin warf einen kurzen Blick ins Bad, dann klopfte sie erneut bei Fanny. »In einer Viertelstunde müssen wir los«, sagte sie durch die geschlossene Tür. »Möchtest du vorher wirklich nichts essen?«

Die Antwort war so leise, dass Jasmin sie nicht verstand. Sie drückte die Klinke hinunter. Durch den Spalt sah sie, dass sich Fanny wieder hingelegt hatte. Das Fenster stand offen.

»Eine kleine Stärkung vor dem Geräteturnen wäre sicher nicht schlecht.«

»Ich gehe nicht ins Geräteturnen.«

Jasmin trat ein. Fannys Schulthek stand ungeöffnet auf dem Boden, von einem Poster über dem Bett strahlte Justin Bieber sie an.

»Was ist los, Fanny?«

»Ich bin krank«, flüsterte sie.

»Was fehlt dir?«

»Bauchweh.«

Jasmin versuchte abzuschätzen, was Fanny damit meinte. Litt sie an einer Magen-Darm-Grippe, oder lag ihr etwas auf dem Magen? Sie kannte das Mädchen zu wenig, um die Situation einzuschätzen. Sie würde Milena anrufen und fragen müssen.

»Möchtest du eine Tasse Tee?«, fragte sie, obschon sie die Antwort bereits kannte.

»Nein.«

Als Milena um halb sieben nach Hause kam, lag Fanny immer noch im Bett. Hausaufgaben hatte sie keine gemacht.

»Ich weiß nicht, was sie hat«, meinte Milena erschöpft. »Bestimmt keine Magen-Darm-Grippe. Sie fragte mich, wann das Abendessen fertig sei.«

Jasmin beschlich ein schlechtes Gewissen. Hätte sie mehr tun müssen? War sie Fanny gegenüber zu nachlässig?

»Mach dir keine Vorwürfe«, sagte Milena, die ihre Gedanken erraten hatte. »In letzter Zeit verhält sie sich oft seltsam. Früher war sie ein offenes Buch. Ich musste sie nur anschauen, um zu wissen, was sie dachte.«

»Die Situation ist für sie bestimmt nicht einfach.«

»Nein, ganz und gar nicht.« Milena zog die Schuhe aus. »Ich mache uns ein Birchermüesli. Bleibst du zum Essen?«

Jasmin lehnte ab. »Falls sie doch krank ist und morgen nicht zur Schule kann, ruf mich an.«

»Danke, wenn es nötig ist, komme ich gerne auf dein Angebot zurück.« Milena blickte zur Treppe und senkte die Stimme. »Da wäre noch etwas. Am Samstag steht Karl-Heinz Rathgebs nächster Urlaub bevor.«

Jasmins Atem stockte. »Er darf das Gefängnis schon wieder verlassen?«

Milena breitete die Arme in einer hilflosen Geste aus.

»Du hast ihn als gefährlich bezeichnet!«

»Das ist er auch. Aber weil das Gericht eine endliche Strafe ausgesprochen hat, sind uns die Hände gebunden. Besser gesagt dem JUV.« Als sie Jasmins fragenden Blick bemerkte, ergänzte sie: »Dem Amt für Justizvollzug.«

»Das verstehe ich nicht! Dass er in zwei Jahren entlassen wird, heißt doch nicht, dass er deswegen automatisch das Recht auf Urlaub hat.«

»Nein, ein Recht auf Hafturlaub gibt es tatsächlich nicht.« Milena seufzte. »Gewisse Bedingungen müssen natürlich erfüllt sein.«

»Und das ist bei einem gefährlichen Täter wie Rathgeb der Fall?«

Milena setzte sich schwerfällig. »Wie gut kennst du dich mit den Abläufen im Justizvollzug aus?«

»Ich weiß, dass die Lockerungen stufenweise erfolgen.«

Milena nickte. »Ganz am Anfang steht der begleitete Urlaub. Bei Tätern im Normalvollzug«, fügte sie hinzu. »Auf die Insassen der Sicherheitsabteilung oder der Abteilung für Fluchtgefahr gehe ich jetzt nicht ein. Ein Urlaub ist frühestens nach einem Drittel der Strafe möglich. In Rathgebs Fall also nach fünf Jahren – und die hat er längst abgesessen. Bevor der Urlaub aber bewilligt wird, muss die Gemeingefährlichkeit des Insassen abgeklärt werden. Dazu holt der Fallverantwortliche einen Führungsbericht und eine Stellungnahme zum beantragten Urlaub ein. Wenn die Behörden und die Institution, in diesem Fall die Pöschwies, den Antrag befürworten, braucht es noch eine Stellungnahme der Fachkommission. Sagt dir der Begriff etwas?« Milena griff nach einem Apfelschnitz, der auf dem unberührten Früchteteller lag, überlegte es sich anders und legte ihn wieder zurück.

»Ich weiß, dass sie aus Vertretern der Strafverfolgung und der Psychiatrie besteht«, antwortete Jasmin.

»Und der Vollzugsbehörden«, ergänzte Milena. »Es handelt sich um eine unabhängige Kommission, die alle paar Wochen tagt und einzelne Fälle diskutiert. Sie gibt Empfehlungen zu Vollzugslockerungen ab, und zwar dann, wenn der Insasse einen Mord, eine vorsätzliche Tötung, eine Vergewaltigung, eine schwere Körperverletzung ...«

»... Raub, Geiselnahme, Brandstiftung, Gefährdung des Lebens«, zählte Jasmin mit düsterer Stimme auf. »Ich weiß. Der berühmte 64er.«

Milena nickte erneut. »Die Fachkommission wird eingeschaltet, wenn der Insasse ein Verbrechen nach Artikel 64 Absatz 1 begangen hat. Stimmt sie dem Urlaub zu, entscheidet der Fallverantwortliche beim Justizvollzug über die Rahmenbedingungen. Zuerst kommen nur begleitete Urlaube in Frage. Vielleicht wird ein Rayonverbot ausgesprochen, oder es werden dem Insassen Auflagen gemacht. In jedem Fall muss er im Voraus einen Urlaubsplan abgeben, in dem steht, wohin er gehen, wen er treffen will und so weiter. Auch damit muss der Fallverantwortliche einverstanden sein.«

Jasmin wippte ungeduldig mit dem Fuß. »Und warum ist er in Rathgebs Fall damit einverstanden?«

»Dazu komme ich gleich. Es ist wichtig, dass du den Ablauf verstehst. Ein Urlaub soll der Resozialisierung dienen, dem Aufbau eines sozialen Netzwerks zum Beispiel. Nach der Rückkehr muss der Insasse einen Bericht abliefern, der ausgewertet wird. Wenn alles gut läuft, kann er nach einer gewissen Zeit unbegleitete Urlaube beantragen. Dann geht das ganze Prozedere wieder von vorne los. Dasselbe gilt für Übernachtungsurlaube und für die Versetzung in den offenen Vollzug. Das sind in der Regel die nächsten Lockerungsstufen. Schließlich folgt das Arbeits- und Wohnexternat. Das Arbeitsexternat sollte nicht länger als zwölf Monate dauern, das Wohnexternat nicht länger als vier. Das ist in den Richtlinien des Ostschweizer Strafvollzugskonkordats festgelegt. Bei bester Legalprognose und vorbildlichem Vollzugsverhalten könnte Rathgeb aufgrund der Höhe seiner Strafe frühestens nach zehn Jahren entlassen werden. Das würde also bedeuten, dass er nach neun Jahren und acht Monaten ins Arbeitsexternat versetzt werden könnte oder, anders ausgedrückt, nach neun Jahren und zwei Monaten in den offenen Vollzug. Es bedeutet aber auch, dass er trotz einer schlechten Prognose nach vierzehn Jahren und zwei Monaten in den offenen Vollzug versetzt werden muss«, betonte sie.

»Man rechnet also rückwärts«, stellte Jasmin fest. »Vom Zeitpunkt der Entlassung aus. Ich verstehe aber immer noch nicht, was das mit den Urlauben zu tun hat.«

»Der Justizvollzug kann in Rathgebs Fall nicht entscheiden, wann er entlassen wird, sondern nur, wie. Er muss prüfen, ob Karl-Heinz Rathgeb weniger gefährlich ist, wenn er die einzelnen Vollzugslockerungsstufen durchläuft, als wenn er direkt aus der geschlossenen Strafanstalt in die Freiheit entlassen wird. Wie gesagt, Urlaube sind dazu da, die Resozialisierung zu fördern. Außerdem bieten sie dem Insassen einen Anreiz, sich positiv zu verhalten. Aus diesem Grund kann es langfristig gesehen weniger gefährlich sein, Urlaube zu bewilligen, als sie zu verbieten.«

Jasmin versuchte, die Ausführungen zu verdauen. Sie verstand die Logik dahinter, doch irgendetwas stimmte nicht. Wozu war die nachträgliche Verwahrung eingeführt worden? Als sie Milena danach fragte, schüttelte diese den Kopf.

»Eine nachträgliche Verwahrung kann nur angeordnet werden, wenn neue Tatsachen oder Beweise vorliegen. Das ist bei Rathgeb nicht der Fall. Das Gericht hat sich damals gegen eine Verwahrung entschieden. Es hatte seine Gründe. Und weil ein Täter nicht zweimal in der gleichen Sache verurteilt werden darf, sind wir machtlos.«

»Also lässt man ihn lieber raus, damit er eine neue Straftat begehen kann«, sagte Jasmin bitter.

Milena rieb sich die Schläfen und stand auf. »Bist du sicher, dass du nicht mitessen willst?«

Jasmin schüttelte den Kopf. »Ich mache mich auf den Weg. Wann genau wird Rathgeb am Samstag die Pöschwies verlassen?«

»Um zehn Uhr.«

»Ich werde dort sein.«

In Pals Büro brannte Licht. Jasmin schaltete den Motor aus, sprang vom Sattel und joggte mit dem Helm unter dem Arm die Treppe hoch. Die Wut, die seit Milenas Ausführungen wie ein Bass in ihrem Innern wummerte, verlieh ihr Energie. Vor der geschlossenen Kanzlei blieb sie ungeduldig stehen und kramte ihren Schlüssel hervor. Der Empfang lag im Halbdunkeln. Er wirkte wie eine Kulisse, die ihre Daseinsberechtigung verlor, sobald Lisa Stocker nach Hause ging. Nur eine schmutzige Kaffeetasse neben dem Telefon wies darauf hin, dass der Arbeitsplatz kürzlich besetzt gewesen war.

Aus dem hinteren Büro vernahm Jasmin Pals Stimme. Offenbar telefonierte er. Sie legte den Helm auf Lisas Schreibtisch und durchquerte den Empfang. In der Tür blieb sie stehen.

Pal hatte den Stuhl zurückgeschoben und die Beine übereinandergeschlagen. Seine Haltung verriet, dass es sich um ein privates Gespräch handelte. Jasmin verstand die albanischen Worte nicht, doch seine Stimme war weich, vermutlich sprach er mit seiner Schwester Shpresa. Von den sechs Geschwistern war sie die Einzige, die nach Kosovo zurückgekehrt war. Jasmin hatte vorletzten Winter sechs Wochen bei ihr und ihrem Mann Genti verbracht. Der respektvolle Umgang innerhalb der Familie hatte sie beeindruckt und ihr ein Gefühl von Geborgenheit vermittelt. Stumm formte sie mit den Lippen das Wort »Gruß«.

Pal nickte und deutete aufs Fenster. Jasmin hängte ihre Jacke über den Besucherstuhl, öffnete es weit und setzte sich auf den Sims. Eine sanfte Brise trocknete den Schweiß auf ihrem Rücken. Während sie Pal beobachtete, verwandelte sich ihre Wut langsam in Begehren. Er lächelte über etwas, das Shpresa erzählte. Als Jasmin seinen schrägstehenden Schneidezahn sah, stockte ihr der Atem. Sie erinnerte sich daran, wie sie mit Pal getanzt hatte, damals, als sie noch nicht wusste, dass sich ihr Leben bald unwiderruflich verändern würde. Sie hatte sich unbesiegbar gefühlt, war von Zuversicht und Glück erfüllt gewesen. Noch immer hörte sie die Balkanmelodie, spürte Pals schweißnasse Hand in ihrer. Die hohe Klarinette und die Laute hatten sie hypnotisiert, die stampfenden Füße mitgerissen.

Jasmin rutschte vom Sims und ging langsam um den Schreibtisch herum. Pal verstummte mitten im Satz, als sie sich hinter ihn stellte, eine Hand auf seine Brust legte und mit der anderen nach seinem Ohr griff. Sie liebte seine abstehenden Ohren, selten konnte sie der Versuchung widerstehen, sie wie Henkel zu packen. Aus dem Hörer drang Shpresas Stimme, die mehrmals »Pali« wiederholte, die albanische Anrede für Pal. Er räusperte sich und sprach weiter. Auf einmal klang er ungeduldig. Jasmin erkannte ihren Namen, dann einige albanische Grußworte. Es folgte ein atemloses Danke von Pal. Jasmin zog an der Krawatte, die locker um seinen Hals hing. Anschließend machte sie sich an seinen Hemdknöpfen zu schaffen.

9

Als Pal am Informationsschalter nach Jakob Reichlin fragte, erfuhr er, dass der Anwalt bereits entlassen worden war. Perplex bedankte er sich. Die Operation lag nur wenige Tage zurück. Pal erinnerte sich genau an das Datum, weil Lisa dem Kollegen im Namen der Kanzlei einen Blumenstrauß geschickt hatte. Reichlin hatte angekündigt, nach dem Eingriff noch mindestens eine Woche im Universitätsspital bleiben zu müssen. Unschlüssig bewegte sich Pal auf den Ausgang zu. Er versuchte abzuschätzen, ob die Entlassung ein gutes oder ein schlechtes Zeichen war.

Obwohl er seit sechs Jahren in der gleichen Kanzlei arbeitete wie Jakob Reichlin, war ihm der Kollege fremd geblieben. Stets hatte er das Gefühl, der 53-Jährige begegne ihm mit Zurückhaltung. Pal hatte nie nach dem Grund gefragt. Als Kosovare war er es sich gewohnt, dass sein Gegenüber ihm mit Misstrauen oder gar Ablehnung begegnete. Anerkennung musste er sich verdienen, ihm wurde nichts geschenkt. Deshalb hatte er früh gelernt, seine Gefühle zu verbergen und Distanz zu wahren. Seine Verschlossenheit empfanden viele als kalt oder berechnend, doch damit hatte sich Pal abgefunden.

Vor dem Eingang des Spitals blieb er stehen, um ein Taxi vorbeizulassen. Unter dem Vordach rauchten einige Patienten, in der Ferne erklang die Sirene eines Krankenwagens. Wenn Pal sich recht erinnerte, wohnte Jakob Reichlin ganz in der Nähe. Weil eine Gerichtsverhandlung kurzfristig verschoben worden war, hatte Pal unerwartet einen Vormittag ohne Termine vor sich. Warum nicht Reichlin zu Hause besuchen? Am Mittag würde er Jasmin treffen, er hatte ihr versprochen, einen Blick auf den Vertrag zu werfen, den Milena Herzog aufgesetzt hatte. Da Jasmin ihn bereits unterschrieben hatte, hätte er sich die Mühe sparen können, doch seine Meinung war ihr offenbar wichtig. Eigentlich hätte er sich darauf freuen sollen, mit ihr zu essen, stattdessen spürte er nur Müdigkeit. Der gestrige Abend hatte ihn ausgelaugt. Nicht körperlich, der Sex war wie immer wunderbar gewesen, doch ihre Stimmungsschwankungen ließen ihn matt und überfordert zurück. Er wusste nie, was ihn als Nächstes erwartete. Als er sie in der Tür seines Büros gesehen hatte, hatte er sich gegen einen Schwall wütender Worte gewappnet. Er hatte angenommen, sie sei wegen ihrer Motorradstiefel gekommen und gehe gleich wieder. Warum sie ihn plötzlich begehrte, verstand er ebensowenig wie die Tatsache, dass sie ihn nicht heimbegleitet hatte, nachdem sie sich in der Kanzlei geliebt hatten. Sie waren sich so nahe gekommen wie schon lange nicht mehr. In seinen Armen hatte sie sich gehenlassen und sich ihm geöffnet. Kaum hatte er befriedigt die Augen geschlossen, war sie aufgestanden, hatte ihre Kleider eingesammelt und war verschwunden.

Er holte sein iPhone hervor und wählte Jakob Reichlins Nummer. Reichlins Frau nahm ab. Als Pal nach dem Kollegen fragte, zögerte sie. Nach kurzer Rücksprache mit ihrem Mann stimmte sie dem Besuch zu. Pal beschlich ein ungutes Gefühl. Auf der Fahrt stellte er sich auf schlechte Nachrichten ein.

Reichlins wohnten in der Nähe der Seilbahn Rigiblick. Bevor er in die Quartierstraße einbog, hielt Pal bei einer Konditorei und kaufte eine Schachtel mit Patisserie. Sein Besuch erfolgte zwar aus beruflichen und nicht aus privaten Gründen, doch er war Gast, und als solcher wollte er nicht mit leeren Händen kommen.

Pal kannte Jakob Reichlins Frau vom jährlich stattfindenden Weihnachtsessen. Sie war als Sozialarbeiterin bei der Vormundschaftsbehörde tätig. Er hatte sie als quirlige, aufgestellte Endvierzigerin in Erinnerung, die mit jedem ins Gespräch kam und nie um eine Antwort verlegen war. Als sie ihm jetzt die Tür öffnete, nickte sie nur stumm. Sie führte Pal in ein lichtdurchflutetes Büro, das über und über mit Büchern vollgestellt war.

Sie füllten alle Regale, stapelten sich auf einem antiken Lesesessel und auf dem Boden, türmten sich auf dem Fenstersims. Auf dem Schreibtisch waren Ordner, Sichtmappen und Bankunterlagen ausgebreitet. Ein Krug Tee stand zwischen einem angeknabberten Apfel und einer Packung Rosinen. Jakob Reichlin beugte sich über das Chaos, einen Leuchtstift in der Hand. Als seine Frau Pal ankündigte, nahm er die Lesebrille ab und drehte sich um.

»Ich lasse euch alleine.« Es waren die ersten Worte aus dem Mund der Frau.

Jakob nickte. »Setz dich. Du kannst die Bücher auf den Boden legen.«

Pal räumte die Sitzfläche des Sessels frei und ließ sich auf der Kante nieder. Er betrachtete seinen Kollegen. Er wusste nicht, was er erwartet hatte. Anzeichen einer Krebserkrankung vielleicht. Eingefallene Wangen, blutunterlaufene Augen. Stattdessen sah Jakob aus wie immer. Das Alter und die Bergsonne hatten tiefe Furchen in sein Gesicht gegraben, lange Wanderungen hatten dafür gesorgt, dass sich kein Gramm Fett an seinem Körper festsetzte. Nur sein Blick hatte sich verändert. Pal erkannte darin eine Traurigkeit, die neu war.

»Das ist eine Überraschung«, sagte Jakob. »Mit dir habe ich zuletzt gerechnet. Aber ich bin froh, dich zu sehen.«

Pal wusste nicht, wie er die Bemerkung deuten sollte. Er beschloss, sie zu ignorieren. Stattdessen reichte er dem Kollegen die Schachtel mit dem Konfekt. Jakob stellte sie auf eine überarbeitete Ausgabe des Verwaltungsrechts.

»Wie geht es dir?«, fragte Pal.

»Ich werde sterben.«

Pal nickte langsam.

Jakob deutete mit einer flüchtigen Bewegung auf seinen Kopf. »Sie konnten den Tumor nicht entfernen. Ein Drittel meines Gehirns müsste weg. Das kann ich mir nicht leisten, ich habe nicht deinen IQ.«

Pal versuchte zu lächeln. Es gelang ihm nicht. »Und Chemotherapie?«

»Ich würde einige Wochen, bestenfalls Monate, länger leben. Wenn man es noch als leben bezeichnen könnte. Thea und ich haben beschlossen, die Zeit, die uns bleibt, zu genießen. Sobald ich alles geregelt habe, fahren wir ins Engadin.«

Aus der Küche hörte Pal das Klappern von Geschirr. In der Wohnung über ihnen heulte ein Staubsauger über den Boden. Eine Türklingel erklang, eine gedämpfte Stimme drückte Freude aus. Alltagsgeräusche, dachte Pal. Rundherum ging das Leben weiter.

Er räusperte sich. »Kann ich etwas für dich tun?«

Jakob betrachtete ihn schweigend. Pal kam es vor, als würde er einer Prüfung unterzogen. Schließlich lehnte sich der Kollege zurück und verschränkte die Arme.

»Wie kommst du mit Eric Laupper zurecht?«

»Ich bin noch wenig vertraut mit dem Strafvollzugsrecht, ich …«

»Ich habe gefragt, wie du mit Laupper zurechtkommst, nicht mit dem Strafvollzugsrecht«, wiederholte Jakob. »Dass du Gesetzbücher lesen kannst, weiß ich.«

»Ich komme mit ihm klar«, antwortete Pal überrascht.

»Warst du bei ihm?«

»Ja.«

Jakob zog die Augenbrauen hoch. »Im Knast?«

»Ja.«

»Siehe da.«

»Warum erstaunt dich das?«, fragte Pal schärfer, als beabsichtigt.

»Du wirst für deine Mühe keine Entschädigung einfordern können. Man wird dir vorhalten, ein Telefonat hätte genügt.«

»Was willst du damit andeuten?«

»Für Andeutungen bleibt mir keine Zeit. Ich sage es dir klipp und klar: Laupper wird dich nicht reich machen. Im Gegenteil.«

»Über ein Viertel meiner Klienten sind amtliche Mandate«, entgegnete Pal verärgert. »Keiner von ihnen macht mich reich.«

»Albaner«, provozierte Jakob.

»Ich bin der einzige albanische Strafverteidiger im Kanton! Was hast du erwartet?«

»Von dir habe ich genau das erwartet, was du machst. Du verteidigst so viele Albaner wie nötig, um deine Familie und dein schlechtes Gewissen zu beruhigen, die restliche Zeit nützt du dazu, dir Wirtschaftsfälle unter den Nagel zu reißen, damit dir das Geld für maßgeschneiderte Anzüge und teure Motorräder nicht ausgeht.«

Pal stand auf. »Das muss ich mir nicht anhören.«

»Warum nicht?«, fragte Jakob. »Weil es der Wahrheit entspricht?«

»Deine Krankheit gibt dir nicht das Recht, mich zu beleidigen!«

»Was genau empfindest du als Beleidigung?«

Pal ging einen Schritt auf ihn zu. »Du hast keine Ahnung, was mich bewegt! Du weißt weder, welche Ziele ich verfolge, noch kennst du meine Werte.«

»Dann nenn sie mir!«

»Meine Werte?«

»Ja! Falls du welche hast.« Jakobs Augen funkelten. »Erklär mir, warum du Anwalt geworden bist! Warum ausgerechnet Strafverteidiger? Mit deinen Leistungen hättest du zu einer renommierten Wirtschaftskanzlei gehen können. Vermutlich wärst du bereits Partner. Warum hast du es nicht getan?«

»Ich sehe nicht, was dich das angeht.«

»Hattest du Angst davor, ganz oben mitzuspielen? Hast du befürchtet, einen Albaner würde man nicht ernst nehmen? Vielleicht schlägst du dich lieber mit Drogendealern und Gewalttätern herum, weil du dich jeden Tag im Spiegel bewundern und dir sagen kannst, dass du besser bist als sie. Einen Minderwertigkeitskomplex wird man nur schwer los. Es muss hart sein …«

»Ich habe Jura studiert, weil ich am eigenen Leib erfahren habe, was Willkür bedeutet!« Pals Stimme war schneidend. »Ich bin in einem Land aufgewachsen, in dem Menschen Rechte verwehrt wurden, weil sie der falschen Ethnie angehörten. Einem Land, in dem Gesetze über Nacht änderten und

Geständnisse aus Verhafteten herausgeprügelt wurden. Von klein auf habe ich gelernt, dass der Staat nicht da war, um mich zu schützen. Im Gegenteil. Und dann kam ich in die Schweiz. Plötzlich war Rechtssicherheit mehr als ein leeres Wort.«

Er dachte daran, wie seinem Vater auf dem Bau gekündigt worden war, weil er die Hand beim Montieren eines Stahlträgers verletzt hatte und die ihm zugeteilten Arbeiten nicht mehr ausführen konnte. Pal hatte sich das Obligationenrecht beschafft, den Arbeitsvertrag seines Vaters studiert und die Kündigung angefochten – mit Erfolg. Damals war er siebzehn Jahre alt gewesen. Vier Monate später wehrte er sich gegen eine Mietzinserhöhung. Vom Schweizer Rechtssystem war er so begeistert gewesen, dass er beschlossen hatte, Jura zu studieren.

»In den Neunzigerjahren verschärfte sich die Lage in Kosovo«, fuhr Pal mit neutraler Stimme fort. »Gastarbeiter holten ihre Angehörigen in die Schweiz, es waren größtenteils ungebildete Menschen vom Land. Als der Krieg ausbrach, kamen die Flüchtlinge hinzu. Das Image der Albaner sank. Wir wurden zum Problem. Und dann zu Sündenböcken. Plötzlich erkannte ich, wie blauäugig ich gewesen war. Auch in der Schweiz ist nicht jeder vor dem Gesetz gleich. Das beginnt beim Anzeigeverhalten und zieht sich durch bis zur Strafzumessung. Einem Richter bleibt ein großer Spielraum. Genau da zeigen sich persönliche Vorurteile und der politische Druck, der auf die Justiz ausgeübt wird.«

»Und deshalb bist du Strafverteidiger geworden?«, fragte Jakob.

»Ich war der Einzige der Familie, der studierte. Hatte jemand ein Problem, kam er damit zu mir. Bald war ich für halb Dietikon eine Art Anlaufstelle. Mir war klar, dass ich am besten helfen konnte, wenn ich dem Ratsuchenden deutlich machte, was er verbockt hatte, und mit ihm seine Zukunft anschaute. Aber ich musste dafür sorgen, dass er die Möglichkeiten, die sich ihm boten, auch nützen konnte.«

»Und das Nachdiplomstudium in internationalem Wirtschaftsrecht?«

Pal zuckte die Schultern. »Ich brauchte eine Abwechslung. Außerdem passt mir Konfektionsware nicht. Ich bin zu klein.«

Jakob lachte schallend.

Pal verzog keine Miene. »Und? Habe ich den Test bestanden?«

Jakob griff nach der Schachtel mit Patisserie und öffnete sie. Er schob sich ein Himbeertörtchen in den Mund und hielt die Schachtel Pal hin, der jedoch ablehnte.

»Versteh mich nicht falsch«, sagte Jakob, nachdem er geschluckt hatte. »Ich habe nichts gegen Armani. Ist nicht mein Stil, aber das muss jeder selbst wissen. Was mich jedoch stört, ist ein Anwalt, der in seinem Klienten nicht einen Menschen, sondern eine Kuh sieht, die er melken kann.«

»Albanische Kühe geben nicht viel Milch.«

»Verwahrte auch nicht.« Jakob lehnte sich zurück. »Und sie ist erst noch sauer.«

Pal wartete.

»Es gibt nichts Undankbareres, als einen Verwahrten zu vertreten«, erklärte Jakob. »Haftlockerungen sind praktisch aussichtslos, dennoch kämpfen viele dafür. Was sollen sie sonst machen? Das kleine Fünkchen Hoffnung ist das Einzige, was sie am Leben erhält. Die Chance, dass sie irgendwann entlassen werden, ist aber gleich null. Ich habe einen Klienten, der so krank war, dass er kaum zwei Schritte gehen konnte. Trotzdem wurde sein Urlaubsgesuch abgelehnt. Der Grund: Fluchtgefahr.« Jakob verzog den Mund. »Manchmal könnte ich laut lachen. Doch für die Betroffenen ist es bitterer Ernst.«

»Hast du viele Klienten im Strafvollzug?«

»Eine Handvoll«, antwortete Jakob. »Früher waren es mehr. In den letzten Jahren ist mir die Energie ausgegangen.« Er seufzte. »Die präventive Sicherheitspolitik hat sich überall durchgesetzt. Das beginnt bereits bei der Strafuntersuchung. Es wird observiert, Daten werden gesammelt, ohne dass der Betroffene eine Ahnung davon hat. Wenn eine Strafuntersuchung eröffnet wird, ist die Beweiserhebung bereits abgeschlossen. Über die Grundrechte, die dabei verletzt werden, spricht niemand. Das finde ich bedenklich.«

Pal teilte seine Meinung.

»Gleichzeitig wird der Strafprozess weiter verschlankt. Immer mehr Fälle werden ohne Verteidiger im Schnellrichterverfahren abgehandelt.« Jakob schüttelte den Kopf. »Und das nennen wir Rechtsstaat? Außerdem wirkt die Bemessung der Strafen willkürlich. So muss ein Schweizer, der ein Vermögensdelikt begangen hat, kaum mehr mit einer Freiheitsstrafe rechnen. Heute gibt es Geldstrafen, gemeinnützige Arbeit, sogar der bedingte Vollzug ist ausgedehnt worden. Es scheint sich die Erkenntnis durchgesetzt zu haben, dass Freiheitsstrafen mehr schaden als nützen. Ganz anders bei Ausländern. Sie werden doppelt bestraft. Zuerst wandern sie ins Gefängnis, dann werden sie auch noch weggewiesen. Die SVP will diese Doppeltbestrafung sogar in der Verfassung verankern.«

»Und auf Familienangehörige ausweiten«, ergänzte Pal.

»Es herrscht die absurde Vorstellung, das Böse könne aus der Gesellschaft eliminiert werden. Am meisten bekommen das Sexual- und Gewaltstraftäter zu spüren. Heute genügt es nicht mehr, dass ein Täter seine Strafe absitzt. Er bleibt auch danach noch eingesperrt. Versteh mich nicht falsch, ich möchte Gewalttaten nicht bagatellisieren. Aber woher wissen wir, ob jemand tatsächlich rückfällig wird? Die Erwartung, die Justiz könne Straftaten voraussehen, ist absurd! Und dennoch ist das Strafrecht heute nicht mehr ausschließlich dazu da, Täter zu verfolgen und zu bestrafen, nein, es soll sogar Taten verhindern. Um dieses Ziel zu erreichen, wird das höchste Gut des Menschen geopfert – seine Freiheit.«

»Kennst du dich mit Prognoseinstrumenten aus?«, fragte Pal.

Jakob schnaubte. »Wie viel Zeit hast du? Es würde Wochen dauern, dir alles zu erzählen, was meine Klienten in den letzten Jahren erlebt haben. Lass es mich zusammenfassen: Sagt dir Cesare Lambroso etwas?«

»Natürlich«, antwortete Pal. »Das ist der Naturwissenschaftler, der im 19. Jahrhundert Verbrecher anhand von körperlichen Merkmalen zu erkennen glaubte. Der Gründer der Atavismustheorie.«

Ein listiges Lächeln schlich sich auf Jakobs Gesicht. »Danach hat ein geborener Verbrecher henkelförmige, abstehende Ohren.«

Pal ignorierte die Anspielung.

Jakob wurde wieder ernst. »Was unsere Psychiater heute machen, unterscheidet sich kaum von dem, was Lambroso vor 150 Jahren gemacht hat. Statt den Schädel eines Verbrechers auszumessen, füllen sie einfach eine Checkliste aus und errechnen so das Rückfallrisiko. Zahlen vermitteln ein Gefühl von Sicherheit. Niemand hinterfragt sie. Doch aussagekräftige wissenschaftliche Studien fehlen. Man kann es drehen und wenden, wie man will: Niemand kann voraussehen, was ein Mensch in einer bestimmten Situation tun wird.«

»Weigert sich Eric Laupper deshalb, eine Therapie zu machen?«

Jakob seufzte. »Laupper ist ein Fall für sich. Sein Misstrauen gegenüber den Behörden und der Psychiatrie begann lange, bevor er ins Gefängnis kam. Ich übertreibe nicht, wenn ich behaupte, dass in seinem Leben so ziemlich alles schiefgelaufen ist, was schieflaufen konnte. Er wuchs in fünf verschiedenen Pflegefamilien auf, erlebte Gewalt, Missbrauch, Enttäuschungen am Laufmeter. Die klassischen Voraussetzungen für ein verpfuschtes Leben. Du kennst die Geschichten genauso gut wie ich. Aber dann lernte er eine Frau kennen, und auf einmal war alles anders. Er hätte es schaffen können. Er hätte es wirklich schaffen können.« Jakob klang resigniert. »Aber wieder hatte er Pech. Wäre die Sache mit der Prostituierten in der Ostschweiz nicht gewesen, wäre Laupper heute draußen. Wenn einer die Arschkarte gezogen hat, dann er.«

Jakob hielt die Luft an. In der Morgensonne, die durchs offene Fenster schien, wirkte seine Haut grau. Halb erwartete Pal, dass er sich an den Kopf greifen würde, doch er schloss nur die Augen und atmete langsam aus. Plötzlich bereute Pal, dass er sich nie darum bemüht hatte, den Kollegen besser kennenzulernen. Dafür war es nun zu spät.

Jakob öffnete die Augen wieder. »Hat das Verwaltungsgericht im Fall Laupper schon entschieden?«

»Der Rekurs wurde abgelehnt«, antwortete Pal. »Es tut mir leid. Deswegen bin ich hier. Soll ich den Fall weiter ans Bundesgericht ziehen?«

»Du wirst nicht durchkommen.«

»Was würdest du an meiner Stelle tun?«

Jakobs Stimme war leise, als er antwortete. »Meine Zeit ist vorbei. Du musst tun, was du für richtig hältst. Vor einigen Jahren hätte ich dir geraten, für Laupper zu kämpfen. Doch heute? Ich weiß es nicht. Du wirst gegen eine Wand rennen. Gegen den Justizvollzug kommt keiner an. Ich kann dir nicht einmal sagen, ob das amtliche Mandat bewilligt würde. Gut möglich, dass es wegen Aussichtslosigkeit abgelehnt wird. Wenn du weitermachst, dann auf eigenes Risiko. Möglicherweise wirst du viele Stunden investieren und nie einen Franken dafür sehen. Auch wenn du Glück hast, wenn die Verteidigung bezahlt wird, wirst du deine tatsächlich geleisteten Stunden nicht aufschreiben können. Man wird deine Kostenrechnung kürzen, dir vorhalten, das Aktenstudium sei nicht nötig gewesen, oder behaupten, Telefonanrufe statt Besuche beim Klienten hätten genügt. Und danken wird es dir sowieso niemand. Nicht einmal Eric Laupper selbst.«

Pal war bedrückt, als er eine Viertelstunde später die Wohnung verließ. Weder der strahlend blaue Himmel noch die warme Brise hoben seine Stimmung. Begonien und Chrysanthemen blühten in Blumenkistchen, auf dem Trottoir lagen wilde Kirschen. Pal machte einen Bogen um den dunkelroten Matsch und zog den Schlüssel seines Superbikes aus der Hosentasche. Statt den Helm aufzusetzen, blieb er neben dem Motorrad stehen und drehte sich noch einmal um.

Sein Blick glitt zum Balkon der Reichlins. Er glaubte, hinter dem Wohnzimmerfenster einen Schatten zu erkennen, war sich aber nicht sicher. Ob er Jakob wiedersehen würde? Jahrelang hatten sie in der gleichen Kanzlei gearbeitet, ohne zu ahnen, welche Kämpfe der andere ausfocht. Jeder war in seiner eigenen Arena gestanden, hatte Niederlagen eingesteckt, sich aufgerappelt, weitergekämpft. Auf einmal verspürte Pal das Bedürfnis, sich mit jemandem auszutauschen. Kurz spielte er mit dem Gedanken, Valentin anzurufen, doch sein Freund würde nicht begreifen, was ihn beschäftigte. Zwar hatten sie zusammen studiert, Grundsatzfragen zum Rechtssystem hatten Valentin aber nie interessiert. Seit er den Oldtimer-Handel seines Vaters übernommen und für eine Frau und zwei kleine Kinder zu sorgen hatte, kämpfte er mit eigenen Problemen.

Jasmin kam genauso wenig in Frage. Pal machte sich nichts vor. Schon als Polizistin hatte sie nie Verständnis für die Verteidigung aufgebracht, seit sie selbst Opfer eines Gewalttäters geworden war, kostete es sie Überwindung, überhaupt Interesse an Pals Arbeit zu zeigen. Außerdem wich sie Grundsatzdiskussionen aus. Pal vermutete, dass sie sich ihm intellektuell unterlegen fühlte. Er hatte nie begriffen, warum. Sie war eine gute Beobachterin und mit einem scharfen Verstand gesegnet. Was ihr an formeller Bildung fehlte, kompensierte sie mit Menschenkenntnis und Logik. Trotzdem wechselte sie das Thema, wenn er gesellschaftliche oder politische Fragen ansprach.

Unwillkürlich dachte Pal an Mira. Auch sie hatte er während des Studiums kennengelernt. Die Liebe zu ihr war langsam gewachsen, sie hatte nicht eingeschlagen wie bei Jasmin. Sie waren sich in der Bibliothek näher gekommen, hatten in der Kantine rechtliche Fragen diskutiert, über ihre Zukunftspläne gesprochen und irgendwann begonnen, gemeinsam auf Prüfungen zu lernen. Pal hätte sich vorstellen können, sein Leben mit ihr zu teilen. Doch er hatte die Rechnung ohne seinen Vater gemacht. Als Nexhat Palushi erfuhr, dass sein Sohn mit einer Serbin verkehrte, griff er ein. Und Pal ließ es geschehen. Dafür schämte er sich heute noch.

Wie wäre sein Leben verlaufen, wenn er sich gegen die Einmischung seines Vaters gewehrt hätte? Wenn er seinen eigenen Weg gegangen wäre? Vielleicht hätte er inzwischen promoviert. Es war immer sein Wunsch gewesen, eine Doktorarbeit zu verfassen. Bei seinem gegenwärtigen Arbeitspensum bräuchte er dafür rund drei Jahre. Beruflich brächte ihn eine Dissertation nicht weiter, doch die Herausforderung reizte ihn. Jasmin gegenüber hatte er den Gedanken nur ein einziges Mal erwähnt. Sie hatte nicht eingesehen, wozu er einen Doktortitel vor dem Namen benötigte, und ihm vorgeworfen, an Minderwertigkeitskomplexen zu leiden. An das Gespräch dachte er ungern zurück.

Ein Blick auf die Uhr zeigte Pal, dass ihm fast zwei Stunden blieben, bevor er Jasmin zum Mittagessen treffen würde. Genug Zeit, um die Beschwerde zu verfassen, deren Frist Ende Woche ablief. Als Pal seine Ducati startete, schlug er jedoch nicht den Weg zur Kanzlei ein, sondern brauste die Rämistraße hinunter und hielt hinter dem rechtswissenschaftlichen Institut. Bevor er Jasmin kennengelernt hatte, hatte er oft ganze Samstage in der Bibliothek verbracht. Er liebte den spektakulären Bau des Architekten Santiago Calatrava. Als Pal die sechsstöckige Konstruktion das erste Mal betreten hatte, hatte es ihm den Atem verschlagen. Der Innenraum war durch Galerien aus hellem Holz unterteilt und von einer Glaskuppel bedeckt. Dadurch fiel das Licht bis ins Erdgeschoss. Auf jeder Galerie befanden sich Arbeitsplätze. Am liebsten setzte sich Pal so hin, dass er freie Sicht in den Lichthof hatte. Inmitten von 5000 Laufmetern Büchern fühlte er sich unbedeutend, was zugleich beängstigend und beruhigend war. Dass das Leben lange vor seiner Existenz begonnen hatte und nach seinem Tod einfach weitergehen würde, erfüllte ihn mit Ehrfurcht und gab seinen Handlungen eine andere Bedeutung.

Pal betrat die Bibliothek durch den Haupteingang und ging auf die Schließfächer zu. Er legte Jacke und Helm ins Kästchen, nach kurzem Zögern auch sein iPhone. Leichten Schrittes betrat er den Lichthof, wo er den Kopf in den Nacken legte und den Geruch von 170 000 Büchern einsog.

10

»Der Vertrag ist in Ordnung, an deiner Stelle hätte ich jedoch einen Vorschuss verlangt«, sagte Pal.

»Es kam mir so skrupellos vor«, erwiderte Jasmin. »Milena hat Angst um ihr Kind, und ich denke ans Geld.«

»Das Gefühl kenne ich.« Pal nahm einen Schluck Mineralwasser. »Du wirst deine Meinung aber ändern, wenn du das erste Mal einem ausstehenden Betrag nachrennst.«

Jasmin zuckte die Schultern. »Ich vertraue ihr.«

Der Kellner brachte ihnen das Essen. Pal machte sich sofort an seiner Saltimbocca zu schaffen. Sie hatten sich in der gleichen Pizzeria verabredet, in der Jasmin vor wenigen Tagen Milena getroffen hatte. Pizzerien gehörten zu den wenigen Lokalen, in denen sich sowohl Jasmin als auch Pal wohlfühlten. In den gepflegten Restaurants, die Pal über Mittag aufsuchte, fand Jasmin die Einrichtung zu düster, das Essen zu schwer und die Stimmung zu ernst. Außerdem war sie nicht bereit, fünfzig Franken für eine Mahlzeit hinzublättern.

»Du hast mir immer noch nicht erzählt, was Milena Herzog von dir will«, sagte Pal.

Jasmin nahm die Kopien der Drohbriefe hervor. »Der erste wurde ihr per Post zugestellt. Der zweite befand sich in Fannys Schulthek. Ohne Marke.«

»Im Schulthek?« Pal legte die Gabel hin.

Jasmin nickte ernst.

»Dafür wirst du büßen, du schlampe«, las Pal laut. »Ich werd es dir heihmzahlen, schlampe.«

»Nicht besonders originell«, sagte Jasmin. »Viele Drohungen enthalten das Wort ›Schlampe‹. Aber gerade das macht mir Sorgen. Der Absender regt sich nicht beim Schreiben ab. Seine

Botschaft ist einfach und verständlich. Gut möglich, dass er die Drohung ernst meint.«

Pal betrachtete die beiden Sätze. »Glaubst du, hinter den Rechtschreibfehlern steckt Absicht? Soll die Polizei auf eine falsche Spur geführt werden?«

Jasmin legte das Pizzastück, das sie in der Hand hielt, hin. Rechtschreibfehler? Unauffällig warf sie einen Blick auf das Blatt. Der Käse in ihrem Mund fühlte sich auf einmal an wie Gummi. Ihr fielen keine Fehler auf. Sie schluckte und räusperte sich. »Was glaubst du?«

Nachdenklich nahm Pal etwas Risotto. Schließlich schüttelte er den Kopf. »Ich weiß es nicht. Wenn ich mit der Groß- und Kleinschreibung Mühe hätte, würde ich alles klein schreiben. Auch den Satzanfang. Dann fiele das Wort ›schlampe‹ nicht auf. Deshalb kann ich mir gut vorstellen, dass er damit einen Zweck verfolgt.«

»Das sehe ich auch so.«

»Und ›heihmzahlen‹?«, fragte Pal.

Die Buchstaben tauschten vor Jasmins Augen die Plätze. »Wenn er ›schlampe‹ absichtlich falsch geschrieben hat, dann ist es gut möglich, dass er auch ›heihmzahlen‹ falsch schrieb, um den Empfänger zu täuschen«, sagte sie aufs Geratewohl.

Pal stimmte zu. »Dafür spricht auch die korrekte Satzstellung. Sie passt nicht zu den Rechtschreibfehlern. Auch nicht zur Tatsache, dass der Schreiber seine Kommas richtig setzt.«

»Warum nicht?«

»Kommafehler unterlaufen sogar gebildeten Menschen. Hingegen würde nur jemand mit einem tiefen Bildungsniveau ›heimzahlen‹ mit einem H schreiben. Oder ein Fremdsprachiger. Doch ein Fremdsprachiger hätte auch Mühe mit der Satzstellung.« Pal hielt inne. »Außer, die Drohung wurde nicht auf einem PC, sondern auf einem Handy geschrieben.«

Seine Worte trafen Jasmin wie ein Schlag in die Magengrube.

»Was meinst du?«, fragte Pal.

»Was?«

»Glaubst du, er hat den Satz auf einem Handy geschrieben?«

»Warum?«

»Weil der Anfang mit einem Großbuchstaben beginnt. Viele Handys sind so eingestellt, dass nach einem Punkt und am Satzanfang automatisch ein Großbuchstabe erscheint.« Er runzelte die Stirn. »Jasmin? Hörst du mir überhaupt zu?«

Jasmin zwang sich zur Konzentration. »Ein interessanter Gedanke. Dann hätte er das SMS aber an einen PC schicken müssen, um es auszudrucken. Warum der Umweg? Wäre es nicht einfacher gewesen, den Brief direkt mit einem Textverarbeitungsprogramm zu tippen? Ich glaube eher, dass er versucht hat, sich zu verstellen.«

Pal hielt den leeren Brotkorb hoch. Nachdem der Kellner ihn gefüllt hatte, nahm sich Pal eine Scheibe und legte sie auf den Tellerrand. »Hat Milena Herzog keine Ahnung, wer dahinterstecken könnte?«

Jasmin schilderte ihre Vermutung.

»Wie bitte?«, unterbrach Pal. »Milena Herzog arbeitet bei der Justizdirektion?«

»Im Generalsekretariat.«

»Sie behandelt Rekurse?«

»Ja«, erwiderte Jasmin. »Und sie hat sich damit jede Menge Feinde gemacht.«

»Du meinst unter Gefängnisinsassen?«

»Natürlich!« Jasmin ärgerte sich über die Skepsis, die sich in seine Stimme geschlichen hatte. »Deine Klienten sind nicht die Lämmer, für die du sie hältst!«

Pal ignorierte die Kritik. »Du glaubst also, ein Gefängnisinsasse im Hafturlaub habe dem Mädchen den Brief in den Schulthek gelegt?«

»Vielleicht.« Jasmin schob ihre Pizza beiseite. Sie hatte keinen Appetit mehr. »Er könnte auch jemanden damit beauftragt haben. Einen Verwandten oder seine Freundin zum Beispiel. Möglicherweise hat er den Satz sogar einem Besucher diktiert oder jemandem telefonisch durchgegeben.«

Im Polizeibericht hatte Jasmin gelesen, dass in jedem Büro

der Justizvollzugsanstalt Pöschwies Laserdrucker standen. Einige Gefangene hatten sich sogar eigene Drucker gekauft und in der Zelle installiert. Gegen ein entsprechendes Entgelt waren sie bestimmt bereit, Druckaufträge von Mitinsassen entgegenzunehmen. Die Drohung an Milena Herzog hätte der Absender verschicken können, ohne entdeckt zu werden, da Briefe an Behörden nicht kontrolliert wurden. Den Umschlag, den Fanny gefunden hatte, hätte er hingegen hinausschmuggeln müssen. Aber auch das war möglich, wenn jemand bereit war, ein Risiko einzugehen. Ein Gefängnis war keine hermetisch abgeriegelte Welt.

»Das ergibt keinen Sinn«, widersprach Pal. »Warum würde ein Gefangener ausgerechnet jemanden im Generalsekretariat bedrohen? Warum nicht die Person, die das Gesuch abgelehnt hat? Also den Fallverantwortlichen beim JUV oder seinen Abteilungsleiter? Oder zumindest jemanden, dem er die Schuld für den Entscheid in die Schuhe schieben könnte, einem Therapeuten oder einem Gutachter zum Beispiel?«

Jasmin schnaubte. »Du fragst nach dem Warum? Seit wann brauchen Verbrecher Gründe für ihre Taten? Warum haben sie vergewaltigt? Getötet? Und komm mir jetzt nicht mit einer schwierigen Kindheit und dem ganzen Scheiß. Sie machen es, weil es ihnen gefällt! Weil sie Macht über andere ausüben wollen.«

Pal schwieg.

»Und aus dem gleichen Grund jagen sie einem Kind und seiner Mutter Angst ein!« Jasmin beugte sich vor. »Ich werde das Schwein kriegen!«

»Wie wirst du vorgehen?«, fragte Pal mit neutraler Stimme.

»Zuerst werde ich mir die Rekurrenten vorknöpfen, die zur fraglichen Zeit Urlaub hatten oder sich aus einem anderen Grund in der Nähe von Urdorf aufhielten. Wenn mich das nicht weiterführt, dehne ich die Suche aus.«

»Und wie willst du an die Informationen herankommen?«

»Durch Milena natürlich.«

Pal richtete sich auf. »Milena Herzog nennt dir Namen?«

»Nur so kann ich abklären, wer als Schreiber der Drohbriefe in Frage kommt!«

»Sie untersteht dem Amtsgeheimnis!«

»Nicht, wenn sie als Privatperson betroffen ist.«

»Auch dann! Sie besitzt die Informationen aufgrund ihrer beruflichen Tätigkeit!«

»Ist dir das Amtsgeheimnis wichtiger als das Leben eines Kindes?«

»Es geht nicht darum, was mir wichtig ist, sondern …«

»Aber mir geht es darum!« Jasmin warf die Serviette auf den Tisch. »Ich werde nicht zulassen, dass Fanny etwas zustößt!«

Pal sagte nichts mehr, doch seine Ohren glühten. Jasmin schloss kurz die Augen. Sie hatte sich vorgenommen, sich auf keine Diskussionen über Straftäter mit ihm einzulassen. Sie kannte Pals Einstellung. Seine Haltung würde sie nie verstehen. Deshalb hatte sie ihm auch nicht von ihrem Ausflug nach Dietikon erzählt. Sie hatte am Vormittag den Pfarrer aufgesucht, der die Mutter von Luca Bracchini beerdigt hatte. Rund ein Dutzend Verwandte und Freunde hatten an der Beisetzung teilgenommen. Der Pfarrer behauptete, Bracchini sei die ganze Zeit abseits gestanden. Offenbar wollte die Familie – bis auf einen Bruder – nichts mit ihm zu tun haben. Der Therapeut, der ihn begleitet hatte, hatte Bracchini nie aus den Augen gelassen. Nach einem kurzen Gespräch mit seinem Bruder hatte der Gefangene den Friedhof verlassen und war ins Auto des Therapeuten gestiegen. Der Pfarrer schätzte, dass er um 16.15 Uhr weggefahren war. Im Polizeibericht stand, Bracchini habe sich um 16.45 Uhr in der Pöschwies in seiner Gruppe eingefunden, demnach hätte er sich unmöglich Fanny nähern können. Um diese Zeit war sie noch bei ihrem Vater in Zürich gewesen. Außer, der Pfarrer hatte sich in der Uhrzeit getäuscht, was Jasmin unwahrscheinlich erschien. Trotzdem schloss sie Bracchini als Urheber der Drohungen nicht aus. Vielleicht war er nicht der Unbekannte im Zug gewesen, er hätte seinem Bruder aber unbemerkt einen Brief mitgeben können.

Sergio Bracchini ausfindig zu machen, war nicht schwer

gewesen. Der 28-Jährige lebte in Schlieren, nahe der Grenze zu Urdorf. Als Polizistin hätte Jasmin bei einem konkreten Verdacht überprüfen können, ob er vorbestraft war, doch zum Strafregister hatte sie keinen Zugang mehr. Von einer Nachbarin hatte sie erfahren, dass der Secondo als Gipser arbeitete. Wo, wusste sie nicht. Auf Fannys Beschreibung passte Sergio Bracchini zwar schon alleine wegen seines Alters nicht, doch insgeheim hegte Jasmin Zweifel an der Aussage des Mädchens. Sie vermutete, dass Fanny einfach gesagt hatte, was von ihr erwartet worden war. Als Polizistin hatte Jasmin immer wieder Zeugen erlebt, die Beobachtungen erfanden, um Erwartungen zu erfüllen. Meist waren sie sich der Falschaussage nicht bewusst. In der Aussagepsychologie sprach man von unbeabsichtigter, suggestiver Beeinflussung. Dahinter steckte keine böse Absicht, es lag in der Natur des Menschen, helfen zu wollen.

Pal faltete seine Serviette und legte sie auf den Tisch. Er holte sein Portemonnaie hervor und nahm eine Fünfzigernote heraus.

»Keinen Espresso?«, fragte Jasmin überrascht.

»Ich muss los.« Er sah sie nicht an.

Schweigend warteten sie, bis der Kellner die Rechnung brachte. Nachdem sie bezahlt hatten, stand Pal auf und drückte Jasmin einen flüchtigen Kuss auf die Schläfe. Als der Motor seiner Ducati ansprang, saß sie immer noch am Tisch.

Viele Verstecke bot ein Schulhaus nicht. Fannys Schulzimmer befand sich im ersten Stock. Damit das Mädchen sie nicht sah, wartete Jasmin eine Etage höher bei der Treppe. An den Wänden hingen Zeichnungen von Buchstaben. Jasmin betrachtete eine Giraffe, die ein G auf dem Kopf trug, und fragte sich, ob die Bilder den Kindern wirklich halfen, sich die verschiedenen Buchstaben zu merken. Die Schulglocke riss sie aus ihren Gedanken. Jasmin hörte, wie in den Räumen Stühle zurückgeschoben und Stimmen laut wurden. Kurz darauf füllte sich der Gang mit Schülern. Jasmin konzentrierte sich auf die Tür, die sie im Blickfeld hatte. Eine Sporttasche schlug ihr gegen die

Kniekehlen, doch Jasmin wich nicht von der Stelle. Sie blendete den Lärm aus und widerstand der Versuchung, dem Gedränge auszuweichen. Bald erschienen die ersten Fünftklässler. Jasmin erkannte einige Mädchen, mit denen sie am Vortag auf dem Pausenhof gesprochen hatte. Lachend bewegten sie sich auf die Treppe zu und tauchten in den Strom der Kinder ein.

Fanny war die Letzte, die aus dem Zimmer kam. Vor der Garderobe blieb sie stehen und nestelte an einem Schnürsenkel herum. Erst als ihre Mitschüler verschwunden waren, schlich sie mit gesenktem Kopf zur Treppe. Etwas stimmte eindeutig nicht. Ob sie sich heimlich verabredet hatte? Aufgeregt wirkte sie nicht. Im Erdgeschoss bog sie nach rechts ab, statt auf den Ausgang zuzugehen. Sie beschleunigte ihren Schritt, den Blick auf den Boden gerichtet. Jasmin sah gerade noch, wie sie auf die Mädchentoilette zustürzte, die Tür aufstieß und dahinter verschwand. Sie eilte dem Mädchen nach. Ging Fanny jemandem aus dem Weg? Wurde sie belästigt? Von einem Schüler vielleicht? Oder gar einem Lehrer? Das könnte ihr seltsames Verhalten erklären. Kinder suchten die Schuld oft bei sich, wenn sich jemand an ihnen verging.

Langsam bewegte sich Jasmin auf die Toilette zu. Die meisten Schüler waren gegangen, nur noch vereinzelt tröpfelten Kinder aus den Räumen. Keines beachtete sie. Vor der Tür blieb Jasmin stehen und horchte. Dahinter war es still. Auch im Schulhaus war der Geräuschpegel deutlich gesunken. Zwei Lehrer schlenderten in ein Gespräch vertieft an ihr vorbei zum Lehrerzimmer. Jasmin lehnte sich gegen die Wand. Ihre Handgelenke juckten unter den Verbänden, sie freute sich darauf, sie am Abend abzunehmen. Milena hatte angekündigt, früh nach Hause zu kommen, vielleicht würde Jasmin zur Werdinsel fahren, um ein Bad in der Limmat zu nehmen. Es war lange her, dass sie sich freiwillig unter Menschen begeben hatte.

Sie sah auf die Uhr. Fanny war seit fünf Minuten auf der Toilette. Vorsichtig stieß Jasmin die Tür auf. Links befanden sich drei Kabinen, nur die hinterste war verriegelt. Da Jasmin keinen Laut daraus vernahm, ging sie in die Hocke und spähte unter der Tür hindurch. Fannys Schulthek stand am Boden, ihre Füße waren jedoch nicht zu sehen. Ob sie hinausgeklettert war? Jasmin betrat die zweite Kabine und stieg auf das WC, um einen Blick über die Trennwand zu werfen.

Genau wie Jasmin stand Fanny auf dem WC. Ihr Gesicht war zum Fenster gedreht, als suche sie etwas auf dem Pausenhof. Auf einmal verstand Jasmin. Wie hatte sie nur so schwer von Begriff sein können! Fanny hielt nach ihr Ausschau. Aus irgendeinem Grund wollte sie nicht von Jasmin abgeholt werden. Entweder war es ihr peinlich, oder sie mochte sie einfach nicht. Vermutlich hatte Fanny sie bereits am Vortag von diesem Fenster aus beobachtet. Ärger stieg in Jasmin auf. Sie hatte sich ernsthaft Sorgen gemacht! Doch dann stellte sie sich vor, wie sie sich an Fannys Stelle gefühlt hätte, wenn sie mit elf Jahren von einem Babysitter von der Schule abgeholt worden wäre. Sie stieg vom WC, betätigte die Spülung und verließ die Toilette. Als sie aus dem Schulhaus trat und den Pausenhof überquerte, glaubte Jasmin, den Blick des Mädchens im Rücken zu spüren. Sie würde ein Stück wegfahren und außer Sichtweite parken. Zu Hause würde sie mit Fanny reden müssen.

Eine Gruppe Sechstklässler hatte sich um ihre Monster versammelt. Als sich Jasmin näherte, zogen sich die Jungen zurück.

»Schauen dürft ihr«, sagte sie. »Nur nichts anfassen.«

»Wie schnell fährt es?«, fragte ein schlaksiger Junge.

»Sie«, antwortete Jasmin. »Das ist eine Ducati, genauer, eine Monster. 200 Sachen schafft sie, wenn sie in Form ist. In gut vier Sekunden ist sie von null auf hundert.«

»Geil!«, stieß jemand aus.

»Wo sind die Bremsen?«

Jasmin setzte sich aufs Motorrad und legte die Hände auf die Bremsen. »Sie ist mit zwei Vierkolbenstoppern ausgerüstet. Wenns brenzlig wird, kann ich ziemlich heftig in die Scheiben beißen.«

Ein Junge mit gestylter Frisur und Silberkette um den Hals trat näher. »Wie viele Gänge hat sie?«

»Sechs. Die Kupplung ist aber etwas gewöhnungsbedürftig. Sie rastet erst ganz am Schluss ein.« Als Jasmin die fragenden Blicke bemerkte, erklärte sie den Schaltvorgang. Während sie sprach, sah sie aus dem Augenwinkel, wie Fanny aus dem Schulhaus kam und sich unauffällig heranschlich. Sie unterdrückte ein Schmunzeln. Fanny interessierte sich also für Jungs. Jasmin kam eine Idee.

»Der Motor ist ein Zweiventiler, mit Benzineinspritzung«, erklärte sie.

»Mein Vater fährt einen Vierventiler.«

»Die neueren Monster S4R sind auch Vierventiler. Flüssigkeitsgekühlt, nicht luftgekühlt wie meine«, fügte sie hinzu, obwohl sie nicht sicher war, ob die Kinder den Unterschied kannten.

»Warum haben Sie keine neue?«

Jasmin rieb Daumen, Zeige- und Mittelfinger aneinander. »Eine 696 kostet gut 11 000 Franken.«

Aus der Hecktasche holte Jasmin einen zweiten Helm. Sie winkte Fanny. Milena würde keine Freude haben, aber damit käme Jasmin klar. »Fang!«, rief sie und warf ihr den Helm zu.

Erschrocken riss Fanny die Augen auf. Die Köpfe der Jungen drehten sich in ihre Richtung. Sie ließ den Schulthek fallen, den sie in einer Hand gehalten hatte, streckte die Arme aus und schloss die Augen. Sie schien selbst überrascht, als sie auf einmal den Helm hielt. Jasmin startete die Monster. Auf das tiefe Brabbeln des Motors reagierten die Jungen mit anerkennenden Blicken.

»Kommst du?«, rief Jasmin.

Unsicher schritt Fanny auf sie zu. Jasmin wartete, bis sie den Helm aufgesetzt hatte. Er war so groß, dass er ihr die Augen verdeckte. Jasmin schob ihn zurück, damit Fanny die bewundernden Blicke der Schüler sah. Dann griff sie nach dem Schulthek und schlang ihn über eine Schulter, bevor sie Fanny hinter sich hochzog.

»Halt dich gut fest!« Sie winkte den Jungen zum Abschied.

Im Rückspiegel sah sie, wie die Blicke der Sechstklässler

ihnen folgten. Sie ließ den Motor röhren und gab Gas. Erst als sie um die Ecke verschwanden, bremste sie ab. Fanny hielt sich mit aller Kraft an ihr fest. Zum Glück war sie nicht besonders stark. Nach wenigen Sekunden bogen sie in die Hauptstraße ein. Sie führte unterhalb der Bahngleise entlang. Kurz darauf querten sie den Bahnübergang, dann standen sie vor den hellen Häusern der Wohnsiedlung. Jasmin schaltete den Motor aus und klappte das Visier hoch. Sie löste Fannys Finger einzeln von ihrem Bauch und drehte sich um.

»Alles in Ordnung?«

Fanny nickte. Ihre Wangen waren gerötet, ihr Brustkorb hob und senkte sich wie die Brust eines verschreckten Vogels. Als Jasmin ihr den Helm vom Kopf nahm, sah sie, dass ihre Augen leuchteten.

»Hey, çika!« Sokol hielt Jasmin die Handfläche hin.

Jasmin schlug dagegen, dann ballten beide die Hände zu Fäusten und berührten sich mit den Knöcheln. Sokol stieß einen leisen Pfiff aus, als er die Schlangen an ihren Handgelenken sah. Jasmin grinste. Sie mochte Pals ältesten Bruder. Der Schalk in seinen Augen und das spitzbübische Lächeln ließen ihn jünger erscheinen als seine 40 Jahre.

»Lange nicht mehr gesehen«, sagte er.

Jasmin zuckte die Schultern. »Hatte zu tun.«

Die Lüge fiel Sokol nicht auf. Er führte sie ins Wohnzimmer, wo Nexhat Palushi auf seinem Sessel thronte und fernsah. Im Gegensatz zu seinem Sohn wirkte er nicht erfreut, Jasmin zu sehen. Er nickte ihr zu und richtete seine Aufmerksamkeit wieder auf die albanische Sendung, die lief. Jasmin wusste, dass er sie nie als Schwiegertochter akzeptieren würde. Dazu war sie zu direkt, zu eigensinnig und zu schweizerisch. Dafür kam Pals Mutter aus der Küche, um sie zu umarmen. Fatmire hätte jede Frau willkommen geheißen, die ihren Lieblingssohn glücklich machte. Pal stritt stets ab, einen besonderen Platz in ihrem Herzen einzunehmen, doch Jasmin entging nicht, wie lange Fatmires Blick an ihm hängenblieb, wenn er zu Besuch kam. Sie glaubte auch, den Grund dafür zu kennen. Als sie in Kosovo gewesen war, hatte Shpresa ihr erzählt, dass Sokol als Sechsjähriger schwer erkrankt war. Er hatte dank der Hilfe eines Jesuiten überlebt, der ihn mit Medikamenten versorgt hatte. Neun Monate später war Pal zur Welt gekommen. Als Einziger der Familie trug er einen katholischen Namen – Pal war die albanische Form von Paul. Jasmin hatte ihm nie von ihrer Vermutung erzählt. Ob Nexhat einen ähnlichen Verdacht hegte, wusste sie nicht. Es würde jedoch die Härte erklären, mit der er Pal oft begegnete.

Sokol ließ sich aufs Sofa fallen. Jasmin hatte Pal gebeten, sich die Motorradkleidung leihen zu dürfen, die er sich für seine Neffen beschafft hatte. Er hatte zugestimmt, hatte aber zuvor ein Versprechen einlösen wollen, das er Sokols Sohn gegeben hatte.

»Wohin sind sie gefahren?«, fragte Jasmin.

»Über den Mutschellen«, antwortete Sokol. »Sie sollten bald zurück sein.«

Fatmire brachte Getränke und Gebäck aus der Küche. Ohne zu fragen, schenkte sie Jasmin Cola ein. Ihrem Mann und Sokol füllte sie Tee nach.

Jasmin griff nach einem ovalen Gebäckstück. »Tatlija me Kokos?«

Fatmire strahlte, als Jasmin die Augen vor Freude verdrehte.

»Köstlich!« Jasmin wandte sich an Sokol. »Wie läufts bei der Arbeit?«

»Gut«, antwortete er. »Wir haben einen Großauftrag in Schlieren. Gebäudesanierung.«

»Schlieren«, wiederholte Jasmin nachdenklich. »Sag mal, kennst du einen Sergio Bracchini? Er wohnt in Schlieren. Sein Bruder ist auch Sanitärinstallateur.«

»Luca Bracchini?« Als Jasmin nickte, fuhr er fort: »Luca kam direkt nach der Lehre zu uns. Blieb aber nicht lange.« Sokol tippte sich mit dem Zeigefinger gegen die Schläfe. »Er ist nicht ganz dicht. Machte immer Ärger. Ich habe gehört, er soll eine Frau übel zugerichtet haben. Soviel ich weiß, sitzt er deswegen.«

»In Regensdorf«, bestätigte Jasmin. In wenigen Worten schilderte sie, warum sie sich für ihn interessierte.

Bevor Sokol etwas dazu sagen konnte, ging die Tür auf, und sein Sohn stürmte herein, gefolgt von Pal. Während der Junge begeistert von der Fahrt berichtete, begrüßte Pal seine Eltern. Er setzte sich zu Jasmin aufs Sofa, berührte sie aus Respekt vor seinem Vater aber nicht. Fatmire schob ihm den Teller mit dem Gebäck hin und verschwand in der Küche. Bald kehrte sie mit einer Tasse türkischen Kaffees zurück, die sie Pal reichte.

»Endrit Hariris Junge steckt in Schwierigkeiten«, sagte Nexhat, der bis jetzt geschwiegen hatte.

Pals Rücken wurde steif.

»Sie haben ihn mit einer Waffe erwischt.« Nexhat sah Pal an. »Kannst du etwas tun?«

»Er soll eine amtliche Verteidigung beantragen«, riet Pal. »Dann wird ihm jemand zugeteilt.«

Nexhat machte eine Geste, als würde er ein lästiges Insekt verscheuchen. »Er braucht einen Anwalt, der ihn versteht! Du hast doch den jungen Tolaj auch freibekommen.«

Jasmin seufzte innerlich. Nexhat Palushi erwartete von Pal, dass er jedem Bekannten half, der mit dem Gesetz in Konflikt kam. Erst recht, seit er einen Freispruch für einen Kosovaren erwirkt hatte, der zwei Pistolen im See entsorgte. Rasim Tolaj war wegen unerlaubten Tragens von Waffen angeklagt worden. Eine der beiden Pistolen hatte sein Cousin vermutlich bei einem Tötungsdelikt eingesetzt. Pal hatte einen alten Bundesgerichtsentscheid ausgegraben, der eine Frau vom Vorwurf des Drogentransports freigesprochen hatte, weil die Tat als sozial nützlich beurteilt worden war. Sie hatte das Kokain nur auf sich getragen, um es zu entsorgen. Pal hatte die gleichen Argumente vorgebracht: Rasim Tolaj habe sich der Pistolen entledigen wollen – eine sozial nützliche Tat, die den Transport rechtfertigte. Der Freispruch hatte auch finanzielle Konsequenzen gehabt: Für die Untersuchungshaft erhielt Tolaj eine Genugtuung sowie eine Entschädigung für den erlittenen Lohnausfall, insgesamt fast 40 000 Franken. Pal war wie ein

Held gefeiert worden. Nexhat Palushi hatte jedem erzählt, dass sein Sohn für das Urteil verantwortlich war.

»Was ist?«, fragte Nexhat. »Bist du dir plötzlich zu gut für deine Landsleute?«

»Ich werde sehen, was ich tun kann«, versprach Pal zähneknirschend.

Sein Vater widmete seine Aufmerksamkeit wieder dem Fernseher.

Jasmin presste die Lippen zusammen. Sie begriff nicht, warum sich Pal von Nexhat so viel bieten ließ. Weil das Thema tabu war, schluckte sie ihren Ärger aber runter.

Sie drehte sich zu Sokol. »Falls dir wegen Bracchini etwas zu Ohren kommt, lässt du es mich wissen?«

»Ich werde mich ein bisschen umhören«, versprach er.

11

Wieder ein Tag. Eric Laupper lag im Bett und starrte an die Decke. Er lauschte den Schritten des Aufsehers, der von Zelle zu Zelle ging und die Türen aufschloss. Durch das vergitterte Fenster drang das Licht der aufgehenden Sonne. Laupper schloss die Augen. Obwohl der Tag in der ASP später begann als im Normalvollzug, war er müde. Es war eine Müdigkeit, die sein Innerstes erfasst hatte. Allein die Vorstellung, die Maske aufzusetzen, die er seit Jahren trug, und erneut einem Tag zu begegnen, noch einem, erschöpfte ihn.

Es musste sein. Sonst würden sie ihm Psychopharmaka verschreiben. Es genügte, dass er die Medikamente einnehmen musste, die ihm der Arzt gegen die Colitis gegeben hatte. Colitis ulcerosa. Die Schmerzen hatten einen Namen. Gestern hatte Eric die Diagnose bestätigt bekommen. Colitis ulcerosa sei eine Entzündung der Darmschleimhaut, hatte der Anstaltsarzt erklärt. Ursache unbekannt. Stress und Belastung verstärkten sie. Der Verlauf war nicht vorhersagbar, auch die Stärke der Schübe nicht. Die Medikamente linderten die Entzündung, heilen konnten sie die Krankheit aber nicht. Die Colitis war etwas, womit er leben musste. Der Gedanke deprimierte ihn.

Psychopharmaka würde er deswegen aber keine schlucken. Das nicht. Er wusste genau, dass sie nur darauf warteten, ihm das Zeug aufzuzwingen. Sie beobachteten ihn. Hofften, dass er ihnen einen Grund gab, ihn als psychisch krank abzustempeln, damit sie ihn mit Substanzen vollpumpen, ihn benebeln konnten. Wenn er wie ein Halbidiot durch die Gänge schlurfte, würde er nicht mehr stören.

Auf dem Papier war Zwangsmedikation verboten. Wer verschriebene Pillen aber nicht schluckte, landete im Bunker.

Nützte das nichts, wurde man in die Psychiatrie eingewiesen. So einfach war das. Dort durften sie mit einem machen, was sie wollten. Dem Seeholzer war genau das passiert. Man hatte ihm erklärt, er sei eine Gefahr für sich selbst. Zu seinem eigenen Schutz wurde er in eine Klinik gesteckt. Er kam nie mehr zurück. Diesen Gefallen würde Eric ihnen nicht tun. Deshalb setzte er sich nun auf und schwang die Beine aus dem Bett. Kaum hatte er sich bewegt, erwachte sein Darm. Fluchend klemmte er die Arschbacken zusammen. Er konnte jetzt nicht aufs Klo. Demnächst würde seine Zellentür geöffnet. Die Toilette befand sich genau daneben. Fehlte noch, dass sie ihm auch beim Scheißen zusahen. Er unterdrückte ein Stöhnen. Die Krämpfe trieben ihm den Schweiß aus den Poren.

Gebückt schlich er zum Waschbecken. Er spritzte sich Wasser ins Gesicht und ließ es sich in den Mund laufen. Spülte, spuckte, schluckte. Ponte hatte Frühdienst. Eric hörte, wie er mit seinem tiefen Bass die Gefangenen begrüßte. Ponte war in Ordnung. Verhielt man sich korrekt, behandelte er einen anständig. Einige Gefangene mochten Pfähle aus Prinzip nicht. Eric war nicht so. Die Aufseher machten nur ihren Job. Er drehte den Hahn zu und richtete sich auf. Sein Körper verlangte nach einer Zigarette. Er hatte keine. Seit sein Darm Amok lief, versuchte er, weniger zu rauchen.

Es klopfte kurz, das Schloss klickte, die Tür wurde aufgezogen.

»Guten Morgen«, sagte Ponte.

»Morgen.«

»Alles in Ordnung?«

Eric gab einen Laut von sich, der als Zustimmung gedeutet werden konnte. Er ging zum Wasserkocher, füllte ihn, nahm einen Teebeutel hervor und ließ ihn in die Tasse fallen. Schwarztee beruhigte den Darm. Aus der Zelle des Arabers drang der übliche Singsang. Auf dem Bett sitzend, schlürfte Eric seinen Tee und horchte den Klängen. Manche trieb das Gedudel fast in den Wahnsinn. Eric mochte es. Es floss in Wellen über ihn, fast so, als läge er in der Brandung. Am Meer war er noch nie gewesen, aber wenn im Fernsehen eine Sendung darüber lief, schaute er sie immer an.

In der Küche schepperte es. Heller hatte wohl wieder eine schlechte Nacht gehabt. Eric hatte zwar keinen Appetit, weil er aber Brot besser vertrug als andere Nahrungsmittel, würde er sich zwei Bürli holen und sie zu seinem Vorrat legen. Zwieback täte gut, dachte er. Er konnte sich nicht erinnern, ob er am Kiosk verkauft wurde. Er holte die Produkteliste hervor und überflog sie. Nur Knäckebrot. Erics Blick blieb an den Bananen hängen. Bananen stopften. Er sah auf die Uhr. Montags und donnerstags durften die Bewohner der ASP vor der Arbeit zum Kiosk. Er versuchte sich zu erinnern, was heute für ein Wochentag war. Donnerstag oder Freitag? Freitag. Also kein Kioskgang. Dafür hatte er am Nachmittag einen Termin mit seinem neuen Anwalt. Wie hieß er schon wieder? Eric hätte nachschauen können, doch es interessierte ihn nicht. Warum auch? Die Anwälte wechselten. Die Urteile blieben gleich. Gegen die Justiz waren auch die Verteidiger machtlos. Rekurs legte Eric nur ein, weil er Livia nicht enttäuschen wollte. Sie sollte nicht wissen, dass er längst nicht mehr daran glaubte, irgendwann herauszukommen. Sie hatte es schwer genug.

Der Tee beruhigte seinen Darm nicht. Eric setzte sich aufs Klo. Während starken Schüben seien bis zu vierzig Toilettengänge pro Tag normal, hatte der Arzt gesagt. Das Fenster ließ Eric rund um die Uhr offenstehen, zum Glück war es draußen warm. Im Winter würde der Gestank unerträglich werden. Ob Livia aufgefallen war, wie schlecht er roch? Da sie sich im Besucherraum selten berührten, hatte sie möglicherweise noch nichts bemerkt. Kurz gönnte sich Eric den Luxus einer Erinnerung. Er dachte an ihre samtige Haut und das Gefühl ihrer weichen Lippen auf den seinen. Sie schmeckten nach Blumen und den Melonenbonbons, die sie gerne lutschte. Ihr Körper war warm und voller Leben, wenn er ihre Brüste berührte, erwachte Energie in ihm, und er fühlte sich wie ein junger Mann.

Einige Sekunden gab sich Eric der Erinnerung hin, dann vergrub er sie wieder. Erinnerungen waren wie Drogen. Sie mussten sorgfältig dosiert werden, sonst schlug ihre Wirkung um. Verlor er sich in ihnen, schaffte er es nicht mehr aus dem Labyrinth seiner Gefühle hinaus. Über die Jahre hatte er gelernt, wie viel er ertrug. An Wochenenden, wenn er bereits um 16.45 Uhr eingeschlossen wurde, nahm er keine Erinnerungen hervor. Lieber schaltete er den Fernseher ein.

Die WC-Schüssel war voller Blut. Eric spülte und putzte sich die Zähne. Er nahm ein frisches T-Shirt aus dem Schrank und streifte es sich über. Nachdem er die Bürli aus der Küche geholt hatte, schloss er seine Zelle ab. Im Erdgeschoss verteilte Ponte vor dem Büro der Aufseher die rezeptpflichtigen Medikamente. Eric reihte sich in die Schlange ein. Unter dem wachsamen Blick des Aufsehers schluckte er die Pillen. Er gab seinen Schlüssel ab und bewegte sich langsam zum Werkraum. Normalerweise verbrachte er vor der Arbeit eine Viertelstunde im Hof, doch er wollte sich an seinen Platz setzen, solange sein Darm ruhig war.

»Sie sind früh dran, Herr Laupper«, begrüßte ihn der Werkmeister.

Eric ging zu seinem Arbeitsplatz, der sich am Fenster befand. Von dort aus sah er die Bäume, die entlang des Bahngleises wuchsen.

»Wie gehts dem Darm?«

»Gut.«

Der Werkmeister setzte sich neben ihn. »Helfen die Medikamente?«

»Ja.«

»Ein früherer Arbeitskollege von mir litt an einer ähnlichen Sache, Morbus Crohn«, erzählte der Werkmeister. »Eine beschissene Krankheit.«

»Kann man wohl sagen.«

Der Werkmeister lachte laut. »Sorry, das war nicht beabsichtigt. Sie gehen einfach zur Toilette, wenn Sie müssen, in Ordnung? Sie brauchen nicht zu fragen.«

Eric nickte. In den Augen des Werkmeisters lag Mitgefühl. Einige der Angestellten kannte Eric länger als seine ehemaligen Freunde draußen. Viele hatten sich für ihn eingesetzt, als er in den geschlossenen Vollzug zurückversetzt worden war. Sie hatten es ebenso wenig begriffen wie er. Doch ihre Meinung zählte nicht. Wichtig war einzig und allein, was die Psychiater dachten. Einige Mitinsassen glaubten, wenn sie mit ihnen zusammenarbeiteten, kämen sie raus, doch Eric wusste es besser. Die Therapeuten machten den Insassen nur Hoffnungen, damit sie genug Arbeit hatten. Viele hielten Eric für einen Spinner. Auch der Sciutto hatte über ihn gespottet, bis er am eigenen Leib erfahren hatte, wie die Sache lief. Zwölf Jahre lang hatte er Therapien absolviert. Redete selbst schon wie ein Psychiater. Eines Tages kam eine Praktikantin in die Therapiestunde. Sie brachte einen Kuchen mit. Der Sciutto freute sich natürlich und bot an, ihn anzuschneiden. Er nahm sein Taschenmesser aus dem Hosensack und schnitt für sich, seinen Therapeuten und die Praktikantin je ein Stück Kuchen ab. Vor lauter Freude sprudelten die Worte aus ihm heraus. So war er, der Sciutto. Sizilianer. Redete viel, gestikulierte, ohne sich dabei etwas zu denken. Bis er merkte, dass die Praktikantin die ganze Zeit auf die Hand starrte, die das Messer hielt. Sie dachte wohl daran, dass er damals seinen Nebenbuhler niedergestochen hatte. In Sciuttos Akte stand später, er habe die Praktikantin einzuschüchtern versucht. Das brachte ihm Dutzende von zusätzlichen Therapiestunden ein. Vollzugslockerungen konnte er sich daraufhin abschminken. Dass das Messer stumpf war, abgeschliffen, wie alle Messer im Knast, interessierte niemanden. Auch nicht, dass keine böse Absicht hinter der Geste steckte.

Die Werkstatt füllte sich mit Gefangenen. Auf Radio 24 liefen die 8-Uhr-Nachrichten. Eine ältere Frau war von einem Tram erfasst worden, vor dem Gubrist-Tunnel staute sich der Verkehr, in Ägypten war es zu Straßenschlachten gekommen. Nichts davon interessierte Eric. Er blendete die Stimme des Moderators aus. Neben ihm nahm Gökhan Platz.

»Hast du Bekirs Fallrückzieher gegen Olympique Marseille gesehen?«

Eric griff nach der roten Wolle, die ihm der Werkmeister hingelegt hatte.

»Nicht schlecht für einen Innenverteidiger, was?«, fuhr Gökhan fort. »Ich sag dir, der schaffts dieses Jahr in die Top-Elf der Europa League!«

Eric stopfte ein Wollbüschel in die Herzform und begann, es mit der Filznadel zu bearbeiten. Als er nach seiner Verlegung aus dem Normalvollzug erfahren hatte, dass seine neue Arbeit aus Filzen bestand, hatte er den Kopf geschüttelt. Er war krank, nicht behindert. In der ASP gab es jedoch kaum anspruchsvolle Arbeiten, da die meisten Bewohner körperlich, geistig oder psychisch beeinträchtigt waren. Eric hatte sich damit abgefunden, die nächsten Monate oder Jahre mit einer Nadel auf ein Wollknäuel einzustechen. Überrascht hatte ihn, dass er mit der Zeit Gefallen daran gefunden hatte. Die monotone Tätigkeit beruhigte ihn. Er konnte seinen Gedanken freien Lauf lassen, Radio hören und, wenn er Lust dazu verspürte – was selten vorkam –, mit den Mitgefangenen plaudern. Gökhan störte Erics Schweigen nicht. Er redete auch, wenn niemand antwortete.

Normalerweise schaffte Eric fünf Herzen am Tag, heute bewegten sich seine Finger aber langsamer. Vielleicht hätte er doch etwas essen sollen. Der Arzt hatte ihn vor Mangelerscheinungen gewarnt. Sein Darm nahm die Nährstoffe nicht richtig auf. Wenn Eric ganz aufs Essen verzichtete, würde es nicht lange dauern, und er hinge am Tropf. Ausgerechnet jetzt. Der Zeitpunkt hätte schlechter nicht sein können. Eric konnte es sich nicht leisten zusammenzuklappen. Er musste die Sache zu Ende bringen. Noch einen Brief würde er schreiben. Im Kopf hatte er ihn schon formuliert. Diesmal würde er ihn selbst verfassen. Die ersten Briefe hatte er Livia diktiert. Dieser Brief aber sollte ganz von ihm stammen. Sein letzter Versuch. Als er sich ihre Reaktion darauf ausmalte, begann es in seinem Darm zu rumoren. Rasch schob er den Stuhl zurück und eilte auf die Toilette.

»Bursa hat diese Saison schon siebenmal unentschieden gespielt«, erzählte Gökhan, nachdem sich Eric wieder an seinen

Platz gesetzt hatte. »Das hat bisher erst Gençlerbirliği geschafft. Was meinst du, punkten sie dieses Wochenende endlich?«

Hatte sie seine Briefe überhaupt bekommen? Oder waren sie abgefangen worden? Den ersten hatte Livia in Regensdorf eingeworfen. Als keine Reaktion erfolgte, vermutete er, der Poststempel habe ihn verraten. Es war ihr wohl klar gewesen, woher der Brief kam. Vermutlich hatte sie ihn gar nicht geöffnet. Deshalb hatte Livia den zweiten Brief persönlich überbracht. Eric war es nicht wohl gewesen bei der Vorstellung. Was, wenn sie dabei beobachtet worden war? Er wollte Livia keinen Ärger bescheren. Sie hatte genug für ihn getan.

Manchmal fragte er sich, wie Livias Leben aussähe, wenn sie sich nicht in ihn verliebt hätte. Vielleicht hätte sie draußen einen Mann kennengelernt und könnte all die Dinge tun, die normale Paare taten. Im Wald spazieren, in einem Restaurant essen, im selben Bett einschlafen. Sex haben, ohne eine Einverständnis-Erklärung zu unterschreiben. Nie würde Eric Livias Gesicht vergessen, als der Aufseher ihr den Alarmknopf im Familienzimmer erklärt hatte. Eric hatte ihr danach nicht in die Augen schauen können. Er hatte befürchtet, sie könnte ihn plötzlich als das sehen, was er war: ein Mann, vor dem man Frauen schützen musste. Bei der Vorstellung war ihm die Lust vergangen. Ein Jahr hatten sie darauf gewartet, das Familienzimmer benutzen zu dürfen. Als Livia endlich neben ihm lag, hatte er ihn nicht hochgekriegt.

»Sağlam behauptet, dem Team fehlt es an Glück. Vor allem auswärts. Das Gleiche sagt Es-Es. Ausreden! Bei Derbys steht einfach viel auf dem Spiel. So sehe ich das.« Gökhan starrte auf seine Filznadel. »Schon wieder kaputt.«

»Du darfst nicht so fest drücken«, murmelte Eric.

Gökhan stand auf, um den Werkmeister zu suchen. Als er am Russen vorbeikam, ballte er die Hände zu Fäusten. Der Russe sah ihn herausfordernd an. Er war der Einzige, der keine Filzherzen machte. Hatte sich einfach geweigert. Das sei Frauenarbeit. Was ihn jedoch nicht davon abgehalten hatte, Gökhans Nadel zu klauen. Jeder wusste, dass es der Russe gewesen war, auch wenn er es abgestritten hatte. Eine Woche nach dem Vorfall hatte sich Gökhan an seinen Platz gesetzt und die Arbeit aufgenommen. Plötzlich hatte er geschrien. In seinem Unterarm steckte eine Nadel. Sie musste im Schaumstoff versteckt gewesen sein, den Gökhan als Kissen benutzte, weil ihn anscheinend der Ellenbogen von der harten Unterlage schmerzte. Der Russe hatte langsam seinen Ärmel hochgerollt. Auf seinem Bizeps prangte ein frisches Tattoo.

Im Raum war es still geworden. Eric konzentrierte sich auf seine Arbeit. Je weniger er mitbekam, desto besser. Einmal war er Zeuge einer Schlägerei geworden, bei der einem Insassen der Kiefer gebrochen worden war. Eric hatte behauptet, nichts gesehen zu haben, vermutlich hatten die Aufnahmen der Überwachungskamera seine Lüge aber aufgedeckt. Wie sonst hätte der Aufseher wissen können, dass Eric sich nur zwei Meter neben dem Schläger befunden hatte? In seiner Akte stand später, er kooperiere nicht. Als hätte er eine Wahl gehabt. Wer petzte, konnte die Treppe hinunterfallen oder noch schlimmer. Eric erinnerte sich an einen Gefangenen, bei dem man in der Zelle Dope gefunden hatte, obwohl jeder wusste, dass er die Finger vom Zeug ließ. Eine Woche zuvor hatte er sich über einen Mitinsassen beschwert.

Die Luft in der Werkstatt füllte sich mit unausgeteilten Schlägen. Eric beugte sich über sein Filzherz. Sorgfältig löste er es aus der Holzform. Es war schön gleichmäßig, nur die Kanten waren noch zu scharf. Die Lieferung war für ein Blumengeschäft bestimmt. Zu den Sträußen passten Rundungen besser als Ecken und Kanten, fand Eric.

»Herr Gökhan, brauchen Sie etwas?«, erklang die Stimme des Werkmeisters.

Gökhan hielt seine Nadel hoch. »Kaputt.«

Der Werkmeister schüttelte den Kopf. »Sie müssen die Fasern nur miteinander verschlingen, nicht durchtrennen. Das geht ganz ohne Druck. Stellen Sie sich einfach vor, sie würden eine Frau massieren. Und setzen Sie sich bitte wieder.«

Gökhan kehrte an seinen Platz zurück. Eric entspannte

sich. Seine Gedanken wanderten wieder zum Brief zurück. Er würde ihn in seiner Zelle schreiben und in den Besucherraum schmuggeln. Das Risiko müsste er eingehen. Dass ausgerechnet er durchsucht würde, war unwahrscheinlich. Nie waren bei ihm verbotene Gegenstände gefunden worden. Er könnte den Brief auch im Anwaltszimmer schreiben und ihn seinem neuen Verteidiger mitgeben, er bezweifelte jedoch, dass dieser einverstanden wäre. Jakob Reichlin hätte vielleicht mitgemacht. Aber der war nicht mehr da.

Über die Jahre war Reichlin so etwas wie ein Freund geworden. Er hatte Eric Mut gemacht, trotzdem hatte er immer Klartext geredet. Niemand halte für einen Verwahrten den Kopf hin, hatte er Eric gesagt. Lieber lasse man ihn verrotten. Eric hatte nichts anderes erwartet. Er hatte früh begriffen, dass ihm nichts geschenkt wurde. Für Fehler war er immer hart bestraft worden. Dennoch hatte Reichlin ihn ermutigt zu kämpfen. Solange Eric sich wehrte, lebte ein kleiner Funken Hoffnung in ihm. Das hatte der Anwalt begriffen. Deshalb hatte er diesen Funken genährt. Er hatte aber auch dafür gesorgt, dass er nicht zu groß wurde.

Mit dem Finger fuhr Eric über den Rand des Herzens. Die Kanten waren rund, die Mitte prall. Er stach noch einige Mal auf die Kerbe ein, um sie zu vertiefen. Zuletzt hob er die Spitze hervor, indem er die Seiten verschmälerte. Kurz überlegte er, einige blaue Fasern einzuarbeiten, etwas Abwechslung wäre schön gewesen. Er ließ es bleiben. Der Lieferant wollte rote Herzen. Keine gemusterten. Eric legte das fertige Herz beiseite. Er nahm ein neues Büschel Wolle, stopfte sie in die Form und begann von vorne.

12

Matthias Herzog wohnte in einer Altbauwohnung in der Nähe des Ida-Platzes. Einst ein ruhiges Wohnquartier, hatte sich die Gegend in den letzten Jahren zu einem Magnet für Trendsetter entwickelt. Väter mit Strubbelfrisuren schoben Kinderwagen im Stil der Fünfzigerjahre vor sich her, in den Straßencafés saßen Frauen in getupften Sommerkleidern und tranken Vivi Kola. Jasmin parkte neben der Calvados Bar. 2002 hatte sie hier mit einigen Arbeitskollegen die Live-Übertragung des Achtelfinals zwischen England und Brasilien der Fußball-Weltmeisterschaft geschaut. An den Match erinnerte sich Jasmin kaum, dafür an den Sachbearbeiter vom Jugenddienst, der ihr unter dem Tisch mit der Schuhspitze das Bein hinaufzufahren versucht hatte.

Fannys Hände steckten in den Taschen von Jasmins Sheltexjacke. Als sie keine Anstalten machte, sie herauszuziehen, griff Jasmin nach den schmalen Handgelenken und löste die Umklammerung. Aus dem Mädchen würde nie eine Motorradfahrerin werden, doch um die Sechstklässler zu beeindrucken, nahm Fanny einiges in Kauf – sogar eine Auseinandersetzung mit ihrer Mutter. Milena hatte Jasmins Bitte abgeschlagen, Fanny mit dem Motorrad von der Schule abholen zu dürfen. Es sei zu gefährlich, hatte sie gemeint. Daraufhin war Fanny schmollend in ihrem Zimmer verschwunden. Was anschließend geschehen war, hatte Jasmin nicht mehr mitbekommen, doch um 22 Uhr hatte sie ein SMS von Milena erhalten mit der Erlaubnis, Fanny nach Zürich zu fahren.

»Und?«, fragte Jasmin. »Hat es dir gefallen?«

»Ja«, hauchte Fanny, den Helm wie eine Puppe an die Brust drückend.

»Du kannst den Motorradanzug hier ausziehen«, sagte Jasmin. »Er passt gut in die Hecktasche.«

Fanny schüttelte den Kopf.

Jasmin wollte entgegnen, es sei zu heiß, um in einem Overall herumzulaufen, da begriff sie, dass Fanny ihrem Vater die Kleidung vorführen wollte. Sie reichte dem Mädchen den Helm.

»Damit die ganze Ausrüstung zusammen ist«, erklärte sie. »Sonst vergesse ich ihn noch. Wo wohnt dein Vater?«

Fanny zeigte auf eine Seitenstraße, die vom Ida-Platz wegführte. Gemeinsam schritten sie über den Kies. Um einen Brunnen standen einige Bänke, ein Banner zwischen zwei Bäumen warb für ein Open-Air-Kino.

Vor einem unscheinbaren Eingang blieb Fanny stehen und holte einen Schlüssel hervor. Ihre Wangen waren gerötet vor Freude, die Gelassenheit, die sie vorgetäuscht hatte, als Jasmin sie vor der Schule abgeholt hatte, war verschwunden. Trotz der warmen Kleidung rannte sie die Treppe hoch in den dritten Stock, wo ihr Vater bereits in der Tür stand.

Matthias Herzog sah genau so aus wie auf dem Foto, das Jasmin an der Pinnwand in Milenas Büro studiert hatte. Das Grau an seinen Schläfen hatte sich ein wenig ausgedehnt, trotzdem wirkte er jünger als seine 46 Jahre. Die Trennung schien ihm besser zu bekommen als Milena. Die Arme, die Fanny umschlossen, waren gebräunt und kräftig, das Lachen kam von Herzen. Stolz hielt Fanny ihren Helm hoch.

»Wir sind mit dem Töff gekommen«, berichtete sie.

Matthias stieß einen leisen Pfiff aus. »Eine echte Motorradbraut! Zeig dich.«

Fanny reichte ihm den Helm und drehte sich einmal um die eigene Achse, damit der Vater ihren Anzug bewundern konnte.

»Stellst du mir deine neue Freundin vor?«, fragte Matthias mit einem Augenzwinkern in Jasmins Richtung.

Fanny kicherte. »Das ist Frau Meyer. Ihr gehört das Motorrad.«

Jasmin reichte Matthias die Hand. Er bat sie herein. Sie betraten einen schmalen Gang, der in ein Wohnzimmer führte.

Der Raum war klein, dank der hohen Decke und des Balkons aber hell. Die Wände waren kürzlich frisch gestrichen worden, der klassische Eames-Sessel und das ESU-Regal neu. Es herrschte Aufbruchstimmung, im Gegensatz zu Milena schien sich Matthias nicht an die Vergangenheit zu klammern.

»Darf ich Ihnen etwas zu trinken anbieten?«, fragte Matthias. »Ein Bier? Ein Glas Wasser? Oder ein Sprite?«

»Gerne ein Sprite«, antwortete Jasmin.

Fanny hatte ihren Overall abgestreift und war im Zimmer nebenan verschwunden. Jasmin hörte ein freudiges Quietschen, dann Matthias' Lachen aus der Küche.

»Schon gefunden?«, rief er.

Er kehrte mit drei Gläsern, einer Flasche Sprite und einem Krug Wasser zurück. Fanny hüpfte aus dem Zimmer, eine rosarote Sonnenbrille auf der Nase.

»Steht sie mir?«, fragte sie kokett.

»Du siehst aus wie ein Superstar«, sagte Matthias.

Fanny drehte sich erwartungsvoll zu Jasmin hin.

»Cool«, log sie.

Matthias zeigte auf den Balkon. Sie setzten sich um einen kleinen Bistrotisch, wo er die Getränke einschenkte. Fanny erzählte von der Schule. Matthias hörte aufmerksam zu, lobte sie für einen guten Aufsatz und stellte Fragen zu einer Mitschülerin, die Fanny seit einigen Wochen schnitt. Milena erwähnte er nicht. Nachdem Fanny ihn auf den neusten Stand gebracht hatte, holte er eine Zwanzigernote hervor.

»Würdest du mir einen Gefallen tun, Bunny?«

Sie sah ihn erwartungsvoll an.

»Ich habe nichts im Haus, das wir Frau Meyer anbieten könnten. Würdest du uns einen Zvieri kaufen?«

Fanny riss die Augen auf. »Ich darf alleine gehen?«

»Eine Motorradbraut findet sich auch in der Stadt zurecht.«

Fanny sprang auf. »Was soll ich einkaufen?«

»Was immer du willst.«

Im Nu eilte Fanny davon. Matthias sah ihr mit einer Mischung aus Wehmut und Stolz nach.

»Soll ich ihr folgen?«, fragte Jasmin. Sie verstand, dass Matthias das Mädchen weggeschickt hatte, um alleine mit ihr sprechen zu können, doch ihm schien die Gefahr, in der sich seine Tochter befand, nicht hinreichend bewusst zu sein.

Er schüttelte den Kopf. »Der Supermarkt liegt gleich um die Ecke. Auf dieser kurzen Strecke wird ihr schon nichts passieren.«

Jasmins Miene drückte Zweifel aus.

»Vater zu sein bedeutet, immer Angst zu haben«, erklärte Matthias. »Vom ersten Tag an fürchtete ich, diesem wunderbaren Geschöpf könnte etwas zustoßen. Aber Fanny ist ein eigenständiger Mensch. Sie wird ihren Weg gehen, und ich werde nicht immer da sein, um sie zu beschützen, auch wenn ich nichts lieber täte.« Er sah Jasmin an. »Ich möchte, dass sie Selbstvertrauen entwickelt. Meiner Meinung nach wäre es verkehrt, ihr einzureden, dass sie in Gefahr ist. Wer sich als Opfer fühlt, wird früher oder später auch eines.«

Seine Worte trafen Jasmin, doch sie wusste, dass darin ein Kern Wahrheit lag.

»Verstehen Sie mich nicht falsch«, fuhr Matthias fort. »Ich sage nicht, dass das Opfer selbst schuld ist an seinem Unglück. Aber ängstliche Menschen strahlen etwas aus, das Schlägertypen reizt.«

»Wir haben es hier nicht mit einem Schläger zu tun«, entgegnete Jasmin, »sondern mit einem Straftäter, der ein schweres Delikt begangen hat.«

Matthias neigte den Kopf zur Seite. »Also glauben Sie meiner Ex-Frau? Sind Sie auch der Meinung, die Drohbriefe stammen von einem ihrer Klienten?«

»Es macht Sinn«, erwiderte Jasmin. »Sind Sie anderer Meinung?«

Matthias beantwortete die Frage nicht. Ein verärgerter Ausdruck schlich sich auf sein Gesicht. Zwischen seinen Augenbrauen bildete sich eine tiefe Furche. »Ich war von Anfang an dagegen«, sagte er mit harter Stimme. »Aber sie wollte unbedingt zur Justizdirektion. Nach dem Tötungsdelikt im Zürcher Oberland habe ich sie angefleht, sich eine neue Stelle zu suchen. Natürlich hörte sie nicht auf mich!« Er nahm einen Schluck Wasser. »Haben Sie schon eine Spur?«

»In erster Linie bin ich für Fannys Sicherheit zuständig«, erklärte Jasmin.

»Meine Ex-Frau hat mir gesagt, Sie stellen auch eigene Ermittlungen an. Sie waren früher Polizistin.«

»Ich nehme die Verdächtigen unter die Lupe, ja. Mir stehen jedoch nicht die gleichen Mittel zur Verfügung wie der Polizei. Ich muss mich darauf beschränken, so viel wie möglich über die Rekurrenten in Erfahrung zu bringen, die als Drohbriefschreiber in Frage kommen.«

»Und? Haben Sie schon etwas herausgefunden?«

»Nein«, gestand Jasmin.

»Warum nicht?«

Jasmin ignorierte den Vorwurf in seiner Stimme. Matthias Herzog bangte um seine Tochter, auch wenn er versuchte, diese Angst herunterzuspielen. Er fühlte sich hilflos, und das weckte Aggressionen. Als Polizistin hatte sich Jasmin von Opfern und ihren Angehörigen immer wieder vorwerfen lassen müssen, sie tue zu wenig, egal, wie hart sie gearbeitet hatte.

Sie knackte mit den Knöcheln. »Ich werde herausfinden, wer hinter den Drohungen steckt. Genießen Sie das Wochenende mit Ihrer Tochter. Aber bitte, lassen Sie ihr nicht zu viele Freiheiten.«

»Ich werde Ihren Ratschlag befolgen«, sagte Matthias ernst. »Trotzdem – der Täter hat es auf meine Ex-Frau abgesehen, nicht auf mich. Bei mir ist Fanny in Sicherheit, oder?«

Warum war sie noch nicht weitergekommen? Die Frage verfolgte Jasmin. Als sie sich eine Stunde später auf ihre Monster setzte, musste sie sich eingestehen, dass sie zu wenig professionell vorging. Sie hätte als Erstes Rainer Kälin anrufen müssen. Wenn sie dem Schreiber der Drohbriefe auf die Spur kommen wollte, musste sie ihre Gefühle ausblenden. Bevor sie es sich anders überlegen konnte, nahm sie ihr Handy aus der Tasche und wählte die Nummer des Sachbearbeiters. Sie rechnete nicht damit, ihn auf Anhieb zu erreichen, umso überraschter war sie, als er abnahm. Es dauerte einen Moment, bis Jasmin ihre Stimme fand. Sie stellte sich kurz vor und wartete mit klopfendem Herzen auf seine Reaktion. Zu ihrem Erstaunen stimmte er einem Treffen zu.

»Ich mache in einer Viertelstunde Feierabend. Können Sie ins ›Clipper‹ kommen?«

»Jetzt?«, stammelte Jasmin.

»Wenn es Ihnen nicht passt, würde es mir auch nächsten Dienstag gehen.«

»Nein, schon gut«, antwortete Jasmin atemlos. »Ich mache mich gleich auf den Weg.«

Erst als sie die Verbindung unterbrochen hatte, fiel ihr ein, dass sich einige ihrer ehemaligen Arbeitskollegen regelmäßig im Lokal trafen. Sie hätte einen anderen Ort vorschlagen sollen, aber dafür war es nun zu spät. Mit zitternden Knien stieg sie vom Motorrad und ging zum Brunnen. Sie tauchte ihre Hände ins kalte Wasser und ließ es sich in den Nacken tröpfeln. Was würde sie sagen, wenn sie einen Bekannten traf? Sie redete sich ein, dass die Vorstellung schlimmer sei als die Realität, doch der Drang, nach Hause zu fahren, die Tür abzuschließen, den Riegel vorzuschieben und die Sicherheitskette einzuhängen, um anschließend ins Bett zu kriechen und die Decke über den Kopf zu ziehen, war fast übermächtig.

Sie nahm einen großen Schluck Wasser und richtete sich auf. Matthias Herzog hatte recht. Wer sich schwach fühlte, strahlte Unsicherheit aus und machte sich dadurch verwundbar. Mit erhobenem Kopf ging sie zurück zu ihrer Monster und setzte den Helm auf. Sie ließ den Motor aufheulen und erntete dafür einige böse Blicke. In einer leeren Quartierstraße gab sie Gas und ließ das Hinterrad durchdrehen, gleichzeitig bremste sie vorne ab. Sie schaffte einen perfekten Kreis oder Donut, wie er von Stuntfahrern bezeichnet wurde. Gerne hätte sie weitere Donuts auf den Asphalt gezeichnet, die Vernunft hielt sie aber davon ab. Nicht nur, weil sie die Profile ihrer Reifen schonen wollte, sondern auch, weil die Gummifetzen einige parkte Autos getroffen hatten.

Das Restaurant Clipper befand sich in der Nähe der Sihlpost. Jasmin wählte die Anfahrt über die Langstraße, um nicht an der Kaserne vorbeifahren zu müssen, in der die Kantonspolizei untergebracht war. Als sie sich in den stockenden Verkehr durch das Rotlichtmilieu einreihte, stiegen Erinnerungen in ihr auf. Sie dachte an den ersten Kügelidealer, den sie als junge Polizistin verhaftet hatte, und an die Razzia im »Blue Girl«, einem Bordell, das der Farbkette angehörte und minderjährige Prostituierte beschäftigt hatte. Viele Etablissements hatten die Stadt inzwischen verlassen und sich in der Agglomeration angesiedelt, nahe der Autobahnzufahrten. Der Kreis 4 zog immer mehr Menschen an, die weder Sex noch Drogen suchten, sondern ein lebendiges Wohnquartier. Die Mieten stiegen, Arbeiterfamilien und Migranten wurden verdrängt. Der Charakter des Viertels veränderte sich schleichend.

Jasmin parkte vor der Europaallee, um sich dem »Clipper« vorsichtig von hinten zu nähern. Sie war schon lange nicht mehr hier gewesen. Seit Jahren wurde am Großprojekt neben dem Hauptbahnhof gebaut. Dass die erste Etappe bereits abgeschlossen und die Einkaufspassage eröffnet worden war, hatte sie nicht mitbekommen. Pal hatte ihr erzählt, dass rund 300 Wohnungen geplant seien. Eine 2-Zimmer-Wohnung würde mindestens eineinhalb Millionen Franken kosten. Das würde auch Pal sich nie leisten können.

Als Jasmin auf das »Clipper« zuging, merkte sie, dass sie gar nicht wusste, wie Rainer Kälin aussah. An den Tischen vor dem Eingang saßen einige Raucher, keiner betrachtete sie mit besonderem Interesse. Im Innern des Restaurants befanden sich vor allem junge Leute. Sie sprachen über Lehrmittel und Lektionsvorbereitungen, Jasmin erinnerte sich, irgendwo gehört zu haben, dass die Pädagogische Hochschule an die Europaallee gezogen war.

»Jasmin Meyer?«, erklang eine tiefe Stimme hinter ihr.

Jasmin wirbelte herum.

»Entschuldigung, ich wollte Sie nicht erschrecken.«

Rainer Kälin war einen Kopf größer als sie und sah völlig durchschnittlich aus, bis auf den kahlgeschorenen Schädel und die zusammengewachsenen Augenbrauen, die ihm etwas Düsteres verliehen. Er trug einen Henriquatrebart und ein Hemd ohne Krawatte.

Er reichte ihr die Hand. »Rainer.«

Dass er ihr sofort das Du anbot, deutete darauf hin, dass er sie als Kollegin betrachtete. Sie erwiderte den Händedruck. »Jasmin. Danke, dass du zu einem Gespräch bereit bist.«

»Wie ich gehört habe, warst du eine hervorragende Polizistin.«

Jasmin räusperte sich. »Milena Herzog hat mich engagiert.«

»Ich weiß.« Seiner Stimme war nicht anzuhören, ob er sich darüber ärgerte. Sie setzten sich an einen freien Tisch.

»Sie lobt deine Arbeit«, begann Jasmin. »Doch sie hat Angst um ihre Tochter. Ich hole Fanny von der Schule ab und betreue sie, bis Milena nach Hause kommt.«

Rainer Kälin sah sie mit ausdruckslosen Augen an. Der typische Polizistenblick, dachte Jasmin. Nichtssagend und emotionslos. Abwarten und den anderen reden lassen. Hoffen, dass das Gegenüber nervös wird und die Stille zu füllen beginnt. Die Taktik funktionierte. Ihre Hände wurden feucht. Sie widerstand dem Drang, drauflloszuplappern. Sie wusste nicht, warum Rainer Kälin dem Gespräch zugestimmt hatte. Gut möglich, dass er ihre Arbeit als Ergänzung betrachtete, wahrscheinlicher aber war, dass er ihr auf die Finger schauen wollte, um sicherzugehen, dass sie seine Untersuchungen nicht gefährdete.

»Ich nehme an, du interessierst dich für den aktuellen Stand der Ermittlungen«, nahm Rainer Kälin das Gespräch auf.

»Ich bin um jede Information froh.«

Die Bedienung notierte ihre Bestellungen.

»Was hat dir Milena Herzog erzählt?«, fragte Rainer Kälin.

»Wenig.« Jasmin kannte das Spiel genauso wie er. Lass den anderen reden. Wirf ab und zu einen Köder hin, um das Gespräch nicht versiegen zu lassen. »Zum Beispiel, dass die Spurenauswertung nicht viel ergeben hat.«

Rainer Kälin nickte. »Das ist richtig.«

»Sie glaubt, ein Rekurrent steckt hinter den Drohungen.«

Rainer Kälin nickte erneut.

»Teilst du ihre Meinung?«

»Wir prüfen alle Möglichkeiten.«

»Hör mal, ich gehe davon aus, dass du dem Gespräch nicht zugestimmt hättest, wenn du nicht bereit wärst, mich mit mehr als Floskeln abzuspeisen. Erzähl mir, so viel du darfst. Aber erspar mir die Standardantworten.«

»Fair enough.« Rainer Kälin lehnte sich zurück, als die Bedienung ihm ein Bier hinstellte und Jasmin Cola einschenkte.

»Schieß los«, forderte Jasmin ihn auf.

Der Sachbearbeiter gab ihr eine kurze Zusammenfassung der Ermittlungen. Es war weniger, als sie von Milena Herzog erfahren hatte. Er nannte keine Namen und verzichtete darauf, Quellen anzugeben. Als er geendet hatte, warf er ihr einen herausfordernden Blick zu. Jasmin berichtete ihrerseits, was sie in Erfahrung gebracht hatte. Dabei passte sie sich seinem kryptischen Stil an. Sie schilderte nur das Nötigste, deutete aber an, dass sie mehr wusste. Namen nannte sie ebenfalls keine. Nachdem sie fertig war, sahen sie sich abwartend an.

Jasmin sprach zuerst weiter. »Steht Matthias Herzog noch unter Verdacht?«

»Der Ehemann gehört immer zu den Hauptverdächtigen.«

»Ich weiß. Aber hast du etwas gegen ihn in der Hand?«

»Fähigkeit und Gelegenheit«, zählte Rainer Kälin auf, sich auf das amerikanische Strafverfahren beziehend, bei dem der Ankläger nachweisen musste, dass der Beschuldigte über die Fähigkeit, das Motiv und die Gelegenheit verfügte, eine Tat zu begehen.

»Means, motive, opportunity«, übersetzte Jasmin, um zu zeigen, dass sie das Gelernte noch nicht vergessen hatte. »Du hast etwas ausgelassen.«

»Nach dem Motiv suche ich noch«, gab Rainer Kälin zu.

»Was ist mit den Rekurrenten, die zur fraglichen Zeit Urlaub hatten?«

»Ich bin daran, sie zu überprüfen.«

»Und?«

Rainer Kälin nahm einen Schluck Bier. Jasmin gab auf. Das Treffen würde zu keinem Resultat führen. Für den Sachbearbeiter war sie eine Außenseiterin. Obwohl sie damit gerechnet hatte, schmerzte sie die Erkenntnis. Sie dachte daran, wie sie früher im Team Ideen zusammengetragen, diskutiert und wieder verworfen hatten. Oft wurden die eigenen Gedanken dadurch in eine ganz andere Richtung gelenkt. Jetzt war sie auf sich alleine gestellt. Kurz erwog sie, Rainer Kälin zu fragen, ob er Sergio Bracchini überprüft habe. Gerne hätte sie gewusst, ob er vorbestraft war. Da sie mit Sicherheit keine Antwort erhalten würde, schwieg sie. So verriet sie auch nicht, dass sie einem konkreten Verdacht nachging. Stattdessen stellte sie einige Fragen zur Reorganisation der Kriminalpolizei. Darüber gab Kälin bereitwillig Auskunft. Sobald es der Anstand zuließ, verabschiedete sie sich.

13

Wenn Celine mich jetzt sehen könnte, dachte Fanny, den Blick auf die schwarzbehaarten Arme gerichtet, die im Pizzaofen verschwanden. Celine behauptete, Urdorf sei ein Kaff. Sobald sie alt genug sei, ziehe sie in die Stadt. In Zürich sei alles besser. Sogar die Pommes frites. Nach dem Gesangsunterricht kaufe sie sich im Burger King immer eine Portion Pommes, die sie auf dem Weg nach Hause in der S-Bahn esse. In der Stadt koche man nicht, hatte sie Fanny belehrt. Man hole sich ein Take-away. Fanny hatte ihr entgegnet, ihr Vater koche zu Hause. Daraufhin meinte Celine, er sei eben kein richtiger Städter.

Als Fanny ihrem Vater davon berichtet hatte, hatte er vorgeschlagen, freitags ein Take-away zu holen und samstags gemeinsam zu kochen. Seither fragte er am Freitagabend immer: »Türkisch oder Thai?« Beide Lokale befanden sich gleich um die Ecke.

Heute hatte Fanny türkisch gewählt. Beim Türken gab es die beste Pizza, die Fanny je gegessen hatte. Sie durfte den Belag selber wählen und anschließend zuschauen, wie der Türke den Teig aus dem Kühlfach nahm, ihn ins Mehl auf der Ablage warf und unheimlich schnell mit der Hand drehte. Die Finger der anderen Hand zogen den Teig nach außen und verwandelten ihn in eine flache Scheibe. In einer einzigen fließenden Bewegung griff er nach einem Schöpflöffel und verteilte Tomatensauce auf dem Teig. Die andere Hand tauchte er in den Mozzarellabehälter. Fanny war es schleierhaft, wie er das alles so schnell hinkriegte. Nie riss der Teig, und nie verwechselte er Sauce und Käse.

Obwohl Fanny Lust auf Pizza hatte, bestellte sie heute eine Falafel. Sie war die Einzige ihrer Klasse, die noch nie eine Falafel gegessen hatte. Um mitreden zu können, musste sie wissen, wie die Kugeln schmeckten. Ihr Vater hatte ihr erklärt, sie seien aus Kichererbsen zubereitet. Fanny war sich nicht sicher, ob sie sie mögen würde. Normale Erbsen schmeckten ihr jedenfalls nicht besonders.

»Bleibst du dabei?«, fragte ihr Vater, das Portemonnaie in der Hand.

Fanny nickte.

Während er bezahlte, sah sie sich um. Es waren fast nur junge Männer im Lokal. Die meisten warteten auf ihre Bestellung. Einige aßen an der Theke, Tische gab es nur zwei. An der Wand hing ein Fernseher, der immer lief. Ein Mann mit langen, fettigen Haaren starrte gebannt auf den Bildschirm. Seine Hose war heruntergerutscht, so dass sein Po-Spalt zu sehen war. Von der Seite glich er einem der Männer auf den Fotos, die ihr die Polizei gezeigt hatte. Er schien ihr Interesse zu spüren, denn plötzlich drehte er den Kopf in ihre Richtung. Rasch senkte Fanny den Blick. Doch sie hatte genug gesehen. Er war es nicht.

Fanny war enttäuscht. Sie wünschte sich, er wäre es gewesen. Dann hätte sie der Polizei Bescheid geben können, und alles wäre vorbei. Man würde sie in Ruhe lassen. Sie müsste keine Fragen mehr beantworten. Ihr Leben wäre wieder normal. Ihre Mutter ließ sie nicht einmal mehr ohne Begleitung zum Kiosk gehen. Bevor alles angefangen hatte, hatte sie mit dem Velo alleine in den Reitstall fahren dürfen. Jetzt kam ihre Mutter mit. Manchmal blieb sie die ganze Stunde und schaute Fanny beim Reiten zu, wie die Mütter der Erstklässler.

Ihr Vater nahm den Plastiksack mit dem Abendessen entgegen und bedankte sich lächelnd. An seinen Augenwinkeln bildeten sich kleine Fältchen. Sie erinnerten Fanny an die Sonnenstrahlen, die sie als Kind gezeichnet hatte. Damals hatte sie die Sonne als gelbe Kugel gemalt und die Strahlen mit sternförmigen Strichen dargestellt. Heute zeichnete sie viel besser. Vor allem ihre Pferde sahen aus wie echt.

»Erde an Bunny«, sagte ihr Vater. »Hört mich jemand?«

Sie sah auf. »Was?«

»Gehen wir?«

Fanny hängte sich bei ihm ein, als er ihr den Arm hinhielt. »Was hast du ausgewählt?«

»Lahmacun«, antwortete er. »Das ist eine türkische Pizza. Wenn dir die Falafel nicht schmeckt, können wir tauschen.«

»Darf ich trotzdem probieren?«

»Klar!«

Fanny seufzte glücklich. Lahmacun hatte Celine bestimmt noch nie gegessen. Obwohl die Sonne bereits hinter den Häusern verschwunden war, war es draußen immer noch hell. Fanny liebte diese Jahreszeit. Sie richteten sich auf dem Balkon ein, so dass sie das Geschehen auf der Straße beobachten konnten. Aus einem Fenster gegenüber schrie eine Frau etwas auf Spanisch. Fanny hatte sie noch nie gesehen, sie kannte nur ihre Stimme. Wenn die Frau einmal loslegte, war sie nicht mehr zu bremsen. Manchmal schimpfte sie stundenlang. Fanny und ihr Vater wechselten einen Blick. Er schnitt eine Grimasse. Fanny wurde warm ums Herz.

»Deine Frau Meyer ist ganz nett«, sagte er, während er das Essen auspackte.

Fanny zuckte die Schultern.

»Findest du nicht?«

»Es geht so. Sie schleicht mir dauernd nach.«

»Das ist ihr Job. Sie ist für deine Sicherheit zuständig.«

»Ich bin kein Kind mehr!«

»Nein, das bist du nicht. Du bist schon fast eine junge Frau«, sagte er ernst. »Eine tolle junge Frau.«

Fanny spürte, wie ihr vor Freude die Röte ins Gesicht schoss. »Mami behandelt mich wie ein Kind.«

»Es ist schwierig für sie. Aber sie liebt dich sehr.«

Fanny biss von der Falafel ab. Sie war überrascht, wie gut sie schmeckte. Von den Kichererbsen merkte sie nichts.

»Ich verstehe, wie hart das alles für dich ist«, fuhr ihr Vater fort. »Du hast das Recht, wütend zu sein. Manchmal werde ich auch wütend. Deine Mutter tut, was sie kann. Es ist nicht ihre Schuld, dass sie bedroht wird.«

Fanny legte die Falafel hin. Auf einmal schnürte es ihr die Kehle zu. Tränen schossen ihr in die Augen. Sie senkte den Kopf, damit ihr Vater ihr Gesicht nicht sah. Er hielt ihr seine türkische Pizza hin, doch sie hatte keinen Appetit mehr.

»Bunny«, sagte er sanft. »Mach dir keine Sorgen. Es wird dir nichts passieren. Hier sowieso nicht, das verspreche ich dir. Ich habe eine Idee! In wenigen Wochen sind Sommerferien. Was hältst du davon, während dieser Zeit hier zu wohnen? Bei mir?«

»Die ganzen fünf Wochen?«, fragte Fanny mit zitternder Stimme.

»Ja! Vormittags werde ich für die Schule arbeiten müssen, aber am Nachmittag könnten wir zusammen die Stadt erkunden, schwimmen gehen, Ausflüge machen. Du könntest mir helfen, einen Kräutergarten hier auf dem Balkon anzulegen.«

»Wir fahren für zwei Wochen nach Wildhaus, ins Ferienhaus von Tante Carla.«

»Dort hat es dir nie besonders gefallen, oder?«

Fanny schüttelte den Kopf. Im Sommer war Wildhaus langweilig. Bei Tante Carla gab es nur ein paar Brettspiele, nicht einmal einen Fernseher hatte sie.

»Ich werde mit deiner Mutter reden«, versprach ihr Vater. »Ich bin sicher, sie wird zustimmen. Bei mir wärst du in Sicherheit.«

Fanny konnte nicht einschlafen. Die Tränen, die sie auf dem Balkon zurückgehalten hatte, liefen ihr über die Wangen und versickerten im Kissen. Sie hatte Angst. Sie fühlte sich, als würde sie fallen. Im Geräteturnen übten sie jetzt gehockte Salti. Man holte Anlauf, rannte aufs Minitrampolin zu, sprang hinauf und stieß mit beiden Beinen kräftig ab. In der Luft musste man sich zuerst ganz lang machen und dann zusammenrollen. Wenn der Kopf unten war, streckte man die Beine wieder, aber das schaffte Fanny nie. Sie hasste diesen Moment. Sie wusste nicht, was unten und was oben war. Nicht einmal, in welche Richtung sie flog.

Genau so fühlte sie sich jetzt. Wenn sie die Augen schloss,

ergab nichts mehr einen Sinn. Deshalb ließ sie sie offen. Doch es nützte nichts. Die Bilder zogen trotzdem an ihr vorbei wie die Landschaft, als sie auf Frau Meyers Motorrad gefahren war. Um sich abzulenken, zählte sie auf, was sie auf der Fahrt gesehen hatte.

Die neidischen Blicke der Sechstklässler.
Den Berner Sennenhund des Hauswarts.
Zwei Klassenkameraden auf dem Velo.
Eine Frau mit einer Einkaufstasche.
Einen silbrigen Mercedes.
Den Randstein.
Löwenzahn.
Asphalt.
Wiese.

Der Mann schlich auf Socken in ihr Zimmer. Sie sah sein Gesicht nicht, nur seine Umrisse. Der Mond schien durchs Fenster und tauchte den Raum in silbriges Licht. Er warf Schatten an die Wände. Eine Diele knarrte, und der Mann hielt inne. Seine Atemzüge verstummten. Fanny regte sich nicht. Es war so still, dass sie glaubte, ihr Herz schlagen zu hören. Dann holte der Mann leise Luft und setzte sich wieder in Bewegung. Er durchquerte das Zimmer und ging auf ihren Schreibtisch zu. In der Hand hielt er einen Umschlag. Vorsichtig ging er neben ihrem Schulthek in die Hocke und öffnete ihn. Als er aufstand, war der Umschlag weg.

An ihrem Bett blieb er stehen. Sie versuchte, die Augen zu schließen, doch es ging nicht. Er würde merken, dass sie wach war! Sie wollte nach der Decke greifen, um sie sich über den Kopf zu ziehen, doch auch ihre Arme ließen sich nicht bewegen. Sie begann zu zittern. Er beobachtete sie, so, wie man eine Ratte im Labor beobachtet. Sie schwitzte. Der Schweiß strömte ihr aus allen Poren. Das Bett füllte sich mit Wasser. Sie würde ertrinken! Warum half ihr niemand? Sie schrie, doch der Mann blieb einfach stehen, rührte sich nicht. Hilfe! Sie schrie lauter. Das Wasser bedeckte bereits ihre Ohren. Bald würde es ihr in den Mund laufen, dann in die Nase. Sie wollte nicht sterben! Von fern hörte sie ein gedämpftes Geräusch, es klang, als würde eine Tür geöffnet. Sie spürte einen Luftzug, dann eine Hand an ihrer Schulter. Sie schrie lauter, versuchte, die Hand wegzustoßen, doch es nützte nichts.

»Fanny! Wach auf!«

Sie wurde hochgehoben, warme Arme umschlossen sie.

»Fanny! Hörst du mich? Es ist nur ein Traum!«

Sie riss die Augen auf. Sie spürte eine Hand, die ihr über den Kopf strich, roch den vertrauten Geruch ihres Vaters. Schluchzend ließ sie sich gegen seinen Körper fallen. Er hielt sie fest. Murmelte ihr tröstende Worte zu. Der Traum war noch greifbar, sie fühlte sich durchnässt.

»Alles wird gut«, flüsterte ihr der Vater ins Ohr.

Ihr Herzschlag beruhigte sich. Sie füllte die Lungen mit Luft. Verwirrt setzte sie sich auf. Als sie sich mit der Hand auf der Matratze abstützte, merkte sie, dass das Leintuch feucht war. Es stank nach Urin. Auf einmal wurde ihr heiß. Nein, bitte nicht! Hatte sie tatsächlich ins Bett gemacht? Sie wollte im Boden versinken und nie mehr auftauchen.

»Alles wird gut«, wiederholte ihr Vater. »Alles wird gut.«

14

Pal lag mit offenen Augen im Bett und starrte an die Decke. Jasmin schlief. Zumindest gab sie vor zu schlafen. Der Wecker auf dem Nachttisch zeigte 1.40 Uhr. Leise schob Pal das Duvet beiseite und stand auf. Er schlich aus dem Schlafzimmer und schloss die Tür. Im Wohnzimmer stellte er sich ans Fenster. Wenn er nicht schlafen konnte, betrachtete er oft die Lichter der Stadt. Es beruhigte ihn, dass auch andere wach waren. Schon aus diesem Grund hätte er nie auf dem Land wohnen können. In Zajqevc, wo er herkam, war die Dunkelheit in der Nacht komplett gewesen. Auf Pal hatte sie wie ein Vorwurf gewirkt, als wolle sie ihm seine Unzulänglichkeit vor Augen führen, denn er war im Glauben aufgewachsen, Schlaflosigkeit sei ein Makel. Sein Vater behauptete, wer ein reines Gewissen habe, liege nachts nicht wach, dabei brauchte Pal einfach nicht viel Schlaf. Vier bis fünf Stunden genügten, und er fühlte sich fit.

Er dachte an Jasmin. Ihre Schlaflosigkeit war anders, und dennoch war sie das Einzige, was sie derzeit verband. Pal machte sich nichts vor. Ihre Beziehung bröckelte. Warum gerade jetzt? Er hatte gewusst, worauf er sich eingelassen hatte. Als er sie das erste Mal nach ihrer Gefangenschaft gesehen hatte, war ihm sofort klar gewesen, dass der Weg zurück in die Normalität lang würde. Er hatte sich auf Schwierigkeiten eingestellt, und zu Beginn war er der Situation auch gewachsen gewesen. Die Energie war ihm schleichend abhanden gekommen. Er fühlte sich wie ein Reifen mit einem winzigen Loch, aus dem langsam Luft entwich. Heute Nacht war ihm klargeworden, dass er auf den Felgen lief.

Sie hatte ihren Besuch nicht angekündigt. Als sie plötzlich vor der Tür gestanden war, war keine Freude in ihm aufgekommen. Sie hatte Sushi mitgebracht, was er zu schätzen wusste, da sie immer behauptete, roher Fisch sei etwas für Vögel, nicht für Menschen. Als sie aber nach dem Essen begonnen hatte, sein Hemd aufzuknöpfen, war ihm nur ein Gedanke durch den Kopf gegangen: nicht schon wieder. Er war über sich selbst erschrocken. Valentin wurde nicht müde, ihn um sein Sexleben zu beneiden. Ständig stellte er Fragen zu Einzelheiten, denen Pal geschickt auswich. Dass Jasmin und er körperlich so gut harmonierten, hatte Pal immer mit Glück erfüllt. Irrtümlicherweise hatte er geglaubt, nach ihrer Erfahrung mit dem »Metzger« könnte sie die Berührungen eines Mannes nicht mehr genießen. Er war erstaunt gewesen, dass es ihr oft leichter fiel, sich ihm körperlich zu nähern als mit Worten. Der Sex half ihnen, wenn Gespräche versiegten.

Jasmin übte nach wie vor eine starke Anziehungskraft auf ihn aus, deshalb verstand Pal nicht, was in ihm vorging. Noch vor wenigen Wochen wäre die Vorstellung, keine Lust zu haben, für ihn undenkbar gewesen; als Jasmin ihn jedoch gestern Abend berührt hatte, hatte er plötzlich das Bild eines Zuchthengsts vor sich gehabt. Er hatte es augenblicklich verdrängt, sich sogar dafür geschämt. Wenn er ehrlich war, fühlte er sich in letzter Zeit aber tatsächlich benutzt, nicht geliebt.

Er hatte das Thema nicht angesprochen, sondern vorgegeben, müde zu sein. Es gab vieles, worüber er nicht sprach. Zum Beispiel, dass er erwog, Milena Herzog wegen Verletzung des Amtsgeheimnisses anzuzeigen. Er hatte sich bis jetzt nur Jasmin zuliebe zurückgehalten; als sie ihm aber erzählt hatte, sie werde Karl-Heinz Rathgeb beschatten, war ihm fast der Kragen geplatzt. Milena Herzog hatte Jasmin nicht nur vom bevorstehenden Urlaub des Gefangenen berichtet, sie hatte ihr sogar eine Kopie seines Urlaubsplans gegeben. Noch hatte Pal keine Entscheidung getroffen. Er wollte Jasmin keinen Ärger bereiten, doch konnte er nicht tatenlos zusehen, wie das Recht missachtet wurde. Das Gesetz galt für alle. Auch für Milena Herzog. Vor allem für Milena Herzog, dachte er. Wenn eine Mitarbeiterin der Justizdirektion das Gesetz nicht befolgte, sandte sie Signale aus, die verheerende Auswirkungen haben konnten.

Pal hatte Jasmin auch nicht erzählt, dass er beschlossen hatte, eine Beschwerde gegen das Urteil des Verwaltungsgerichts im Fall Eric Laupper zu verfassen. Wurde ein Urlaubsgesuch ohne ernsthafte Gründe abgelehnt, war das ein Verstoß gegen das in der Bundesverfassung verankerte Willkürverbot. Dass ein Gutachter eine Gefährdung für Dritte nicht ausschließen konnte, genügte Pal nicht. Menschliches Verhalten war nicht vorhersehbar, auch wenn Prognosen das suggerierten. Gefährlichkeit war keine psychiatrisch feststellbare Eigenschaft. Sogar der Bundesrat hatte deren Beurteilung als »normativ-juristische Konstruktion« bezeichnet. Damit gehörte sie in die Kompetenz der Richter, nicht der Psychiater. Doch kein Richter wagte, von der Empfehlung eines Psychiaters abzuweichen. Pal fragte sich, wozu es dann noch einen Strafprozess brauchte. Kaum lag ein Prognosegutachten vor, war die Entscheidung schon gefällt. Es erstaunte ihn deshalb nicht, dass Psychiater immer häufiger als »Richter in Weiß« bezeichnet wurden.

Das war nicht das Einzige, woran er sich im Fall Laupper stieß. Langsam begann er, das Misstrauen seines Klienten zu verstehen. Ein Gutachter hielt sich zwar an gewisse Formvorschriften, er gewährte aber keine Parteirechte. Die Befragung erfolgte unter vier Augen, als Verteidiger hatte Pal keine Möglichkeit, den genauen Wortlaut des Gesprächs zu überprüfen. Ein ungeschickter Gefangener belastete sich womöglich selbst, ohne es zu wissen, denn er stand einem erfahrenen Psychiater gegenüber, der sich vielleicht schon im Vorfeld eine Meinung gebildet hatte. Als Pal vernommen hatte, dass ein Gutachter vor dem Gespräch mit dem Insassen Zugang zu dessen Akten hatte, hatte er nur den Kopf geschüttelt. Wie sollte sich ein Psychiater ein unabhängiges Bild machen? Pal wusste, was alles in einer Akte stehen konnte. Jede unbedachte Äußerung, jeder Ausrutscher wurde notiert. Sogar Informationen, die er nur vom Hörensagen kannte, oder Rapporte, die in einem gerichtlichen Verfahren nie verwendet werden durften, fanden Eingang. Nicht immer kannte der Gefangene den Inhalt. Damit wurde der verfassungsmäßige Anspruch auf rechtliches Gehör

Pals Meinung nach aufs Gröbste verletzt. Das ärgerte ihn, auch wenn er für den Gutachter durchaus Verständnis hatte. Aus forensisch-psychiatrischer Sicht war es sinnvoll, die Vorgeschichte des Insassen zu studieren. Pal zweifelte auch nicht daran, dass ein Gutachter nach bestem Wissen und Gewissen handelte, schließlich war er seinen Standesregeln verpflichtet. Es war das System an sich, das Pal bedenklich erschien. Den Psychiatern wurde immer mehr Macht überlassen. Kein Wunder, lehnte Eric Laupper jede Zusammenarbeit ab. Gegenüber einem so gewichtigen Apparat musste er sich hilflos fühlen.

Und doch blieb Pal keine Wahl, wenn er die Situation seines Klienten verändern wollte. Eric Laupper konnte von Glück reden, dass ihm überhaupt Urlaube gewährt wurden, wenn auch nur begleitete.

»Warum macht sich das Amt für Justizvollzug die Mühe, ihm Urlaube zu bewilligen?«, hatte Pal am Vorabend Jakob Reichlin am Telefon gefragt.

»Lauppers Fall ist außergewöhnlich«, hatte Jakob erklärt. »Das weiß auch der Justizvollzug. Aber niemand will sich exponieren. Weißt du, wie eine Vollzugskoordinationssitzung abläuft?«

»Anträge werden diskutiert.«

Jakob hatte geschnaubt. »Da sitzen die vom Psychiatrisch-Psychologischen Dienst, vom Bewährungs- und Vollzugsdienst und von der Pöschwies und starren auf die Akte des Gefangenen, als könnte diese Aufschluss über sein zukünftiges Handeln geben. Sie diskutieren über sein Verhalten, interpretieren jede unbedachte Äußerung und wägen Risiken ab. Als Anwalt bist du natürlich nicht eingeladen. Sie wollen keine Spielverderber dabei haben. Das Ganze erinnert mich an Kaffeesatzlesen.«

»Kaffee?«, hatte Pal wiederholt.

»Kennst du das nicht? Du kochst türkischen Kaffee, gibst ihn in eine Mokkatasse, trinkst ihn und rührst anschließend mit dem Finger im Kaffeesatz, bevor er austrocknet. Aus den Mustern, die sich bilden, soll man Rückschlüsse auf die Zukunft ziehen können.«

»Verstehe«, hatte Pal gelacht.

Jakob war ernst geblieben. »Die Zukunft aus Akten herauszulesen, ist nicht viel anders. Wenigstens scheint es den Beteiligten aber bewusst zu sein, denn Entscheide treffen sie in schwierigen Fällen selten. Meistens geben sie ein Gutachten in Auftrag. Das mag auf den ersten Blick objektiv wirken, aber Achtung: Bei der Auswahl des Gutachters hat die Verteidigung selten ein Mitspracherecht. Du kannst zwar ein Zweitgutachten verlangen, das wirst du aber ziemlich sicher aus der eigenen Tasche bezahlen müssen. Außerdem haben Privatgutachten weniger Gewicht.«

Das Telefongespräch hatte Pal beschäftigt. Ihm war klar, dass die Justiz nur auf die Forderungen von Politik und Öffentlichkeit reagierte; doch war es wirklich sinnvoll, eine Sicherheit vorzutäuschen, die es nicht gab? Dass ein Rückfallrisiko nie ganz ausgeschlossen werden konnte, war für viele offenbar so schwer zu ertragen, dass man sich lieber vormachte, es fehle bloß an den geeigneten Instrumenten zur Beurteilung. Eine trügerische Vorstellung, dachte Pal, die zur Folge hat, dass Menschen vorsorglich eingesperrt werden. Kürzlich hatte er von einer Anti-Amok-Software gelesen, die einige Hochschulen bestellt hatten. Mittels Screening und Kategorisierung sollten gefährliche Studenten frühzeitig erkannt werden. Pal lehnte die Stirn gegen die Scheibe. Sie war angenehm kühl.

»Gibt es eine andere?«

Pal zuckte zusammen.

»Hast du eine Frau kennengelernt?«, wiederholte Jasmin.

Pal drehte sich um. Jasmin stand mit verschränkten Armen vor ihm, das Kinn in die Höhe gereckt. In ihren Augen lag kein Trotz, sondern Schmerz. Das weite T-Shirt reichte ihr fast bis zu den Knien, darunter waren ihre Beine nackt. Sie wirkte schutzlos, nicht einmal die Schlangen an ihren Handgelenken vermochten darüber hinwegzutäuschen.

»Nein«, antwortete Pal.

»Du liebst mich nicht mehr«, stellte Jasmin fest.

»Natürlich liebe ich dich.« Pal wandte sich wieder zum Fenster. »Ich bin nur etwas … müde.«

Jasmin schwieg so lange, dass Pal glaubte, sie sei wieder ins

Bett gegangen. Dann spürte er, wie sie sich gegen seinen Rücken schmiegte. Es lag nichts Forderndes in der Berührung.

»Es tut mir leid«, sagte sie leise.

»Mir auch.«

»Diesmal schaffe ich es.« Sie klang, als versuche sie, sich selbst zu überzeugen. »Das verspreche ich dir. Ich war heute Abend im Eskrima. Ich habe wieder mit dem Training begonnen.«

Im Wohnhaus gegenüber ging ein Licht im obersten Stock an. Eine Frau trat in die Küche. Pal beobachtete, wie sie den Kühlschrank öffnete und etwas herausnahm. Er hatte noch nie eine andere Person in dieser Wohnung gesehen. Ob die Frau einsam war? Oder genoss sie die Ruhe? Schätzte sie ihre Unabhängigkeit? Pal versuchte, sich vorzustellen, wie es wäre, sich niemandem verpflichtet zu fühlen, sich nicht täglich mit den eigenen Grenzen auseinandersetzen zu müssen.

Jasmin trat einen Schritt zurück. Kalte Luft strömte an die Stelle, die ihr Körper soeben gewärmt hatte. Obwohl die Temperatur in der Wohnung über zwanzig Grad betrug, fröstelte Pal. Er drehte sich um und schlang die Arme um Jasmin. Als die Anspannung ihren Körper verließ, holte sie zitternd Atem.

»Hast du Lust, einen Film zu schauen?«, fragte sie.

»Wie wäre es mit einem Bond?« Er hatte alle James-Bond-Filme auf DVD.

»Ist ›Skyfall‹ schon auf DVD erschienen?«

»Ich glaube nicht.« Pal lächelte. »Außerdem stört mich die Eröffnungsszene. Bond lässt das Motorrad einfach stehen und steigt auf den Zug um!«

Jasmin grinste. »Okay, ich gebe zu, das ist ziemlich hart. Dann vielleicht ›Man lebt nur zweimal‹?«

»Mit Akiko Wakabayashi als Bondgirl?«, protestierte Pal. »Nein danke. ›In tödlicher Mission‹?«

»Du weißt, was ich von Roger Moore halte!« Jasmin stemmte die Hände in die Seiten. »Ich will Sean Connery sehen. Oder wenigstens Pierce Brosnan, auch wenn er ein Schleimer ist.«

»Wie wäre es mit ›Diamantenfieber‹? Die weiblichen Bodyguards, die Bond verprügeln, sind sexy.«

»Bambi oder Klopfer?«

»Bambi natürlich.«

Jasmin schenkte ihm ein dankbares Lächeln.

Während Pal die DVD einlegte, holte Jasmin eine Dose Cola aus dem Kühlschrank und füllte eine Schale mit Salzstengeln. Da sich alle Gläser im Geschirrspüler befanden, ging sie zum Tisch, wo Pal am Vorabend sein halbleeres Wasserglas hatte stehen lassen. Als sie danach greifen wollte, fiel ihr Blick auf seine Notizen. Ein Datum sprang ihr ins Auge: 7. Juni. Das war der Tag, an dem Fanny den Brief im Schulthek gefunden hatte. Neben dem Datum stand das Stichwort »Darmspiegelung«.

Jasmin runzelte die Stirn. Als Pal sie zu Hause aufgesucht hatte, erwähnte er einen Klienten, der sich im Spital hatte untersuchen lassen. Pal hatte sich beschwert, dass der Gefangene von einem Aufseher begleitet worden war. Jasmin ließ sich den Verlauf des Gesprächs durch den Kopf gehen. Sie hatte sich gewundert, dass er einen Namen erwähnt hatte. Seine Schweigepflicht nahm Pal ernst. Hatte er den Ausrutscher bemerkt? Oder war er wegen ihres vermeintlichen Suizidversuchs durcheinander gewesen? Jasmin versuchte, sich an den Namen zu erinnern. Laufen? Rauper? Sie ließ ihren Blick über die Notizen schweifen, die Buchstaben flossen jedoch ineinander und ergaben keinen Sinn. Frustriert nagte sie an ihrer Unterlippe.

»Der Film ist startklar«, sagte Pal.

Jasmin nahm das Glas und trug es in die Küche, wo sie es ausleerte und mit Schweppes füllte. Nachdem sie es auf den Beistelltisch gestellt hatte, ließ sie sich aufs Sofa fallen.

»Bist du so weit?«, fragte Pal.

Sie nickte, und er drückte die Starttaste. Sie versuchte, sich auf den Film zu konzentrieren, was ihr aber nur bedingt gelang. Sie ärgerte sich über ihre Leseschwäche. Hätte sie sich den Namen des Klienten doch nur gemerkt, als Pal ihn erwähnte! Immer, wenn sie glaubte, ihn fassen zu können, entglitt er ihr. Während Bond sich bemühte, den Boss der Verbrecherorganisation SPECTRE aufzuspüren, grübelte sie weiter.

»Damals hat das tatsächlich funktioniert!«, lachte Pal.

»Was hat funktioniert?«

»Der falsche Fingerabdruck! Deshalb glaubt die Case, Bond sei Franks. Unglaublich.«

»Ach so.«

Pal warf ihr einen kurzen Blick zu. »Du bist ganz woanders.«

Jasmin steckte zwei Salzstengel in den Mund. »Habe ich die Szene mit dem Mondbuggy verpasst?«

»Die kommt erst gegen Schluss.« Pal drückte auf die Pausentaste. »Was ist los? Raus mit der Sprache.«

»Nichts, es ist nur … Wie geht es diesem Klienten, der sich im Spital untersuchen lassen musste?«

»Seit wann interessierst du dich für meine Klienten?«, fragte Pal erstaunt.

»Du hast gesagt, er gehe dir unter die Haut«, wich Jasmin der Frage aus.

Plötzlich drehte Pal den Kopf zum Esstisch. »Du hast meine Notizen gesehen.«

»Mir ist das Stichwort ›Darmspiegelung‹ in die Augen gesprungen. Ist er ernsthaft krank?«

Pal betrachtete sie misstrauisch. »Ich begreife immer noch nicht, warum du das wissen willst.«

»Wo fand die Untersuchung statt?«, bohrte Jasmin.

Plötzlich versteifte sich Pal. »Jetzt verstehe ich. Ich schlage vor, wir tun so, als hätte dieses Gespräch nie stattgefunden.« Er drückte auf »Play« und starrte geradeaus.

Laupper. Eric Laupper. Der Name fiel Jasmin ein, als sie kurz vor dem Einschlafen war. Das Amt für Justizvollzug hatte sein Gesuch für einen unbegleiteten Urlaub abgelehnt, Milena Herzog den negativen Entscheid bestätigt. Anschließend hatte sich Laupper an das Verwaltungsgericht gewandt. Ohne Erfolg.

Laupper war ein kranker Mann. Wie krank? Krank genug, um drastische Maßnahmen zu ergreifen? Weil ihm die Zeit davonrann?

Warum war ihm der unbegleitete Urlaub so wichtig? Wenn Jasmin Pal richtig verstanden hatte, würde Laupper den Rest seines Lebens im Gefängnis verbringen. Vollzugslockerungen konnte er nicht erwarten. Dass er trotzdem für einen unbegleiteten Urlaub kämpfte, deutete möglicherweise darauf hin, dass er etwas vorhatte. Wollte er fliehen?

Eine offene Rechnung begleichen?

Jasmins Herz begann zu klopfen. Auf einmal sah sie den »Metzger« vor sich. Sie wusste genau, was ihr Peiniger machen würde, wenn er das Gefängnis unbeaufsichtigt verlassen könnte. Er würde sie aufsuchen. Noch vor Gericht hatte er behauptet, ihr nie wehgetan zu haben. Er hatte von seinem Traum erzählt, mit ihr in Andalusien ein neues Leben anzufangen, sogar das Haus beschrieben, in dem sie irgendwann zusammen wohnen würden. Auf die ironische Frage des Richters, ob Jasmin mit seinen Plänen einverstanden sei, hatte er nur verwundert genickt. Als der Richter wissen wollte, weshalb er Jasmin gefesselt habe, wenn sie doch mit allem einverstanden gewesen sei, hatte er behauptet, er habe sie vor ihren Zweifeln schützen müssen. Daraufhin hatte er den Kopf gedreht und sie angelächelt. Bei seinem Blick hatten sich ihr die Nackenhaare aufgestellt.

An Schlaf war nicht mehr zu denken. Leise schlich Jasmin aus dem Zimmer, um einen Schluck Wasser zu trinken. Auf dem Weg in die Küche kam sie am Tisch im Wohnzimmer vorbei. Er war leer. Pal hatte alle Notizen weggeräumt. Eine seltsame Ruhe erfasste Jasmin. Sie zog sich an und sammelte ihre Sachen ein. Bevor sie ging, hinterließ sie Pal eine kurze Nachricht, in der sie erklärte, dass sie nicht habe schlafen können. Auf der Fahrt nach Hause plante sie ihre nächsten Schritte. In Altstetten angekommen, holte sie als Erstes ihre Joggingschuhe aus dem Schrank. Sie hatte sie schon lange nicht mehr getragen. Doch wenn sie für das, was sie erwartete, gewappnet sein wollte, musste sie fit sein.

15

Die Öffnung in der Mauer der Justizvollzugsanstalt Pöschwies erinnerte Jasmin an eine Schießscharte. Über der Aussparung prangte das Zürcher Wappen, darunter stand der Name des Gefängnisses. Die Sicherheitstür in der Vertiefung war schlicht mit »Eingang« bezeichnet. Jedesmal, wenn sie aufging, erfasste Jasmin eine Welle Übelkeit. Ihr war, als entweiche der Geist des »Metzgers«. Halb erwartete sie, ihn plötzlich vor sich zu sehen. Sie musste sich zwingen, den Blick nicht abzuwenden, sondern die Gesichter der Personen zu studieren, die das Gefängnis verließen. Milena Herzog hatte ihr versichert, Karl-Heinz Rathgeb habe sich kaum verändert seit der Aufnahme des Fotos, das sich in seinen Akten befand. Sein Bauch sei etwas dicker geworden, die Stirn höher, noch immer trage er die Haare aber halblang und aus dem Gesicht gekämmt. Sie hingen ihm in dünnen Strähnen über die Ohren.

Jasmin konnte den Impuls nicht unterdrücken, die Hand aufs linke Schienbein zu legen. Unter der Jeans trug sie ein Stiefelmesser mit einer zwölf Zentimeter langen Klinge. Wenn nötig, wäre die Waffe in einer Sekunde einsatzbereit. Mit der rechten Hand ginge es noch schneller, doch diese brauchte sie für das Wurfmesser im Holster am anderen Bein. Bereits schaffte sie Würfe über eine Distanz von sieben Metern. Sorgen bereitete ihr, dass sie nicht wusste, wie sie in einer Stresssituation träfe.

War Jasmin drei Meter von ihrem Ziel entfernt, musste sie das Messer am Griff halten, da es sich genau ein Mal um sich selbst drehte, bevor es sein Ziel erreichte. Bei vier Metern Entfernung hingegen musste sie es an der Klinge fassen, weil es sich über diese Distanz eineinhalb Mal drehte. Geschwindigkeit und Rotation waren immer gleich. Nur der Abstand zum Ziel veränderte sich.

Und wenn sie nervös war? Würde sie den Wurf genauso gut ausführen können, die Schultern parallel halten und den Arm durchziehen? Was wäre, wenn sich das Ziel bewegte und Jasmin deshalb die Distanz falsch einschätzte? Die Vorstellung, einen Angreifer mit dem Griff des Messers zu treffen statt mit der Klinge, trieb ihr den Puls in die Höhe. Sie verfluchte sich. Hätte sie doch das Training nicht schleifenlassen! Sehnsüchtig dachte sie an die Heckler & Koch, die sie als Polizistin getragen hatte. Die Pistole war ihr so vertraut gewesen wie ihre Zahnbürste.

Die Tür öffnete sich erneut. Ein Ruck ging durch Jasmins Körper. Das war der Mann, ohne Zweifel. Jasmin musste das Fernglas, das sie mitgenommen hatte, nicht zu Hilfe nehmen. Von ihrem Platz auf der anderen Straßenseite aus erkannte sie nicht nur die braungrauen Haarsträhnen, sondern auch die Statur von Karl-Heinz Rathgeb. Er schlurfte, als sei er es nicht gewohnt, lange Distanzen hinter sich zu bringen.

Laut seinem Urlaubsplan würde er um 10.11 Uhr die S-Bahn nach Zürich nehmen und dort in den Intercity nach Winterthur umsteigen. Um 12 Uhr wollte er seine Schwester zum Mittagessen treffen, anschließend die Mutter in einem Altersheim am Stadtrand besuchen. Jasmin hatte ihre Monster am Bahnhof Winterthur geparkt und war mit dem Zug nach Regensdorf gefahren, um Rathgeb nicht aus den Augen zu verlieren, wenn er in die S-Bahn stieg. Sollte sie das Motorrad dennoch brauchen, stünde es bereit.

Dem Gefangenen zu folgen, war einfach. Er schaute weder nach links noch nach rechts, sondern starrte auf einen Punkt irgendwo vor seinen Füssen. Als er bei der Hauptstraße ankam, verschwand er in der Unterführung. Jasmin wartete, bis er auf der anderen Seite der Straße wieder auftauchte und den Weg zum Bahnhof einschlug. Erst dann stieg sie die Treppe hinunter. Obwohl sie wusste, dass es auf den nächsten 100 Metern keine Abzweigungen gab, die Rathgeb nehmen konnte, war ihr nicht wohl beim Gedanken, ihn nicht im Blick zu behalten. Sie spurtete durch den dunklen Tunnel, nahm zwei Treppenstufen aufs Mal, um möglichst rasch wieder ans Tageslicht zu kommen.

Rathgeb befand sich nur wenige Schritte vor ihr. Ihn plötzlich aus der Nähe zu sehen, erschreckte sie. Immer wieder gingen ihr die mit Leuchtstift markierten Worte »hohe Psychopathiewerte« durch den Kopf. Sie wartete einige Sekunden, bis sich der Abstand zwischen ihnen vergrößert hatte, dann setzte sie sich wieder in Bewegung. Um diese Zeit war es auf der Hauptstraße ruhig, nur wenige Personenwagen fuhren an ihnen vorbei. Rathgeb beachtete sie nicht. Jasmin fragte sich, was in ihm vorging. War er erleichtert, der Enge des Gefängnisses für einen Tag entfliehen zu können? Er wirkte weder sonderlich aufgeregt noch unsicher. Mit gleichmäßigen Schritten ging er an Wohnhäusern und Gärten vorbei, ohne je den Kopf zu drehen. Auch die Vollzugsanstalt auf der anderen Seite der Straße schien ihn nicht zu interessieren. Außerhalb der Mauern waren einige Gefangene mit Gartenarbeiten beschäftigt. Rathgeb würdigte sie keines Blickes.

Der Fußweg zum Bahnhof führte durch ein Wohnquartier. Die Gegend wirkte verlassen, weit und breit waren keine Menschen zu sehen. Sie kamen am Haus Lägern vorbei, wo Gefangene im offenen Vollzug lebten. Jasmin fragte sich, wer in den umliegenden Häusern wohnte. Sie begriff nicht, warum jemand freiwillig in die Nähe einer Strafanstalt zog. Sie könnte die Präsenz der Insassen nicht abschütteln, das Gewaltpotenzial wäre ihr immer bewusst und würde sie daran hindern, ein normales Leben zu führen.

Beim Bahnhof wartete Rathgeb kurz, um einen Linienbus durchzulassen. Anschließend überquerte er die Strasse und ging auf einen Billettautomaten zu. Er zögerte nicht, als er die Tasten bediente. Offenbar kannte er sich damit aus. Jasmin hatte deutlich länger gebraucht, bis sie begriffen hatte, welche Karte sie lösen musste, um mit dem Zug von Winterthur nach Regensdorf und zurück zu fahren.

Auf dem Perron zündete sich Rathgeb eine Zigarette an.

Jasmin blieb im Schutz des Bahnhofsgebäudes stehen, erst als der Zug einfuhr, rannte sie durch die Unterführung zum Gleis. Rathgeb stieg in den vordersten Wagen der S-Bahn ein und ging die Treppe hinauf. Jasmin suchte sich einen Platz im Unterdeck, wo sie beide Ausgänge sowie den Durchgang in den zweiten Wagen im Auge behalten konnte. Laut seinem Urlaubsplan würde Rathgeb zwar erst in Zürich umsteigen; nur weil er sich alle zwei Stunden telefonisch melden musste, hieß das nicht, dass er den offiziellen Plan einhielt. Seine Schritte wurden nicht überwacht. Er konnte problemlos unterwegs aussteigen und die Reise eine Stunde später fortsetzen. Wenn er schlau war, hatte er den Urlaubsplan sogar so gestaltet, dass ein Umweg nicht auffiele.

Jasmin wollte sich nicht vorstellen, wie Milena Herzog zumute sein musste. Obwohl sich Fanny bei ihrem Vater in Sicherheit befand, würde Milena nicht ruhig schlafen, bis der Schreiber der Drohbriefe gefasst war. Jasmin war froh, selbst keine Kinder zu haben. Sie dachte an Pal, der sich irgendwann eine Familie wünschte. Ob er seine Klienten immer noch verteidigen würde, wenn sich seine eigene Tochter oder sein eigener Sohn in Gefahr befände? Wie wichtig wäre ihm der Rechtsstaat dann?

Eine Lautsprecherstimme kündigte Zürich-Seebach an. Einige Passagiere erhoben sich und bewegten sich auf die Ausgänge zu. Jasmin zwang sich sitzenzubleiben. Die Versuchung aufzustehen, um den Überblick zu behalten, war groß, doch sie durfte um keinen Preis auffallen. Eine Person einen ganzen Tag alleine zu beschatten, war schwierig. Zwar hatte sie verschiedene Kopfbedeckungen sowie Reservekleidung dabei, um sich zwischendurch umzuziehen, trotzdem war es denkbar, dass Karl-Heinz Rathgeb auf sie aufmerksam wurde.

Der Halt in Seebach kam ihr endlos vor. Der Wagen füllte sich mit Menschen. Eine Frau mit einem Affenpinscher setzte sich zu Jasmin ins Abteil. Jasmin kannte sich mit Hunden nicht besonders gut aus, da sich ihre Schwägerin aber vor einem Jahr einen Affenpinscher angeschafft hatte, war ihr die Rasse bekannt. Seit sich Jasmin über das neue Familienmitglied ihres Bruders lustig gemacht hatte, hatte Ralfs Frau kaum mehr mit ihr gesprochen. Jasmin wunderte sich, dass Fay sie überhaupt verstanden hatte. Die Thailänderin lebte seit bald neun Jahren in der Schweiz, Deutsch sprach sie kaum.

Jasmin nahm einen Energieriegel hervor und riss die Verpackung auf. Später käme sie vielleicht nicht mehr zum Essen. Der Hund verfolgte jede ihrer Bewegungen. Jasmin versuchte, ihn zu ignorieren, doch seine Aufmerksamkeit irritierte sie. Die Halterin lächelte nachsichtig. Jasmin erwiderte das Lächeln nicht. Gleich würde die Frau von den Gewohnheiten ihres Lieblings erzählen. Demonstrativ drehte Jasmin den Kopf zum Fenster. Und sah direkt ins Gesicht von Karl-Heinz Rathgeb.

Es dauerte einen Moment, bis sie begriff, dass er sich auf der anderen Seite der Scheibe befand. Wie er dorthin gekommen war, wusste sie nicht, bis sie registrierte, dass die S-Bahn erneut gehalten hatte. Ihr Herzschlag setzte kurz aus, um sofort in ein schmerzhaftes Hämmern überzugehen. Sie schnellte hoch und stürzte auf den Ausgang zu. Sie drängte sich an Passagieren vorbei, die soeben zugestiegen waren, rammte mit dem Knie eine Einkaufstasche und erreichte die Tür, als das Licht darüber bereits zu blinken begann. Erst als sie aus dem Zug sprang, fiel ihr ein, dass sie sich womöglich getäuscht hatte. Vielleicht war es gar nicht Rathgeb gewesen.

Die Tür der S-Bahn schloss sich. Der Zug fuhr langsam an. Jasmin stand auf dem Perron und versuchte, einen Blick in den oberen Stock des Wagens zu werfen. Ohne Erfolg. Wut stieg in ihr auf. Wie hatte sie so unaufmerksam sein können? Sie folgte Rathgeb noch keine halbe Stunde, und schon hatte sie ihn aus den Augen verloren! Wegen eines Anfängerfehlers! Frustriert biss sie sich auf die Unterlippe. Bei den Grenadieren hätte sie einiges zu hören bekommen.

Ihr war schwindlig. Die Versuchung, ins Wartehäuschen zu gehen und die Augen zu schließen, war groß. Doch jede Sekunde, die sie mit Selbstvorwürfen verschwendete, nützte Rathgeb. Falls er es gewesen war. Jasmin zwang sich nachzudenken. Warum hätte er in Oerlikon aussteigen sollen? Wenn er nach Urdorf fahren wollte, wäre er schneller gewesen, wenn er am Hauptbahnhof umgestiegen wäre. Wusste er, dass sich Fanny bei ihrem Vater aufhielt? Auch das ergab keinen Sinn. Um nach Wiedikon zu gelangen, hätte er ebenfalls weiterfahren müssen.

Sie musste sich getäuscht haben. Vermutlich saß Rathgeb noch im Zug und träfe demnächst im Hauptbahnhof ein, wo er in der Menge verschwände. Jasmin fühlte sich, als presse jemand alle Luft aus ihr heraus. Sie konnte nur hoffen, dass Rathgeb nicht für die Drohbriefe verantwortlich war. Sie hatte noch keine Gelegenheit gehabt, Milena auf Eric Laupper anzusprechen. Auf einmal wünschte sie sich aber inständig, dass Pals Klient seinen Spitalbesuch tatsächlich dazu benutzt hatte, sich Fanny zu nähern. Wie er das hätte bewerkstelligen sollen, wusste Jasmin nicht. Vielleicht hatte er einen Komplizen. Auch Gefängnispersonal war bestechlich.

In der Hand hielt Jasmin immer noch den angebissenen Getreideriegel. Sie suchte nach einem Abfalleimer, der Appetit war ihr vergangen. Als sie sich umschaute, streifte ihr Blick das gegenüberliegende Perron.

Da sah sie ihn.

Karl-Heinz Rathgeb stand im Sektor B. Erleichterung durchflutete sie. Instinktiv drehte sie sich weg. Ob er sie wahrgenommen hatte? Sie war die einzige Passagierin, die sich nicht bewegt hatte, seit sie ausgestiegen war, alle andern hatten den Bahnhof verlassen oder ihre Reise fortgesetzt. Jasmin ging mit gesenktem Kopf auf die Treppe zu. Dabei knabberte sie am Getreideriegel. Er schmeckte wie Sägemehl. Kaum war sie außer Sichtweite, riss sie eine Bluse aus ihrem Rucksack und schlüpfte hinein. Über den Kopf stülpte sie sich eine Baseballmütze. Anschließend eilte sie zur Anzeigetafel, die die nächsten Zugverbindungen ankündigte. Dort, wo Rathgeb wartete, würde in zwei Minuten ein Intercity nach Winterthur einfahren.

Er hatte eine Abkürzung genommen. Da Jasmin fast nie mit dem Zug unterwegs war, kannte sie die Strecke nicht. Doch auch ihr hätte auffallen müssen, dass der Zug nach Winterthur über Oerlikon fuhr. Sie schalt sich eine Idiotin. Leise fluchend ging sie weiter. Genug, sagte sie sich. Sie verschwendete zu viele Gedanken an sich selbst. Bei einer Observation war es wichtig, sich ganz auf die Zielperson zu fokussieren, die eigene Befindlichkeit war unwesentlich. Sie würde ihr Verhalten später analysieren und Schlüsse daraus ziehen. Jetzt musste sie ihre Aufmerksamkeit auf Rathgeb richten.

Er zeigte keine Reaktion, als sie die Treppe hinaufkam, sondern beobachtete den einfahrenden Intercityzug. Ohne Hast ging er auf einen Zweitklasswagen zu, wo er einige Jugendliche einsteigen ließ, bevor er selbst den Zug betrat. Jasmin folgte ihm. Gleich neben der Tür war ein ganzes Abteil frei, doch Rathgeb ging daran vorbei. Er setzte sich weiter vorne neben eine junge Frau, die irritiert von ihrem Buch aufblickte und zur Seite rutschte.

Jasmin beobachtete, wie Rathgeb sich breit machte. Sein Oberschenkel berührte das Bein der Frau. Jasmins Magen zog sich zusammen, ihr war, als spüre sie die Wärme, die von Rathgeb ausging, auf der eigenen Haut. Der Getreideriegel, den sie gegessen hatte, drohte hochzukommen. Um sich abzulenken, dachte sie an die beiden Messer in ihren Holstern. Schritt für Schritt ging sie in Gedanken Wurftechniken durch, bis sich die Übelkeit gelegt hatte.

Als der Zug im Flughafen einfuhr, schloss die Frau im Nebenabteil ihr Buch, klemmte die Handtasche unter den Arm und wechselte das Abteil. Ein älterer Mann mit Rollkoffer setzte sich Rathgeb gegenüber. Rathgeb richtete den Blick aus dem Fenster. Er hatte das Interesse an seiner Umgebung verloren. Die Spannung fiel von Jasmin ab. Sie atmete tief ein. Plötzlich spürte sie die kurze Nacht. Viel zu schnell trafen sie in Winterthur ein.

Jasmin erwartete, dass Rathgeb die halbe Stunde, die er durch das Umsteigen in Oerlikon gewonnen hatte, im Stadtzentrum verbringen würde. Vielleicht wollte er in einem Straßencafé etwas trinken, bevor er seine Schwester traf. Er schlug aber nicht den Weg ins Zentrum ein; stattdessen folgte er der Straße, die in entgegengesetzter Richtung und zum Restaurant führte, in dem er verabredet war. Als er dort ankam, betrat er es nicht, sondern ging weiter, auf ein Fußballstadion zu. Ein Blick auf das GPS-Programm ihres Handys zeigte Jasmin, dass es sich um die Schützenwiese handelte. War Karl-Heinz Rathgeb Fan des FC Winterthur? Der Club spielte momentan immerhin in der Challenge League.

Das Stadion interessierte Rathgeb nicht, genauso wenig die Fußballplätze dahinter. Zielstrebig marschierte er weiter. Der Weg führte zu einem Waldstück entlang der Eulach. Plötzlich verlangsamte Rathgeb seine Schritte. Jasmin hörte das vertraute Geräusch aufprallender Bälle. Sie kamen zu einem Tennisclub, dessen Courts vom Spazierweg aus gut sichtbar waren. Auf dem vordersten trainierten die Juniorinnen.

Rathgeb blieb stehen und stellte sich an den Maschendrahtzaun. Bei Jasmin schrillten die Alarmglocken. Die Mädchen waren schätzungsweise 13 oder 14 Jahre alt. Einige sahen kindlich aus mit schmalen Hüften und dünnen Gliedern, andere zeigten deutliche Rundungen, die in den kurzen Tennisröcken und engen Oberteilen gut zur Geltung kamen. Von welchem Typ sich Rathgeb angezogen fühlte, wusste Jasmin nicht. Dass er sich aber für die Mädchen interessierte, war deutlich. Seine rechte Hand verschwand in der weiten Tasche seiner Hose.

Jasmins Gedanken überschlugen sich. Rathgeb war wegen Gewaltdelikten verurteilt worden. Seine Opfer waren männlich gewesen, er hatte sie mit Fäusten traktiert und ein Messer eingesetzt. Sexualstraftaten hatte er, soviel sie wusste, keine begangen. Das musste jedoch nichts bedeuten. Gut möglich, dass Karl-Heinz Rathgeb Frauen oder Mädchen missbraucht hatte und nie angezeigt worden war. Viele Opfer schwiegen aus Scham oder Angst. Früher hatte Jasmin dieses Verhalten nur schwer nachvollziehen können. Heute verstand sie jede Frau, die versuchte, das Erlebte zu verdrängen.

Wenn Rathgeb hinter den Drohbriefen steckte, ging es ihm vielleicht um weit mehr als darum, Milena Herzog Angst einzujagen. Jasmin dachte an die Tennisplätze in der Nähe der Primarschule in Urdorf. Hatte er auch dort Mädchen beim Trainieren beobachtet? Möglicherweise war er Fanny zufällig begegnet. Hatte er sie erkannt? War er deshalb auf die Idee gekommen, zwei Fliegen mit einer Klappe zu schlagen? Die Mutter zu bestrafen, indem er sich an der Tochter verging?

Jasmin war klar, dass diese Theorie keinen Sinn ergab. Woran hätte er Fanny erkennen sollen? Er müsste gezielt recherchiert haben, was zwar nicht auszuschließen, aber eher unwahrscheinlich war. Dennoch wusste Jasmin, dass sie sich auf ihre Intuition verlassen konnte. Ihr Körper log nicht. Und ihr Bauch sagte ihr klar, dass es nicht die Tennisbälle waren, die Karl-Heinz Rathgeb in ihren Bann zogen.

16

»Laut dem Europarat soll es auch in der Schweiz Fälle von übertriebener Gewalt durch Polizeikräfte geben. Im Visier sind die Kantone Waadt und Genf. Was die Zustände in den Gefängnissen angeht, so wird einmal mehr Champ-Dollon kritisiert«, fasste Brigitte Lüthy zusammen.

»Wegen der Überbelegung?«, fragte Sinje Venuti.

Brigitte Lüthy teilte Kopien des Berichts aus. »Die Überbelegung ist auch Thema, vor allem wird aber beanstandet, dass psychischkranke Insassen nicht immer Zugang zu geeigneter Behandlung haben. Außerdem soll es zu Übergriffen durch Aufseher gekommen sein. Das finde ich bedenklich. Lest den Bericht in Ruhe durch. Ich habe euch auch die Stellungnahme des Bundesrats kopiert.«

»Im Vergleich zum Welschland herrschen bei uns paradiesische Zustände«, stellte Astrid Oeschger fest.

»Sag das mal unseren Rekurrenten«, meinte Priska Sommer trocken.

Die Sitzungen im Fachteam 1 fanden jeden Monat statt. Als stellvertretende Generalsekretärin berichtete Brigitte Lüthy jeweils über Neuigkeiten aus dem Amt für Justizvollzug, fasste das Wichtigste aus dem Amtsrapport des Regierungsrats zusammen, besprach Organisatorisches sowie, wenn nötig, konkrete Fälle.

»Wir müssen noch Themen fürs JUV-Meeting sammeln«, fuhr sie fort. »Ich schlage vor, wir besprechen den Bericht dort gemeinsam. Der Europarat bemängelt zum Beispiel auch die harten Bedingungen in der Sicherheitshaft. Ich würde vom JUV gerne wissen, ob das bei uns anders ist als im Welschland und worin die Unterschiede bestehen.«

Milena Herzog hörte nur mit halbem Ohr zu. In Gedanken war sie bei Eric Laupper. Sie hatte so etwas wie Mitleid mit dem Gefangenen verspürt, weil sie sein Gefühl der Ohnmacht verstand. Nie hätte sie geglaubt, er käme als Schreiber der Drohbriefe in Frage. Zwar schöpfte er alle Rechtsmittel aus, die ihm zur Verfügung standen, doch er verhielt sich dabei stets korrekt.

Als Jasmin sie auf Lauppers Darmspiegelung hingewiesen und nach Einzelheiten gefragt hatte, war Milena sofort ins Büro gefahren. Sie war bestürzt gewesen, als sie las, die Untersuchung habe im Spital Limmattal stattgefunden – nur sieben Gehminuten vom Bahnhof Urdorf entfernt. Milena hatte die Informationen Rainer Kälin weitergeleitet, der versprochen hatte, Laupper zu überprüfen.

Milena starrte auf ihre abgekauten Fingernägel. Dass Laupper am 7. Juni in Urdorf gewesen war, konnte Zufall sein. Mit Sicherheit kein Zufall war hingegen Karl-Heinz Rathgebs Abstecher zum Tennisclub. Jasmins Beschreibung des Vorfalls war wie eine eiskalte Dusche gewesen. Die Bilder verfolgten Milena. Die halbe Nacht war sie wachgelegen und hatte überlegt, wie sie vorgehen sollte. Sie konnte Jasmins Beobachtung nicht melden, ohne zuzugeben, dass sie den Gefangenen hatte beschatten lassen. Das könnte sie nicht nur die Stelle kosten – wenn Rathgeb davon erfuhr, würde er seine Wut möglicherweise an Fanny auslassen. Unternehmen konnte das Amt für Justizvollzug ohnehin nichts. Es war kein Verbrechen, an einem Tennisclub vorbeizuspazieren, nicht einmal ein Verstoß gegen die Auflagen. Der Tennisclub befand sich in der Nähe des Restaurants, in dem Rathgeb mit seiner Schwester zu Mittag gegessen hatte. Er hatte sich vorschriftsgemäß gemeldet und war nicht vom Urlaubsplan abgewichen, außer, dass er in Oerlikon statt am Hauptbahnhof umgestiegen war.

Möglicherweise hatte Rathgeb nicht einmal ein Interesse an Jugendlichen, vielleicht hatten sie nur zufällig dann trainiert. Rainer Kälin hatte die Vergangenheit des Gefangenen gründlich unter die Lupe genommen, nie hatte Rathgeb pädophile Züge gezeigt.

»Milena?« Brigitte Lüthys Stimme kam von weit weg.

Als Milena aufsah, merkte sie, dass alle Blicke auf sie gerichtet waren.

»Entschuldigung«, sagte sie. »Ich bin wohl abgeschweift.«

In Brigitte Lüthys Augen lag Verständnis. »Immer noch keine Neuigkeiten?«

Milena seufzte. »Die Polizei weiß inzwischen, dass die Briefe nicht in einem der Büros der Pöschwies gedruckt worden sind. Alle Laserdrucker wurden untersucht. Doch viele Gefangene haben private Drucker, und diese dürfen nur bei einem konkreten Tatverdacht beschlagnahmt werden.«

Priska Sommer schüttelte verärgert den Kopf. »Manchmal habe ich das Gefühl, Gefangene haben mehr Rechte als unbescholtene Bürger! Muss eigentlich immer zuerst etwas passieren?«

»Ja«, sagte Brigitte Lüthy streng. »Es muss zuerst etwas passieren. Auch wenn es in manchen Fällen kaum zu ertragen ist. Vor allem, wenn man selber betroffen ist.«

Priska Sommer verschränkte die Arme. »Also lehnen wir uns zurück und warten, bis es zu spät ist.«

»Nein«, widersprach Brigitte Lüthy. »Wir lehnen uns nicht zurück. Wir kämpfen mit den Mitteln, die uns zur Verfügung stehen. Insassen, die sich fair behandelt fühlen, respektieren das System. Sie sind eher bereit zu kooperieren. Und nur das führt zum Ziel, das weißt du genauso gut wie ich.«

»Bei Karl-Heinz Rathgeb stehen uns keine Mittel mehr zur Verfügung«, sagte Milena leise.

Jetzt war es Brigitte Lüthy, die seufzte. »Ich sag ja nicht, dass das System immer funktioniert. Trotzdem: Wir können nur Taten verfolgen und sanktionieren, nicht potenzielle Täter. Gerade wir dürfen das nie vergessen. Es genügt, dass Medien und Politiker immer lauter nach einem Präventionsstrafrecht rufen. An diesem Punkt war die Gesellschaft schon öfters. Und ich manchmal auch. Aber wir wissen alle, wie gefährlich das sein kann. Die Nazis haben so die Verwahrung von Volksfeinden legitimiert.«

»Was ist deiner Meinung nach wichtiger?«, forderte Priska Sommer ihre Chefin heraus. »Die Rechte eines Psychopathen oder der Schutz potenzieller Opfer? Denn eines sage ich dir: Rathgeb wird rückfällig werden.«

Sinje Venuti, beliebt wegen ihrer sachlichen Art, versuchte, die Situation zu entschärfen. »Natürlich muss der Staat Präventivmaßnahmen ergreifen, Priska. Aber nicht mittels Strafrecht. Eine Strafe ist und bleibt etwas Reaktives. Bereits die lebenslängliche Verwahrung ritzt an rechtsstaatlichen Grundsätzen.«

Brigitte Lüthy nickte zustimmend. »Der Europäische Gerichtshof für Menschenrechte in Straßburg hat einen Entscheid gegen die nachträgliche Sicherungsverwahrung in Deutschland gefällt. Es würde mich nicht erstaunen, wenn der Entscheid in Zukunft auch für uns Bedeutung erlangen würde.«

»Theoretische Überlegungen nützen Milena aber nicht viel«, fuhr Sinje Venuti fort. Sie wandte sich an ihre Kollegin. »Können wir dir irgendwie helfen?«

Milena versuchte zu lächeln. »Danke, aber ich wüsste nicht wie. Haltet Augen und Ohren offen. Gefangene sind die reinsten Klatschweiber. Ihr wisst, wie schnell Gerüchte in einem Gefängnis kursieren. Vielleicht erfahren wir so, wer es auf mich abgesehen hat.«

Milena verließ das Büro bereits um halb fünf. Um sechs Uhr war sie mit Matthias verabredet. Eigentlich hatte sie die verbleibende Stunde dazu nützen wollen, die neuen Bundesgerichtsentscheide zu studieren, doch sie konnte sich nicht konzentrieren. Hinter jedem Namen witterte sie eine Bedrohung, ihre Arbeit hatte plötzlich einen persönlichen Bezug bekommen. Sie sehnte sich nach der Distanz, die sie früher empfunden hatte. Die Schicksale hatten sie zwar nicht unberührt gelassen, sie hatten jedoch nichts mit ihr zu tun gehabt.

Seit sie um ihre Sicherheit bangte, wählte Milena jedesmal einen anderen Ausgang, damit ihr niemand auflauern konnte. Heute verließ sie das Gebäude beim Walchetor und schlug den Weg Richtung Central ein. Sie zwang sich, nicht über die Schulter zu schauen, blieb jedoch ab und zu stehen und gab vor, eine Auslage im Schaufenster zu betrachten. Aus dem Augenwinkel musterte sie die Passanten. Niemand fiel ihr auf. Obwohl sie keinen Appetit hatte, kaufte sie in einem italienischen Lokal einen Becher Zitronensorbet und setzte sich damit auf eine Bank, die neben dem Eingang für Gäste aufgestellt worden war und von wo sie das Kaspar-Escher-Haus im Blickfeld hatte. Sie wusste nicht, was sie sich davon erhoffte. Die Wahrscheinlichkeit, so den Schreiber der Drohbriefe zu entlarven, war gering.

Auf der schmalen Straße stauten sich die Fahrzeuge. Die Hitze verstärkte den Geruch von Abgas und verursachte Milena Kopfschmerzen. Dennoch blieb sie sitzen. Sie empfand dabei eine leise Genugtuung. Indem sie das Kaspar-Escher-Haus beobachtete, nahm sie eine aktive Rolle ein und gewann die Kontrolle über ihr Leben zurück. In den letzten Wochen war ihr diese entglitten. Sie reagierte oft emotional und hatte Mühe, klar zu denken. Das bekam vor allem Fanny zu spüren. Ein schlechtes Gewissen beschlich sie. Am Vorabend waren sie aneinandergeraten, weil Fanny so lange vor dem Fernseher gesessen war. Milena wusste, dass ihre Tochter nur ihre Sorgen zu vergessen suchte. Schon als kleines Kind hatte Fanny Märchen gehört, wenn sie sich schlecht fühlte. Tauchte sie in Geschichten ein, vergaß sie die Welt um sich herum. Milenas Wut war eigentlich nicht gegen Fanny gerichtet, sondern gegen den Drohbriefschreiber, der sie terrorisierte. Sie hasste ihn für das, was er ihnen antat.

Das Sorbet war geschmolzen. Milena warf den Becher in den Abfall. Während sie ihre Finger mit einem Feuchttuch reinigte, dachte sie daran, wie sie Fanny vor vielen Jahren Erdbeerglace aus den Ohren gewaschen hatte. Sie waren in Italien in den Ferien gewesen, Fanny hatte gerade erst schwimmen gelernt. Matthias versprach ihr ein Glace, wenn sie es wagte, ohne Schwimmflügel ins Becken zu springen. Eine Stunde lang war Fanny am Rand des Bads gestanden, bis sie endlich den Mut aufgebracht hatte zu springen. Nie würde Milena den Stolz auf ihrem Gesicht vergessen, als sie aufgetaucht war. Matthias hatte ihr ein Erdbeerglace gekauft, doch Fanny war so aufgeregt gewesen, dass sie kaum daran leckte. Stattdessen demonstrierte sie, wie sie nach oben geschwommen war. Sie merkte gar nicht, wie sie sich das Glace ins Gesicht, in die Haare und ins Ohr schmierte.

Heute schmunzelte Milena, wenn sie daran dachte. Damals aber hatte sie sich nicht amüsiert. Was gäbe sie nur dafür, die Zeit zurückdrehen zu können. Warum hatte sie immer alles so ernst genommen? Matthias hatte über den Vorfall gelacht, sie jedoch hatte Fanny ermahnt, anständig zu essen. Sie hatte nicht erkannt, wie kostbar der Moment war. Erst im nachhinein hatte sich ihr die Bedeutung erschlossen. Matthias war derjenige, der im Augenblick lebte, Milena die Praktische. Kein Wunder hing Fanny so an ihrem Vater.

Vielleicht hatte Matthias recht. Möglicherweise brauchte Fanny ihn mehr als sie. Bevor er ausgezogen war, hatten sie darüber diskutiert, wie sie das Besuchsrecht regeln sollten. Dass Milena das Haus verlassen und Matthias mit Fanny in Urdorf bleiben würde, wie er es sich wünschte, kam für sie nicht in Frage. Er war derjenige gewesen, der sie betrogen hatte. Er hatte das Leben der Familie auf den Kopf gestellt. Es genügte, dass ihre Ehe in die Brüche gegangen war, ihre Tochter wollte Milena nicht auch noch verlieren.

Matthias hatte ihre Argumente akzeptiert. Er schlug aber vor, dass Fanny die halbe Woche bei ihm und die andere Hälfte bei Milena wohnte. Milena war dagegen gewesen, Fanny fühle sich innerlich zerrissen, sie brauche einen ruhenden Pol. Milena hatte gehofft, ihr dies bieten zu können, nun fragte sie sich, ob sie egoistisch gewesen war. Sie hatte geglaubt, als Mutter einen besonderen Platz in Fannys Leben einzunehmen. Einen Platz, der, wie sie jetzt erkannte, Matthias gehörte.

Es war Matthias, bei dem Fanny Trost suchte, wenn sie traurig war. Ihm erzählte sie, was sie bedrückte, ihm vertraute sie Geheimnisse an. An Milena wandte sie sich nur, wenn sie etwas brauchte oder wenn es etwas zu organisieren gab. So war es immer gewesen. Bereits als Kleinkind hatte sich Fanny an ihren

Vater gekuschelt, wenn sie zu ihnen ins Bett gekrochen war. Milenas Nähe suchte sie lediglich, wenn sie sich krank fühlte. Oft hatte Milena Vater und Tochter um ihre Beziehung beneidet und sich gefragt, ob die Rollen anders verteilt wären, wenn Fanny ein Junge wäre. Oder lag es an ihr? War sie zu distanziert? Es war ihr immer schwer gefallen, Nähe zuzulassen.

Bei Matthias würde sich Fanny geborgener fühlen. Die Erkenntnis trieb Milena die Tränen in die Augen. Sie musste der Wahrheit aber ins Gesicht schauen, schließlich ging es um das Wohl ihres Kindes. Sie würde tun, was nötig war, um Fanny ein glückliches Leben zu ermöglichen. Und ein sicheres, dachte sie. Bei Matthias müsste Fanny nicht fürchten, von einem Gewalttäter belauert zu werden. Niemand würde sie aus Rache, oder um Milena einzuschüchtern, belästigen oder, noch schlimmer, verletzen.

Müde stand Milena auf. Sie kam nicht gegen das Gefühl der Ohnmacht an, das sie erfasste. Sie war dankbar, dass Matthias sie um ein Gespräch gebeten hatte. Sie brauchte jemanden, mit dem sie reden konnte. Egal, wie sie zueinander standen, was Fanny betraf, verfolgten sie das gleiche Ziel.

Er erwartete sie in einem Café am Ida-Platz. In Milena hatte sich alles gesträubt, ihn dort zu treffen. Sie wollte keinen Einblick in sein neues Leben erhalten, noch schmerzte der Verlust zu sehr. Doch sie hatte eingewilligt, weil Fanny Teil dieses Lebens war. Als sie nun durchs Quartier spazierte, erinnerte sie sich an Fannys Schilderungen. Sie sah die Papeterie, die Bastelmaterial im Stil der Siebzigerjahre verkaufte. Fanny hatte von den Papierbögen geschwärmt, auf denen Kleidungsstücke vorgezeichnet waren, die zu einer Kartonpuppe passten. Eigentlich war sie zu alt dafür, doch in letzter Zeit interessierte sie sich oft für Dinge, mit denen sie sich früher beschäftigt hatte. Milena kam auch am Brockenhaus vorbei, in dem Fanny eine Vase gekauft hatte, damit Matthias einen Blumenstrauß ins Wohnzimmer stellen konnte. Im Sommer besorgte Milena jede Woche frische Blumen. Sie hatte nicht gewusst, dass sie Fanny etwas bedeuteten, vermutlich vermittelte ihr der vertraute Anblick aber Sicherheit. Matthias hatte ihr bei der Wahl der Vase freie Hand gelassen, und Fanny hatte sich viel Zeit genommen, bevor sie eine Entscheidung getroffen hatte. Sie hatte Milena sogar gefragt, ob weißes Porzellan zu ihm passe. Milena hatte ihr die Freude nicht verderben wollen, doch sie hatte ihre Skepsis nicht ganz unterdrücken können. Sie versicherte jedoch, Matthias nehme es nicht so genau mit dem Stil. Als ihr das Gespräch später durch den Kopf ging, stellte sie fest, dass sie gar nicht wusste, wie Matthias seine Wohnung eingerichtet hatte. Sie hatte es noch nicht über sich gebracht, sie zu betreten.

Sie sah ihn sofort. Er saß an einem der äußeren Bistrotische, vor sich eine Zeitung und ein Bier. Er trug ein tomatenrotes T-Shirt, das Milena noch nie gesehen hatte. Er kam ihr darin fremd vor. Es war nicht der Matthias, mit dem sie einundzwanzig Jahre ihres Lebens geteilt hatte. Sie blieb kurz stehen, um ihn in Augenschein zu nehmen, und fragte sich, wie er auf andere wirkte. Attraktiv, dachte sie. Eifersucht regte sich in ihr. Automatisch ging ihr Blick zu seinem Ringfinger. Er trug seinen Ehering nicht mehr.

Milena verspürte den Impuls, den eigenen Ring abzustreifen. Warum sie es noch nicht getan hatte, wusste sie nicht. Plötzlich stieg Wut in ihr auf. Als sie Matthias eröffnet hatte, sie wolle sich von ihm trennen, hatte er sich aufgeführt, als käme er nie darüber hinweg. Offenbar hatte er das Ende der Ehe bestens verkraftet.

»Lena!« Er erhob sich, als er sie sah.

Er war der Einzige, der sie Lena nannte. Sie versuchte zu lächeln.

»Schön, dich zu sehen«, sagte er. »Was kann ich dir bestellen?«

»Seit wann trinkst du Bier?«, fragte sie.

Er zuckte die Schultern. »Bei dieser Hitze ist es genau das Richtige. Möchtest du auch eines?«

»Lieber ein Mineralwasser.« Milena nahm Platz. Ihr fiel auf, wie braun er war. Zu Hause hatte er ganze Sonntage in seinem Büro verbracht. Um Schulstunden vorzubereiten, hatte er erklärt. Jetzt fragte sie sich, womit er wirklich beschäftigt gewesen war.

Nachdem er ein Mineralwasser und ein zweites Bier bestellt hatte, beugte er sich vor. Er hob die Hand, um sie zu berühren, hielt aber plötzlich inne, als er merkte, dass die Geste zu intim war. »Danke, dass du gekommen bist«, sagte er, die Hände gegeneinander reibend. »Wie geht es dir?«

»Ich dachte, wir wollten über Fanny reden.«

»Direkt zur Sache, wie immer.« Es klang vorwurfsvoll.

Milena seufzte. »Wie soll es mir schon gehen? Es hat keinen Zweck, darüber zu sprechen. Ich mache mir Sorgen um Fanny.«

Sie erwartete, dass Matthias ihre Ängste bagatellisieren würde, doch zu ihrer Überraschung nickte er bedrückt.

»Ich mir auch. Hat sie dir von Freitagnacht erzählt?«, fragte er.

»Nur, dass sie alleine einkaufen ging, was ich übrigens in der jetzigen Situation absolut unverantwortlich finde!«

Die Bedienung brachte die Getränke. Matthias wartete mit zusammengepressten Lippen, bis sie gegangen war. »Fanny ist so eingeschüchtert, dass sie sich kaum mehr etwas zutraut. Wenn wir sie weiterhin so behandeln, wagt sie bald nicht mehr zu atmen. Damit tun wir ihr keinen Gefallen.«

»Natürlich nicht, aber solange ein Irrer es auf sie abgesehen hat, müssen wir Schutzmaßnahmen ergreifen.«

»Die Drohungen sind an dich gerichtet, nicht an Fanny! Selbstverständlich bin ich wachsam. Aber ich glaube nicht, dass sie bei mir in Gefahr ist.«

Obwohl Milena den gleichen Gedanken gehabt hatte, tat es weh, ihn ausgesprochen zu hören. Erneut füllten sich ihre Augen mit Tränen. Was war heute nur mit ihr los? Matthias streckte seine Hand aus, diesmal legte er sie auf ihren Arm.

»Lena«, sagte er leise. »Es tut mir so leid. Das wollte ich nicht. Wirklich nicht!«

Milena zuckte zurück. »Was war Freitagnacht?«

Er zögerte. »Sie hat das Bett genässt.«

»Genässt?«, wiederholte Milena ungläubig. »Das hat sie seit Jahren nicht mehr gemacht!«

Matthias nickte. Auch seine Augen glänzten feucht. »Wenn ich gewusst hätte …«

»Hör auf! Das hättest du dir früher überlegen sollen! Reden wir lieber darüber, wie es weitergeht.«

»Weiß die Polizei immer noch nicht, wer dahintersteckt?«

Stumm schüttelte sie den Kopf.

»Bald sind Sommerferien. Was wirst du tun?«

»Ich habe zwei Wochen frei, wir fahren nach Wildhaus.«

»Fanny hat es bei Carla noch nie gefallen.«

»Ich würde auch lieber ans Meer fahren! Aber das liegt dieses Jahr schlicht nicht drin«, antwortete sie mit schneidender Stimme. »Um Jasmin Meyer zu bezahlen, musste ich meine Reserven anzapfen. Darüber möchte ich übrigens noch mit dir reden. Ich finde, du könntest dich an den Kosten beteiligen.«

»Und wie stellst du dir das vor? Neben den Alimenten?«

»Ist dir das Leben deiner Tochter so wenig wert?« Kaum waren ihr die Worte entschlüpft, wusste Milena, dass sie ungerecht war. Matthias zahlte nicht nur Alimente, er kam auch für die Hypothekarzinsen auf. Sie hatten sich ohne Anwälte geeinigt, was ihm Milena hoch anrechnete.

»Entschuldigung.« Sie atmete tief ein. »Ich bin mit den Nerven völlig am Ende.«

»Das ist verständlich.« Matthias schlug einen versöhnlichen Ton an. »Du machst zurzeit einiges durch. Natürlich will ich helfen. Ich habe eine bessere Idee. Was hältst du davon, wenn Fanny die Sommerferien bei mir verbringt? Du könntest deine Ferien tageweise einziehen, wenn die Schule wieder beginnt. So würdest du Betreuungskosten sparen. Jasmin Meyer bräuchte es nicht mehr.«

Milena starrte ihn an. »Fanny soll die ganzen Ferien bei dir verbringen?«

»Sie kann an den Wochenenden nach Urdorf fahren, wenn du möchtest. Die selbe Regelung wie jetzt, einfach umgekehrt.«

Milena versuchte, sich die fünf Wochen vorzustellen. Allein der Gedanke an die Leere im Haus schnürte ihr die Kehle zu. Andererseits war es nicht fair, ihrem Kind die Verantwortung für ihr Glück aufzubürden. Matthias hatte recht, Fanny würde sich in Wildhaus nur langweilen. Mit ihr in Urdorf zu bleiben, wagte Milena nicht. Sie würde sie nicht aus den Augen lassen können, was unweigerlich zu einer Katastrophe führen würde. Nach wenigen Tagen lägen sie sich in den Haaren. In Zürich hingegen könnte sich Fanny frei bewegen.

Langsam nickte sie. »Das wäre eine gute Lösung. Danke.«

Sie ertappte sich dabei, wie sie an ihrem Ehering drehte.

17

Es war heiß im Anwaltszimmer der Justizvollzugsanstalt Pöschwies. Der Schweiß rann Pal in dicken Tropfen herunter und sammelte sich in seinem Hosenbund. Fast bereute er, Anzug und Krawatte zu tragen, aber ohne kam er sich schutzlos vor. Die formelle Kleidung half ihm, seine Gefühle auszuschalten. Dennoch verspürte er den Drang, Eric Laupper Versprechungen zu machen, die er nicht erfüllen konnte, denn in den Augen seines Klienten sah Pal etwas, das nicht hätte dort sein dürfen: Resignation. Jakob Reichlins Worte hallten in Pals Kopf: »Wenn einer die Arschkarte gezogen hat, dann er.« Trotzdem, oder gerade deswegen, wollte Pal bis zum Letzten gehen. Doch Laupper weigerte sich mitzumachen.

Pal beugte sich vor. »Die Chancen, mit einer Verfassungsbeschwerde durchzukommen, sind zwar gering, aber intakt. Ich würde die Verletzung verfassungsmäßig garantierter Rechte geltend machen.« Er bemühte sich, optimistisch zu klingen, obwohl er keine großen Hoffnungen hegte, dass das Bundesgericht zu einem anderen Urteil käme als das Verwaltungsgericht. Eric Laupper galt als gemeingefährlich. Pal würde argumentieren, die Würdigung des Gutachtens sei willkürlich. Er würde Lauppers Gefährlichkeit für Dritte bestreiten und darauf hinweisen, dass sie im Widerspruch zu den Äußerungen der Vollzugsbehörden stehe. Sowohl Lauppers Sozialarbeiter, der Werkmeister als auch der Gruppenleiter lobten ihn. Die Justizdirektion hatte nicht ausgeführt, worin die konkrete Gefahr für Dritte bestand, damit hatte sie ihre Begründungspflicht verletzt. Allerdings wusste Pal, dass er kaum durchkäme, solange sich Laupper weigerte, sein Delikt und die Suchtproblematik therapeutisch aufzuarbeiten. Die Behörden interpretierten die Haltung des Gefangenen als mangelnde Bereitschaft, sich mit seiner Tat auseinanderzusetzen. Auch die Fachkommission, die bei gemeingefährlichen Tätern hinzugezogen wurde, hatte in ihrem Bericht geschrieben, Laupper sei in eine Therapie einzubinden.

Obwohl Pal die Verknüpfung von Therapie und Urlaub problematisch fand, hielt sie vor dem Willkürverbot stand. Er hatte mehrere Bundesgerichtsentscheide ausgegraben, die dies bestätigten. Die Richter begründeten ihre Ansicht damit, dass der Gefangene eine gesetzliche Mitwirkungspflicht habe. Wenn er Vollzugslockerungen wolle, müsse er dazu beitragen, das Rückfallrisiko zu verringern. Konkret bedeutete das, einer Therapie zuzustimmen.

Laupper schüttelte den Kopf.

»Möchten Sie es sich noch einmal überlegen?«, fragte Pal. »Wir müssen heute nichts entscheiden. Wir haben noch Zeit.«

»Ich habe keine Zeit mehr.«

»Wie meinen Sie das?«

Laupper antwortete nicht. Ein Schweißfilm bedeckte sein Gesicht, die Haut wirkte käsig. Über seine Krankheit sprach er selten, was Pal nicht störte. Er respektierte das Bedürfnis seines Klienten nach Privatsphäre. Es gab nicht viel, das Laupper sein Eigen nennen durfte.

»Wir könnten ein neues Gutachten beantragen«, schlug Pal vor. »Damit …«

»Kommt nicht in Frage!«

Pal hob die Hände als Zeichen der Kapitulation. »Es ist nur ein Vorschlag. Ein Gericht braucht eine Entscheidungsgrundlage. Ihre Rekurse werden abgewiesen, weil die Richter die Gefahr eines Rückfalls nicht einschätzen können.«

»Und was, glauben Sie, wird in einem Gutachten über mich stehen?« Jetzt war es Laupper, der sich vorbeugte. »Dass ich mich verändert habe?«

Pal verspürte den Drang zurückzuweichen, blieb aber reglos sitzen.

Angewidert schüttelte Laupper den Kopf. »Sie haben ja keine Ahnung.«

»Dann erklären Sie es mir.«

Laupper ließ sich gegen die Stuhllehne fallen. »Vergessen Sie es.«

»Ich weiß, was Sie von Gutachtern halten. In vielen Punkten gebe ich Ihnen recht. Mir gefällt es weder, dass diese Gespräche ohne Verteidiger stattfinden, noch, dass ich keinen Zugang zu den Aufzeichnungen habe. Ich weiß auch, wie schwierig es ist, eine vorgefasste Meinung zu ändern. Und dass ein Psychiater nie ganz neutral sein kann, ist mir ebenfalls bewusst. Werte und Erfahrungen sowie die eigene Weltanschauung spielen immer eine Rolle. Aber ein Gutachten, das sich auf ein persönliches Gespräch stützt, kann in Ihrem Fall nur besser ausfallen als ein reines Aktengutachten. Wenn Sie mitmachen, haben Sie zumindest den Hauch einer Chance.«

Laupper schnaubte. »Sie sind noch naiver, als ich dachte! Wissen Sie, wer diese Gutachten macht? Der Psychiatrisch-Psychologische Dienst. Da steht zwar irgendwo geschrieben, ein Gutachten müsse durch einen externen Psychiater gemacht werden, aber das kümmert keinen beim Amt für Justizvollzug. Sie haben sich dort eine clevere Ausrede zurechtgelegt. Wenn man sie darauf anspricht, heißt es, die Mitarbeiter des PPD verfassen die Gutachten in ihrer Freizeit. Ha! Als würden sie sich nach Arbeitsschluss in andere Wesen verpuppen! Für wie blöd halten die einen? Dieselben Psychiater haben auch das Computerprogramm erfunden, das die Behörden anwenden, um Rückfallrisiken zu berechnen. Und als wäre das nicht genug, machen sie hier im Gefängnis noch Therapien! Das Ganze ist ein riesiger Filz. Jeder kennt jeden. Und Sie glauben, dagegen hätte ich eine Chance?«

»Die Machtkonzentration ist beängstigend«, gestand Pal. »Da bin ich Ihrer Meinung.« Er wies Laupper nicht darauf hin, dass ein Gutachter nie gleichzeitig Therapeut eines Insassen war. Stattdessen fragte er, ob Laupper seine Weigerung, eine Therapie zu machen, nicht überdenken wolle.

»Sie kapieren überhaupt nichts«, seufzte Laupper. »Kein Verwahrter kommt hier je raus. Da nützt es auch nichts, wenn ich die Hose vor denen runterlasse. Außerdem bin ich nicht krank! Ich habe Mist gebaut. Das macht mich noch lange nicht zum Psycho.«

In dieser Beziehung teilte Pal Lauppers Einschätzung. Hinzu kam, dass er an der Wirksamkeit der Therapien zweifelte. Trotz Nachforschungen hatte er noch keine überzeugende Studie gefunden, die bewies, dass die Rückfallgefahr durch eine Therapie tatsächlich gesenkt werden konnte. Immer gab es auch eine gegenteilige Meinung. Einige Wissenschaftler sahen es als erwiesen an, dass deliktorientierte Therapien Erfolge zeitigten, andere behaupteten, die Anzahl Probanden, die in den vorhandenen Studien untersucht wurden, sei zu gering, um Schlüsse zu ziehen. Zudem bemängelten sie die Selektionskriterien. Für Pal war nur etwas erwiesen: Je weniger Gefangene entlassen wurden, desto tiefer war die Rückfallquote. Gut möglich, dass die sogenannten Erfolge bloß Auswirkungen der restriktiveren Vorgehensweise der Behörden waren. Doch er wollte Lauppers Misstrauen nicht weiter schüren. Auch wenn er die Einstellung seines Klienten verstand, blieb diesem nichts anderes übrig, als mitzuspielen. Verweigerte er die Zusammenarbeit, würde er bis an sein Lebensende im Gefängnis bleiben.

Laupper schüttelte den Kopf. »Ich sehe Ihnen an, was Sie denken. Ich mache nicht mit. Lieber verrotte ich hier!«

»Was haben Sie zu verlieren?«, fragte Pal.

»Ich will meine Ruhe. Kennen Sie den Gimeno?«

Pal schüttelte den Kopf.

»Francisco Gimeno. Verwahrt. So lange im Knast wie ich. Hat sich die Zunge in Therapiestunden wundgeredet. Neun Jahre lang. Hat ihm alles nichts gebracht. Wenn der Gutachter nicht garantiert, dass du geheilt bist, bleibst du drin. Eines Tages kriegte Gimeno Ärger. Wurde deshalb in eine andere Anstalt versetzt. Irgendwo in die Innerschweiz. Weit weg vom PPD und dem ganzen Filz. Und plötzlich hieß es, er sei gar nicht gefährlich. Heute ist er draußen. Wäre er nicht versetzt worden, würde er hier verrotten. So sind sie, die Zürcher. Daraus gelernt haben sie aber nichts.«

»Das Beispiel zeigt, dass es sich lohnt zu kämpfen«, wandte Pal ein.

»Wenn ich weiterkämpfe, machen sie mir das Leben zur Hölle! Ich hätte nie auf Reichlin hören sollen. Er hat mir geraten, Beschwerde bei der Justizdirektion einzureichen. Und was habe ich nun davon? Da, schau!« Er nahm ein gefaltetes Blatt aus der Hosentasche und knallte es auf den Tisch.

Pal öffnete es. Es handelte sich um eine Vorladung der Kantonspolizei. Zuerst begriff er nicht, was er las: Die Gewaltschutzabteilung wollte Laupper in Zusammenhang mit einer Drohung befragen. Erst als Pal den Namen des Sachbearbeiters las, schöpfte er Verdacht. Rainer Kälin war der Polizist, der im Fall Milena Herzog ermittelte. Fassungslos starrte Pal auf das Blatt.

»Sehen Sie!«, sagte Laupper. »Genau das meine ich. Die stecken alle unter einer Decke! Wenn man einmal als gefährlich bezeichnet wird, ist man fürs ganze Leben abgestempelt!«

Jasmins Handy vibrierte. Sie nahm es nicht hervor. Sie konzentrierte sich auf Fanny, die vor ihr kniete und über ein Stück Stoff strich, das sie aus einer Schachtel gezogen hatte. Sie waren in den Keller gegangen, um eine Schraube zu suchen, weil der Stuhl in Fannys Zimmer wackelte. Die Werkzeugkiste hatten sie nicht gefunden, dafür eine Schachtel mit Material, das vom Bau einer Baumhütte übriggeblieben war. Als Fanny die Teppichresten, Stofffetzen und Keramikplatten entdeckt hatte, war sie vor der Schachtel auf die Knie gesunken und hatte sie wie in Trance ausgeräumt.

»Die Kacheln haben Papi und ich an eine Wand geleimt, damit es dort wie in einer Küche aussah«, erzählte sie.

Jasmin lächelte ermutigend. Es war das erste Mal, dass Fanny ihr etwas anvertraute.

»Wir haben auch einen Teppich verlegt, aber der Regen drang durchs Dach. Es war immer feucht. Ich habe nie dort geschlafen.«

»Wo stand die Hütte?«

»Im Wald, beim Bonzenhügel, ganz weit oben. Ich weiß nicht, ob noch etwas von ihr übrig ist. Ich war schon ewig nicht mehr dort.« Sie richtete sich auf. »Jetzt bin ich sowieso zu alt für Hütten.«

»Ich habe meine erste Hütte mit vierundzwanzig gebaut«, sagte Jasmin.

Fanny warf ihr einen zweifelnden Blick zu.

»Im Ernst! Als Kind ging ich nie in den Wald. Ich war eine richtige Städterin, die Natur habe ich erst viel später entdeckt. Eine Zeitlang habe ich sogar Überlebensseminare für Manager und andere Führungskräfte geleitet.«

»Echt?«

»Ja. In Extremsituationen lernst du viel. Wenn du drinsteckst, fühlst du dich fürchterlich, aber danach merkst du, dass sie dich weitergebracht haben. Um das zu erleben, zahlen einige Menschen eine Menge Geld.«

»Du hast Geld dafür bekommen, dass du Hütten gebaut hast?«

Jasmin hatte Fanny das Du angeboten. Bis jetzt hatte das Mädchen es aber vermieden, sie direkt anzusprechen. »Eher dafür, dass ich andere dazu brachte, selber Hütten zu bauen«, erklärte sie.

Fanny dachte über die Worte nach. »Warum haben sie es nicht von sich aus gemacht?«

»Weil der Mensch dazu tendiert, den einfachsten Weg zu gehen, wenn man ihn lässt. Auszubrechen braucht Mut.« Sie zögerte, unsicher, ob sie zu weit ging. »Was deine Eltern gemacht haben, braucht ebenfalls Mut. Eine Trennung ist für alle Beteiligten schwierig.«

Fanny senkte den Blick. Sie nahm eine Vorhangschiene in die Hand und fuhr mit dem Finger der Kante entlang. Hinter einer Kiste raschelte etwas. Die Geräusche im Keller klangen dumpf, als hätten sie keinen Platz, sich auszubreiten. Plötzlich fühlte sich Jasmin eingeengt, ihr war, als spüre sie die Erde, die gegen die Betonwände drückte.

Fannys Kinn zitterte. Die Knöchel der Hand, die die Vorhangschiene hielt, traten weiß hervor. Obwohl Fanny dagegen ankämpfte, rann ihr eine Träne übers Gesicht. Rasch wischte sie sie weg. Jasmin fragte sich, warum das Mädchen solche Mühe hatte, die Trennung der Eltern zu akzeptieren. Es war nie einfach, wenn sich geliebte Menschen stritten, doch Milena und Matthias Herzog schafften es, trotz ihrer Schwierigkeiten anständig miteinander umzugehen und das Wohlergehen ihrer Tochter im Auge zu behalten. Außerdem stand Fanny an der Schwelle zur Pubertät. Ihr Leben bestand aus mehr als Eltern. Reagierte sie nicht erstaunlich heftig?

Es tat Jasmin weh, sie so zu sehen. Fanny wirkte verzweifelt. Gerne hätte Jasmin die Arme um sie gelegt, doch sie fürchtete, ihr zu nahe zu treten und das Vertrauen, das langsam zwischen ihnen wuchs, zu zerstören. Deshalb verharrte sie reglos, bis das Mädchen sich wieder gefasst hatte.

»Was hältst du davon, wenn wir vor dem Geräteturnen eine kleine Runde mit der Monster drehen?«, fragte sie, nachdem Fanny die Schachtel mit Baumaterial verstaut hatte.

Ein schwaches Lächeln stahl sich auf Fannys Gesicht. »Meine Mutter mag es nicht, wenn ich mit dem Motorrad fahre.«

»Aber sie hat es dir nicht verboten.« Jasmin zwinkerte Fanny zu.

»Darf ich auch mal lenken?«

»Die Monster ist ziemlich schwer, und auf der Straße darf man sich nicht den kleinsten Fehler erlauben. Aber mein Freund fährt Supermotorennen. Er hat zwei leichtere Maschinen, die einfacher zu handhaben sind. Wenn du möchtest, können wir mit ihm einmal auf eine Kartstrecke gehen.«

»Was ist ein Supermotorennen?«

»Ein Rennen mit Supermotos. Das ist eine spezielle Art von Motorrad«, erklärte Jasmin. »In der Regel sind es umgebaute Einzylinder-Maschinen. Sie sehen aus wie Enduros oder Motocrosser, aber …« Sie bemerkte Fannys fragenden Blick. »Eine Enduro-Maschine ist fürs Gelände gemacht. Leicht und wendig, aber nicht so praktisch in der Stadt. Deshalb hat man sie umgebaut. Supermotos haben breitere Felgen und fahren auf Slicks.« Erneut hielt sie inne. »Du verstehst kein Wort.« Sie schüttelte den Kopf. »Mädchen, du hast eine gewaltige Bildungslücke. Komm mit.«

Sie verließen den Keller und traten ins Freie. Eine Nachbarin winkte Fanny zu. Höflich grüßte sie zurück. Aus der Tasche ihrer Monster nahm Jasmin eine Dichtung, die sie auf dem Weg nach Urdorf bei ihrem Ducatihändler in Altstetten geholt hatte. Sie breitete ihr Werkzeug auf dem Boden aus und erklärte Fanny die Hauptbestandteile des Motors und deren Funktionen.

»Die Dichtung am Deckel der Lichtmaschine gammelt vermutlich, deshalb muss ich sie ersetzen. Wenn ich schon den Motorspoiler entferne, will ich mir auch noch die Antriebskette anschauen. Ist dir aufgefallen, dass es beim Fahren rasselt?«

Fanny schüttelte den Kopf.

»Da ist eindeutig etwas locker. Eine Kette lässt sich leicht nachspannen. Als Erstes müssen wir aber die Monster auf die rechte Seite legen, sonst läuft Öl heraus, wenn ich sie auseinander nehme. Hilfst du mir?«

Zusammen legten sie das Motorrad ins Gras. Anschließend reichte Jasmin Fanny einen Schraubenzieher und zeigte ihr, welche Schrauben sie herausdrehen musste. Fanny hielt das Werkzeug so ungeschickt, dass Jasmin die Versuchung verspürte wegzuschauen. Es dauerte fast eine Viertelstunde, bis alle Schrauben entfernt waren.

»Sehr gut. Jetzt siehst du den Deckel schon. Schau, das ist dieses Teil hier, zwischen den zwei Rohrstücken.« Jasmin rüttelte daran. »Hast du vielleicht einen Gummihammer?«

Fanny sah sie an, als habe sie einen Witz gemacht. »Einen Hammer aus Gummi?«

»Du hast bestimmt schon mal Heringe in den Boden geschlagen. Dazu benutzt man einen Gummihammer oder einen Stein. Einen solchen Hammer brauche ich.«

»Was ist ein Hering?«

Jasmin unterdrückte einen Seufzer. Plötzlich stand Fanny auf und rannte davon. Verblüfft sah ihr Jasmin nach. Bevor sie sich überlegen konnte, ob Fanny gekränkt war, weil sie ihre Ungeduld gezeigt hatte, kehrte das Mädchen mit einem Paar Rollerblades zurück. Sie deutete auf den Bremsklotz.

»Der ist aus Gummi. Kannst du damit hämmern?«

Jasmin grinste. »Klar. Super Idee.«

Fanny strahlte. Aufmerksam sah sie zu, wie Jasmin gegen den Deckel klopfte, bis er sich löste. Als Jasmin ihr die alte Dichtung reichte, untersuchte Fanny die brüchige Stelle. Sie merkte nicht, wie sie die öligen Hände an der Hose abwischte. Jasmin konnte sich vorstellen, was Milena dazu sagen würde. Nur zu gut erinnerte sie sich an die lauten Seufzer ihrer eigenen Mutter, wenn sie die schmutzige Wäsche ihrer drei Kinder mit Kernseife einrieb, in der Hoffnung, die Flecken würden zumindest verblassen, wenn auch nicht ganz ausgehen.

Jasmin wartete, bis Fanny die Schrauben wieder eingedreht hatte. Erneut vibrierte ihr Handy. Da sie keinen Lappen hatte, um sich die Hände abzuwischen, ignorierte sie es. Sie mussten sich beeilen, damit Fanny rechtzeitig ins Geräteturnen kam. Den Stuhl würden sie nächstes Mal reparieren. Plötzlich kamen ihr Fannys Hausaufgaben in den Sinn. Jasmin hatte vergessen zu fragen, ob sie sie erledigt hatte. Als sie Fanny darauf ansprach, nickte sie.

»Ich musste nur einen Aufsatz verbessern.« Fanny stand auf und musterte die Monster, sichtlich zufrieden mit ihrer Arbeit. »Willst du ihn lesen?«

»Den Aufsatz?«, fragte Jasmin überrumpelt.

»Ja.«

Erwartete sie etwa, dass Jasmin ihn korrigierte? Jasmin schloss kurz die Augen. Jetzt schämte sie sich bereits vor einem Kind! Hatte sie den letzten Rest Selbstachtung verloren?

»Sorry«, räusperte sie sich. »Vielleicht ein anderes Mal. Wir müssen vorwärtsmachen, sonst kommst du noch zu spät ins Geräteturnen.«

Fanny nickte und ging ins Haus. Während sie sich wusch und umzog, deckte Jasmin den Tisch. Sie dachte an ihre Worte im Keller. In schwierigen Situationen wuchsen Menschen über sich hinaus. Sie wünschte sich, die eigenen Stärken endlich wieder mobilisieren zu können.

In Leggins und einem engen Top hüpfte Fanny die Treppe herunter. Plötzlich ahnte Jasmin, wie sie früher gewesen war, bevor die Trennung der Eltern und die Drohbriefe sich wie eine Last auf ihre schmalen Schultern gelegt hatten. Unweigerlich musste sie lächeln. Sie schnitt die Aprikosenwähe an und hielt Fanny ein Stück hin. Fanny starrte auf ihre Hand.

»Nimm! Oder hast du keinen Hunger?«

»Wo sind die Teller?«

»Teller?«, wiederholte Jasmin. »Es gibt nur Wähe.«

Kichernd nahm Fanny das Stück und biss hinein. Jasmin bediente sich ebenfalls. Sie verzog das Gesicht, als sie eine saure Aprikose schluckte, und holte aus der Küche die Zuckerdose. Fanny riss ungläubig die Augen auf, als Jasmin ihr Wähenstück mit Zucker bestreute. Eine Weile aßen sie schweigend, dann griff Fanny plötzlich nach dem Löffel und folgte Jasmins Beispiel.

»Wir müssen los«, sagte Jasmin und stopfte sich den Rest der Wähe in den Mund. Kauend schob sie das Blech in den Kühlschrank, wischte sich mit dem Handrücken über den Mund und holte ihre Motorradstiefel. Während Fanny in den Overall schlüpfte, den Pal ihr geliehen hatte, schloss Jasmin die Fenster. Sie hatte im Erdgeschoss einige zusätzliche Sicherheitsvorkehrungen getroffen, sie überprüfte die neuen Riegel und rüttelte an den Griffen. Es war zwar nicht unmöglich einzudringen, aber ziemlich aufwendig.

Das Geräteturnen fand dienstags in der Kantonsschule und donnerstags in der Zentrumsanlage »Spitzacker« statt. Den »Spitzacker« hatte Jasmin bereits von außen unter die Lupe genommen, zur Anlage gehörten ein Hallenbad, ein Pub und einige Geschäfte. Das Zentrum war zwar belebt, da sich dort aber manchmal gelangweilte Jugendliche herumtrieben, sah es Milena nicht gern, wenn Fanny abends alleine zur Turnhalle ging.

In der Kantonsschule war Jasmin noch nie gewesen. Milena

hatte ihr erzählt, dass sich vor einigen Jahren Baracken in der Nähe befunden hatten, die Obdachlosen als Notschlafstelle dienten. Sie waren längst weg, aber der schlechte Ruf blieb an der Gegend hängen. Jasmin wartete deshalb vor der Garderobentür, während Fanny ihren Overall abstreifte und die Geräteschuhe anzog. Als Fanny herauskam, war sie in ein Gespräch mit einem gleichaltrigen Mädchen vertieft. Sie hob kurz die Hand, um Jasmin zuzuwinken, und verschwand in der Turnhalle.

Mit Milena hatte Jasmin vereinbart, dass sie nach Hause gehen konnte, wenn das Turnen begann. Doch Jasmin war nicht wohl bei der Vorstellung, Fanny unbeaufsichtigt zu lassen. Sie warf einen Blick in die Turnhalle. In der Mitte standen zwei Stufenbarren, unterlegt mit Matten. Ein Mann um die fünfzig mit Millimeterschnitt und Stiernacken ließ die Ringe von der Decke herunter. Als Jasmin sah, dass sich keine weiteren Erwachsenen in der Halle befanden, wurde ihr klar, dass es sich um den Sportlehrer handeln musste. Ein ungutes Gefühl beschlich sie. Aus unerfindlichen Gründen hatte sie angenommen, eine Frau würde unterrichten. Vielleicht, weil hauptsächlich Mädchen das Geräteturnen besuchten. In ihren engen Kleidern sahen sie ungeschützt, fast nackt aus. Jasmin versuchte, den Ausdruck des Sportlehrers zu deuten. Verharrte sein Blick länger als nötig auf einem der Kinder? Brauchte das Mädchen mit dem dunklen Pferdeschwanz wirklich Hilfe, um sich auf den Barren zu schwingen? Jasmin atmete kaum, während sie den Reißverschluss ihrer Jacke öffnete und den Helm auf den Boden legte. Sie würde sich nicht rühren, bis Milena kam.

18

Valentin Schaufelberger gab sich keine Mühe, seine Überraschung zu verbergen. Zwar spielte er jeden Donnerstagabend mit Pal Squash, dazwischen sahen sie sich jedoch selten. Beiden fehlte die Zeit. Seit zwei Jahren führte Valentin den Oldtimer-Handel seiner Familie. Nach dem Rückzug aus der Arbeitswelt hatte ihm sein Vater nicht nur die Firma, sondern auch das Elternhaus überlassen, das sich auf dem gleichen Grundstück befand. So war es Valentin trotz der langen Arbeitszeiten möglich, mit seiner Frau und den beiden Kindern zu Abend zu essen, bevor er ins Büro zurückkehrte, um sich den Aufgaben zu widmen, für die er tagsüber keine Zeit fand.

Früher hatte Pal mindestens einmal im Monat den Sonntag mit Valentin und Sylvie verbracht. Seit er mit Jasmin zusammen war, kam er nur noch selten vorbei. Sylvie und Jasmin hatten keine gemeinsamen Interessen. Wenn Valentin und Pal in der Garage verschwanden, schloss sich Jasmin meistens ihnen an. Sylvie blieb zurück und kümmerte sich um das Essen. Valentin gegenüber hatte sie gestanden, dass sie sich ausgeschlossen fühle.

»Pal! Das ist eine Überraschung!« Valentin klopfte ihm auf die Schulter. »Komm rein. Wir haben gerade gegessen, aber es hat noch etwas Risotto übrig. Max! Schau mal, wer da ist!«

Sein Sohn kam um die Ecke gerannt, »Pali!« schreiend.

Pal breitete seine Arme aus und fing sein Patenkind auf. Er schwang Max im Kreis herum und drückte ihm einen Kuss aufs Ohr. Sylvie eilte ihnen entgegen, einen feuchten Lappen in der Hand.

»Einen Moment! Her mit den Händen, junger Mann!«

Max streckte ihr beide Hände entgegen. Nachdem Sylvie

sie gesäubert hatte und ihm mit dem Lappen übers Gesicht gefahren war, wandte sie sich lächelnd an Pal.

»Das ist wirklich eine Überraschung!« Sie hielt nach Jasmin Ausschau.

Pal schüttelte leicht den Kopf. Valentin entgingen weder der harte Zug um seinen Mund noch seine steife Haltung. Auch Sylvie bemerkte die Veränderung.

»Zeit fürs Pyjama, Max«, verkündete sie. »Heute kann Pal nicht spielen. Er muss mit Papa reden.«

Enttäuschung breitete sich auf dem Gesicht des Jungen aus. Er packte Pal an den Ohren und kniff die Augen zusammen, als könne er sich auf diese Weise unsichtbar machen.

Pal verstrubbelte ihm die Haare. »Was hältst du davon, wenn ich dich heute ins Bett bringe, Kumpel?«

Sylvie berührte ihn am Arm. »Das ist nicht nötig. Ich mach das schon. Du siehst müde aus.« Sie streckte die Hände nach ihrem Sohn aus.

»Nein, ich will Pali!«, rief Max.

Pal zuckte lächelnd die Schultern. »Die Sache scheint entschieden. Halt dich fest, Maxi!« Er schwang ihn auf den Rücken, ließ sich auf die Knie fallen und steuerte die Treppe an. Max kreischte vor Vergnügen.

Valentin blickte ihnen schmunzelnd nach. Manchmal fragte er sich, wie Pals Leben aussähe, wenn er noch mit Mira zusammen wäre. Vermutlich hätte er selbst Kinder. Vielleicht würden sie die Wochenenden gemeinsam mit ihren Familien am See verbringen, dort baden oder grillieren, und die Abende bei einem Glas Wein auf der Terrasse ausklingen lassen. Sylvie und Mira hatten sich gut verstanden. Sie trafen sich heute noch ab und zu in der Stadt zum Mittagessen.

Als Pal Jasmin kennengelernt hatte, hatte Valentin ihn beneidet. Sie war voller Energie und von einem Lebenshunger erfüllt gewesen, den Valentin nur zu gerne gestillt hätte. Sylvie litt nach der Geburt von Max an Schlafmangel, eineinhalb Jahre später hatte ihr eine Fehlgeburt schwer zu schaffen gemacht. Valentin hatte Pal um die unbeschwerte Beziehung zu

Jasmin beneidet. Fälschlicherweise hatte er geglaubt, es sei vor allem der Sex, der sie verbinde, erst als sie entführt worden war, hatte er realisiert, wie tief Pals Gefühle gingen. Und nun saß sein Freund in der Falle. Zumindest sah Valentin es so. Ob aus Liebe oder wegen seines starken Verantwortungsgefühls, Pal war an Jasmin gebunden. Zu Beginn hatte Valentin Verständnis für ihre Situation gehabt. Was sie durchgemacht hatte, war furchtbar, gut möglich, dass die Wunden nie verheilen würden. Doch sie hatte nicht das Recht, Pal mit in den Abgrund zu ziehen.

»Er sieht nicht gut aus«, sagte Sylvie leise, während sie der zehn Monate alten Sophie das Lätzchen abnahm und ihr das Gesicht wusch.

»Er sieht stinksauer aus«, korrigierte Valentin. »Was hat sie sich wohl jetzt wieder geleistet?«

»Du bist zu hart.«

»Irgendwann ist genug! Wie lange soll das noch weitergehen?«

»Pal gibt nicht so schnell auf. Genau das magst du an ihm.«

»Sie macht ihn fertig!«

»Pal ist alt genug, um zu wissen, was ihm wichtig ist.«

Sylvie reichte ihm Sophie und begann, die Teller in den Geschirrspüler einzuräumen. Sogar wenn sie Hausarbeiten erledigte, strahlte sie eine zeitlose Eleganz aus. Ihr hellbraunes Haar war im Nacken zu einem Knoten gebunden, an den Ohren schimmerten die Perlen, die Valentin ihr zur Verlobung geschenkt hatte. Wie hatte er Pal je um Jasmin beneiden können?

Als Sylvie in der Küche fertig war, stellte sie einen Teller mit Risotto in den Mikrowellenherd und holte zwei Weingläser aus dem Schrank. In Valentins Armen erschlaffte Sophie. Obwohl sie dagegen ankämpfte, fielen ihr langsam die Augen zu. Er stand auf und ging mit ihr auf die Terrasse. Die Aussicht berührte ihn jedesmal von neuem. Der Zürichsee schimmerte im Abendlicht, als sei er mit Goldstaub überzogen. Um diese Jahreszeit waren die schneebedeckten Berggipfel in der Ferne nur schwach zu erkennen, dafür leuchteten die Hügel der Voralpen in sattem Grün. Ein Linienschiff fuhr langsam ab und nahm Kurs auf das gegenüberliegende Ufer.

»Du kannst sie mir geben«, erklang Sylvies Stimme neben ihm. »Ich bringe sie ins Bett.«

Valentin reichte ihr Sophie. Anschließend holte er eine Flasche Wein aus dem Keller und trug die Gläser, die Sylvie bereitgestellt hatte, auf die Terrasse hinaus. Als er Pals Schritte auf der Treppe hörte, schaltete er den Mikrowellenherd ein.

»Ein Wunder, dass Max dich gehen ließ!«, sagte er, als Pal in die Küche trat. »Womit hast du ihn geködert?«

Pal lächelte. »Mit einem Zoobesuch.«

Valentin grinste. »Er fährt grad total auf die Schimpansen ab. Vermutlich erinnern ihn die Ohren an deine.«

Pal boxte ihn in den Oberarm. Er wirkte entspannter als bei seiner Ankunft. Valentin gab ihm den Teller Risotto und holte den Käse aus dem Kühlschrank. Gemeinsam setzten sie sich auf die Terrasse, wo Valentin die Schuhe abstreifte. Der Riftholzboden fühlte sich warm an unter seinen Füssen. Obwohl Pal mit dem Motorrad unterwegs war, protestierte er nicht, als Valentin ihm Wein einschenkte.

»Auf deine Familie«, prostete ihm Pal zu.

Valentin hob sein Glas. »Auf dich … euch?«

Pals Ausdruck verfinsterte sich, doch er sagte nichts. Stattdessen widmete er sich dem Risotto. Er ass langsam und konzentriert. Valentin sah ihm an, dass er sich seine Gedanken zurechtlegte. Erst als er fertig gegessen und einen Schluck Wein getrunken hatte, begann er zu reden. Er berichtete vom Auftrag, den Jasmin von Milena Herzog erhalten hatte.

»Das ist doch gut, oder?«, sagte Valentin. »Sie braucht eine Beschäftigung.«

»Sie ist der Aufgabe nicht gewachsen. Ihr fehlt die Distanz.«

»Das ist ihr Problem. Du bist nicht für sie verantwortlich.«

»Es ist auch mein Problem.« Pal schilderte die Situation seines Klienten.

»Sie verwendet Informationen, die sie durch dich bekommen hat, gegen ihn?«, wiederholte Valentin ungläubig.

»Ich war unvorsichtig«, gestand Pal. »Es ist mein Fehler. Der Name ist mir herausgerutscht.«

»Toll.« Valentins Stimme triefte vor Ironie. »Jetzt nimmst du auch noch die Schuld für ihren Verrat auf dich.«

»Ich unterstehe dem Anwaltsgeheimnis!«, sagte Pal scharf. »Natürlich ist es mein Fehler.«

»Du bist kein Übermensch! Auch ein Anwalt muss manchmal mit jemandem reden! Mit wem, wenn nicht mit der Lebenspartnerin? Das ist ein Schlag unter die Gürtellinie! Siehst du das nicht? Sie hat dein Vertrauen missbraucht!«

Pal schüttelte müde den Kopf. »Sie ist schwer traumatisiert. Sie will einfach nicht wahrhaben, dass sie weit davon entfernt ist, gesund zu sein. In meinem Klienten sieht sie nicht einen Menschen, sondern einen Gewalttäter. Sie glaubt, die Welt vor ihm schützen zu müssen.« Leise fügte er hinzu: »Sich selbst vor ihm schützen zu müssen.«

Valentin rollte die Augen. »Was willst du von mir hören? Soll ich dich für dein Verständnis loben?«

»Eigentlich hatte ich mir einen Ratschlag erhofft«, sagte Pal kühl. »Aber wenn du es nicht schaffst, deine persönlichen Gefühle für einen kurzen Moment außer acht zu lassen, kann ich gleich wieder gehen.«

Valentin seufzte. »Du hast dir bereits eine Meinung gebildet.«

»Ich bin noch nicht fertig.« Pal erzählte, dass Jasmin Zugang zu Akten der Justizdirektion habe. »Milena Herzog hat sie ihr ausgehändigt.«

Valentin stieß einen leisen Pfiff aus.

»Ich habe Jasmin gegenüber meine Bedenken geäußert, aber noch nichts unternommen. Doch nun hat mein Klient eine Vorladung vom Gewaltschutzdienst erhalten. Ich kann nicht länger tatenlos zusehen.«

»Weiß Jasmin, dass ihre Auftraggeberin gegen das Gesetz verstößt?«

»Natürlich, aber sie ist der Meinung, die Sicherheit gehe vor.«

»Und nun willst du Anzeige erstatten«, folgerte Valentin. »Oder eine Aufsichtsbeschwerde einreichen.«

»Das wäre ein Verrat an Jasmin«, seufzte Pal. »Aber wenn ich nichts unternehme, verletze ich meine Pflichten gegenüber meinem Klienten.«

Valentin nickte langsam. »Eine verdammt schwierige Entscheidung. Ich muss gestehen, ich habe ein gewisses Verständnis für Milena Herzog. Wenn meine Familie betroffen wäre, würde ich genauso handeln.« Er nahm einen Schluck Wein. »Hast du eine Vermutung, wer hinter den Drohbriefen stecken könnte?«

»Nein. Aber mein Klient hatte zum fraglichen Zeitpunkt – rein theoretisch gesehen – die Möglichkeit gehabt, sich dem Kind zu nähern. Wie er das allerdings hätte anstellen sollen, ist mir schleierhaft. Er war in Begleitung eines Aufsehers, das Kind saß im Zug.«

»Hätte er denn ein Motiv?«

»Milena Herzog hat seinen Rekurs abgelehnt. Er hatte einen unbegleiteten Hafturlaub beantragt.« Pal fasste die Geschichte in groben Zügen zusammen.

Valentin strich sich mit dem Finger über die Unterlippe. »Warum jetzt? Warum beantragt er ausgerechnet jetzt einen unbegleiteten Urlaub? Seit 2006 hat er sich mit begleiteten Urlauben begnügt.«

»Das habe ich ihn nicht gefragt. Es geht mich auch nichts an.«

»Jetzt geht es dich etwas an!« Valentin sah ihn eindringlich an. »Denk nach. Hat er angedeutet, was er vorhat? Was ist es für ein Tag?«

»Wenn ich mich richtig erinnere, der 14. Juli.«

Valentin nahm sein Handy hervor. »Das ist ein Samstag. Welche Pläne hat er?«

Frustriert breitete Pal die Arme aus. »Woher soll ich das wissen? Seine Urlaubspläne bespricht er mit einem Sozialarbeiter, nicht mit …« Plötzlich hielt er inne. »Als ich ihn fragte, ob er den Fall weiterziehen wolle, hat er gesagt, er habe keine Zeit mehr.«

»Vielleicht, weil er den unbegleiteten Urlaub an einem ganz bestimmten Tag braucht. Der 14. Juli ist in drei Wochen. Du musst herausfinden, wo er hin will. Was ist ihm so wichtig, dass er dafür eine Straftat begehen würde?«

»Wir wissen nicht, ob er etwas mit den Drohungen zu tun hat!«, entgegnete Pal scharf.

»Finde es heraus. Frag ihn, was er am 14. Juli vorhat.«

Als Pal losfuhr, hatte er immer noch keine Antwort auf die Frage, die ihn quälte. Jasmin hatte dreimal angerufen, vermutlich als Reaktion auf seine Versuche, sie zu erreichen. Nach dem Gespräch mit Eric Laupper hatte Pal das dringende Bedürfnis verspürt, sie mit den Folgen ihrer Handlungen zu konfrontieren. Jetzt war er froh, dass sie seine Anrufe nicht entgegengenommen hatte. Er musste sich zuerst klar werden, wie er vorgehen wollte. Valentins Ratschlag, Laupper nach seinen Plänen zu fragen, war gut gemeint. Doch wenn Laupper tatsächlich hinter den Drohungen steckte? Dann befände sich Pal in einem Interessenskonflikt. Über begangene Delikte musste er schweigen, sie unterlagen dem Berufsgeheimnis. Zukünftige Straftaten jedoch nicht.

Auf der Seestraße waren nur wenige Fahrzeuge unterwegs. Trotzdem fuhr Pal vorsichtig. Er hatte nicht viel getrunken, wollte aber kein Risiko eingehen. Sylvies Angebot, ihn nach Hause zu fahren, hatte er dankend abgelehnt. Die Fahrt mit dem Motorrad würde ihm helfen, seine Gedanken zu sortieren. Vom See her wehte eine kühle Brise, es schien sich ein Gewitter zusammenzubrauen. In einem Gartenrestaurant sammelte ein Kellner Sonnenschirme ein, am Ufer packte eine Gruppe Jugendlicher lachend die Überreste eines Picknicks ein. Kurz beneidete Pal die Burschen um ihre Unbeschwertheit, ihm wurde aber schnell klar, dass die Jugend nur aus Erwachsenensicht von Sorglosigkeit geprägt war. Wenn er an seine eigene Teenagerzeit zurückdachte, so war er alles andere als gelassen gewesen. Ständig hatte er Angst gehabt, nicht zu genügen.

Und heute?, fragte sich Pal. Er hatte viele seiner Ziele erreicht. Trotzdem konnte er sich nicht zurücklehnen und sich entspannen. Mit den Erfolgen wuchsen die Ansprüche an ihn. Vielleicht bedeutete Reife, sie zu akzeptieren, ohne zu glauben, sie erfüllen zu müssen. Davon war er weit entfernt. Am meisten machten ihm die Erwartungen zu schaffen, die er an sich selbst stellte. Er konnte sich nicht daran erinnern, je anders gewesen zu sein. Manchmal fragte er sich, wie er sich entwickelt hätte, wenn er in der Schweiz geboren und nicht mit dem Druck aufgewachsen wäre, sich ständig beweisen zu müssen. Ob es wirklich seine Umgebung war, die ihn antrieb? Oder verlieh ihm Anerkennung eine Daseinsberechtigung? Ohne Anerkennung würde er seine Existenz womöglich in Frage stellen. Der Gedanke gefiel Pal nicht, er bewog ihn aber, seine Beziehung zu Jasmin kritisch zu hinterfragen. War es wirklich Liebe, die er für sie verspürte? Oder ertrug er die Vorstellung nicht, zu versagen? Wenn es Liebe war, würde er sie nicht stützen wollen, egal, ob sie seinem Klienten schadete oder nicht? Dadurch, dass Jasmin ihn beruflich bedrohte, hatten sich seine Gefühle plötzlich verändert. Was sagte das über ihn aus?

Er hatte die Stadtgrenze erreicht. Kurz darauf kam er beim Bellevue an. Froh, sich auf etwas anderes konzentrieren zu müssen, verlangsamte Pal, um einen Fußgänger vorbeizulassen. Hinter ihm hupte ein Fahrzeuglenker, doch Pal ließ sich nicht drängen. Eine Menschenmenge kam aus einem Kino, die Ampel schaltete auf Rot. Pal versuchte, so lange wie möglich das Gleichgewicht zu halten. Beinahe schaffte er es weiterzufahren, ohne den Asphalt zu berühren, da bog ein Velofahrer vor ihm ab, obwohl die Ampel auf Grün gewechselt hatte. Pal musste die Füße auf den Boden stellen. Entnervt ließ er den Motor aufheulen und empfand Genugtuung, als der Velofahrer zusammenzuckte.

Er merkte erst, dass er falsch eingespurt hatte, als er Richtung Kunsthaus fuhr. Dabei kannte er die Straßen von Zürich wie seine Hosentasche. Kopfschüttelnd bog er vor dem Schauspielhaus ab. Auf einmal realisierte er, wo er sich befand: In dieser Straße wohnte Mira. Leise Aufregung erfasste ihn. Er schrieb es dem Wein zu. Da er schon hier war, konnte er ebenso gut an ihrer Wohnung vorbeifahren. Nur um zu sehen, ob die Klingel noch immer mit ihrem Namen beschriftet war.

Das renovierte Patrizierhaus lag etwas von der Straße zurückversetzt. Pal war noch nie im Innern gewesen, er kannte die Adresse nur, weil Mira ihm kurz nach der Anwaltsprüfung eine Umzugsanzeige geschickt hatte. Als er auf das Gebäude zurollte, schweifte sein Blick automatisch zum obersten Stockwerk. Mira liebte Aussicht, genau wie er. In einem Erker brannte Licht, von der Straße aus konnte Pal aber nur die Stukkaturen an der Decke erkennen. Er stieg vom Motorrad und betrat den gepflasterten Weg, der zur Haustür führte. An der Steinmauer waren sechs mit durchsichtigen Acrylschildern beschriftete Klingeln angebracht, was zwar ästhetisch wirkte, das Lesen jedoch erschwerte.

Der Name Mira Lazovic sprang ihm dennoch sofort ins Auge. Entgegen seinen Erwartungen wohnte sie im zweiten Stock. Es dauerte eine Weile, bis er begriff, dass sich ein weiterer Name auf dem Schild befand: Dominic Eisler. Pal wusste, dass Mira in einer festen Beziehung lebte. Warum es ihn trotzdem unangenehm berührte, den Namen eines Mannes unterhalb des ihrigen zu sehen, verstand er nicht. Der Anblick erschien ihm auf seltsame Weise intim. Auf einmal schämte er sich für seine Neugier. Rasch wandte er sich ab und eilte davon. Er war froh, dass er einen Helm trug. Er gab ihm das Gefühl, innerhalb seiner Grenzen geblieben zu sein. Dem Drang, die Fenster im zweiten Stock zu betrachten, bevor er losfuhr, konnte er jedoch nicht widerstehen. Eine Mischung aus Enttäuschung und Erleichterung durchflutete ihn, als er sah, dass hinter den Scheiben kein Licht brannte. Mira war nicht zu Hause.

Auf der Fahrt nach Albisrieden versuchte er, seinen Kopf zu leeren. Je näher er seiner Wohnung kam, desto mehr hatte er das Gefühl, vertrauten Boden unter den Füssen zu haben. Den Ausflug in die Vergangenheit würde er vergessen. Mit den Entscheiden, die er damals getroffen hatte, musste er leben. Sie jetzt zu hinterfragen, war zwecklos. Plötzlich sehnte er sich nach Sachlichkeit und Logik. Kurz überlegte er, in die Kanzlei zu fahren, um die Plädoyernotizen zu holen, an denen er tagsüber gearbeitet hatte. Er verwarf den Gedanken aber wieder, denn ein Plädoyer zu verfassen, war ihm jetzt zu emotional. Stattdessen würde er den Vertrag über die Option zum Erwerb eines Anteils an einem Bergbauprojekt aufsetzen, den er einem Kunden bis Freitag versprochen hatte. Die Genehmigungen für den Abbau von Nickel in Nordalbanien hatte er am Wochenende studiert und die wichtigsten Punkte bereits notiert.

Der Concierge hatte Feierabend gemacht. Als Pal an der Loge vorbeiging, fiel ihm ein, dass er vergessen hatte, seine Hemden abzugeben. Der Wäscheservice gehörte zum Wohnkonzept der Überbauung »James«. Pal nahm auch weitere Dienstleistungen in Anspruch: Einmal pro Woche wurde seine Wohnung gereinigt; wenn er wegfuhr, ließ er den Briefkasten täglich leeren. Seine Mutter hatte angeboten, ihm den Haushalt zu machen, doch Pal war bei der Vorstellung nicht wohl. Er legte Wert auf seine Privatsphäre. Eine Reinigungskraft erledigte ihre Arbeit und ging, ohne sich allzu viele Gedanken über die Bewohner zu machen. Zumindest hoffte Pal es.

Kaum hatte er den Schlüssel ins Schloss gesteckt, merkte er, dass etwas nicht stimmte. Die Tür leistete Widerstand. Er spürte einen Luftzug und begriff, dass ein Fenster in seiner Wohnung offen stand. Fast gleichzeitig sah er das Licht. Bevor er einen klaren Gedanken fassen konnte, erklang Jasmins Stimme.

»Wo hast du gesteckt?« Sie kam auf ihn zu. »Ich war in der Kanzlei, aber du warst nicht dort.«

Sie trug ein ärmelloses T-Shirt, das ihre muskulösen Schultern und festen Brüste betonte. Die Haare hatte sie zu einem Pferdeschwanz zusammengebunden. Als sie die Arme nach ihm ausstreckte, fiel Pals Blick auf die Schlangen an ihren Handgelenken. Sie passten nicht zur versöhnlichen Geste.

»Was hast du?«, fragte sie.

»Nichts«, log er. »Ich habe nur nicht mit Besuch gerechnet.«

»Du scheinst dich nicht zu freuen.«

»Ich hatte einen langen Tag.«

»Dann weiß ich genau das Richtige.«

Sie fuhr mit den Händen unter die Motorradjacke und begann, seine Nackenmuskeln zu kneten. Die Jacke rutschte ihm von den Schultern und fiel zu Boden. Mit zwei Fingern zeichnete sie seine Wirbelsäule nach.

Pal löste sich aus ihrer Umarmung und trat einen Schritt zurück. »Ich bin müde. Außerdem muss ich noch arbeiten.«

Jasmin sah ihn unverwandt an. »Wie heißt sie?«

Pal hob seine Jacke vom Boden auf. »Ich habe es dir schon gesagt: Es gibt keine andere Frau.«

»Du lügst.«

Pal spürte, wie Zorn in ihm aufstieg. »Verdammt, habe ich kein Recht auf ein bisschen Ruhe nach einem langen Tag? Muss ich immer zu Diensten sein, wenn dir danach ist?«

»Seit wann ist Sex für dich ein Dienst?«

»Hör auf! Ich habe keine Lust. Kannst du das nicht akzeptieren? Es geht nicht immer alles nach deinem Willen!«

Jasmin starrte ihn mit offenem Mund an. Pal wandte sich ab und verschwand im Bad. Er streifte seine Kleider ab und stellte sich unter die Dusche. Er wusste, dass er mit seinem Verhalten nur neue Probleme heraufbeschwor, doch es tat gut, dem Druck nachzugeben und seinem Ärger freien Lauf zu lassen. Er seifte sich ein und ließ sich das Wasser übers Gesicht rinnen. Einige Minuten verharrte er unter dem warmen Strahl. Dann stellte er auf kalt und genoss den Schock, der ihm durch den Körper fuhr. Als er aus dem Bad kam, war Jasmin weg.

19

Der Traum
von Fanny Herzog, 5. Klasse, Hr. Leumi

Brownie ist kein normales Pferd. Sie weiß immer, wie ich mich fühle. Wenn ich traurig bin, weint Brownie mit. Große, dicke Tränen laufen ihr über das Gesicht. Sie ist das einzige Pferd im ganzen Stall, das weinen kann. Die anderen Pferde haben deshalb Angst vor ihr. Ich nicht. Ich weiß, dass Brownie für mich da ist, wenn ich sie brauche.

Ich gehe wie jeden Morgen in den Stall. Da sehe ich, dass Brownies Box leer ist. Auf dem Boden liegt kein Stroh. Mir wird ganz schlecht vor Angst. Vielleicht ist sie draußen, auf der Weide. Ich rufe ihren Namen, aber ich höre kein Wiehern. Der Besitzer des Stalls kommt aus seinem Haus. Er ist hässlich, sein Gesicht ist voller Haare, aber der Kopf ist kahl. Er sagt mir, dass Brownie weg ist. Sie haben sie eingesperrt, weil sie gefährlich ist. Sie ist kein normales Pferd, sagt er. Ich beginne zu weinen, aber das ist ihm egal. Ich schwöre, dass ich Brownie finden werde, aber er lacht nur. Sie wird nie wieder jemanden erschrecken, sagt er. Ich renne davon. Ich werde sie finden, schwöre ich mir. Und wenn ich mein ganzes Leben nach ihr suchen muss. Plötzlich wache ich auf. Ich merke, dass ich alles nur geträumt habe. Zum Glück!

Fanny seufzte zufrieden. Sie mochte es, Aufsätze ins Reine zu schreiben. Sie musste dabei an nichts denken, sondern konnte sich ganz auf ihren Füller konzentrieren, der sich in ihrer Hand so perfekt anfühlte. Die königsblaue Tinte glänzte auf dem weißen Papier, ihre »O« sahen wie frisch gewaschene Zwetschgen aus. Bevor sie die Seite umblätterte, blies Fanny sanft darüber.

Sie hatte keinen einzigen Klecks im Heft, nur eine Mücke hatte sie aus Versehen zwischen dem fünften und dem sechsten Blatt zerquetscht. Über den Fleck hatte sie einen Sticker geklebt. Ihrem Lehrer hatte sie gesagt, das vierblättrige Kleeblatt gehöre zur Geschichte.

Herr Leumi lobte sie für ihre Sorgfalt. Auch für ihre Rechtschreibung. In Deutsch würde sie wieder eine 5,5 im Zeugnis haben. Ihr Vater wäre stolz auf sie. Er behauptete zwar, Noten seien nicht wichtig, vielmehr zähle, dass Fanny das, was sie lerne, auch im Kopf behalte. Doch als sie in der vierten Klasse ihr bisher bestes Zeugnis nach Hause gebracht hatte, hatte er am Sommerfest allen Gästen erzählt, wie gut sie in der Schule war.

Dieses Jahr würden sie den Sommer nicht feiern. Eigentlich hatten sie gar nicht den Sommer gefeiert, sondern den Geburtstag ihrer Eltern. Ihr Vater war am 25. Juli geboren, ihre Mutter zwei Tage später. Jedes Jahr luden sie deshalb Ende Juli Freunde und Verwandte ein, um im Garten zu grillieren. Weil es ihrer Mutter peinlich war, sich selbst zu feiern, hatte sie irgendwann vorgeschlagen, einfach ein Fest zu Ehren des Sommers zu veranstalten. Ihr Vater war einverstanden gewesen, er fand Älterwerden keine besondere Leistung.

»Fanny! Gehen wir?«, rief ihre Mutter vom unteren Stock.

Fanny stand auf und schloss das Fenster, wie Jasmin es ihr eingeschärft hatte. Sie schnappte sich das Badezeug und verließ ihr Zimmer. Sie freute sich, den Nachmittag mit Celine und einigen anderen Klassenkameradinnen im Freibad zu verbringen. Dass ihre Mutter mitkam, fand sie hingegen völlig daneben. Hoffentlich vertiefte sie sich sofort in ein Buch.

»Hast du deinen Schnorchel eingepackt?«

»Ja«, seufzte Fanny. »Und den Sonnenhut. Und die Saisonkarte. Ich bin ja nicht blöd.«

»Geht es auch in einem anständigen Ton?«

Schmollend verließ Fanny das Haus und stakste auf ihr Velo zu.

»Wir nehmen das Auto. Ich muss auf dem Nachhauseweg noch einkaufen.«

»Ich komme aber nicht mit«, stellte Fanny klar.

»Das werden wir sehen.«

»Ich kann alleine in der Badi bleiben!«

»Kommt nicht in Frage. Steig ein.«

Im alten Citroën war die Luft stickig. Fanny kurbelte die Fenster herunter und lehnte sich zurück. Sie betrachtete die Hände ihrer Mutter auf dem Lenkrad. Sie waren runzlig. Früher hatte ihre Mutter schön ausgesehen. Fanny war stolz gewesen, als sie am Besuchstag in die Schule gekommen war. Jetzt sah sie fast so schlimm aus wie Celines Mutter, die vom Rauchen gelbe Fingernägel und braune Zähne hatte.

»Warum kann Jasmin nicht mitkommen?«, fragte Fanny.

»Weil ich deine Mutter bin und mit dir etwas unternehmen möchte.«

»Nie werde ich gefragt! Immer entscheidest du!«

»Bitte Fanny, nicht jetzt. Ich habe keine Lust auf Diskussionen.«

»Du hast nie Lust auf etwas.«

Kaum hatten die Worte ihren Mund verlassen, bereute Fanny sie. Gestern Nacht hatte ihre Mutter wieder geweint. Fanny hatte es gehört, obwohl ihre Mutter wie immer das Wasser im Bad hatte laufenlassen. Vielleicht war sie traurig, weil sich Fanny so gefreut hatte, den Sommer bei ihrem Vater verbringen zu dürfen. Als die Mutter ihr gesagt hatte, sie brauche nicht zu Tante Carla zu fahren, wenn sie keine Lust habe, hatte Fanny ihren Ohren nicht getraut. Sie wusste nicht, warum ihre Mutter plötzlich die Meinung geändert hatte, aber Fanny war so glücklich gewesen, dass sie laut gejauchzt hatte. Ihr Vater behandelte sie wie eine Erwachsene. Bei ihm durfte sie alleine aus dem Haus, er bewachte sie nicht wie ein Kind. Außerdem war in der Stadt viel mehr los. Urdorf war Provinz. Ihr Vater würde ihr einen Ferienpass kaufen, damit durfte sie mit jedem Tram fahren. Celine war vor Neid erblasst, als Fanny es ihr erzählt hatte. Vielleicht würde sie sogar Gesangsstunden nehmen dürfen.

Vor dem Freibad waren alle Parkplätze besetzt. Ihre Mutter wendete und fuhr zurück. Fanny schlug vor, auszusteigen und sich auf der Liegewiese zu treffen, doch ihre Mutter wollte nichts davon wissen. Endlich wurde ein Parkplatz frei.

Das Freibad war so voll, dass die Wiese unter den ausgebreiteten Badetüchern kaum zu erkennen war. Fanny störte es nicht, Celine hatte ihr bestimmt einen Platz reserviert. Sie war direkt nach der Schule gekommen und hatte am Snackstand etwas zu Mittag gegessen. So ein Glück müsste Fanny einmal haben! Bei ihr zu Hause hatte es natürlich wieder einmal Salat gegeben, dazu Bratkartoffeln und Broccoli.

Fanny hatte ihren Badeanzug bereits zu Hause angezogen, ihre Mutter aber musste zur Garderobe. Ungeduldig trat Fanny von einem Bein aufs andere. Es dauerte ewig, bis ihre Mutter endlich aus der Kabine kam.

»Celine wartet in der Nähe des Sprungbretts«, sagte Fanny. Sie wollte davonrennen, aber ihre Mutter hielt sie zurück.

»Wir gehen zusammen, ich will dich nicht aus den Augen verlieren.« In aller Ruhe schloss sie ihre Wertsachen ein.

Fanny stöhnte laut. Was würden ihre Freundinnen sagen, wenn sich ihre Mutter genau neben ihnen niederließ? Wenn sie das gewusst hätte, wäre sie gar nicht erst gekommen. Als sie Celines aufgeregtes Winken sah, blieb ihre Mutter jedoch stehen. Fanny rannte auf den Platz zu, den ihr ihre Freundin freigehalten hatte, ihre Mutter setzte sich in den Schatten eines Baums ein paar Meter entfernt und nahm ein Buch hervor.

»Da bist du ja endlich! Das hat aber ewig gedauert!«, stieß Celine aus. »Stell dir vor, Marc ist hier! Und Cyril auch!«

»Echt?«, quietschte Fanny. »Wo?«

»Beim Dreimeterbrett!«

Cyril besuchte die sechste Klasse. Seine Augen hatten genau die gleiche Farbe wie die von Justin Bieber. Er sah einfach umwerfend aus. Früher hatte er nicht einmal gewusst, dass Fanny existierte. Seit sie Motorrad fuhr, begrüßte er sie manchmal, wenn er an ihr vorbeiging. Als er ihr das erste Mal »Hallo« gesagt hatte, war Fanny fast in Ohnmacht gefallen. Celine hatte die Augen aufgerissen und sie ungläubig angestarrt. Fanny hatte sich bemüht, so zu tun, als sei es normal, vom süßesten

Jungen der sechsten Klasse angesprochen zu werden, doch ihr Herz hatte so heftig geschlagen, dass es schmerzte.

Fanny ließ ihre Tasche fallen. »Komm, lass uns gehen!«

Celine sprang auf. »Wart auf mich!«

Zusammen rannten sie zur Sprunganlage. Vor dem Dreimeterbrett hatte sich eine Schlange gebildet. Fanny entdeckte Cyril sofort. Sein braunes Haar war dunkel vor Nässe und klebte ihm am Kopf. Er war einfach zum Verlieben! Hinter ihm stand Marc, der mit seinen widerspenstigen Locken nicht halb so gut aussah. Trotzdem schlug Celine die Hand vor den Mund, als sie ihn erblickte.

»Gehen wir etwas näher?«, hauchte Celine.

»Dann sehen sie uns!«

»Ja und? Das ist doch der Zweck der Übung!«

Sie marschierte Richtung Sprungbrett. Am Rand des Beckens blieb sie stehen und warf sich in Pose. Sie stützte eine Hand in die Seite, mit der anderen strich sie sich die Haare zurück. Fanny beneidete sie um ihre Lockerheit. Sie würde sich nie trauen, so hinzustehen. Abgesehen davon gab es bei ihr gar nichts zu sehen. Sie war flach wie ein Brett. Unter Celines Bikinioberteil hingegen waren schon die Ansätze von Brüsten zu erkennen.

Ein Junge aus der vierten Klasse fiel wie ein Mehlsack vom Sprungbrett und spritzte Celine voll. Sie kreischte rekordverdächtig. Marc drehte kurz den Kopf, sah aber gelangweilt wieder weg, als er Celine erkannte. Celine fiel in sich zusammen.

Fanny stellte sich neben ihre Freundin. »Er tut nur so, weil er sich nicht anmerken lassen will, wie aufgeregt er ist. Jungs sind so.«

»Ich weiß.« Celine zeigte zum Sprungbrett. »Schau, Cyril macht sich bereit!«

Lässig schlenderte der Sechstklässler zur Kante. Er drehte sich kurz um, rief Marc etwas zu und sah dann grinsend nach unten. Als er zu federn begann, schlug Fanny die Hände vor der Brust zusammen. Wenn er nur nicht herunterfiel! Scheinbar mühelos sprang Cyril vom Brett. Er raste kerzengerade auf das Wasser zu, im letzten Moment zog er die Beine an und umschlang sie mit den Armen. Die Spritzer des Mehlsacks waren nichts dagegen. Erneut kreischte Celine, als das Wasser wie eine Dusche über sie herabstürzte. Bevor sich Fanny vom Schock erholen konnte, doppelte Marc nach. Er hatte mit seinem Sprung nicht einmal gewartet, bis Cyril wieder aufgetaucht war.

Die Pfeife des Bademeisters schrillte. Laut machte er die beiden auf die Regeln im Sprungbecken aufmerksam. Fanny hatte ihn gar nicht gesehen. Als sie jetzt in sein strenges Gesicht blickte, hielt sie inne. Es kam ihr seltsam bekannt vor. Auf einmal erinnerte sie sich daran, wo sie dem Mann schon einmal begegnet war. Er war in der S-Bahn gesessen, als sie von Zürich nach Urdorf gefahren war. Er hatte ihr den umgekippten Schulthek aufgestellt.

Fanny wandte sich ab. Sie griff nach Celines Hand und zog ihre Freundin vom Sprungbecken weg. »Ich will auf die Rutschbahn«, drängte sie. »Kommst du mit?«

Milena betrachtete ihre Tochter im Rückspiegel. Schmollend saß Fanny im Wagen, den Blick aus dem Fenster gerichtet. Nicht einmal das Versprechen, im Supermarkt ein Dessert auswählen zu dürfen, hatte sie besänftigt. Es war noch nicht lange her, da hätte die Aussicht auf ein Glace oder einen Schokoriegel alle Wogen geglättet. Was war passiert? Vor allem: Wann war es geschehen? Die Veränderung war so schnell vor sich gegangen, dass sich Milena noch gar nicht darauf hatte einstellen können, ihr kleines Mädchen verloren zu haben. Von einem Tag auf den anderen war sie Mutter eines angehenden Teenagers geworden. Wie wäre Fanny in der Pubertät zu ertragen, wenn sie schon mit elf Jahren zickte?

Die Einkäufe erledigten sie wortlos. Fanny schlurfte hinter Milena her, den Blick auf ihre Füße gerichtet. Auf einmal fand Milena die Vorstellung, ein paar Wochen ohne sie zu verbringen, gar nicht mehr so schlimm. Sie hatte vorgehabt, ihre Ferien ganz abzusagen, um sie später, wie von Matthias vorgeschlagen, tageweise zu beziehen. Jetzt aber malte sie sich aus, wie sie in Wildhaus ausgedehnte Wanderungen unternahm, ohne dabei in das verdrossene Gesicht ihrer Tochter blicken zu müssen, und abends mit einem Buch auf der Terrasse saß und die Bergluft genoss.

Ein Gefühl der Einsamkeit überkam sie. Sie konnte sich nicht daran erinnern, wann sie das letzte Mal alleine weggefahren war. Wenn sie aber Raum für Neues schaffen wollte, käme sie nicht darum herum, den Schritt zu wagen. Sie schob den Gedanken von sich. Sie hatte dringendere Sorgen. Karl-Heinz Rathgebs Versetzung in den offenen Vollzug ließ sich nicht mehr hinauszögern. Das Amt für Justizvollzug hatte einen letzten, verzweifelten Versuch unternommen und einen fürsorgerischen Freiheitsentzug beantragt, die Vormundschaftsbehörde hatte jedoch entschieden, dass die Voraussetzungen dafür nicht erfüllt seien. Rathgeb musste in naher Zukunft entlassen werden. Nicht einmal der Vorfall beim Tennisclub hätte daran etwas ändern können. Milena hatte deshalb beschlossen, ihn nicht zu erwähnen.

Aus dem Kühlfach nahm sie Käse und Joghurt. Nach kurzem Zögern legte sie eine Packung Fertigravioli dazu. Die Teigwaren entsprachen zwar nicht ihrer Vorstellung von gesunder Ernährung, doch es war ihr egal. Sie hatte keine Lust zu kochen. Fanny hatte schon immer wenig gegessen, und Milena hatte seit einem weiteren Telefongespräch mit Rainer Kälin am Vormittag ohnehin keinen Appetit. Der Sachbearbeiter hatte nichts Neues zu berichten gehabt. Obwohl er noch am Fall arbeitete, hatte Milena gemerkt, dass die Drohbriefe nicht mehr oberste Priorität genossen. Weil immer noch keine konkreten Forderungen eingegangen waren, vermutete Kälin, der Urheber habe sie bloß erschrecken wollen. Wären beide Briefe per Post eingetroffen, hätte Milena seine Meinung vielleicht sogar geteilt, dass der Täter aber ein so großes Risiko auf sich genommen hatte, um seine zweite Botschaft zu platzieren, passte nicht zu Kälins These. Gut möglich, dass der Urheber der Briefe es nicht bei Drohungen bewenden ließe. Jasmin teilte ihre Meinung.

Beim Gedanken an Jasmin verspürte Milena eine tiefe Dankbarkeit. Die Entscheidung, sie zu engagieren, war richtig gewesen. Wer nicht selbst erlebt hatte, was es bedeutete, Opfer einer Straftat zu werden, konnte das Gefühl von Ohnmacht nicht nachvollziehen. Rainer Kälin nahm Milenas Ängste zwar ernst, doch er könnte sich nie in ihre Lage versetzen. Nicht einmal ihre Freunde und ihre Schwester verstanden, was in ihr vorging. Sie war im Begriff, die Kontrolle über ihr Leben zu verlieren. Neulich hatte sie Carla zu erklären versucht, wie sie sich fühlte. Selbst in Milenas Ohren hatten die Worte übertrieben geklungen. Was bedeuteten schon zwei Briefe? Milena konnte nicht beschreiben, weshalb der Täter eine solche Macht über sie ausübte. Sie verstand es selbst nicht. Carla hatte ihr geraten, nicht die ganze Zeit daran zu denken. Als hätte Milena eine Wahl!

Jasmin wusste genau, wovon Milena sprach. Ihr gegenüber hatte sie nie das Gefühl, zu heftig zu reagieren. Sie brauchte nicht vorzutäuschen, alles sei in Ordnung. Das Wissen, dass sie nicht alleine war, gab Milena Kraft und half ihr, den Alltag zu bewältigen. Sie wusste, dass sie kein Recht hatte, Karl-Heinz Rathgeb beschatten zu lassen. Auch nicht, Jasmin die Adresse seiner Schwester zu geben. Wie einfach es doch war, Ansprüche zu stellen! Als Behördenmitglied wurde von ihr erwartet, dass sie sich stets korrekt verhielt, doch wer immer die Regeln aufgestellt hatte, hatte etwas Wichtiges übersehen: Es war unmöglich, sich allen gegenüber korrekt zu verhalten. Der Fall Rathgeb zeigte dies deutlich. Verübte er im Hafturlaub eine Straftat, ginge ein Aufschrei durch die Bevölkerung. Es wäre von Kuscheljustiz die Rede, vom System, das nicht funktioniere. Den Schuldigen würde man bei der Justizdirektion suchen. Würde das Gericht nach der verbüßten Strafe jedoch eine Maßnahme anordnen, statt Rathgeb zu entlassen, käme sofort der Vorwurf der Willkür. Rathgebs Anwalt würde argumentieren, er könne nicht zweimal in der gleichen Sache verurteilt werden.

»Können wir endlich weiter?«, maulte Fanny.

Milena kam zu sich. »Natürlich. Haben wir alles?«

»Woher soll ich das wissen?«

»Was ist nun mit dem Glace? Zu Hause haben wir nur noch Mokka. Möchtest du etwas anderes?«

»Egal.«

Milena drehte sich um. Fanny stand mit hängenden Schultern da und betrachtete desinteressiert ihre Füße. War das wirklich die Vorpubertät? Oder bedrückte sie etwas?

»Schatz, was ist los? Fühlst du dich nicht gut?«

»Doch.«

»Ist in der Badi etwas passiert?«

Fanny schüttelte den Kopf. Obwohl sie den Nachmittag in der Sonne verbracht hatte, war sie bleich. Ihre Finger zupften an einem Faden, der sich vom Saum ihres Tops gelöst hatte.

Milena strich ihr über den Rücken. »Komm, wähl ein Dessert aus.«

Fanny ließ den Faden los. »Ich will nicht! Mir ist schlecht.«

20

Jasmin holte tief Luft und klingelte. Aus der Wohnung hörte sie Schritte. Als die Tür aufgezogen wurde, setzte Jasmin eine freundliche Miene auf. Monika Rathgeb war keine schöne Frau. Ihr Gesicht wurde von einer platten Nase dominiert, darüber wölbte sich ihre Stirn nach vorne. Die blondierten Haare hatte sie mit einer goldenen Spange hochgesteckt, was ihr Doppelkinn betonte.

»Ja?«, fragte sie mit rauchiger Stimme.

»Frau Rathgeb? Mein Name ist Mini.« Jasmin hasste den Spitznamen, den ihr Ralf und Bernie als Kind verpasst hatten, jetzt aber versetzte er sie in die richtige Stimmung.

Monika Rathgeb sah sie fragend an. »Kenne ich Sie?«

Aus ihrem Rucksack nahm Jasmin eine Schachtel Pralinen. »Ihr Bruder lässt Ihnen zum Geburtstag gratulieren.«

Mit klopfendem Herzen wartete Jasmin die Reaktion ab. Sie hatte lange überlegt, wie sie das Vertrauen der Kioskangestellten gewinnen könnte. Als sie vor dem Eingang zum Wohnblock gestanden war, hatte ihr der Postbote unerwartet geholfen. Jasmin fiel auf, dass er mehrere von Hand adressierte Umschläge in Monika Rathgebs Briefkasten warf. Ein Verdacht stieg in Jasmin auf. Sie wartete, bis er seine Tour fortsetzte, und fischte einen Brief heraus. Wie vermutet, steckte im Umschlag eine Geburtstagskarte. Ob Karl-Heinz Rathgeb seiner Schwester allerdings Pralinen schenken würde, wusste Jasmin nicht. Trotzdem kaufte sie eine Schachtel. Sie spekulierte, dass sich Monika Rathgeb geschmeichelt fühlen würde.

Als Jasmin die zusammengepressten Lippen der Mittfünfzigerin sah, kamen ihr Zweifel. Hatte sie zu viel gewagt? Das falsche gekauft? Sie zwang sich, die Stille nicht mit Worten zu füllen. Je mehr sie sagte, desto höher das Risiko, Fehler zu begehen. Stattdessen versuchte sie, einen Blick in die Wohnung zu werfen. Sie erspähte eine Reihe Schuhe, darüber das Bild eines Clowns. Auf einem Glasregal waren Porzellankatzen aufgestellt.

»Die Pralinen sind von Kari?«, fragte Monika Rathgeb.

»Ja.«

Ein schmales Lächeln breitete sich auf Monika Rathgebs Gesicht aus. »Das ist aber eine Überraschung. Kommen Sie herein.«

»Danke.« Jasmin folgte ihr in ein Wohnzimmer, das mit Nippes vollgestellt war.

Monika Rathgeb bat sie, auf einem weißen Ledersofa Platz zu nehmen. »Möchten Sie etwas trinken?«

»Gerne.«

Aus der Küche holte sie zwei Gläser und einen Tetrapak Eistee. »Woher kennen Sie meinen Bruder? Ich kann mich nicht erinnern, dass er Sie erwähnt hat.«

»Eigentlich kenne ich ihn gar nicht. Aber mein Freund …« Jasmin beendete den Satz nicht, sondern starrte auf ihre Hände.

Monika Rathgeb nickte verständnisvoll. »Wie heißt er?«

»Luca«, antwortete Jasmin leise. »Luca Bracchini.«

»Sitzt er schon lange?«

»Viereinhalb Jahre.«

Während Jasmin ihren Eistee schlürfte, erzählte sie von Luca. Sie schloss damit, dass er vor einem halben Jahr hätte entlassen werden müssen, und schilderte das vernichtende Gutachten, das ein Psychiater über ihn erstellt hatte. Anschließend berichtete sie vom Rekurs, den Luca nach dem negativen Entscheid des Amts für Justizvollzug an die Justizdirektion gerichtet hatte. Mit erstickter Stimme verriet sie, dass sie die Hoffnung auf eine Freilassung schon fast begraben hatte.

»Gib nicht auf, Süße«, sagte Monika Rathgeb mitfühlend. »Auch wenn du das Gefühl hast, mit dem Kopf gegen die Wand zu rennen. Dein Luca braucht dich. Alleine schafft er das nicht. Glaub mir, ich weiß, wovon ich rede. Kari war oft verzweifelt. Ich habe ihm immer gut zugeredet, und jetzt wird er bald rauskommen.«

»Dann stimmt es? Luca hat es mir erzählt, aber er meinte, der Justiz könne man nicht trauen. Die finden immer einen Grund, ihre Meinung zu ändern.«

»Natürlich haben sie es versucht. Deshalb ist es wichtig, dass dein Luca einen klaren Kopf behält. Sie warten nur darauf, dass er einen Fehler macht.«

»Du meinst, er soll einfach dasitzen und nichts tun? Das ist nicht fair! Sie müssen ihn doch gehenlassen. Er hat seine Strafe abgesessen!«

Monika Rathgeb schnaubte. »Sie müssen gar nichts. Sie machen, was sie wollen. Mit Fairness hat das überhaupt nichts zu tun.«

»Kann ich denn nichts unternehmen? Vielleicht könnte ich der Justizdirektion einen Brief schreiben.«

Monika Rathgeb lachte bitter. »Als ob sich jemand dafür interessieren würde! Vergiss es, Schätzchen. Reine Zeitverschwendung.«

»Hast du es versucht?«

»Als Karis Gesuche für unbegleitete Urlaube immer wieder grundlos abgelehnt wurden, habe ich dem Gefängnisdirektor geschrieben. Er hat nie geantwortet. Er war sich viel zu gut dafür.«

»Und wenn ich«, Jasmin sah über die Schulter, als könnte ihr jemand zuhören, »du weißt schon. Wenn ich etwas Druck mache? Anonym, natürlich. Luca hat gesagt, die Behörden haben ziemlich Schiss.«

»Was meinst du mit ›Druck machen‹?«

»Keine Ahnung. Dem Gutachter einen anonymen Brief schreiben, vielleicht?«

»Ich glaube nicht, dass das Luca hilft. Am Schluss kriegen sie dich noch dran wegen Drohung oder Erpressung. Wenn du ebenfalls im Gefängnis landest, kannst du deinem Freund gar nicht mehr helfen.«

Jasmin seufzte. »War nur so eine Idee. Ich halte es einfach nicht aus, überhaupt nichts zu tun.«

Sie nahm einen weiteren Schluck Eistee. Aus dem Augenwinkel musterte sie Monika Rathgeb. Entweder war sie eine hervorragende Schauspielerin, oder sie wusste tatsächlich nichts von den Drohungen. Jasmin fragte sich, ob Karl-Heinz Rathgeb die Briefe auch ohne ihre Hilfe hätte abschicken können. Den ersten bestimmt, doch wann und wie hätte er sich unbemerkt Fanny nähern sollen? Den 7. Juni hatte er größtenteils mit seiner Schwester verbracht. Sie hatten ein Gartenrestaurant am Katzensee besucht und anschließend in Zürich-Altstetten eingekauft. Zwei Personen konnten sich sogar an die beiden erinnern. Dem Wirt war Monika Rathgeb aufgefallen, weil sie ein für ihr Alter viel zu freizügiges Top getragen hatte. Ein Verkäufer im Supermarkt hatte Karl-Heinz Rathgeb bemerkt, weil er sich laut beschwert hatte, die Unterhosen seien nicht mehr das, was sie früher gewesen seien.

Bei der Vorstellung, wie nahe Karl-Heinz Rathgeb ihrer Wohnung gekommen war, fröstelte Jasmin. Vielleicht war sie ihm sogar begegnet, ohne es zu wissen. Wie vielen Gewalttätern lief sie täglich über den Weg? Wie häufig hatte sie sich, ohne es zu merken, Gefahren ausgesetzt? Als sie spürte, wie sich ihr Puls beschleunigte, konzentrierte sie sich auf das Gefühl der Messer oberhalb ihrer Knöchel. Sie hatte die Klingen am Morgen frisch geschliffen.

Nach den Einkäufen hatten sich die Geschwister getrennt. Monika Rathgeb war in Altstetten in die S12 gestiegen und nach Winterthur zurückgekehrt, Karl-Heinz Rathgeb hatte noch etwas getrunken und war laut eigenen Angaben eine Stunde später zum Bahnhof Hardbrücke gefahren, wo er in die S6 nach Regensdorf umstieg. Zeugen dafür gab es keine. Im Café konnte sich niemand an ihn erinnern. Rathgeb hatte sich zwar vorschriftsgemäß gemeldet und behauptet, in Altstetten zu sein, theoretisch hätte er sich aber auch bereits beim Bahnhof Hardbrücke befinden können, wo Fanny mit ihrem Vater auf die S-Bahn wartete. Doch woher hatte er gewusst, dass Fanny dort war? Und wann hätte er den Brief schreiben sollen? Rainer Kälin hatte alle Internetcafés im Raum Altstetten überprüfen lassen. Niemand erinnerte sich an Rathgeb. Also müsste er den Brief bereits im Gefängnis verfasst und hinausgeschmuggelt haben. Außer, er hatte einen Komplizen. Die Vermutung, es handle sich dabei um seine Schwester, war naheliegend gewesen. Aber offenbar falsch, dachte Jasmin.

In der Wohnung über ihnen stellte jemand die Musik lauter. Der Bass zerrte an Jasmins Nerven. Sie hatte nur wenig geschlafen, immerzu hatte sie an Pal denken müssen. Sie rieb sich die Augen.

»Das wird schon wieder«, tröstete Monika Rathgeb.

»Ich komme mir so hilflos vor«, sagte Jasmin. »Wie gehst du mit der Situation um? Ich habe den Eindruck, ihr steht euch nahe, Kari und du.«

Monika Rathgeb griff nach einem Päckchen Zigaretten auf dem Beistelltisch und hielt es Jasmin hin, die ablehnte.

»Das ist das einzig Gute an den Jahren, die er im Gefängnis verbracht hat«, fuhr sie fort, nachdem sie tief inhaliert hatte. »Sie haben uns näher gebracht. Davor hatten wir kaum Kontakt. Als er eingesperrt wurde, merkte er plötzlich, wie alleine er war. Seine Saufkumpane hatten ihn natürlich fallen lassen. Er war ihnen gut genug gewesen, solange er Runden spendierte, kaum steckte er in Schwierigkeiten, wandten sich alle von ihm ab. Außer ich.«

»Ich habe keine Geschwister. Ich habe mir oft einen großen Bruder gewünscht. Der mich beschützt und mir beibringt, was wichtig ist im Leben. Ist Kari älter als du?«

Monika Rathgeb verneinte. Sie erzählte, ihr Bruder sei ein Jahr jünger. Dadurch seien sie sich als Kinder besonders nahe gestanden, erst in der Pubertät lebten sie sich auseinander. Monika hatte Mühe mit seiner aggressiven Art. Er habe Auseinandersetzungen geradezu provoziert. Besonders schlimm sei es gewesen, wenn er getrunken habe. Schon in der Sekundarschule habe er manchmal mehrere Flaschen Bier an einem Abend geleert.

Wenn sie den Alkohol roch, wich Monika ihrem Bruder aus.

Sie wusste, er würde auch ihr gegenüber gewalttätig, wenn sie sich ihm in den Weg stellte. Einmal hatte sie es gewagt, ihn wegen des Trinkens zu kritisieren. Als sie in ihrem Zimmer aufwachte, konnte sie sich nur noch an die Flasche erinnern, die ihr entgegengeflogen war. Ihre Schläfe schmerzte, bei jeder Bewegung wurde ihr übel. Ihre Mutter brachte ihr frisches Eis, das sie in ein Handtuch gewickelt hatte. Sie bat Monika, keine Szene zu machen.

»Sie hat ihn immer in Schutz genommen.« Monikas Blick schweifte zu einem Foto auf der Anrichte. Es zeigte ein älteres Paar. »Sie wollte einfach nicht wahrhaben, dass er zu weit ging. Sogar als er seine Freundin grün und blau schlug, erfand sie Ausreden.«

»Ein Wunder, dass er überhaupt eine Freundin fand.«

»Die Mädchen standen auf ihn. Er hatte etwas Verruchtes, das ihnen zu gefallen schien.«

»Mädchen?«, wiederholte Jasmin vorsichtig.

Monika schüttelte den Kopf. »Um Gottes willen, nein. Ich weiß, was du denkst. Kari hat vieles falsch gemacht im Leben, aber für Kinder hat er sich nie interessiert. Das ginge sogar mir zu weit. Wenn er sich an einem Kind vergreifen würde, wäre er für mich gestorben!«

Jasmin hielt an der Autobahnraststätte Kemptthal, kaufte sich eine Cola und setzte sich auf den Randstein. Kaum hatte sie die Wohnung von Monika Rathgeb verlassen, hatte ihr Handy geklingelt. Es war Sokol gewesen. Als hätte er gespürt, dass sie sich soeben als Luca Bracchinis Freundin ausgegeben hatte. Wie versprochen, hatte sich Pals Bruder umgehört, seiner Meinung nach war Sergio Bracchini sauber. Offenbar erwartete seine Freundin ein Kind. Sergios Freunde glaubten nicht, dass er seine Zukunft aufs Spiel setzen würde, um seinem Bruder zu helfen. Ein Kollege hatte sogar behauptet, Sergio sei insgeheim froh, nichts mehr mit ihm zu tun zu haben. Vor seiner Verhaftung hatte sich Luca Bracchini an Sergios Freundin herangemacht, das hatte Sergio ihm nie verziehen.

Jasmin beschloss, sich vorläufig nicht weiter mit Luca Bracchini zu beschäftigen. Dass er seine Wut gegen Milena richten würde, kam ihr ohnehin unwahrscheinlich vor. Wenn er sich rächen wollte, dann vermutlich an seinem Therapeuten oder am Gutachter, der ihm eine schlechte Prognose gestellt hatte. Karl-Heinz Rathgeb hingegen behielt sie weiter im Auge. Die Justiz war vielleicht machtlos, sie aber nicht. Er war eine tickende Zeitbombe, und sie wollte dort sein, wenn er explodierte. Einstweilig würde sie sich aber darauf beschränken, ihn während der Hafturlaube zu beschatten. In seiner Vergangenheit zu graben, brächte wenig. Rainer Kälin war jedem Hinweis nachgegangen. Da dem Sachbearbeiter viel mehr Mittel zur Verfügung standen als ihr, würde sie kaum neue Erkenntnisse gewinnen. Entweder war Rathgeb besonders geschickt, oder er hatte tatsächlich nichts mit den Drohbriefen zu tun. Das Einzige, was sie noch unternehmen konnte, war, ab und zu in das Café in Altstetten zu gehen, um sein Foto herumzuzeigen. Vielleicht stieße sie zufällig auf einen Gast, der zur gleichen Zeit wie Rathgeb dort gewesen war.

Es war höchste Zeit, Eric Laupper genauer unter die Lupe zu nehmen. Fanny hatte ihn zwar nicht als den Mann im Zug identifiziert, doch das hatte nichts zu bedeuten. Sie hatte auch Rathgeb und Bracchini ausgeschlossen. Dass zwischen dem Unbekannten, der in Urdorf ausgestiegen war, und dem Täter eine Verbindung bestand, war nur eine Vermutung. Der Täter hätte Fanny den Brief auch im Bus oder am Bahnhof zustecken können.

Von allen Verdächtigen war Eric Laupper derjenige, der am meisten Grund hatte, wütend zu sein. Rathgeb käme bald frei. Bracchini hatte die Hoffnung noch nicht aufgegeben. Laupper hingegen hatte laut Pal den Glauben an den Rechtsstaat verloren. Beim Gedanken an Pal wurden Jasmins Glieder schwer. Wie würde er reagieren, wenn sie ihrem Verdacht nachging? Sie spürte, dass er sich ihr zu entziehen begann. Manchmal fragte sie sich, ob es nicht einfacher wäre, ihn loszulassen. Seinen Ansprüchen zu genügen, kostete sie mehr Energie, als sie hatte.

Kaum stellte sie sich jedoch ein Leben ohne ihn vor, fühlte sie sich von der Welt abgeschnitten. Es war, als würde eine Glashaube über sie gestülpt. Sie glaubte nicht, dass sie aus eigener Kraft darunter hervorkriechen könnte. Sie schob die unangenehmen Bilder beiseite. Sie hatte Wichtigeres zu tun, als sich in Selbstmitleid zu suhlen.

21

Für einige Gefangene war der Snackautomat im Besucherraum fast so wichtig wie der Besuch selbst. Während sie mit einem Ohr den Klagen der Mutter lauschten oder vom Bruder erfuhren, was draußen lief, genossen sie eine Packung Chips, einen Schokoriegel oder ein Süßgetränk. Andere waren damit beschäftigt, sich ihren Schmerz über die Trennung nicht anmerken zu lassen, der Partnerin Mut zu machen und dem Sohn oder der Tochter wenigstens während einer Stunde pro Woche Vater zu sein. Das Snackangebot interessierte sie wenig.

Auch Eric Laupper kümmerte sich nicht darum. Chips vertrug er ohnehin nicht mehr, Cola trank er nur, weil es ihn trotz der Chemie und des Zuckers beruhigte. Der Arzt hatte ihn gewarnt, er würde unter schubbedingter Zuckerunverträglichkeit leiden. Bis jetzt hatte Eric nichts davon gemerkt. Er konsumierte weiterhin Süßes, manchmal war er ohne Zucker nicht in der Lage, den Arbeitstag zu überstehen. Dennoch hatte er stark abgenommen, was ihn zwang, Livia das Ausmaß seiner Krankheit zu gestehen. Jetzt fragte sie ihn immer als Erstes nach seinem Gesundheitszustand, wenn sie ihn besuchte. Er bemühte sich, ehrlich zu antworten, ohne zu viel preiszugeben. Er wollte ihr nicht noch mehr Kummer bereiten.

Heute ging es ihm gut. Gemäß dem Arzt steckte er in einer Remissionsphase. Gerne hätte er Livia umarmt, doch im Besucherraum fühlte er sich beobachtet, deshalb begnügte er sich damit, ihre Brüste zu betrachten. Er hatte sofort gesehen, dass sie keinen BH trug. Weil der Metalldetektor auf die Bügel reagierte, zog sie es manchmal vor, ganz darauf zu verzichten.

»Dir scheint es besser zu gehen«, stellte sie lächelnd fest.

»Die Medikamente wirken.«

»Ich bin froh, dass du sie nimmst.«

»Hat Robbie die Lehrstelle bekommen?«, wechselte er das Thema.

Livias Lächeln wurde breiter. »Ja! Im Herbst beginnt er bei den Verkehrsbetrieben Zürich als Produktionsmechaniker. Er freut sich riesig.«

Ihr Neffe hatte sich monatelang vergeblich um eine Lehrstelle bemüht. Livia beschrieb, wie aufgeregt er war. Eric hatte den Jungen noch nie gesehen, doch er hing an Livias Lippen. Ihre detailreichen Schilderungen ließen in ihm das Gefühl aufkommen, ihre Familie zu kennen. Das gefiel ihm. Manchmal fragte Livia ihn sogar um Rat. Als ihr Vater seinen Siebzigsten gefeiert hatte, hatte sie nicht gewusst, was sie ihm schenken sollte. Eric hatte eine Angelausrüstung vorgeschlagen. Als Junge habe ihr Vater gerne geangelt, hatte ihm Livia vor Jahren einmal erzählt. Später, als gefragter Landschaftsarchitekt, habe er dafür keine Zeit mehr gefunden. Seit er pensioniert sei, langweile er sich. Eric war die Idee gekommen, dass der Vater sein Hobby wieder aufnehmen könnte. Livia war vom Vorschlag begeistert gewesen und hatte tatsächlich eine Spinnrute gekauft. Seither verbrachte ihr Vater ganze Tage am See. Dafür war ihr die Mutter immer noch dankbar.

Eric hatte zu seinen Pflegeeltern keinen Kontakt. Es hatte ihm nirgendwo gefallen. Heute kam Wut in ihm auf, wenn er an die Schläge und die Übergriffe dachte, doch damals hatte er nur Schiss gehabt. Im Heim hatte er sich wenigstens unsichtbar machen können. Darin war er gut gewesen. Vor den Pflegeeltern aber hatte er sich nicht verstecken können, egal, wie sehr er es versucht hatte. Noch immer erwachte er, wenn er nachts Schritte vor seiner Tür hörte. Livias Familie war anders. Bei ihr hätte er sich vielleicht wohlgefühlt. Sie erinnerte ihn an die Familien in TV-Serien: Andauernd gab es Probleme, Tränen, Streit, aber am Ende wurde alles gut.

Seit er krank war, blickte er häufig zurück. Diese Colitis hatte etwas mit ihm gemacht. Sie hatte einen neuen Abschnitt eingeleitet. Bevor er im Knast gelandet war, hatte er immer in Abschnitten gedacht. Jede Familie und jeder Heimaufenthalt war ein Abschnitt gewesen. Dann kamen die Frauen. Abschnitte mit Namen, die er längst vergessen hatte. Oft war er zu zugedröhnt gewesen, um sie sich zu merken. Eines Tages war er in Untersuchungshaft aufgewacht. Der letzte Abschnitt hatte begonnen. Danach ließ sich die Zeit nicht mehr unterteilen – bis zu seiner Krankheit. Eric wusste, dass er nicht an ihr sterben würde, plötzlich war ihm jedoch klargeworden, dass sein Abstieg begonnen hatte. Er würde nur noch älter und schwächer werden. Die Krankheit war der Anfang vom Ende. Ein neuer Abschnitt also.

»Er möchte dich kennenlernen«, sagte Livia.

Eric schreckte auf.

»Robbie möchte dich kennenlernen«, wiederholte Livia sanft.

»Warum?«

»Weil ich so viel von dir erzähle. Ihm geht es wie dir. Er glaubt, dich durch mich zu kennen.«

Eric gab einen undefinierbaren Laut von sich.

Livia legte ihre Hand auf die seine und beugte sich vor. »Eric, ich verstehe, dass du Angst hast. Aber Robbie bedeutet es viel. Und mir auch.«

»Er wird enttäuscht sein«, brummte Eric.

Livia schüttelte den Kopf. »Nein, das wird er nicht. Ich war immer ehrlich. Meine Familie weiß, dass du Probleme hast, aber auch, dass viel Gutes in dir steckt.«

»Weiß er auch, warum ich sitze?«

»Ich habe ihm erzählt, dass du eine Frau vergewaltigt hast, ja. Die Umstände kennt er nicht. Aber er weiß von deinen Suchtproblemen.«

Eric verschränkte die Arme. »Was will er von mir?«

»Er will dich nur kennenlernen, das ist alles. Robbie wird langsam erwachsen. Er beginnt, sich mit seinem Umfeld auseinanderzusetzen. Und dich betrachtet er als Onkel, auch wenn wir nicht verheiratet sind.«

In Erics Darm begann es zu rumoren. Er spürte einen Stich,

dann ein schmerzhaftes Brennen. Er klemmte die Arschbacken zusammen. Panik erfasste ihn. Was, wenn ihm die verdammte Scheiße hier und jetzt rauslief? Er hätte nichts trinken sollen. Er fluchte leise, wütend auf seinen Körper, wütend auf das beschissene System, das ihm jegliche Privatsphäre raubte. Er war wie ein Tier im Zoo. Die Gaffer sahen ihm bei allem zu. Idioten, allesamt! Warteten nur darauf, dass er eine Show abzog! Den Gefallen würde er ihnen nicht tun. Ja, damals, als Kind, da hatte er aus Angst in die Hosen gemacht, aber heute doch nicht mehr! Schweiß trat auf seine Stirn. Von weit her hörte er Livias Stimme. Eric versuchte zu fokussieren. Ihre Umrisse verschwammen vor seinen Augen.

»Dein Zeitungsabonnement ist abgelaufen«, sagte Livia ruhig. »Du warst dir nicht sicher, ob du es verlängern willst. Hast du dich entschieden?«

Die Zeitung. An neutrale Dinge denken. Das half. Livia wusste Bescheid. Gefühle ausschalten. Die Wettervorhersage. Börsenberichte. Das TV-Programm.

»Der Preis ist gestiegen«, fuhr Livia in sachlichem Ton fort. »Wenn du möchtest, kann ich nachfragen, was es kostet, nur die Sonntagsausgabe zu abonnieren.«

Richtig. Er wollte die Zeitung abbestellen. Zu viel. Er las nicht mehr oft. Kein Interesse. Die Schmerzen ließen langsam nach. Einmal pro Woche genügte. War auch billiger. Er konnte wieder atmen. Bei der Arbeit lief das Radio. Dort erfuhr er mehr, als er wissen wollte. Das Stechen ließ nach.

»Ja, nur die Sonntagsausgabe.« Eric wischte sich mit dem Ärmel den Schweiß von der Stirn. Er sah sich um. Niemand beachtete ihn.

»Gut«, sagte Livia. »In dem Fall werde ich das Abo nicht verlängern. Du musst mir übrigens noch sagen, was du in deinem Lebensmittelpaket haben möchtest. Der Termin läuft in einer Woche ab.«

Eric nickte, dankbar, dass sie begriffen hatte, was mit ihm los war. Sie sprach nicht mehr über Robbies Besuch. Ihre Miene war neutral. Eric konzentrierte sich auf ihre Frage. Das Lebensmittelpaket hatte er ganz vergessen. Viermal im Jahr durften Gefangene Pakete erhalten. Drei Termine waren vorgegeben, ein viertes Paket war am Geburtstag erlaubt. Da sein Geburtstag auf einen der Pakettermine fiel, konnte Eric das Geschenk nachbeziehen, allerdings nur innert eines Monats. Er überlegte, was er brauchte. Vieles war bewilligungspflichtig. Bücher, CDs oder Kleidungsstücke kamen deshalb als Geschenk nicht in Frage. Toilettenartikel waren auch nicht gestattet, die würde er mittels Hausbrief bestellen müssen. Er duschte viel häufiger, seit er krank war. Außerdem brannte sein Arsch. Eine Salbe hätte bestimmt geholfen. War aber verboten. Außer, er bezog sie beim Arzt. Und das hatte er nicht vor.

»Zwieback!«, fiel es ihm plötzlich ein. Ein haltbares Lebensmittel, nicht gekocht und originalverpackt, deshalb also erlaubt.

»Ist das alles?«

Eric dachte nach. »Zigaretten.«

Er rauchte zwar nicht mehr, doch Zigaretten waren begehrt. Es war immer gut, etwas zu haben, was andere wollten. Zigaretten stellten im Knast eine solide Währung dar.

Livia nickte. »Ich schau, dass ich das Paket morgen abschicken kann, damit du es rechtzeitig bekommst.«

Sie verstummte. Plötzlich glich sie einem Kartenhaus kurz vor dem Einsturz. Eric wollte etwas sagen, um sie zum Lachen zu bringen. Etwas, das sie einen Augenblick vergessen ließ, wo sie war. Doch ihm fiel nichts ein. Gab es gar nichts Neues zu berichten?

»Mein neuer Anwalt war da«, sagte er plötzlich.

»Wie ist er?«

»Er hat Ohren wie Segel.«

Livia lächelte. »Nimmt er dich ernst?«

»Ja.«

»Gut.«

Eric dachte an die Vorladung der Polizei. Übermorgen würde er abgeholt. Es war Jahre her, seit er in der Stadt gewesen war. Bevor sie ihm die unbegleiteten Urlaube gestrichen hatten, war er einmal im Monat nach Zürich gefahren. Er hatte mit Livia Kuchen gegessen, dann hatten sie Einkäufe getätigt, bevor sie zu ihr nach Hause gefahren waren. Fast wie ein normales Paar. Er hatte sie jederzeit berühren dürfen. Manchmal waren sie einfach dagesessen, Arm in Arm, und hatten die Wärme genossen. Er fröstelte.

Livia sah auf die Uhr. Die Stunde war fast um. Als sie einen hastigen Blick nach links und rechts warf, ahnte er, was sie als Nächstes fragen würde.

Er schüttelte den Kopf. »Noch nicht.«

»Warum zögerst du es hinaus?«

»Es bringt ja doch nichts«, seufzte er, obwohl er sich vorgenommen hatte, Livia gegenüber optimistisch zu sein.

»Einen letzten Versuch ist es wert!«

»Du hast recht«, log er.

»Bist du wirklich sicher, dass du den Brief selber schreiben willst?«, fragte sie leise. »Es wäre viel einfacher, wenn du ihn mir wieder diktieren würdest.«

»Nein.«

Eric betrachtete seine Hände. Diesmal musste der Brief von ihm stammen. Ganz von ihm. Als er aufschaute, sah er, dass Livia verstand. Vielleicht würde er alles vermasseln. Davon ging er sogar aus. Trotzdem musste er es versuchen. Es war seine letzte Chance.

Jasmin wartete, bis sich Livia Merz ans Steuer ihres Hondas gesetzt hatte, bevor sie ihre Monster startete. Die Minuten verstrichen. Nichts geschah. Sie nahm ihr Fernglas hervor und stellte die Schärfe ein. Livia Merz hatte die Stirn aufs Lenkrad gelegt. Sie weinte. Jasmin schaltete den Motor wieder aus.

Sie hatte sich Livia Merz anders vorgestellt. Automatisch hatte sie Parallelen zu Monika Rathgeb gezogen, obwohl sie wusste, dass Livia Merz im Gegensatz zu Monika Rathgeb aus einem gutbürgerlichen Umfeld stammte. Die beiden hätten sich kaum stärker unterscheiden können. Livia Merz wirkte fragil. Sie kleidete sich dezent, aber geschmackvoll. Von weitem wirkte sie dadurch älter als Monika Rathgeb; als Jasmin sie aber durch den Feldstecher betrachtete, sah sie, dass ihre Haut straffer, ihr Körper geschmeidiger war.

Eine Viertelstunde lang geschah nichts, dann holte Livia Merz ein Taschentuch hervor und trocknete sich die Augen. Aus einer Schachtel nahm sie ein Bonbon und steckte es in den Mund, ehe sie sich aufrichtete, den Honda startete und das Fahrerfenster einige Zentimeter nach unten ließ. Sie wartete, bis eine junge Mutter auf dem Parkplatz nebenan einen Kinderwagen im Kofferraum verstaut hatte, bevor sie den Rückwärtsgang einlegte und langsam anfuhr. Jasmin ließ ihr einen kleinen Vorsprung und bog dann ebenfalls in die Hauptstraße ein. So, wie Livia Merz fuhr, war sie leicht einzuholen.

Jasmins Gedanken kreisten um die Tränen der Frau. Liebte sie Eric Laupper tatsächlich? Jasmin konnte nicht nachvollziehen, wie jemand Gefühle für einen Vergewaltiger entwickeln konnte. Sie überlegte, was sie erwartet hatte. Eine gewisse Bedürftigkeit vielleicht, einen offensichtlichen Makel. Livia Merz war jedoch eine ganz durchschnittliche Frau, farblos zwar, aber nicht unattraktiv. Laut Milena war sie finanziell abgesichert und sozial eingebettet. Sie hätte also auch einen anderen Mann finden können. Das war es, was Jasmin beunruhigte. Livia Merz hatte sich bewusst für Eric Laupper entschieden. Er war kein Lückenbüßer. Wie weit ginge sie, um ihm zu helfen? Sah sie in Eric Laupper womöglich gar ein Opfer? Jasmin musste zugeben, dass sein Fall ungewöhnlich war. Selten wurde jemand vom offenen in den geschlossenen Vollzug zurückversetzt, ohne selbst Anlass dazu geboten zu haben. In gewisser Weise trug Laupper dennoch die Verantwortung, da er sich weigerte, sein Delikt aufzuarbeiten, und somit eine Gefahr darstellte. Jasmin begriff nicht, warum Pal das nicht einsah.

Livia Merz schlug den Weg Richtung Zürich-Höngg ein. Jasmin ließ sich weit zurückfallen. Es war immer noch drückend heiß, die Gewitterwolken, die täglich gegen Abend aufzogen, hatten sich bisher nicht entladen. Bereits klagten die Bauern über den ausbleibenden Regen. An vielen Orten war es wegen Waldbrandgefahr verboten, im Freien ein Feuer zu entfachen.

Die Überlandstraße führte durch ein Waldstück, und sofort wurde die Luft kühler. Jasmin hatte ihren Reißverschluss nicht ganz hochgezogen, nun blähte der Fahrtwind die Sheltexjacke auf und trocknete den Schweiß auf ihrer Haut. Eine Gruppe Velofahrer zwang Livia Merz abzubremsen. Obwohl die Gegenfahrbahn frei war, überholte sie nicht. Jasmin schaltete einen Gang tiefer. Vor ihnen tauchte Höngg auf. Wie überall am Stadtrand war auch hier in den letzten Jahren viel gebaut worden. Moderne Wohnhäuser überzogen den Hügel in uniformem Weiß. Erst als sie auf den alten Kern des Viertels zufuhren, wurden die Gebäude abwechslungsreicher. Livia Merz hielt auf dem Parkplatz eines mexikanischen Restaurants und stieg aus. Jasmin fuhr ein Stück weiter und parkte in einer Seitenstraße. Ihr Magen knurrte. Gegenüber befand sich ein Lebensmittelladen. Vielleicht würde die Zeit reichen, um ein Sandwich zu kaufen.

Livia Merz überquerte die Straße und ging zu einem Altbau, wo sie klingelte. Während sie wartete, gab Jasmin die Adresse ins Smartphone ein. Noch bevor die Tür aufgezogen wurde, erschien auf dem Display des Telefons der Name Jürg Walder. In Klammern stand Merz. Offenbar handelte es sich um Verwandte. Jasmin stieg vom Motorrad und nahm den Helm vom Kopf. Sie ging auf den Laden zu, das Haus im Auge behaltend. Die Sandwichs befanden sich im hinteren Teil des Geschäfts; weil Jasmin von dort aus die Straße nicht sah, begnügte sie sich mit einigen Schokoladestengeln, die an der Kasse angeboten wurden, und einer Cola aus dem Kühlfach neben dem Ausgang.

Kaum war sie wieder ins Freie getreten, ging die Tür des Altbaus auf, und Livia Merz kam mit einem Plastiksack heraus. Sie blieb kurz stehen, um sich am Bein zu kratzen, anschließend kehrte sie zu ihrem Wagen zurück. Eilig trank Jasmin einige Schlucke Cola, riss das Papier von einem der Schokoladestengel und biss großzügig ab. Den Rest stopfte sie in ihre Jackentasche.

Anstatt nach Hause fuhr Livia Merz wieder stadtauswärts. Nach wenigen Minuten bog sie links ab und steuerte auf die Europabrücke zu. Nachdem sie den Fluss und die Bahngleise überquert hatte, wechselte sie die Spur, um an der nächsten Kreuzung erneut abzuzweigen, diesmal nach rechts – Richtung Altstetten. Jasmin wurde nervös. Rational betrachtet, gab es keinen Grund für das ungute Gefühl, das sie auf einmal empfand. Sowohl die Hohlstraße als auch die Badenerstraße waren Hauptverkehrsachsen. Täglich verließen Tausende Menschen auf diesem Weg die Stadt. Doch je näher sie Jasmins Wohnung kamen, desto angespannter wurde sie. Kannte Livia Merz ihre Adresse? Sie schalt sich eine Idiotin. Livia Merz wusste nicht einmal, wer sie war.

Der Verkehr wurde dichter. Jasmin schloss auf. Von weitem sah sie den Kreisel beim Farbhof. Kurz davor musste sie dem Einunddreißiger den Vortritt lassen und verlor den Honda aus den Augen. Ungeduldig wippte Jasmin auf und ab. Am langen Doppelgelenktrolleybus gab es kein Vorbeikommen. Als sie wieder freie Sicht hatte, konnte sie den Wagen von Livia Merz nirgends entdecken. Sie fluchte. Stadteinwärts fuhren mehrere Personenwagen auf der Badenerstraße Richtung Lindenplatz – direkt an Jasmins Wohnung vorbei. Stadtauswärts verließ ein Lieferwagen mit der Aufschrift eines Malergeschäfts den Kreisel. Über ihm passierte eine S-Bahn eine Überführung. Als die letzte Zugkomposition aus Jasmins Blickwinkel verschwand, realisierte sie, dass die S9 und die S15 diese Strecke fuhren. Beide hielten in Urdorf.

Jasmin rang nach Atem. Es zog sie zurück. Sie wollte sich vergewissern, dass Livia Merz nicht vor ihrem Wohnblock gehalten hatte. Gleichzeitig wusste sie, dass ihre erste Priorität darin zu bestehen hatte, für Fannys Sicherheit zu sorgen. Wenn Livia Merz auf dem Weg nach Urdorf war, dann nicht ohne Grund. Jasmin verließ den Kreisel und fuhr weiter.

22

Milena Herzog kämpfte gegen das Verlangen, sich zu Matthias auf den Liegestuhl zu kuscheln. Wie oft waren sie in den vergangenen Jahren dagelegen, er hinter ihr, die Arme um ihren Oberkörper geschlungen, und hatten dem Vogelgezwitscher gelauscht, Fanny zugesehen oder Pläne geschmiedet. Sie wusste, dass ihr Bedürfnis nur dem Wunsch entsprang, dem Alltag für kurze Zeit zu entfliehen. Bei der Vorstellung, ihre Bürde mit Matthias zu teilen, wurde ihr warm ums Herz. Doch sie machte sich keine Illusionen. Nichts hatte sich zwischen ihnen verändert. Es war nicht Matthias, der sie anzog, sondern die Sicherheit, die er ihr durch seine Anwesenheit vermittelte.

Der gemeinsame Grillabend war nicht geplant gewesen. Matthias hatte Fanny früher als vereinbart nach Hause gebracht, weil sie über Bauchschmerzen geklagt hatte. Nachdem sich Fanny in ihr Zimmer zurückgezogen hatte, bot Milena ihm ein kaltes Getränk an. Als sie die Eiswürfel aus dem Gefrierfach holte, stieß sie auf das Rindfleisch, das Matthias vor Monaten bei einem Bauern bestellt und eingefroren hatte. Seit er ausgezogen war, hatte Milena nicht ein einziges Mal grilliert. Spontan hatte sie gefragt, ob er Lust habe, zum Abendessen zu bleiben. Er hatte zugesagt.

Sie trat einen Schritt näher an den Liegestuhl. Matthias wirkte bedrückt. Als sie ihn darauf ansprach, schrieb er seine Angespanntheit dem Ende des Schuljahrs zu. Vor den Sommerferien mussten alle laufenden Projekte abgeschlossen und zahlreiche Gespräche geführt werden. Obwohl Milena wusste, dass der Druck groß war, nahm sie ihm die Erklärung nicht ab. Dafür kannte sie ihn zu gut. Er war ein erfahrener Lehrer, er verstand es, seine Zeit und die anstehenden Aufgaben einzuteilen. Ende Schuljahr kam er nicht in Bedrängnis. Vielleicht hatte Fanny ihn angesteckt. Seit Tagen aß sie nicht mehr richtig, und obwohl sie früh zu Bett ging, fiel es ihr schwer, sich zu konzentrieren. Milena setzte sich auf den Rand des Liegestuhls. Matthias drehte ihr den Kopf zu.

»Bist du sicher, dass du essen willst?«, fragte Milena. »Vielleicht habt ihr beide ein Magen-Darm-Virus eingefangen.«

»Mir geht es gut«, antwortete er. »Brauchst du Hilfe in der Küche?«

Sie schüttelte den Kopf. »Ich habe noch einen Rest Kartoffelsalat. Der sollte reichen. Fanny isst zurzeit kaum etwas. Soll ich das Fleisch bringen?«

»In einer Viertelstunde«, erwiderte er, den Blick auf den Grill gerichtet.

Sie versanken in Schweigen. Die Stille war Milena unangenehm. Sogar die Vögel stellten ihr Zwitschern ein, als spürten sie, dass sich zwischen ihr und Matthias etwas verändert hatte. Wehmütig dachte sie an die lebhaften Unterhaltungen zurück, die sie früher geführt hatten. Wäre ihre Beziehung zu retten gewesen, wenn sie rechtzeitig über ihre Probleme gesprochen hätten? Hatten sie sich, ohne es zu merken, in unterschiedliche Richtungen entwickelt? Matthias warf ihr vor, sie sei unnachgiebiger geworden und verhalte sich oft egoistisch. Milena glaubte nicht, sie sei eine andere geworden. Sie war reifer, ja, aber ihre Werte waren dieselben geblieben. Sie stellte aber fest, dass sie sich, im Gegensatz zu früher, nicht mehr vor Auseinandersetzungen fürchtete und ständig den Drang verspürte zu gefallen. Möglicherweise fand Matthias ihre neugewonnene Selbstsicherheit bedrohlich. Wünschte er sich die gefügige, unsichere Studentin zurück, in die er sich vor einundzwanzig Jahren verliebt hatte? Sie fragte ihn nicht. Die Wunden waren noch zu frisch. Zudem standen für Milena andere Themen im Vordergrund. Über ihre zerbrochene Ehe würden sie sich noch viele Jahre Gedanken machen können.

»Matthias, es ist vielleicht nicht der richtige Zeitpunkt, aber ich möchte die Scheidung vorantreiben. Ich glaube, es würde

Fanny helfen. Ich mache mir Sorgen um sie. Es geht ihr gar nicht gut.«

Matthias schloss kurz die Augen. »Es tut mir leid. Das wollte ich wirklich nicht. Wenn ich doch nur …«

»Wir können nicht mehr zurück«, sagte Milena bestimmt. »Aber wir können vorwärtsmachen. Insgeheim hofft Fanny immer noch, dass du wieder bei uns einziehst. Ich denke, wenn der Schritt vollzogen ist, wird sie sich mit der Situation abfinden.«

»Ich hoffe es.« Matthias zögerte. »Trotzdem … findest du den Zeitpunkt günstig? Was ist mit den Drohbriefen?«

»Die Drohbriefe?«, wiederholte Milena. »Was meinst du? Was haben die Drohbriefe mit uns zu tun?«

»Mit uns nichts, aber mit Fanny. Solange nicht klar ist, wer dahintersteckt, ist sie in Gefahr. Das wird sich in den nächsten Jahren nicht ändern, oder?«, fragte er vorwurfsvoll. »Außer, du hast vor, deine Stelle bei der Justizdirektion aufzugeben, aber so, wie ich dich kenne, kommt das für dich immer noch nicht in Frage. Also wirst du weiterhin Zielscheibe für irgendwelche Spinner sein.«

Milena starrte ihn an. Sie hatte nie weiter gedacht als bis zur Ergreifung des Täters. Dass neue Drohungen folgen könnten, war ihr nicht in den Sinn gekommen. Schuldgefühle stiegen in ihr auf. Sie hatte tatsächlich nicht einmal in Betracht gezogen zu kündigen. Hatte Matthias womöglich doch recht? War sie egoistisch?

»Wir haben vereinbart, Fannys Wohl nie aus den Augen zu verlieren«, fuhr Matthias fort. »Bevor wir eine Konvention aufsetzen, müssen wir uns darüber klarwerden, was für sie das Beste ist.«

»Du klingst, als wüsstest du die Antwort bereits«, sagte Milena.

Matthias blickte zum blauen Himmel. »Vielleicht sollten wir uns noch einmal Gedanken über die Wohnsituation machen.«

»Ich ziehe hier nicht weg! Das habe ich mehr als deutlich gemacht!«

»Ich will damit nur sagen, wir sollten uns überlegen, wo Fanny am besten aufgehoben ist. Hier oder bei mir in Zürich.«

»Darüber haben wir schon gesprochen! Wir waren uns einig, dass wir einen Schulwechsel vermeiden wollen.«

»In einem Jahr steht ohnehin ein Wechsel an. Außerdem hat sich die Ausgangslage verändert. Bei mir müsste Fanny keine Angst haben. Die Welt ist nicht mehr wie früher, Lena. Die Menschen werden zunehmend aggressiver. Denk nur an das Tötungsdelikt im Zürcher Oberland.«

Milena wollte nicht daran denken. Genauso wenig, wie sie an ein Leben ohne Fanny denken wollte. Die Vorstellung, jeden Tag in ein leeres Haus zurückzukehren, tat ihr beinahe körperlich weh. Doch hatte sie das Recht, ihre Bedürfnisse höher zu gewichten als Fannys Sicherheit?

»Wir müssen uns nicht jetzt entscheiden«, sagte Matthias. »Aber lass es dir durch den Kopf gehen.«

Bevor sie antworten konnte, klingelte es an der Haustür. Mit einem Seufzer stand Milena auf und ging ins Haus.

Jasmin zögerte, als sie Milenas bekümmerten Ausdruck sah. »Störe ich?«, fragte sie.

»Nein«, versicherte Milena ein bisschen zu rasch. »Hast du Neuigkeiten? Matthias ist hier«, fügte sie hinzu.

»Ich werde nicht lange bleiben«, entschuldigte sich Jasmin. »Ich möchte mich nur kurz umsehen.« Sie erzählte, wie sie Livia Merz gefolgt war. »Ich will sicher sein, dass sie nicht hier herumschleicht. Wann hast du den Briefkasten zuletzt geleert?«

»Heute Mittag. Glaubst du, sie könnte …« Ruckartig drehte sich Milena um und kam kurz darauf mit einem Schlüssel zurück. Sie eilte zum Briefkasten und öffnete ihn. »Leer!«, stieß sie aus. »Ich weiß gar nicht, ob ich erleichtert oder enttäuscht sein soll. Meinst du wirklich, Livia Merz könnte hinter allem stecken?«

»Möglich wäre es. Eric Laupper hat ein Motiv. Ich werde der Sache auf jeden Fall nachgehen und wäre froh, wenn du so viele Informationen wie möglich über den Aufseher beschaffen könntest, der Laupper ins Limmattalspital begleitet hat.«

Milena versprach, sich darum zu kümmern. »Möchtest du mitessen? Wir grillieren.«

Jasmin lehnte ab. »Lasst euch nicht stören. Ich werde mich zuerst im Haus umsehen, danach die Umgebung absuchen. Tut so, als sei ich nicht da.«

Während sich Milena in der Küche zu schaffen machte, suchte Jasmin nach Zeichen eines versuchten Einbruchs. Livia Merz hatte zwar nur einen kleinen Vorsprung gehabt, und die Herzogs waren die ganze Zeit hier gewesen, trotzdem wollte Jasmin keine Risiken eingehen. Vielleicht hatte sich Livia Merz eingeschlichen und versteckte sich nun im Haus. Kriminelle neigten dazu, mit jeder Tat dreister zu werden.

Nachdem sie Fenster und Türen kontrolliert hatte, durchkämmte Jasmin Wohnzimmer und Küche. Im Erdgeschoss entdeckte sie nichts Verdächtiges. Sie stieg die Treppe hoch, um die Zimmer im ersten Stock in Augenschein zu nehmen. Fannys Tür war geschlossen. Jasmin ging daran vorbei und begab sich ins Büro. Einiges hatte sich verändert, seit sie den Raum das letzte Mal betreten hatte. Die Regale waren staubfrei, Milena hatte sie mit Romanen, Alben und juristischen Fachbüchern gefüllt. An der Pinnwand hingen neue Fotos. Eines zeigte Milena mit einer Gruppe Personen an einem Apéro, vermutlich einem Teamanlass, auf einem anderen war eine Frau abgebildet, die starke Ähnlichkeit mit Milena hatte. Ihre Schwester? Nirgends entdeckte Jasmin Gegenstände, die fehl am Platz wirkten. Nichts deutete auf eine Botschaft hin. Auch in Milenas Schlafzimmer und im Bad fand Jasmin keine Spuren von Livia Merz.

Zuletzt klopfte sie bei Fanny. Als keine Antwort kam, stieß sie die Tür vorsichtig auf. Fanny lag auf dem Bett, die Beine angezogen, das Gesicht zur Wand. Das Fenster stand offen. Der Geruch von Rauch erfüllte den Raum.

»Fanny?«, sagte Jasmin sanft. »Ich bin es. Ich habe gehört, du fühlst dich nicht gut.«

»Mir ist schlecht«, antwortete das Mädchen.

»Darf ich mich zu dir aufs Bett setzen?«

Fanny rutschte näher zur Wand, was Jasmin als Zustimmung deutete. Sie freute sich darüber. Vor einigen Wochen hätte Fanny sie einfach ignoriert. »Wie war der Tag mit deinem Vater?«, fragte sie, nachdem sie sich gesetzt hatte.

»Gut.«

»Was habt ihr gemacht?«

»Wir waren in der Pestalozzi-Bibliothek. Ich habe eine neue Bibliothekskarte erhalten. Eine für die Stadt.«

Jasmin war seit ihrer Schulzeit nicht mehr in einer Bibliothek gewesen. »Hm. Klingt gut. Hast du ein Buch ausgeliehen?«

»Ja, aber es ist in meinem Zimmer in Zürich.« Fanny drehte sich auf den Rücken. »Es ist ziemlich schwer.«

»So ein richtig dicker Wälzer?«

»Ein Bildatlas.« Fanny stützte sich auf einen Ellenbogen. »Über Motorräder.«

Überrascht lachte Jasmin auf. »Wirklich?«

»Es hat über 300 Fotos. Und über alle Motorräder steht etwas. Sogar deine Monster ist drin.«

»Hoffentlich! Sonst wäre das Buch das Papier nicht wert, auf dem es gedruckt ist.«

Fanny nickte zustimmend. »Hast du deinen Freund schon gefragt, ob wir sein Supermoto-Motorrad ausleihen dürfen? Wann gehen wir auf die Kartstrecke?«

Das schlechte Gewissen packte Jasmin. Sie hatte Pal noch nicht darauf angesprochen. »Ich habe eine bessere Idee«, sagte sie. »Mein Bruder hat eine eigene Garage. Er ist zwar Automech, hat aber eine Rangierhilfe für Motorräder.«

»Was ist das?«

»Ein Stahlblech mit einem Frontarm, auf dem ein Motorrad aufgebockt werden kann, damit das Hinterrad frei ist. Das heißt, du kannst Gas geben, ohne davonzufahren. Wir könnten mit der Monster zu ihm und die Maschine aufbocken. Dann bringe ich dir bei, wie man schaltet.«

»Darf ich dabei auf der Monster sitzen?«

»Klar! Du kannst sie starten, Gas geben, so tun, als wärst du auf der Straße. Ganz alleine.«

Fanny strahlte. »Echt? Wann gehen wir?«

»Frag deine Eltern. Ich habe immer Zeit.«

Fanny sprang auf und eilte aus dem Zimmer. Jasmin hörte, wie sie die Treppen hinunterrannte. Kurz darauf erklang ihre Stimme aus dem Garten. Jasmin trat ans Fenster. Matthias stand am Grill und wendete das Fleisch. Milena hatte eine Flasche Wein geöffnet, die sie auf den Tisch stellte. Beide hielten inne, als sie Fannys aufgeregte Stimme hörten. Jasmin sah die Verwunderung auf ihren Gesichtern. So schnell hatten sie nicht mit einer Genesung gerechnet.

Zum wiederholten Mal fragte sich Jasmin, warum Fanny so schlecht mit der Trennung ihrer Eltern umgehen konnte. Zugegeben, sie hatte wenig Erfahrung mit Kindern, doch fast die Hälfte aller Ehen wurde heute geschieden, und Jasmin hatte nicht den Eindruck, dass alle Kinder so litten wie Fanny. In Gedanken versunken, begann sie, das Zimmer zu durchsuchen. Sie fühlte sich nicht wohl dabei. Sie empfand keine Skrupel, in Milenas Sachen zu wühlen, schließlich war sie ihre Auftraggeberin. Aber Fanny war nicht gefragt worden, ob sie damit einverstanden sei. Jasmin stellte sich vor, ihre Mutter hätte jemandem die Erlaubnis erteilt, in ihre Privatsphäre einzudringen. Sie hätte es ihr nie verziehen.

Jasmin warf einen kurzen Blick aus dem Fenster. Fanny saß am Tisch und schöpfte sich eine große Portion Kartoffelsalat. Mit einem Seufzer nahm Jasmin Fannys Schulthek und öffnete ihn. Sie breitete den Inhalt auf dem Schreibtisch aus und ging jedes Heft und jedes Mäppchen durch. Sie suchte nach einer fremden Schrift oder einem losen Blatt, fand aber nichts Ungewöhnliches. Sie staunte über Fannys Leistungen. Keine Note lag unter einer Fünf, der Lehrer lobte sie für ihre Sauberkeit und ihre Handschrift. Jasmin ertappte sich, wie sie ob so viel Perfektion die Nase rümpfte. Sofort schämte sie sich. Fanny war zutiefst verunsichert, vermutlich gab ihr die Schule den Halt, den sie so dringend benötigte. Kein Wunder, verbrachte sie Stunden damit, Hefte zu dekorieren und Übungen ins Reine zu schreiben.

Das letzte Heft, das Jasmin in die Hände nahm, enthielt Aufsätze. Jasmin blätterte es kurz durch. Niemand hatte etwas hineingeschrieben, das nicht dorthin gehörte. Plötzlich fiel ihr ein, wie Fanny sie vor einigen Tagen gefragt hatte, ob sie einen Aufsatz lesen wolle. Jasmin war davon ausgegangen, Fanny wolle sie bitten, die Fehler zu korrigieren, doch hatte Fanny nicht gesagt, sie müsse ihn verbessern? Also war er vom Lehrer schon korrigiert worden. Jasmin schlug das Heft erneut auf. Warum, hätte sie nicht sagen können. Ihr Instinkt sagte ihr, dass sie die Ungereimtheit nicht ignorieren durfte.

»Der Traum«, stand in verschnörkelten Großbuchstaben über dem Text. Mit Befremden las Jasmin die Geschichte eines verschwundenen Pferdes. Im Gegensatz zu ihren Klassenkameradinnen war sie nie ein Pferdenarr gewesen, sie wusste aber, dass Pferde in der Entwicklung vieler Mädchen eine wichtige Rolle spielten. Gerade in der Pubertät, wenn sich Mädchen von den Eltern zu lösen begannen, hielten sie Ausschau nach neuen Bindungen. Während sich Jungen im gleichen Alter für Sex zu interessieren begannen, suchten Mädchen in der Regel jemanden, auf den sie sich verlassen konnten. Ein Pferd war stark, richtete seine Kraft jedoch nie gegen die Reiterin; es war warm und weich, stellte aber keine sexuellen Ansprüche. Außerdem diente es als Projektionsfläche für alles Mögliche.

Was projizierte Fanny in das Tier? Stellte das Pferd im Aufsatz den Vater dar, den Fanny glaubte, verloren zu haben? Das ergab keinen Sinn. Matthias war nach wie vor für Fanny da. Sie würde im Sommer fünf Wochen bei ihm verbringen. Frustriert schloss Jasmin das Heft. Vielleicht hatte die Geschichte rein gar nichts zu bedeuten. Möglicherweise versuchte Jasmin nur, einen Sinn im Aufsatz zu finden, weil sie so viele offene Fragen hatte. Dass er Aufschluss über den Drohbriefschreiber gab, war unwahrscheinlich.

Außer, dachte Jasmin, nicht das Pferd ist wichtig, sondern der Mann – der bärtige Glatzkopf. Hatte Fanny den Unbekannten im Zug doch erkannt? Erneut schüttelte Jasmin den Kopf. Warum hätte Fanny lügen sollen? Plötzlich hielt sie inne. Hatte ihr der Unbekannte gedroht? War das die Ursache für die Bauchschmerzen und die Übelkeit?

Entschlossen legte Jasmin Fannys Schulsachen zurück in den Thek. Der einzige Weg, mehr herauszufinden, war, Fannys Vertrauen zu gewinnen. Im Augenblick hatte jedoch ihre Sicherheit Vorrang. Jasmin stand auf und durchsuchte den Rest des Zimmers. Sie nahm die Bücher vom Regal und überprüfte die Seiten, tastete die Kleider im Schrank ab, öffnete Schachteln und Schubladen. Zuletzt nahm sie sich den Schreibtisch vor. Auch dort fand sie keinen Drohbrief, dafür stieß sie auf ein Tagebuch. Jasmin kam sich vor wie eine Verräterin, als sie es aufschlug. Von draußen hörte sie Fannys Lachen.

Das Papier des Tagebuchs war dick und unregelmäßig, als sei es von Hand geschöpft worden. Auf dem Deckel prangte ein Zentaur. Da Fanny Bilder eingeklebt hatte, ließ sich das Buch nicht mehr ganz schließen. Jasmin studierte die Einträge. Seltsamerweise fiel es ihr leichter, Fannys kindliche Schrift zu lesen als gedruckte Texte. An vielen Stellen kam Celine vor, oft wurden Namen von Jungen erwähnt. Aufgeregt blätterte Jasmin weiter. Wenn sie Fanny richtig einschätzte, hatte sie alle eindrücklichen Erlebnisse notiert. Dazu zählten bestimmt auch das heftige Gewitter, das sie am 7. Juni in Angst versetzt hatte, sowie der Unbekannte im Zug.

Der letzte Eintrag stammte vom 6. Juni. Darin beschrieb Fanny, wie sehr sie sich darauf freue, am Abend ihren Vater zu sehen. Sie hatte eine Überraschung für ihn geplant. In der Handarbeit hatte sie ein Tischtuch genäht, das sie ihm mitbringen wollte. Sie malte sich seine Reaktion aus und überlegte, ob es zu den Servietten passte, die sie beim letzten gemeinsamen Einkauf ausgewählt hatte.

Danach waren alle Seiten leer.

»Ich mache mich dann mal auf den Weg«, sagte Jasmin.

»Bist du sicher, dass du nichts essen möchtest?«, fragte Milena. »Es hat noch Fleisch. Der Kartoffelsalat ist leider weg. Jemand hat plötzlich großen Hunger bekommen.« Schmunzelnd sah sie zu Fanny.

»Danke, ich habe bereits Pläne«, log Jasmin.

»Ich darf in deine Werkstatt kommen!«, rief Fanny. »Ich meine, die Werkstatt deines Bruders!«

Jasmin lächelte. »Bernie wird sich freuen.«

»Aber erst in einer Woche, wenn Schulferien sind«, mahnte Milena.

Matthias stand auf, um Jasmin zu verabschieden. »Danke für deine Mühe. Wir schätzen es sehr, dass du dich so um Fanny kümmerst.«

»Es macht mir überhaupt keine Mühe.« Jasmin zwinkerte Fanny zu. »Wir Mädchen müssen zusammenhalten. Sonst stehlen uns die Biker die ganze Show.«

Milena stand auf. »Ich begleite dich zur Tür.«

Als sie außer Hörweite waren, fragte sie, ob Jasmin etwas entdeckt habe.

Jasmin verneinte. »Ich sehe mich noch draußen um, dann fahre ich los.«

Milena drückte ihr die Hand. »Danke. Ich meine es ernst. Du hörst bald von mir. Ich werde mich gleich morgen darum kümmern und so viel wie möglich über den Aufseher in Erfahrung bringen.«

Nachdem sie das Haus verlassen hatte, durchkämmte Jasmin die Gegend. Sie machte sich keine großen Hoffnungen, jetzt noch Livia Merz anzutreffen. Vielleicht war sie hier gewesen und wieder gegangen, als sie gesehen hatte, dass die ganze Familie zu Hause war. Oder aber, sie hatte von Anfang an ein anderes Ziel gehabt. Nachdem sich Jasmin vergewissert hatte, dass nirgendwo eine Gestalt lauerte, kletterte sie einen steilen Fußweg zu einem Spielplatz hoch, der über der ersten Häuserreihe thronte. Von hier aus konnte sie die Haustür im Auge behalten, ohne entdeckt zu werden.

Sie wartete eine halbe Stunde. Niemand schlich ums Haus. Eine angenehme Brise war aufgekommen, sie spielte Jasmin den Duft einer Blüte zu, die ihr bekannt vorkam, deren Name ihr jedoch nicht einfiel. Sie realisierte, dass sie sich darauf freute, mit Fanny ihren Bruder zu besuchen. Fannys Begeisterung weckte in Jasmin Erinnerungen an ihre eigene Aufregung, als sie zum ersten Mal Motorrad gefahren war. Noch heute empfand sie ein Glücksgefühl, wenn sie über die Straßen brauste, doch die Euphorie der Anfangszeit war verflogen. Fanny nahm sie mit auf eine Zeitreise. Vielleicht entstammt der Kinderwunsch vieler Frauen dem Bedürfnis, die Vergangenheit noch einmal zu durchleben, sinnierte Jasmin. Vorausgesetzt, die Kindheit beinhaltete genügend schöne Erlebnisse.

Dunkle Wolken brauten sich zusammen. In der Ferne zuckte ein Blitz. Plötzlich kam Leben ins Quartier. Das aufziehende Gewitter trieb die Menschen in die Häuser. Ein Paar in Badeschlappen bog um die Ecke, zwei Velofahrer eilten auf die Tiefgarage zu. Jasmin beschloss loszufahren. Während sie langsam durch die Quartierstraße rollte, verweilten ihre Gedanken bei den Situationen, die sie gerne nochmal erleben würde. Sie dachte an den ersten Motor, den sie zum Laufen gebracht hatte, und an das prickelnde Gefühl, eine Polizeiuniform zu tragen. Überhaupt gehörten die ersten Wochen im Streifendienst zu ihren schönsten Erinnerungen. Der erste Sex war ebenfalls nicht schlecht gewesen, auch wenn sie sich kaum mehr an das Gesicht des Mechanikers erinnerte, der sie in der Lehre verführt hatte. Im Nachhinein wusste sie, dass sie Glück gehabt hatte, an einen erfahrenen und rücksichtsvollen Liebhaber geraten zu sein.

Als sie Schlieren erreichte, kam starker Wind auf. Jasmin löste sich von den Erinnerungen und konzentrierte sich darauf, ihre Monster gerade zu halten. Ein Sonnenschirm wurde aus einer Halterung gerissen und flog quer über die Straße. Fußgänger eilten mit geduckten Köpfen ihren Zielen entgegen. Die ersten Regentropfen fielen, als Jasmin beim Farbhof ankam. Sie legte sich in die Kurve und schoss durch den Kreisel. Auf den letzten Metern drehte sie das Gas auf. Sie liebte es, Anlauf zu holen und über den Randstein zu brettern, um abrupt abzubremsen und das Hinterrad über die Platten schleifen zu lassen. Die Monster kam parallel zur Hauswand zum Stehen. Ein kräftiger Donnerschlag versetzte Jasmin einen Adrenalinschub. Sie nahm den Helm vom Kopf und atmete tief ein. Sie kannte keinen himmlischeren Duft als jenen der ersten Regentropfen auf warmem Asphalt. Kurz erwog sie, noch eine Runde durch die Stadt zu drehen, doch sie hatte den ganzen Tag nichts gegessen. Ihr Magen knurrte, in Gedanken sah sie das Essen bei Herzogs vor sich. Kurz bereute sie, die Einladung abgelehnt zu haben, aber sie wäre sich fehl am Platz vorgekommen. Fanny hatte nicht häufig Gelegenheit, mit beiden Eltern am Tisch zu sitzen. Einen Grill besaß Jasmin nicht, wenn sie sich aber nicht täuschte, lag im Gefrierfach eine Packung Hackfleisch. Sie würde sich Spaghetti mit Bolognesesauce zubereiten.

Vor ihrem Briefkasten fiel ihr ein, dass sie ihn seit Tagen nicht geleert hatte. Eine farbige Ecke schaute unter der Klappe hervor. Vermutlich Werbung, dachte Jasmin, als sie das Papier mit zwei Fingern herauszog. Es war eine Seite aus einem Reisekatalog. Inmitten des abgebildeten Olivenhains stand eine weiße Finca, darüber, in verschnörkelten Buchstaben, »Romantisches Andalusien«. Jasmins Nackenhaare stellten sich auf. Nie mehr würde sie an Andalusien denken können, ohne dass ihr Erinnerungen an den »Metzger« hochkamen. Er hatte ihr das Haus, das er mit ihr bewohnen wollte, in allen Details beschrieben, bis zu den Blüten der Zistrosen vor dem Schlafzimmerfenster, dem Duft der Rosmarinsträucher und den Landschildkröten im Garten. Die abgebildete Finca besaß eine erstaunliche Ähnlichkeit damit. Nur mit Mühe gelang es Jasmin, den Blick loszureißen. Erst dann sah sie, dass jemand etwas von Hand auf das Blatt geschrieben hatte. Weil die blaue Tinte inmitten des Himmels nicht gut zu erkennen war, waren ihr die Worte bisher nicht aufgefallen. Sie drehte die Seite so, dass Tageslicht darauf fiel.

»Unser Häuschen wartet. Bis bald, meine Liebe«, stand in kleinen Druckbuchstaben ganz am Rand.

Jasmin ließ das Blatt fallen. Fast gleichzeitig wurde sie von einem heftigen Zittern erfasst. Der überwältigende Drang zu fliehen packte sie, doch sie war unfähig, sich zu rühren. Sie hörte einen erstickten Laut, der von ihr zu stammen schien, scheiterte aber beim Versuch, einen Hilferuf auszustoßen. Wie versteinert verharrte sie vor dem Briefkasten. Erst als ein lauter Donnerschlag ihre Reflexe in Bewegung setzte, zuckte sie zusammen und sprang zur Haustür. Sie war verschlossen. Panisch suchte sie nach ihrem Schlüssel. Der Helm fiel mit einem Krachen zu Boden, doch Jasmin merkte es kaum. Mit beiden Händen griff sie in die Taschen ihrer Jacke. Sie spürte etwas Klebriges. Ruckartig zog sie die Hände wieder heraus, ohne sich um die geschmolzene Schokolade zu kümmern, die an den Fingern ihrer rechten Hand klebte. Sie riss den Rucksack vom Rücken und schüttete den Inhalt auf den Boden. Ihr Handy fiel heraus, schlitterte über die Platten und landete im schmalen Rasenstreifen hinter den Briefkästen. Sie hörte ein vertrautes Klimpern. Es kam aus der Innentasche, die oben am Rucksack angebracht war. Jasmin zerrte am Reißverschluss. Endlich hielt sie den Schlüssel in den Händen. Sie packte den Rucksack, schaufelte hinein, was ihr gerade in die Finger kam, sprang auf und versuchte, den Schlüssel ins Schloss zu stecken. Es gelang ihr erst nach mehreren Anläufen. Als die Tür endlich unter ihrem Gewicht nachgab, stolperte Jasmin ins Treppenhaus.

Sie wusste nicht, wie sie den vierten Stock erreichen sollte. Irgendwie schaffte sie es, die Wohnungstür aufzuschließen. Sie zog das Stiefelmesser hervor und trat ein. Mit einem kräftigen Fußtritt schloss sie hinter sich die Tür. Den Blick auf die Räume vor sich gerichtet, legte sie die Kette ein. Ohne Jacke und Schuhe abzulegen, durchsuchte sie die zwei Zimmer. Sie stellte alles auf den Kopf, spähte in die Schränke, leerte Schubladen aus, untersuchte den Spülkasten im Bad. Erst als sie die Gewissheit hatte, dass niemand in ihrer Wohnung gewesen war, lehnte sie sich schwer atmend mit dem Rücken gegen die Wand. Sie war in Sicherheit. Langsam ließ sie sich auf den Boden sinken, das Messer an die Brust gepresst. Ein letzter Blitz erhellte den Himmel. Das Gewitter zog weiter, bevor es richtig losgebrochen war. Bis auf wenige Tropfen war der Regen ausgeblieben.

23

»Herr Laupper, Sie sind hier, weil eine Mitarbeiterin der Justizdirektion am 7. Juni einen Drohbrief erhalten hat. Sie haben das Recht, die Aussage ohne Angabe von Gründen zu verweigern. Falls Sie Aussagen machen, werden diese als Beweismittel verwendet. Vom Recht, einen Verteidiger beizuziehen, haben Sie Gebrauch gemacht. Sind Sie bereit, Aussagen zu machen?«, fragte Rainer Kälin.

»Ja.« Eric Laupper saß leicht vornübergebeugt da, die Hände im Schoss gefaltet. Sein unsteter Blick ruhte kurz auf Pal, der ihm zunickte. Pal hatte seinen Klienten im Vorfeld darauf hingewiesen, dass er nicht aussagen müsse, doch Laupper befürchtete, fehlende Kooperation zöge einen Akteneintrag nach sich. Er behauptete, er habe nichts Unrechtes getan. Von den Drohbriefen wisse er nichts.

Während Kälin allgemeine Fragen zu Lauppers Gesundheitszustand stellte, beobachtete Pal den Gefangenen. Er spürte Lauppers Nervosität so deutlich, dass er sich selbst beengt fühlte. Die einundzwanzig Jahre in der Pöschwies waren nicht spurlos an seinem Klienten vorübergegangen. Wie viele Insassen war er ungewöhnlich bleich. Die fremde Umgebung verunsicherte ihn, er schien Schwierigkeiten zu haben, die neuen Eindrücke zu verarbeiten. Immer wieder schweifte sein Blick ab, blieb an einem der Bilder an der Wand hängen oder glitt über die Ordner auf dem Regal. Rainer Kälins Büro wirkte unpersönlich. Die Landschaftsfotografien ließen keinen Schluss zu, ob er eine Familie hatte oder ein Hobby pflegte. Aus einem Raum nebenan hörte Pal Stimmen, dann Schritte im Gang und Gelächter. Unweigerlich dachte er an Jasmin.

Sieben Jahre hatte sie hier gearbeitet. Im fünften Stock des

Kripo-Gebäudes war nicht nur der neugeschaffene Dienst für Gewaltschutz untergebracht, sondern auch der Dienst Leib und Leben, wie das Kapitalverbrechen seit der Reorganisation der Kriminalpolizei hieß. In diesen Räumen hatte Pal Jasmin kennengelernt. Mit ihrer zierlichen Statur und der unbändigen Energie hatte sie ihn an einen Zwerghund erinnert: Auf den ersten Blick wirkte sie harmlos, witterte sie jedoch einen Feind, packte sie zu und ließ nicht mehr los. Das hatte er am eigenen Leib erfahren. Er hatte einen Klienten vertreten, der etwas verschwieg, eine Tatsache, die Jasmin verärgert hatte. Pal hatte sich geschüttelt und gewunden, doch sie hatte nicht lockergelassen, sondern ihn mit ihren großen Augen angesehen und die Zähne in sein Fleisch gebohrt, bis sie erfahren hatte, was sie wissen wollte.

Sie hat ihren Biss nicht verloren, dachte Pal, doch aus dem Schoßhund ist ein Kampfhund geworden, der sich auf alles stürzt, was sich bewegt. Heute packte Jasmin zu, um zu vernichten. Pal betrachtete Eric Laupper. Sein Klient hatte die Hände zwischen die Oberschenkel geschoben, nur mit Mühe gelang es ihm, sich auf Kälins Fragen zu konzentrieren. Pal versuchte, sich vorzustellen, was in ihm vorgehen mochte. Zwar hatte er Laupper erklärt, die Vorladung habe nichts mit seinem Verhalten oder dem weitergezogenen Rekurs zu tun, doch wie erwartet, glaubte er ihm nicht. Laupper war überzeugt, dass er bestraft wurde. Trotz dieses tiefen Misstrauens gegenüber Autoritätspersonen und Behörden versuchte er, sich korrekt zu verhalten. Dafür bewunderte Pal ihn. Seit fast zehn Jahren hatte sich Laupper keinen Fehltritt erlaubt. Er war Auseinandersetzungen aus dem Weg gegangen und hatte sich nie von Mitgefangenen provozieren lassen. Auch jetzt beantwortete er Kälins Fragen höflich, obwohl er sich sichtlich unwohl fühlte. Pal erstaunte es nicht, dass er erkrankt war. Das Gefühl, ungerecht behandelt zu werden, nagte an ihm, es fraß ihn förmlich von innen auf.

Jasmin hätte leichtes Spiel mit Eric Laupper. Wenn sie zubisse, wäre er erledigt. Das hier ist nur der Anfang, dachte Pal.

Er presste die Lippen zusammen. Er durfte nicht zulassen, dass die Rechte seines Klienten erneut missachtet wurden. Auch wenn Laupper hinter den Drohbriefen steckte, hatten sich die Behörden an das Gesetz zu halten. Milena Herzog hatte dagegen verstoßen, und dafür musste sie zur Rechenschaft gezogen werden. Das ganze Wochenende hatte Pal mit sich gerungen. Am Sonntagvormittag hatte er eine Strafanzeige verfasst, die er der Oberstaatsanwaltschaft einreichen wollte. Als er sich Jasmins Reaktion vorgestellt hatte, hatte er sie wieder gelöscht. Er wusste, dass er sich entscheiden musste. Entweder ging er gegen Milena Herzog vor, oder er gab das Mandat ab. Nun wurde ihm klar, dass er keine Wahl hatte. Niemand sonst würde sich für Eric Lauppers Rechte einsetzen. Jasmin würde sich hintergangen fühlen, sie würde Pal vorwerfen, ihr Vertrauen missbraucht zu haben. Mit der Anzeige setzte Pal ihre Beziehung aufs Spiel. Verzichtete er jedoch darauf, würde er Eric Laupper nie mehr in die Augen sehen können. Schlimmer noch: Er würde auch nicht mehr in den Spiegel schauen können.

»Herr Laupper«, bat Rainer Kälin. »Zählen Sie bitte auf, wer sich im Raum befand, als Sie untersucht wurden.«

»Der Kittelträger und eine Frau. Krankenschwester, nehme ich an«, antwortete Laupper.

»Wo hielt sich der Aufseher auf?«

»Er heißt Alioth.«

»Wo hielt sich Kurt Alioth während der Darmspiegelung auf?«

»Draußen.«

»Hat er Ihnen gesagt, wo?«

»Vor der Tür.«

»Wie lange dauerte die Untersuchung?«

»Ich weiß es nicht.«

»Haben Sie nicht auf die Uhr geschaut, als Sie erwachten?«

»Nein.« Ein gereizter Tonfall hatte sich in Lauppers Stimme geschlichen.

»Laut Bericht des behandelnden Arztes waren Sie um 16.50 Uhr fertig. Was geschah anschließend?«

»Wir haben geredet. Der Kittelträger und ich. Er hat mir gesagt, ich müsse Medikamente nehmen. Gab mir ein Rezept.« Laupper richtete sich auf. »Zum Psychiater muss ich nicht! Das habe ich gefragt. Wenn man Ihnen also etwas anderes gesagt hat, stimmt es nicht!«

Kälin verzog keine Miene. »Warum sollte man mir etwas anderes gesagt haben?«

Laupper beugte sich vor. »Sie glauben, ich durchschaue Sie nicht! Ich weiß genau, was hier läuft. Halten Sie mich etwa für blöd?«

Pal meldete sich zu Wort. »Dürfte ich einen Moment alleine mit meinem Klienten sprechen?«

»Ich bin noch nicht fertig«, lehnte Kälin ab. »Herr Laupper, was, glauben Sie, läuft hier?«

»Ich verlange eine Protokollnotiz!«, unterbrach Pal. »Bitte schreiben Sie, dass mir das Gespräch mit meinem Klienten verweigert wurde. Ich rate ihm in diesem Fall, keine weiteren Aussagen zu machen.« Er versuchte, Blickkontakt zu Laupper herzustellen, doch sein Klient beachtete ihn nicht. Obwohl Pal ihn instruiert hatte, keine Aussagen zu machen, wenn Kälin einen Unterbruch ablehnte, sprach Laupper weiter.

»Es ist ein Trick! Sie wollen mich zwingen, eine Therapie zu machen. Aber das können Sie vergessen, ich mache da nicht mit. Lieber verrecke ich im Gefängnis! Ich bin nicht krank. Ich habe Mist gebaut. Vor über zwanzig Jahren. Ich war jung, habe gesoffen, Drogen genommen. Ich habe einen Fehler gemacht. Einen großen Fehler. Ich war ein Idiot. Das macht mich aber noch lange nicht zu einem Irren.«

»Sie sind wütend«, stellte Kälin fest.

Laupper lachte auf. »Sie sind gut. Klingen genau wie die. Wollen über meine Gefühle reden. Vergessen Sie es. Ich falle nicht drauf rein. Meine Gefühle haben noch nie jemanden interessiert. Sie nicht, die Richter nicht, die Angestellten beim Amt für Justizvollzug nicht.«

»Sind Sie auch wütend, dass Ihr Rekurs abgelehnt wurde?«

Laupper schwitzte. Plötzlich krümmte er sich, die Arme fest

an die Seiten gepresst. Er hielt die Luft an, als habe er Schmerzen. Bevor Pal intervenieren konnte, bot Kälin ihm einen Becher Tee an.

»Wasser«, flüsterte Laupper. »Warm.«

Kälin blieb sitzen und griff nach dem Telefonhörer. Er bat einen Kollegen, ihm einen Becher warmes Wasser zu bringen. Offenbar wollte er Pal keine Gelegenheit geben, Laupper in seiner Abwesenheit zu instruieren. Kurz darauf klopfte es an der Tür, und Kälin stand auf. Pal hörte, wie er sich bedankte, bevor er den Becher Laupper reichte.

»Lassen Sie sich Zeit«, sagte Kälin.

Mit zitternder Hand griff Laupper nach dem Wasser und nahm einen kleinen Schluck. Pal konnte sich vorstellen, was in Kälin vorging. Wer sich nicht eingehend mit Lauppers Vorgeschichte befasst hatte, empfand den Gefangenen als seltsam. Sein Misstrauen weckte den Verdacht, er sei geistig verwirrt. Auch Pal hatte eine Weile gebraucht, bis er begriffen hatte, dass Eric Laupper klar und rational dachte. Blendete man sein Vorurteil gegenüber Therapeuten aus, ergaben seine Überlegungen durchaus einen Sinn. Mehr noch, sie waren nachvollziehbar.

»Können wir weitermachen?«, fragte Kälin.

»Ja«, antwortete Laupper.

»Ich rate Ihnen, die Aussage zu verweigern«, sagte Pal erneut.

Kälin fuhr unbeirrt fort. »Gut. Ich wiederhole meine Frage: Sind Sie wütend, dass Ihr Rekurs abgelehnt wurde?«

»Nein«, sagte Laupper.

»Das verstehe ich nicht«, erwiderte Kälin. »Sie sind nicht wütend über das negative Urteil des Verwaltungsgerichts?«

»Nein.«

»Warum nicht?«

»Ich habe nichts anderes erwartet.«

»Und trotzdem haben Sie gegen den Entscheid des Amts für Justizvollzug Rekurs eingelegt?«

Pal ballte die Hand zur Faust. »Ihre Frage indiziert, dass das Ergreifen eines Rekurses beanstandet wird! Notieren Sie, dass ich gegen diese Frage opponiere!«

Kälin machte eine entsprechende Notiz, dann sah er Eric Laupper forsch an. »Erklären Sie mir bitte, warum.«

Laupper schwieg. Innerlich seufzte Pal. Obwohl sich sein Klient auch ihm gegenüber zugeknöpft zeigte, ahnte er den Grund. Mit seinem Rekurs wollte Laupper seiner Freundin Mut machen. Livia Merz sollte die Hoffnung auf ein gemeinsames Leben nicht verlieren, auch wenn Laupper selbst sie längst aufgegeben hatte. Sie war das einzig Wertvolle in seinem Leben. Und genau deshalb würde er ihren Namen gegenüber Rainer Kälin nicht in den Mund nehmen. Ob er Livia Merz durch sein Schweigen schützen wollte oder ob sie ihm so kostbar war, dass er nicht einmal den Gedanken an sie mit anderen teilen wollte, wusste Pal nicht. Doch ihm war klar, dass Eric Laupper die Frage nicht beantworten würde.

»Herr Laupper?«, sagte Kälin.

»Ich weiß es nicht.«

»Sie wissen nicht, warum Sie den Entscheid weitergezogen haben?«

»Nein.«

Rainer Kälin fuhr fort, den 7. Juni zu rekonstruieren. Eric Laupper gab an, nach der Untersuchung im Limmattalspital in der Cafeteria ein Rivella getrunken zu haben. Anschließend sei er nach Regensdorf zurückgebracht worden. Er stritt ab, einen Umweg über Urdorf gemacht zu haben. Weiter behauptete er, die ganze Zeit in unmittelbarer Nähe des Aufsehers gewesen zu sein. Seine Aussage deckte sich mit jener von Kurt Alioth, der bereits befragt worden war. Die Wahrscheinlichkeit, dass es Laupper gelungen war, sich unbemerkt vom Aufseher zu entfernen, einen Zug zu besteigen und sich Fanny zu nähern, war äußerst gering. Wenn er den Drohbrief tatsächlich in Fannys Schulthek gesteckt hatte, dann mit Hilfe von Kurt Alioth.

Oder Livia Merz, dachte Pal. Dass Laupper am 7. Juni in Urdorf gewesen war, konnte Zufall sein. Das bedeutete jedoch nicht, dass er unschuldig war. Vielleicht hatte er Livia Merz ungesehen einen Brief zugesteckt. Alioth hatte zwar behauptet, ihn nie aus den Augen gelassen zu haben, aber kein Mensch war immer aufmerksam. Nach eigenen Angaben hatte sich Kurt Alioth ein zweites Stück Kuchen in der Cafeteria geholt, während Laupper am Tisch gesessen war. Vor der Rückfahrt war Laupper zudem alleine auf der Toilette gewesen. Möglichkeiten, Regeln zu umgehen, gab es immer. Das wusste auch Rainer Kälin. Pal zweifelte nicht daran, dass er die Sache weiterverfolgen würde.

»Kennen Sie Milena Herzog?«

»Nein.«

»Haben Sie den Namen schon einmal gehört?«

»Gelesen.«

»Wissen Sie, wo Milena Herzog arbeitet?«

»Bei der Justizdirektion.«

»Haben Sie je mit ihr Kontakt aufgenommen?«

»Nein.«

»Haben Sie ihr einen Drohbrief geschickt?«

»Nein.«

»Haben Sie ihrer Tochter einen Brief zukommen lassen?«

»Das geht Sie nichts an.«

Pal zuckte innerlich zusammen.

Kälin stutzte. »Was?«

Laupper senkte den Blick. »Ich muss die Frage nicht beantworten.«

»Herr Laupper«, wiederholte Kälin. »Haben Sie ihrer Tochter einen Brief geschrieben?«

»Mein Klient hat gesagt, er werde die Frage nicht beantworten!«, intervenierte Pal.

»Herr Laupper?«, fragte Kälin erneut.

Eric Laupper verschränkte die Arme, reckte das Kinn in die Höhe und starrte Rainer Kälin wütend an. Pal schwitzte. Er ärgerte sich, dass sein Klient seine Anweisungen nicht befolgte. Eine selektive Aussageverweigerung war schlimmer, als ganz zu schweigen. Kälin würde unweigerlich den Schluss ziehen, dass Laupper den Brief geschrieben hatte. Möglicherweise stimmte es sogar. Vielleicht hatte Laupper aber einfach nur das Gefühl, genug gesagt zu haben, und schwieg deshalb.

Kälin änderte seine Taktik. Er stellte Fragen zum bevorstehenden Urlaub, zu den Behördenmitgliedern, mit denen Laupper Kontakt hatte, zu seinem Alltag im Gefängnis. Laupper machte von seinem Recht zu schweigen Gebrauch.

Nachdem die Befragung abgeschlossen war, bat Pal, alleine mit seinem Klienten sprechen zu dürfen. Kälin führte sie in eine Abstandszelle und verabschiedete sich. Vor der Tür wartete der Polizist, der Laupper durch die unterirdische Verbindung zum Polizeigefängnis zurückbringen sollte. Dort würde der Transportdienst den Gefangenen abholen und nach Regensdorf fahren.

Eric Laupper sah erschöpft aus. Pal beschloss, sich kurz zu fassen.

»Gibt es etwas, das Sie mir sagen möchten?«

»Nein.«

»Möchten Sie mir erklären, warum Sie Rainer Kälins Fragen nicht mehr beantworten wollten?«

»Nein.«

»Verstehen Sie, was man Ihnen vorwirft?«

»Ja.«

»Herr Laupper«, sagte Pal ruhig, »ich stehe auf Ihrer Seite. Alles, was Sie mir anvertrauen, bleibt unter uns.«

»Ich bin müde.«

»Kann ich etwas für Sie tun?«

»Nein.«

Pal wartete. Vielleicht brauchte Laupper Zeit, um seine Gedanken zu sortieren. Zu seiner Überraschung richtete sich Laupper nach wenigen Sekunden auf.

»Ich war es nicht«, sagte er. »Ich habe diese Frau nicht bedroht.«

»Ob Sie schuldig oder unschuldig sind, spielt für mich keine Rolle. Ich bin hier, um Ihnen zu helfen. Aber je mehr ich weiß, desto besser kann ich das tun.«

Leben kehrte in Lauppers Züge zurück. »Sie glauben mir nicht!«

»Was ich glaube, tut nichts zur Sache.«

Laupper sackte zusammen. Plötzlich erkannte Pal, wie wichtig es seinem Klienten war, dass er sich voll und ganz hinter ihn stellte. Ein schlechtes Gewissen beschlich ihn. Er war mitverantwortlich dafür, dass Laupper hier saß. Wäre er vorsichtiger gewesen, hätte Jasmin nie Verdacht geschöpft. Er konnte seinen Fehler nicht rückgängig machen, doch er konnte Laupper das geben, was er jetzt am meisten brauchte. Nur, dass sich alles in Pal dagegen sträubte. Zu seinen Aufgaben gehörte es weder, ein Urteil zu fällen, noch, Absolution zu erteilen. Er hatte dafür zu sorgen, dass die Rechte seiner Klienten gewahrt wurden. Nur in diesem Zusammenhang war die Schuldfrage relevant. Je besser er informiert war, desto mehr konnte er herausholen. Wenn er wusste, was tatsächlich vorgefallen war, konnte er Beweismittel entkräften oder Überraschungen vermeiden. Manchmal riet er einem Klienten auch zu einem Geständnis.

Wenn Laupper die Briefe tatsächlich nicht geschrieben hatte, büßte er aber wie bereits 2006 für die Tat eines anderen. Pal versetzte sich in seine Lage. Das Gefühl der Ohnmacht, das dabei in ihm aufkam, war beinahe greifbar. Er wünschte sich, Laupper das Vertrauen schenken zu können, das dieser so dringend benötigte. Drei Worte wollte sein Klient von ihm hören: Ich glaube Ihnen. Pal konnte sie nicht aussprechen. Das Einzige, was er Eric Laupper schenken konnte, war Ehrlichkeit.

»Ich verbiete mir, ein Urteil zu fällen«, erklärte Pal. »Das ist ein Luxus, den ich mir nicht leisten kann. Ich bin hier, um Ihnen Rechtsbeistand zu gewähren, egal, ob Sie die Tat begangen haben oder nicht. Sie haben das Recht auf einen Verteidiger, der zu hundert Prozent auf Ihrer Seite steht. Das kann ich nur, wenn ich Ihr Verhalten nicht beurteile.«

Laupper schwieg lange. »Das ist ein Haufen Scheiße«, sagte er schließlich.

Überrascht zog Pal die Augenbrauen hoch.

»Sie haben Schiss«, stellte Laupper fest.

Pal räusperte sich. »Wie bitte?«

»Ja.« Laupper musterte ihn. »Schiss vor Enttäuschungen. Es ist einfacher, gar keine Erwartungen zu haben, als enttäuscht zu werden. Deshalb lassen Sie keine Gefühle zu. Glauben Sie mir, damit kenne ich mich aus. Sie sind gut im Verdrängen. Sie können froh sein, sind Sie nicht im Knast. Sie wären ein gefundenes Fressen für die Therapeuten. Sie kämen nie raus.«

»Ich bin nicht hier, um mit Ihnen über meine Gefühle zu sprechen«, erwiderte Pal kühl. Er lockerte seine Krawatte. Der Raum kam ihm plötzlich viel enger vor. »Am nächsten Samstag findet Ihr begleiteter Urlaub statt. Haben Sie den Plan schon abgegeben?«

Laupper verschränkte die Arme vor der Brust. »Ja.«

»Was haben Sie vor?«

Laupper schwieg.

»Sie möchten nicht darüber reden. Das ist Ihr gutes Recht.« Pal zögerte. »Der Urlaub scheint Ihnen sehr wichtig zu sein. Ich möchte Ihre Vorfreude nicht dämpfen, ich sehe es aber als meine Pflicht an, Sie darauf hinzuweisen, dass er möglicherweise gestrichen werden könnte. Solange nicht geklärt ist, wer die Drohbriefe geschrieben hat, wird das Amt für Justizvollzug große Vorsicht walten lassen.«

Laupper starrte ihn an.

»Ich weiß nicht, was Rainer Kälin gegen Sie in der Hand hat. Wenn ein begründeter Tatverdacht besteht, könnte …«

»Gestrichen?«, stieß Laupper aus. »Nein! Nein, nein!«

»Bitte beruhigen Sie sich«, beschwichtigte Pal. »Wenn sich herausstellt, dass Sie nichts mit den Drohbriefen zu tun haben, können Sie den Urlaub bestimmt nachholen.«

»Nein, die dürfen ihn nicht verschieben! Ich habe am 14. Juli sechs Stunden Urlaub! Sie müssen dafür sorgen, dass ich rauskomme! Die Idioten dürfen mir das nicht vermiesen! Am Samstag, hören Sie? Diesen Samstag!«

»Ich werde mit den Verantwortlichen reden«, sagte Pal. »Beruhigen Sie sich, bitte. Möglicherweise liegt gar nichts gegen Sie vor. Ich werde versuchen, Akteneinsicht zu erhalten.« Er wartete kurz. »Möchten Sie mir sagen, was Ihnen am 14. Juli so wichtig ist?«

»Es interessiert Sie doch nicht«, schnaubte Laupper.

»Ob Sie es mir glauben oder nicht: Doch, es interessiert mich. Ihr Wohlergehen ist mir nicht egal.«

Laupper drehte den Kopf weg. »Lassen Sie mich in Ruhe.«

Pal stand auf und reichte ihm die Hand. Sie war schweißnass. Laupper nahm sie nicht. Pal klopfte an die Tür. Als sie aufgezogen wurde, verließ er dankbar den Raum. Zügig lief er den Gang hinunter.

»Warten Sie!«, rief der Polizist, der vor der Tür gewartet hatte. »Jemand wird Sie zum Ausgang begleiten.«

Pal blieb stehen. Aus Jasmins ehemaligem Büro hörte er eine Frauenstimme. Er fühlte sich drei Jahre zurückversetzt, glaubte schon zu träumen, doch dann erkannte er, dass ihm die Stimme fremd war. Er stellte sich so hin, dass er einen unauffälligen Blick in den Raum werfen konnte. Auf der Ablage, die Jasmin jeweils als Garderobe für ihre Motorradsachen benutzt hatte, stand eine Vase mit Blumen. Darüber hing ein Foto der Korpsmusik. Plötzlich trat eine Frau in sein Blickfeld. Außer dass sie in Jasmins Alter war, hatte sie keine Ähnlichkeit mit ihr. Ihre Nase und ihr Kinn waren spitzer, die Rundungen weiblicher.

»Für die Möpse bräuchte sie einen Waffenschein, nicht wahr?«, erklang ein leises Lachen neben seinem Ohr.

Pal hatte den Polizisten nicht kommen hören. Er ignorierte den Kommentar und folgte seinem Begleiter zum Lift. Am Ausgang gab er seinen Besucherausweis ab und verließ das Gebäude, ohne zurückzublicken. Die plötzliche Helligkeit blendete ihn. Er holte seine Sonnenbrille hervor, setzte sie auf und nahm sein Handy aus der Tasche seines Jacketts. Vier Anrufe hatte er verpasst. Er erkannte die Nummer seines Vaters und die der Kanzlei. Die anderen Anrufer waren ihm unbekannt. Pal wählte seine Combox an. Lisa teilte ihm mit, dass sein 16-Uhr-Termin abgesagt worden war. Eine Männerstimme bat auf Albanisch um einen Rückruf in Zusammenhang mit einer Strafanzeige. Der dritte Anruf stammte von einem Klienten, der ihn unbedingt sprechen wollte. Pal löschte die Nachricht. Der Verkehrssünder rief jeden zweiten Tag an, um sich nach dem Stand der Untersuchung zu erkundigen oder sich die

Sorgen von der Seele zu reden. Sein Vater hatte keine Nachricht hinterlassen. Aus einem Reflex heraus tippte Pal auf seine Nummer. Vor dem ersten Klingelton brach er die Verbindung wieder ab. Nexhat Palushi rief nur an, wenn er etwas brauchte. Pal war im Augenblick nicht in der Lage, Forderungen zu erfüllen.

Er fühlte sich als Versager. Kälin hatte Eric Laupper genau dort, wo er ihn haben wollte. Pal hatte seinen Klienten nicht vor einem Fehltritt bewahren können. Dann war ihm auch noch die Kontrolle über das anschließende Gespräch entglitten. Sie hätten vereinbaren müssen, wie sie weiter vorgehen wollten. Oberste Priorität hatte der Urlaub vom 14. Juli. Pal würde sofort Kontakt mit dem Fallverantwortlichen beim Amt für Justizvollzug aufnehmen und die Fühler ausstrecken. Er zog sein Jackett aus. Da sich die Kanzlei nur wenige Minuten vom Kripogebäude entfernt befand, war er zu Fuß gekommen statt mit dem Motorrad. Er überquerte die Straße und steuerte auf die Sihlbrücke zu. Als er beim Schanzengraben ankam, bog er kurzentschlossen nach links ab und stieg die Treppen zum Kanal hinunter.

Der Schanzengraben war im 17. Jahrhundert als dritte Stadtbefestigung gebaut worden, heute diente er den Zürchern im Sommer als kühle Oase. Ein hölzerner Steg führte dem Wasser entlang, über Mittag setzten sich Angestellte aus den umliegenden Geschäften mit Salaten oder belegten Brötchen auf die niedrige Steinmauer und genossen die Ruhe. Um diese Zeit war die Promenade fast leer, einzig eine junge Frau saß mit einem Buch auf dem Steg und schwenkte ihre Füße im Wasser. Pal schlug den Weg Richtung See ein. Er führte unterhalb der Sihlporte hindurch zum Männerbad.

Pal gestand es sich nur ungern ein, aber Eric Lauppers Worte waren ihm unter die Haut gegangen. Er hatte sich stets eingeredet, seine Distanz sei Ausdruck von Professionalität, doch Jasmin warf ihm ebenfalls vor, er unterdrücke seine Gefühle aus Angst. Gut möglich, dass es stimmte. Aber war das denn schlecht? In seinem Beruf konnte er sich keine Unsicherheiten leisten. Gefühle hatten keinen Platz. Er war ehrlich gewesen, als er Laupper erklärt hatte, moralische Fragen würden ihn in seiner Arbeit behindern. Auch Mitleid lag nicht drin. Zwar musste er sich in die Situation seiner Klienten hineinversetzen, doch nur so weit, dass er ihre Interessen wahren konnte. Sein Beruf erforderte eine ständige Gratwanderung zwischen Empathie und Abstraktion. Jetzt gerade überwog die Empathie. Die Vorstellung, Lauppers Urlaub könnte gestrichen werden, versetzte Pal in schlechte Stimmung. Er versuchte, der Ursache auf den Grund zu gehen.

Vieles sprach dafür, dass Laupper die Drohbriefe geschrieben hatte. Dennoch hegte Pal Zweifel. Seit dem ersten Gespräch hatte sein Klient immer die Wahrheit gesagt. Wenn Laupper keine Auskunft erteilen wollte, log er nicht, sondern schwieg. Dass er etwas verheimlichte, war Pal klar. Möglicherweise hatte es aber nichts mit den Drohbriefen zu tun. Pal setzte sich auf eine Bank und nahm das Protokoll der Befragung hervor. Wort für Wort ging er das Gespräch durch. Bis zur letzten Frage waren Lauppers Antworten frei von Widersprüchen. Warum der Ausrutscher am Schluss? Was hatte er damit gemeint, es gehe Kälin nichts an, ob er einen Brief an Fanny geschrieben habe? Wusste er, wie verdächtig seine Antwort klang? Je länger Pal darüber nachdachte, desto mehr hatte er das Gefühl, etwas Wichtiges zu übersehen.

24

Jasmin starrte auf die Wohnungstür. Die Vorstellung, sie aufzuziehen, versetzte sie in Panik. Seit sie vor zwei Tagen die Botschaft des »Metzgers« im Briefkasten gefunden hatte, hatte sie ihre Wohnung nicht mehr verlassen. Beinahe stündlich hatte sie Fenster und Türen kontrolliert, ab und zu war sie in einen kurzen, albtraumgeplagten Schlaf gefallen. Sie hatte sich den Kopf zerbrochen, wie die Seite aus dem Reisekatalog in ihren Briefkasten gelangt war, ohne zu einem Ergebnis zu kommen. Dass der »Metzger« Urlaub erhalten hatte, war undenkbar. Sie hatte sich nach seiner Verurteilung genau über den Verlauf des Vollzugs erkundigt. Außerdem wäre sie informiert worden. Das Straf- und Justizvollzugsgesetz sah vor, dass Opfer von schweren Straftaten auf ein schriftliches Gesuch hin bei einer Versetzung, Beurlaubung oder Entlassung des Täters orientiert wurden.

Ob die Botschaft per Post gekommen war? Vielleicht war der Umschlag beim Sortieren beschädigt worden. Aber wie hätte der Briefträger in diesem Fall ihre Adresse gekannt? Und wo hatte der »Metzger« sie in Erfahrung gebracht? Stammte die Nachricht möglicherweise nicht von ihm, sondern von einem Nachahmungstäter? Jasmin schüttelte den Kopf. Woher hätte dieser wissen sollen, dass der »Metzger« mit ihr nach Andalusien fahren wollte?

Stundenlang hatte er die Landschaft und ihr zukünftiges Zuhause beschrieben, während Jasmin in Gedanken Fluchtpläne geschmiedet hatte. Sie hörte seine Stimme so deutlich, spürte die Fesseln an ihren aufgescheuerten Handgelenken und Füssen so genau, dass sie sich vergewissern musste, in ihrer Wohnung zu sein. Die Überlebensstrategien, die sie in unzähligen Therapiestunden geübt hatte, lösten sich in nichts auf.

Aus dem Gefängnis geflohen war der »Metzger« auch nicht. Jasmin hatte das Internet nach Meldungen über einen Ausbruch aus der Pöschwies durchforstet. Sie hatte sogar überlegt, bei der Polizei nachzufragen, sich aber dagegen entschieden, weil ihr Anruf schnell die Runde machen würde. Die Reaktionen konnte sie sich vorstellen. Man würde voller Mitleid den Kopf schütteln. Es genügte, dass sie wegen ihrer Dummheit in die Geschichte der Kapo eingegangen war. Fehlte noch, dass man ihr nachsagte, sie leide unter Verfolgungswahn. Das einzige Beweismittel, das Blatt aus dem Reisekatalog, hatte sie fallen lassen.

Scham überrollte sie. Hier stand sie also – zitternd, von kaltem Schweiß bedeckt, unfähig, die Wohnungstür zu öffnen. In einer Stunde musste sie in Urdorf sein, um Fanny abzuholen. Sie versuchte, die Strecke in kleine Etappen aufzuteilen, wie sie es in der Therapie gelernt hatte. Sie musste einen Schritt nach dem anderen machen. Der erste war der schwierigste. Wenn sie die Tür einmal aufgezogen hatte, würden ihre Füße sie auch die Treppe hinuntertragen. Sie musste es nur bis zu ihrer Monster schaffen. Von dort wäre der Rest ganz leicht. Auf dem Motorrad konnte ihr nichts geschehen. Auf der Duc war sie sicher.

Weitere fünf Minuten verstrichen. Jasmin versuchte, Wut heraufzubeschwören. Wut setzte Kräfte frei, verlieh ihr Energie. Der »Metzger« hatte ihr drei Monate ihres Lebens geraubt. Sie durfte nicht zulassen, dass er weiterhin Macht über sie ausübte. Sie umklammerte das Messer, das sie in der Hand hielt, fester. Sie versuchte, sich vorzustellen, wie sie ihm die Klinge an den Hals hielt, wie er vor Angst klein wurde. Es gelang ihr nicht. Stattdessen sah sie ihr Spiegelbild auf dem schwarzen Fernsehbildschirm vor sich, der am Fußende des Bettes gestanden war. Als sie nach der Entführung erwacht war, hatte sie nicht begriffen, wer sie mit vor Schreck geweiteten Augen angestarrt hatte, den Mund mit einem Streifen Klebeband bedeckt. Tränen wallten in ihr auf.

Sie durfte nicht weinen. Tränen bedeuteten den sicheren Tod. Mit einer verstopften Nase würde sie qualvoll ersticken.

Das Klebeband verunmöglichte ihr das Atmen durch den Mund. Eine seltsame Ruhe überkam sie. Sie war wieder dort. In seinem Zimmer. Ihr Körper schaltete um auf Notbetrieb. Das Zittern hörte auf. Ihre Hand griff nach der Kette und entriegelte sie. Anschließend drehte sie den Schlüssel und zog die Tür auf. Im Treppenhaus standen die Fenster offen. Jasmins Lungen füllten sich mit Sauerstoff. Sie hatte gar nicht gemerkt, wie stickig es in der Wohnung war. Sie sah sich um. Die vierte Etage war menschenleer. Wie in Trance schloss Jasmin die Tür. Vorsichtig setzte sie einen Fuß vor den anderen. Ein lautes Pfeifen erfüllte ihre Ohren. Sie machte einen weiteren Schritt, dann noch einen. In der zweiten Etage ging eine Tür auf, und eine ältere Frau trat heraus. Jasmin sah, wie sich ihr Mund bewegte, hörte aber keine Töne. Sie ging an ihr vorbei. Das Messer hielt sie hinter dem Rücken versteckt, um keine Aufmerksamkeit zu erregen.

Und dann war sie draußen. Die Sonne schien. Neben der Tür lag ihr Helm. Jemand hatte ihn aufgehoben und unter das Vordach gelegt. Jasmins Blick glitt zum Rasen. Ihr Handy war weg. Genauso die Botschaft des »Metzgers«. Plötzlich fragte sich Jasmin, ob sie sich alles eingebildet hatte. Sie kniff die Augen zusammen, nahm die Umgebung in sich auf und stellte fest, dass diese nichts mit der Welt zu tun hatte, die sie vor zwei Tagen verlassen hatte. Auch sie war nicht mehr dieselbe. Sie fühlte sich taub, ihre Glieder gehorchten ihr zwar, aber sie waren ihr fremd. Sogar die Schlangen an ihren Handgelenken kamen ihr seltsam vor.

Ihre Monster hingegen war ihr vertraut. Der Geruch von Motorenöl stieg ihr in die Nase. Jasmin steckte den Schlüssel in die Zündung. Das Pfeifen in ihren Ohren verschwand. Sie hörte ein tiefes Brummen, als der Motor zum Leben erwachte. Von einer Baustelle drang der monotone Lärm eines Rüttlers, irgendwo hupte ein Fahrzeug. Jasmins Herz begann, schneller zu schlagen. Rasch setzte sie den Helm auf, rollte vom Ständer und gab Gas. Sie flitzte über den Rasen, fuhr knapp vor einem entgegenkommenden Personenwagen durch und überquerte die Grünfläche, die dem Tram vorbehalten war. Immer wieder schaute sie in den Rückspiegel. Ein Teil von ihr erwartete, das Gesicht des »Metzgers« darin zu sehen. Mehrmals griff sie hinter sich, um sicher zu sein, dass dort niemand saß.

Allmählich beruhigte sie sich. Das sanfte Vibrieren der Monster war wie eine Massage für ihre Seele. Sie musste sich wieder in den Griff bekommen. Wie konnte sie Fanny beschützen, wenn sie es nicht einmal schaffte, auf sich selbst aufzupassen. Sie versuchte, den Gedankengang dort fortzusetzen, wo er abgebrochen war. Was hatte sie getan, bevor sie das Blatt aus dem Briefkasten gezogen hatte? Livia Merz, schoss es ihr durch den Kopf. Sie war Livia Merz gefolgt. Auf einmal hielt Jasmin inne. War sie dabei selbst beschattet worden? Sie war über eine Stunde vor der Pöschwies gestanden. Hatte der »Metzger« sie dort gesehen? Hatte er so ihre Adresse herausgefunden?

»Schluss!«, rief sie. Der »Metzger« konnte nicht einfach aus dem Gefängnis herausspazieren. Aber ein Besucher, meldete sich eine leise Stimme. Vielleicht hatte er die Botschaft einem Verwandten oder Bekannten mitgegeben. Warum? Um ihr Angst einzujagen? Oder weil er immer noch glaubte, irgendwann mit ihr nach Andalusien zu reisen? Jasmin hörte ein Winseln und erschrak, als sie realisierte, dass es von ihr kam. Sie musste aufhören, an ihn zu denken.

Vor ihr tauchte Urdorf auf. Die Straßen waren ihr inzwischen vertraut, und ein warmes Gefühl stieg in ihr auf, als sie an Fanny dachte. Daran musste sie sich halten. Es gab viele Menschen, die ihr wohlgesinnt waren. Ihre Mutter, Bernie, Ralf, zählte sie auf, Shpresa, ihr Mann Genti … Pal? Die Frage schwebte in der Luft. Jasmin parkte die Duc vor dem Schulhaus und nahm den Helm vom Kopf. Pal hatte sich nicht mehr gemeldet, seit er sie zurückgewiesen hatte. War sein Nein ein grundsätzliches gewesen? War es aus zwischen ihnen? Jasmin verdrängte den Gedanken. Bestimmt hatte er sie auf dem Handy zu erreichen versucht und wunderte sich, dass sie seine Anrufe nicht entgegennahm. Tief in ihrem Innern wusste sie, dass sie sich etwas vormachte. Läge ihm etwas an ihr, wäre er vorbeigekommen. Sie faltete die Hände und presste sie gegen den Mund. Nicht daran denken, dachte sie. Nicht jetzt. Nicht hier.

»Was machst du?«, fragte Fanny.

Jasmin zuckte zusammen. Sie ruderte mit den Armen, um ihr Gleichgewicht zu finden, und prallte mit der Hand gegen den Lenker. Ein heftiger Schmerz schoss ihr durch den Arm.

Sie versuchte zu lachen. »Du hast mich aber erschreckt!«

Fanny sah sie besorgt an. »Was ist mit dir? Bist du krank?«

»Nein, wie kommst du darauf?« Jasmin warf einen Blick in den Rückspiegel. Sie hatte seit zwei Tagen nichts gegessen und kaum geschlafen. Ihre Wangen waren eingefallen, die Augen lagen tief in ihren Höhlen. Zwischen Nase und Mund entdeckte sie Falten, die sie noch nie gesehen hatte. Sie machte eine lockere Handbewegung. »Ach, das. Ich hatte eine Magen-Darm-Grippe. Aber jetzt geht es mir besser. Komm, steig auf.«

»Wo ist deine Jacke?«, fragte Fanny. »Du hast gesagt, man darf nie ohne Schutz Motorrad fahren.«

Jasmin sah an sich herunter. Sie hatte gar nicht gemerkt, dass sie nur ein T-Shirt trug. Auch ihren Nierengurt hatte sie vergessen. Sie erklärte Fanny, dass der Reißverschluss kaputt war. Fanny nahm hinter ihr Platz, ohne weitere Fragen zu stellen, und umfasste ihre Taille zögerlich. Ihre Unsicherheit beschämte Jasmin. Sie musste sich zusammenreißen. So war sie Fanny keine Hilfe. Statt wie üblich eine kleine Tour zu machen, brachte sie das Mädchen direkt nach Hause.

Auf dem Tisch lag eine Notiz von Milena. Sie wies Fanny und Jasmin auf den Rest einer Erdbeertorte im Kühlschrank hin. Neben dem Post-it lag ein Umschlag, der mit Jasmins Namen beschriftet war. Jasmin wartete, bis Fanny in ihr Zimmer gegangen war, bevor sie ihn öffnete. Sie zog einen Stapel Unterlagen des Amts für Justizvollzug heraus. Zuoberst lag der Urlaubsplan von Eric Laupper. Jasmin verzog das Gesicht. Sie spürte einen körperlichen Widerstand, die Kopien zu berühren.

Um 10 Uhr am kommenden Samstag würde Livia Merz den

Vergewaltiger vor der Pöschwies treffen. Begleitet vom Werkmeister würden sie den 10.11-Uhr-Zug nach Zürich nehmen, da es Laupper aus Sicherheitsgründen untersagt war, in einem Privatfahrzeug mitzufahren. In Zürich würden sie ins Tram umsteigen und bis zum Klusplatz fahren, wo sie den Bus nach Maur nähmen. Um 11.17 Uhr kämen sie dort an. Das Dorf lag direkt am Greifensee. Eric Laupper und Livia Merz hatten vor, dem Seeweg entlangzuspazieren, danach wollten sie in einem Restaurant zu Mittag essen. Livia Merz hatte für 12 Uhr einen Tisch reserviert. Um 14.30 Uhr mussten sie die Rückfahrt antreten, damit Eric Laupper vor 16 Uhr wieder in der Pöschwies wäre. Zwischenhalte oder Einkaufstops hatten sie keine geplant.

Milena hatte ein Foto des Gefangenen beigelegt. Das ist also Pals Klient, dachte Jasmin, den unauffälligen Mittvierziger betrachtend. Der Alkoholmissbrauch hatte keine Spuren hinterlassen, vermutlich lag er zu weit zurück. Laupper hätte als attraktiv gelten können, wären seine Züge klarer gewesen. Doch sie wirkten verschwommen, wie eine feuchte Zeichnung. Seine mit Grau durchzogenen Haare ließen keinen Schnitt erkennen, sein Blick war abwartend und misstrauisch. Jasmin fragte sich, was eine Frau wie Livia Merz in Eric Laupper sah. Vermutlich gab er ihr das Gefühl, gebraucht zu werden. Jasmin schüttelte angewidert den Kopf. Sie kannte das Muster. Irgendwann würde das Brauchen unweigerlich in ein Missbrauchen übergehen. Mit zusammengepressten Lippen legte sie das Foto zurück und nahm ein Personalblatt aus dem Mäppchen. Kurt Alioth war 53jährig, verheiratet und Vater zweier erwachsener Söhne. Er hatte ursprünglich eine Lehre als Landmaschinenmechaniker gemacht, 2002 eine Stelle als Aufseher im Bezirksgefängnis Zürich angetreten, 2005 hatte er in die Pöschwies gewechselt. Während er in Freiburg einen mehrjährigen berufsbegleitenden Kurs am Schweizerischen Ausbildungszentrum für Strafvollzugspersonal absolviert hatte, hatte er auf der Abteilung für hohe Sicherheit gearbeitet. Vor drei Jahren begann er bei den Suchtgefährdeten und Pensionären.

Ebenfalls im Mäppchen lag eine Kopie des Befragungsprotokolls, das Rainer Kälin verfasst hatte. Darin bestritt Alioth, von Eric Laupper Geld für Leistungen angenommen zu haben, von ihm unter Druck gesetzt oder zu illegalem Handeln angestiftet worden zu sein. Alioths Leumund war tadellos. Nichts ließ ihn auf den ersten Blick besonders anfällig für Erpressung erscheinen.

»Warum bewegst du die Lippen beim Lesen?« Fanny stand plötzlich neben ihr.

Ertappt legte Jasmin das Protokoll beiseite.

»Ist das einer von Mamis Gefangenen?« Fanny zeigte auf das Foto von Laupper.

Jasmin beobachtete sie scharf. Irgendetwas an der gekünstelten Art, wie sie dastand, gefiel ihr nicht.

»Ja«, antwortete sie. »Hast du den Mann schon einmal gesehen?«

»Nein.« Fanny sperrte die Augen auf, als versuche sie, nicht zu blinzeln. »Noch nie. Warum, ist er gefährlich?«

»Bist du wirklich sicher, dass du ihn noch nie gesehen hast?«

»Ja, ganz sicher.« Mit einer fahrigen Bewegung wischte sich das Mädchen eine Haarsträhne aus dem Gesicht. »Ich habe Hunger. Wollen wir ein Stück Erdbeertorte essen?«

»Ich hol sie gleich. Setz dich.« Jasmin wartete kurz. »Ich brauche deine Hilfe. Kannst du mir noch einmal beschreiben, wie der Mann aussah, der im Zug deinen Schulthek aufgestellt hat?«

Fanny senkte den Blick. »Ich kann mich nicht mehr erinnern.«

»Glich er diesem Mann?« Jasmin deutete auf das Foto von Laupper.

Fanny schüttelte rasch den Kopf. Zu rasch?

Jasmin nahm ein Foto von Kurt Alioth hervor. »Und diesem?«

»Nein«, flüsterte Fanny. »Ich habe Hunger. Bitte, können wir essen?«

»Klar.« Jasmin stand auf und holte die Torte. Sie stellte einen Teller vor Fanny. Obwohl sie selbst keinen Appetit hatte, schnitt sie sich ein kleines Stück ab. Sie täuschte Begeisterung vor, als sie den ersten Bissen nahm.

»Wir haben die Erdbeeren selber auf dem Feld gepflückt«, erzählte Fanny. »Beim Bauern.«

»Das merkt man. Sie sind viel süßer als die aus dem Supermarkt.« Jasmin lehnte sich zurück. »Es ist schon komisch. Sie sehen genau gleich aus wie die im Supermarkt. Man könnte meinen, es gibt keinen Unterschied, aber so einfach ist es nicht. Geht es dir auch so?«

Fanny nickte. »Manchmal haben die rötesten Erdbeeren überhaupt keinen Geschmack.«

»Siehst du«, sagte Jasmin. »Bei Menschen geht es mir genau gleich. Als Kind habe ich geglaubt, schlechte Menschen sähen anders aus als gute. Ich war zum Beispiel überzeugt, dass alle bösen Männer faule Zähne haben.«

»Warum?«, fragte Fanny.

»Keine Ahnung. Später dachte ich, Verbrecher erkenne man daran, dass sie unrasiert sind. Vermutlich habe ich mir zu viele Comics angeschaut.«

Fanny kicherte unsicher.

»Wie stellst du dir einen bösen Menschen vor?«, fragte Jasmin.

Fanny schob eine Erdbeere auf dem Teller hin und her. »Ich weiß es nicht.«

Stille breitete sich zwischen ihnen aus. Jasmin richtete ihren Blick aus dem Fenster, um Fanny nicht zu bedrängen. Der Grill befand sich immer noch auf dem Rasen, wo Milena ihn zum Abkühlen hingestellt hatte. Drei Gartenstühle waren um den Tisch gruppiert, eine niedergebrannte Kerze wies darauf hin, dass sich das Abendessen am vergangenen Samstag in die Länge gezogen hatte. Die Szene wirkte auf Jasmin wie eine verlassene Bühne. War es erst zwei Tage her, seit sie mit Fanny Pläne geschmiedet und sich über den Geruch des Regens auf dem Asphalt gefreut hatte? Wie unberechenbar das Leben doch war. Oder war sie besonders achtlos? Vielleicht sahen andere das Unheil jeweils kommen. Jasmin hätte sich nicht als gutgläubig bezeichnet, doch das Böse hatte sie erneut überrascht. Es lauerte jederzeit und überall.

Sie rieb sich die Schläfen. Warum ich?, fragte sie sich. In Gedanken hörte sie die Stimme ihrer Therapeutin. Sie durfte den Fehler nicht bei sich suchen. Sie hatte nichts falsch gemacht. Sie musste wieder Vertrauen zu sich gewinnen. Sonst zog sie Angreifer an. Diese spürten ihre Schwäche, wie ein jagendes Tier seine Beute witterte.

Das Summen des Kühlschranks setzte ein und riss Jasmin aus den Gedanken. Fanny starrte sie an. Der Ausdruck in ihren Augen versetzte Jasmin einen Stich. Er war hoffnungslos und bittend zugleich, als wünsche sie sich etwas von Jasmin, das sie nicht bekommen konnte.

»Mir macht das Lesen Mühe«, platzte Jasmin heraus. »Deshalb habe ich die Lippen bewegt, als ich die Unterlagen durchsah.«

Fanny musterte sie. »Du lügst.«

»Nein. Aber es ist ein Geheimnis. Du darfst es niemandem verraten.«

»Warum nicht?«

»Weil ich mich dafür schäme.«

»Warum übst du dann nicht?«

»So einfach ist das nicht. Die Buchstaben wechseln andauernd die Plätze.«

Fanny kicherte. Als sie merkte, dass Jasmin es ernst meinte, verstummte sie.

»Deshalb wollte ich deinen Aufsatz auch nicht lesen, als du mich gefragt hast«, erklärte Jasmin. »Würdest du ihn mir vorlesen?«

»Klar.« Fanny sprang auf und holte ihr Schreibheft. Stolz schlug sie es auf. Bevor sie zu lesen begann, warf sie Jasmin einen skeptischen Blick zu, als glaube sie immer noch nicht ganz, dass eine erwachsene Person Leseschwierigkeiten haben könnte. Jasmin nickte ihr ermunternd zu. Mit erstaunlich sicherer Stimme begann Fanny, ihr die Geschichte vom verschwundenen Pferd vorzutragen. Jasmin konzentrierte sich auf Fannys Mimik. Manchmal verriet der Körper mehr als Worte.

Dass Fanny etwas für das Pferd empfand, war offensichtlich. Sprach sie den Namen aus, legte sie den Kopf leicht schräg, als schmiege sie sich an das Tier. Genauso deutlich kam zum Ausdruck, dass Fannys Angst echt war. Ob das Pferd womöglich das Mädchen selbst darstellte? Fürchtete sich Fanny vor einem Übergriff? Von wem? Wer war der Mann mit den Haaren im Gesicht?

Als Fanny zum Schluss kam, sah sie Jasmin mit einer Mischung aus Stolz und Unsicherheit an. Jasmin lobte sie für die mitreißende Geschichte.

»Deine Bösewichte sind auch unrasiert«, stellte Jasmin fest.

»Aber nicht so, wie in den Comics«, widersprach Fanny und nahm einen Stift in die Hand. »In den Comics sehen die Bösen so aus.« Sie zeichnete ein Gesicht und bedeckte Wangen, Kinn und Hals mit Pünktchen. Daneben malte sie ein weiteres Oval mit einem Bart, der sich nur über Mund und Kinn erstreckte. »Der Stallbesitzer sieht so aus.«

Jasmin lächelte. »Einverstanden. Aber gruselig sind beide. Mir würde der Stallbesitzer auch Angst machen.«

Plötzlich schossen Fanny Tränen in die Augen. Bevor Jasmin realisierte, was geschah, ließ sie den Stift fallen, sprang auf und rannte nach oben. Jasmin folgte ihr. In ihrem Zimmer warf sich Fanny aufs Bett und vergrub das Gesicht im Kissen. Jasmin kniete sich neben sie und streichelte ihr den Rücken. Die Schluchzer des Mädchens trieben sie gefährlich nahe an ihren eigenen Abgrund. Was machte Fanny so zu schaffen? Warum vertraute sie sich niemandem an?

Endlich verebbten die Tränen. Als Fanny den Arm hob, glaubte Jasmin, das Mädchen wolle sie wegstoßen. Doch sie schob nur das Kissen beiseite. Mit geschlossenen Augen legte sie die Wange auf Jasmins Hand. Sachte strich ihr Jasmin über den Kopf. Sie wartete, bis Fanny wieder ruhig atmete. Erst dann fragte sie, was sie beschäftige. Fanny antwortete nicht.

Am Bahnhof Altstetten strömten die Pendler aus der Unterführung. Sie eilten zur Bushaltestelle oder machten Abstecher zum Kiosk oder zum Lebensmittelladen unmittelbar daneben. Einige setzten den Nachhauseweg zu Fuß fort, Businesskoffer hinter sich herziehend, Krawatten lockernd, andere schlossen Fahrräder oder Roller auf. Jugendliche mit Stöpseln in den Ohren schlürften Energydrinks, die sie an einem Montag besonders benötigten; am Treppenaufgang stand ein Student und verteilte Gratiszeitungen, eingehüllt in den Duft frischer Salzbrezeln.

Jasmin sah dem Treiben vom Café aus zu. Ein Teil von ihr wünschte sich dazuzugehören, doch sie bezweifelte, dass sie ihren Platz je wieder finden würde. Sie war aus dem Spiel ausgeschieden. Um sie herum gingen die Menschen ihren alltäglichen Verpflichtungen mit einer Selbstverständlichkeit nach, um die Jasmin sie beneidete. Sie erfüllten Erwartungen und erledigten Aufgaben, ohne dass sie Angst hatten zu scheitern. Dabei wurden sie von vereinzelten Gestrandeten beobachtet. Jasmin erkannte sie. Die anderen. Den Trinker auf der Bank, der vor sich hin schimpfte, leere Bierflaschen zu seinen Füssen. Die Flüchtlinge, die beisammenstanden und schwiegen. Die junge Mutter, die mit abwesendem Blick einen Kinderwagen hin- und herschaukelte. Jasmin fühlte sich mit ihnen auf seltsame Weise verbunden.

Sie hatte einen Tisch an der Wand gewählt. Von hier aus sah sie, wer das Café betrat und wer es verließ. Niemand konnte sich anschleichen, niemand sie überraschen. Trotzdem schaute sie immer wieder über die Schulter. Seit sie Urdorf verlassen hatte, fühlte sie sich beobachtet. Hinter jeder Hausecke witterte sie Gefahr. Bereits ein Blick, der zu lange auf ihr ruhte, weckte ihr Misstrauen.

In diesem Café war Karl-Heinz Rathgeb nach eigenen Angaben am 7. Juni gesessen, bevor er nach Regensdorf zurückgefahren war. Als Jasmin das Lokal betreten hatte, hatte sie allen Anwesenden ein Foto von ihm gezeigt. Niemand hatte ihn erkannt. Daraufhin hatte sie sich hingesetzt und sich entschieden, ein Sandwich zu essen. Irgendwann käme vielleicht jemand, der Rathgebs Anwesenheit bezeugen konnte. Sie merkte nicht, wie sie den Schinken zerzupfte. Das Sandwich war geschmacklos, doch Jasmin zwang sich, die unappetitlichen Häppchen zu schlucken. Eine Fliege setzte sich auf eine mit Mayonnaiseresten beschmierte Serviette und rieb die Vorderfüße aneinander.

Vermutlich verschwende ich meine Zeit, dachte Jasmin, als sie zwei Stunden später einen Blick auf das Display des alten Handys warf, das ihr Milena geliehen hatte. Die Wahrscheinlichkeit, dass jemand auftauchte, der Rathgebs Alibi bestätigen konnte, war verschwindend klein. Andererseits hatte sie nichts Besseres zu tun. Nach Hause zu fahren, kam nicht in Frage. Seit sie wusste, dass sich der »Metzger« oder jemand, der ihm nahestand, in unmittelbarer Umgebung ihrer Wohnung aufgehalten hatte, fühlte sie sich dort als Zielscheibe. Sie hatte sich kurz überlegt, zu Pal zu fahren, den Gedanken aber gleich wieder verworfen. Sie wollte nicht riskieren, zurückgewiesen zu werden, sie fühlte sich zu verwundbar. Auch Kritik ertrug sie nicht. Zumindest nicht, wie Pal sie äußerte. Mit Worten hielt er sich zwar zurück, gleichwohl schaffte er es, seine Missbilligung so auszudrücken, dass sich Jasmin gemaßregelt vorkam. Es war, wie gegen einen unsichtbaren Gegner zu kämpfen.

Ihre Brüder hatten auch ständig etwas zu meckern, im Gegensatz zu Pal waren Bernie und Ralf aber direkt. Passte ihnen etwas nicht, sagten sie es Jasmin ins Gesicht. Der Gedanke brachte sie auf eine Idee. Warum eigentlich nicht zu Bernie fahren? Er würde ihr bestimmt ein Bett für die Nacht anbieten. Seit seiner Scheidung lebte er allein. Auch Ralf ließe sie auf dem Sofa schlafen, doch in Gegenwart seiner Frau fühlte sich Jasmin nicht wohl.

Erleichtert, einen Zufluchtsort zu haben, stand Jasmin auf. Als sie ihren Abfall einsammelte, betrat ein junger Mann mit arabischen Zügen das Café. Ein letztes Mal nahm Jasmin das Foto hervor. Ohne große Hoffnung zeigte sie es dem Gast.

»Was ist mit ihm?«, fragte er.

»Haben Sie ihn hier gesehen?«

»Wer will das wissen?«

Jasmin nahm einen aggressiven Unterton wahr. Da sie nichts getan hatte, um den Fremden zu reizen, stand seine Reaktion womöglich in Zusammenhang mit Karl-Heinz Rathgeb. Dass er in Jasmin eine Polizistin vermutete, war unwahrscheinlich, so, wie sie aussah. Ob die beiden aneinandergeraten waren?

Jasmin stützte die Hand in die Seite. »Der Typ hat etwas, das mir gehört.«

»Ach ja?« Der Mann stellte sich an den Tresen und bestellte einen Espresso. »Was denn?«

Jasmin setzte sich auf den Barhocker neben ihm. Sie legte die Arme so hin, dass die Augen der Schlangen auf den Fremden gerichtet waren. Mit Genugtuung stellte sie fest, dass er immer wieder auf die Tätowierungen starrte. Eigentlich sieht er gar nicht schlecht aus, dachte sie, seinen sehnigen Körper betrachtend.

»Etwas, das ich zurückhaben will.«

»Scheint dir wichtig zu sein«, sagte er langsam. Er hatte ihren Blick also bemerkt.

Jasmin lächelte. »Ich bin Mini.«

»Tarek.«

»Freut mich, dich kennenzulernen, Tarek. Kommst du oft hierher?«

»Ab und zu. Und du?«

»Was ist mit dem 7. Juni? Warst du dann auch hier?«

»Schon möglich.«

Als er nach seiner Kaffeetasse griff, streifte seine Hand Jasmins Arm. Ein wohliger Schauer überlief sie. Seine Finger waren lang und schmal, die Nägel gepflegt. Sie stellte sich vor, was er alles mit ihnen anstellen konnte, und das Blut rauschte durch ihren Körper. Auf einmal fühlte sie sich so lebendig wie schon lange nicht mehr. Sie schob alle Gedanken an die letzten Tage und Wochen von sich und konzentrierte sich auf das Hier und Jetzt. Sie wollte nur vergessen, und sei es lediglich für einige Stunden.

Er deutete ihre Signale richtig. Ohne ein weiteres Wort bezahlte er und führte sie nach draußen. Als Jasmin in die Abenddämmerung hinaustrat, hielt sie inne. Rund um sie herum bewegte sich das Leben in seinen gewohnten Bahnen. Die Mutter und ihr Kind waren weg, ebenso die Flüchtlinge. Nur der Trinker saß noch auf der Bank. Als sich ihre Blicke trafen, sah Jasmin in den Abgrund, vor dem sie stand. Sie griff nach Tareks Hand.

Er führte sie über den Altstetterplatz, vorbei am Brunnen, der leise plätscherte. Sie überquerten die Straße bei Rot und bogen in ein Wohnquartier ein. Vor einem dreistöckigen Bau aus den Siebzigerjahren blieb Tarek stehen und zog einen Schlüssel hervor. Seine Einzimmerwohnung befand sich im Hochparterre. Jasmin zögerte, als sie auf der Türschwelle stand. Hätte Tarek sie gedrängt, wäre sie vermutlich gegangen, doch er stand nur vor ihr, die Augen dunkel vor Verlangen, und wartete. Erst als sie über die Schwelle trat, packte er ihr Handgelenk und führte die Schlange an seine Lippen.

Die Wohnung war spartanisch eingerichtet. Auf einem Gitarrenständer stand eine elektrische Gitarre, daneben befand sich eine Musikanlage. Auf einem ausgezogenen Bettsofa lagen ein Kissen und ein gefalteter Schlafsack. Tarek breitete ihn aus und streifte sein T-Shirt ab. Kein Gramm Fett lag zwischen der Haut und den geschmeidigen Muskeln. Wortlos ging er auf Jasmin zu und begann, sie auszuziehen. Als er die Holster an ihren Beinen entdeckte, verengten sich seine Augen. Jasmin nahm die Messer ab und rollte sie in ihre Jeans ein. Sie legte das Bündel beiseite und knöpfte Tareks Hose auf. Wie in einem Rausch ließ sie sich von ihm aufs Bett drücken. Sie schloss die Augen und gab sich den Berührungen seiner Hände hin. Er schien sie überall gleichzeitig zu betasten, als wickle er sie in einen Kokon ein. Das Feuer, das er in ihr entfachte, füllte die Leere und gab Jasmin das Gefühl, mehr als eine brüchige Hülle zu sein. Als er sich auf sie legte, sog sie die Energie auf, die von ihm ausging.

Die Tränen kamen später. Sie wusste nicht, wie lange sie geschlafen hatte. Als sie die Augen aufschlug, schien das Licht einer Straßenlaterne durch das offene Fenster. Es fiel auf Tareks nackten Körper, der ausgestreckt neben ihrem lag. Die Wirklichkeit stürzte über sie herein. Verzweifelt versuchte sie, in den wohligen Kokon zurückzukriechen, doch der Rausch war verebbt. Sie roch den Schweiß eines fremden Mannes, spürte die klebrige Feuchtigkeit zwischen ihren Beinen. Voller Selbstverachtung sammelte sie ihre Kleider ein. Was hatte sie bloß getan?

»Gehst du?«, murmelte Tarek verschlafen. Als sie nicht antwortete, rappelte er sich auf. »Hey, alles okay?«

Jasmin zerrte sich das T-Shirt über den Kopf und schlüpfte in ihre Jeans. Sie machte sich nicht die Mühe, die Holster anzuschnallen, sondern nahm sie in die Hand und stolperte zur Tür.

»Hey! Warte!« Tarek räusperte sich. »Er war da. Der Typ. Er saß an einem der Tische draußen und rauchte. Rastete aus, weil ich zu nahe an ihm vorbeigegangen war. Ein echter Psychopath. Halt dich von ihm fern, hörst du? Der bedeutet Ärger.«

Jasmin antwortete nicht. Sie rannte aus der Wohnung und in die Nacht hinaus. Sie wusste nicht, welche Richtung sie einschlug. Es war unwichtig. Nichts hatte eine Bedeutung, weder der harte Asphalt unter ihren Füssen, noch das sorgfältig gebündelte Altpapier am Straßenrand, noch das Martinshorn, das in der Ferne anschwoll und wieder verebbte. Schon gar nicht sie selbst. Sie selbst am allerwenigsten.

25

Milena Herzog machte es sich auf dem Massagestuhl bequem. Jeden Mittwochmorgen dämmte Esther Payne im Büro 205 im Kaspar-Escher-Haus das Licht, legte eine CD mit Entspannungsmusik ein und lockerte verspannte Schultern, verkrampfte Nacken und einseitig belastete Rücken. Obwohl die Massage nur 18 Minuten dauerte, hatte sich Milena früher die Zeit dafür nicht genommen. Seit sie von der Last ihrer Sorgen aber buchstäblich zusammengedrückt wurde, gönnte sie sich die kurze Erholung.

Esther Payne war eine angenehme Masseurin. Sie hatte ein feines Gespür für ihre Kundinnen. Manchmal sagte Milena kein Wort, sondern gab sich den schmerzhaften, aber wohltuenden Berührungen ganz hin, an anderen Tagen kreisten ihre Gedanken unentwegt um ein Thema, und sie nützte die Gelegenheit, mit jemandem darüber zu reden.

»Geht es mit dem Druck?«, fragte Esther Payne. »Sie fühlen sich heute besonders verspannt an. Denken Sie daran: grün bedeutet angenehm, orange schmerzhaft, aber auszuhalten, rot zu stark.«

»Der Schmerz liegt im orangen Bereich«, antwortete Milena. »Aber er tut gut. Ich fühle mich seit Tagen wie versteinert.«

Die Masseurin machte sich an Milenas linker Schulter zu schaffen.

»Mein Mann möchte, dass Fanny zu ihm zieht. Er glaubt, bei mir sei sie nicht sicher.« Die Worte auszusprechen, war befreiend.

»Und wie denken Sie darüber?« Esther Payne lockerte Milenas linken Arm.

»Ich kann mir einen Alltag ohne Fanny nicht vorstellen. Gleichzeitig halte ich mich für egoistisch. Wenn ich sie so liebe, müsste ich doch das Beste für sie wollen! Bis jetzt habe ich mir einzureden versucht, dass ich überreagiere. Wegen der Drohbriefe, meine ich. Aber Matthias nimmt die Gefahr sehr ernst. Ausgerechnet er. Er lässt sich nicht leicht einschüchtern. Wenn er der Meinung ist, Fanny sei bei mir in Gefahr, dann ist das ein Alarmzeichen.«

»Macht die Polizei keine Fortschritte?«

»Leider nein.« Milena unterdrückte ein Stöhnen, als Esther Payne die Seite wechselte und ihre rechte Schulter zu bearbeiten begann. Immerhin konnte sie dank Jasmin nun Karl-Heinz Rathgeb als Täter ausschließen. Von allen Rekurrenten war er derjenige, den Milena am meisten fürchtete. Da er unbegleitete Urlaube absolvieren durfte, war die Gefahr, die von ihm ausging, am größten. Andererseits: Hätte er die Drohbriefe geschrieben, hätte die Justiz endlich etwas gegen ihn in der Hand, so aber käme er bald frei.

Dieses Problem konnte sie nicht lösen. Rathgeb musste sie für den Augenblick vergessen. Offensichtlich hatte er die Wahrheit gesagt, als er behauptet hatte, vor der Rückkehr in die Pöschwies am Bahnhof Altstetten etwas getrunken zu haben. Um Rathgeb würden sich andere kümmern müssen. Für Milena zählte jetzt einzig und allein Fanny. Wenn Rathgeb und Bracchini als Täter ausschieden, blieb nur noch Eric Laupper – beziehungsweise Livia Merz. Milena wusste nicht, ob sie erleichtert sein sollte. Die Vorstellung, Livia Merz habe Fanny den Brief in den Schulthek gelegt, war weit weniger schlimm als der Gedanke, ein Straftäter habe sich ihr genähert. Frauen wurden selten gewalttätig. Wenn, dann hauptsächlich innerhalb von Beziehungen. Doch galt das auch für eine Frau, die im Auftrag eines Mannes handelte, den sie liebte? Der sich als Opfer der Justiz sah?

»Was meint Fanny dazu?«, fragte Esther Payne. »Bei wem möchte sie wohnen?«

»Ich habe versucht, mit ihr darüber zu reden, aber sie verhält sich seit Wochen seltsam. Sie weicht meinen Fragen aus, klagt andauernd über Bauchweh. Die Situation macht ihr sehr zu schaffen. Ich glaube nicht, dass sie in der Lage ist, eine Entscheidung zu treffen.«

»Ist es nicht so, dass heute Kinder ab elf Jahren bei einer Scheidung ohnehin vom Richter vorgeladen werden? Damit sie ihre Wünsche äußern können?«

»Wir haben die Scheidung noch nicht in die Wege geleitet. Matthias möchte warten, bis der Drohbriefschreiber gefasst ist.«

Esther Payne legte die Hände sanft auf Milenas Kopf. Das Kribbeln, das sie auslösten, linderte die Kopfschmerzen, unter denen Milena seit Tagen litt. Ihr war, als würde sie sachte in eine andere Welt gezogen. Am liebsten hätte sie dem Sog nachgegeben und sich dem Schlaf ergeben. Viel zu schnell waren die 18 Minuten vorbei. Zum Schluss knetete die Masseurin noch einmal ihre Schultern, dann streifte sie die Energie ab, als würde sie Brosamen vom Tisch fegen. Widerwillig erhob sich Milena. Sie fühlte sich träge, am Schreibtisch zu sitzen und weiterzuarbeiten, reizte sie nicht im geringsten.

Schon von weitem sah sie das gelbe Post-it, das an ihrer Bürotür klebte. Aus Sicherheitsgründen schloss Milena immer ab, wenn sie den Raum verließ. Die Nachricht stammte von ihrer Chefin, die sie bat, nach ihrer Rückkehr sofort zu ihr ins Büro zu kommen. Milena runzelte die Stirn. Brigitte Lüthy hatte heute frei. War etwas geschehen? Milenas Schläfrigkeit war wie weggeblasen. Sie fragte sich, ob Brigitte nur mit ihr sprechen wollte oder ob sie das ganze Team zu sich bestellt hatte. War es zu einem Zwischenfall mit einem Insassen gekommen?

Die Tür zu Brigitte Lüthys Büro war geschlossen. Verunsichert klopfte Milena. Brigitte ließ sie immer offen stehen, wenn sie anwesend war. Es dauerte eine Weile, bis ein »Herein« erklang. Milena betrat den Raum. Brigitte saß an ihrem Schreibtisch, den Telefonhörer in der Hand. Sie gab Milena ein Zeichen, sich zu setzen, während sie mit ernster Miene ihrem Gesprächspartner lauschte. Den einsilbigen Antworten konnte

Milena nicht entnehmen, worüber sie sprach. Milena nahm am runden Besprechungstisch Platz. Nach einigen Minuten verabschiedete sich Brigitte und legte auf.

Langsam erhob sie sich. Den Blick auf Milena gerichtet, setzte sie sich ihr gegenüber. Noch nie hatte Milena sie so ernst gesehen. Unbehagen erfasste sie.

»Das war der Direktionsvorsteher«, sagte Brigitte.

Milena hielt den Atem an.

»Es ist eine Strafanzeige bei der Oberstaatsanwaltschaft eingereicht worden«, sagte Brigitte. »Gegen dich. Wegen Amtsgeheimnisverletzung.«

Milena starrte sie an. Sie hatte das Gefühl, etwas sagen zu müssen, doch ihr Kopf war leer.

»Ist es wahr, Milena?«, fragte Brigitte. »Hast du eine Privatdetektivin engagiert und ihr Unterlagen über Insassen zukommen lassen?«

Milena nickte. Es abzustreiten, war zwecklos.

Brigitte holte tief Luft und ließ sie langsam entweichen. Eine Weile saßen sie schweigend da. Brigitte brauchte nicht zu fragen, warum sie es getan hatte. Sie kannte die Antwort.

»Ist dir klar, was das bedeutet?«, fragte sie schließlich.

»Die Staatsanwaltschaft I wird ein Verfahren gegen mich eröffnen«, antwortete Milena ausdruckslos.

»Das sind die strafrechtlichen Konsequenzen. Es kommen auch personalrechtliche hinzu«, sagte Brigitte. »Ich werde ein Administrativverfahren einleiten müssen.«

Milena senkte den Blick. »Wer wird die Untersuchung führen?«

»Entweder ich oder der Generalsekretär. Wenn wir zum Schluss kommen, dass du eine arbeitsrechtliche Verpflichtung verletzt hast, die Auswirkungen auf das Arbeitsverhältnis hat …« Sie schüttelte den Kopf. »Verdammt, Milena! Was hast du dir dabei gedacht?«

Ärger stieg in Milena auf. »Mir blieb keine Wahl! Ich konnte nicht einfach die Hände in den Schoss legen und warten, bis Fanny etwas geschieht!«

Brigitte seufzte. »Ich verstehe dich ja. Und glaub mir, ich werde mich dafür einsetzen, dass der Rechtfertigungsgrund gründlich geprüft wird. Wenn du Notwehr oder einen Notstand geltend machen kannst, wird es wahrscheinlich bei einem Verweis bleiben. Dir wird zustatten kommen, dass das Administrativverfahren gesetzlich nicht geregelt ist. Das Vorgehen ist also ziemlich unklar. Möglicherweise wird der Direktionsvorsteher beschließen zu warten, bis das Strafverfahren durch ist. Und wie lange das dauert, weißt du selbst. In diesem Fall werden wir uns vermutlich auf eine Mitarbeiterbeurteilung und einen Verweis beschränken. Noch ist aber nichts entschieden. Die Aufregung ist ziemlich groß, so viel kann ich dir sagen. Und natürlich stellt sich auch die Vertrauensfrage.«

»Die Vertrauensfrage?«, wiederholte Milena. »Du wirfst mir vor, man könne mir nicht vertrauen? Was soll ich denn sagen? Kann ich meinem Arbeitgeber vertrauen? Tut er wirklich etwas, um mich und meine Familie zu beschützen? Davon habe ich bis jetzt nicht viel gemerkt!«

»Ich sage doch, ich verstehe dich«, beschwichtigte Brigitte. »Darüber werden wir noch ausführlich reden. Noch sind wir aber nicht so weit. Zuerst muss der Direktionsvorsteher die nächsten Schritte festlegen. Bis klar ist, wie er vorgehen will, möchte ich, dass du dir einige Tage frei nimmst.«

Milena rang zitternd nach Luft. »Habe ich eine Wahl?«

»Nein.«

»Ab wann?«

»Sofort.«

Wie versteinert saß Milena auf ihrem Stuhl. Flüchtig dachte sie an die Massage. Ihre Muskeln hatten sich wieder völlig verkrampft. In ihrem Kopf pochte es, als sei ein Presslufthammer am Werk. Natürlich waren ihr die möglichen Konsequenzen ihres Verhaltens bewusst gewesen. Dennoch war sie nicht vorbereitet darauf. Tief in ihrem Innern war sie der Überzeugung, richtig gehandelt zu haben. Sie hatte deshalb mit der Unterstützung ihres Arbeitgebers gerechnet.

»Wer hat mich eigentlich angezeigt?«, fragte sie plötzlich.

Brigitte zögerte. »Lauppers Anwalt.«

Eric Laupper, dachte Milena grimmig. Jasmin war also auf der richtigen Spur. Milena wusste nicht, wie der Gefangene von der Amtsgeheimnisverletzung erfahren hatte, seine Reaktion zeigte aber, dass er etwas zu verbergen hatte.

»Laupper steckt hinter den Drohbriefen«, sagte Milena. »Ich weiß es! Ich habe gestern mit dem JUV telefoniert. Lauppers bevorstehender Urlaub soll verschoben werden, bis klar ist, ob er die Tat begangen hat. Deshalb also die Anzeige. Er will sich an mir rächen.«

»Nein, die Anzeige ging vorher ein. Außerdem wird der Urlaub nicht verschoben«, klärte Brigitte sie auf. »Und das hast du nur dir zuzuschreiben. Stell dir vor, wie es aussähe, wenn das JUV den Entscheid jetzt rückgängig machen würde! Laupper würde behaupten, der Urlaub sei ihm wegen der Anzeige seines Anwalts gestrichen worden. Das wäre Rache. Wenn die Presse davon Wind bekäme, würde es einigen Wirbel verursachen. Auch dein Verhalten käme in die Schlagzeilen. Vergiss nicht, Juli ist Sauregurkenzeit, viel zu berichten haben die Journalisten nicht. Die Story würde bis ins Detail ausgeschlachtet. Das wollen wir um jeden Preis verhindern.«

»Also lassen wir einen gefährlichen Insassen einfach raus?«, empörte sich Milena. »Damit wir gut dastehen?«

»Ich nehme an, Unschuldsvermutung ist auch dir ein Begriff!«, erwiderte Brigitte scharf. »Gegen Laupper liegt kein konkreter Verdacht vor. Dass er ein Motiv hat, macht ihn noch lange nicht zum Täter. Ohne guten Grund kann das JUV den Urlaub nicht streichen. Lauppers Anwalt hat mit rechtlichen Konsequenzen gedroht.«

»Toll!« Milenas Stimme triefte vor Sarkasmus. »Noch eine Drohung!«

»Es reicht!« Brigittes Augen blitzten wütend. »Überlass das der Polizei! Sie wird entsprechende Sicherheitsvorkehrungen treffen. Eric Laupper wird am Samstag nicht in deine Nähe kommen. Das verspreche ich dir. Und jetzt entschuldige mich bitte. Wir haben Krisensitzung.«

Milena stand auf. »Ich muss mich ohnehin auf den Weg machen«, sagte sie steif. »Um 13.30 Uhr muss ich auf der Oberjugendanwaltschaft in Winterthur sein.«

Brigitte sah sie an. »Nein, du wirst jetzt deine Sachen packen.«

»Heute findet eine Sitzung zur Revision des zürcherischen Filmgesetzes statt. Du weißt, dass ich bei der Gesetzgebung mitwirke.«

»Priska Sommer wird gehen. Sie ist informiert. Bitte, Milena, gib mir deinen Badge und hol deine Sachen.«

Nach und nach drang die Bedeutung der Worte in Milenas Bewusstsein. Mit zitternden Fingern kramte sie ihren Badge hervor und reichte ihn Brigitte. Priska Sommer wartete bereits vor ihrem Büro. Die Empörung stand ihr ins Gesicht geschrieben. Sie umarmte Milena und versprach, sich für sie einzusetzen. Milena hörte sie kaum. Sie sammelte Unterlagen ein und legte die Akten, an denen sie gearbeitet hatte, zurück an ihren Platz. Sie fragte sich, wer die Aufgaben zu Ende führen würde. Es gab Fristen, die sie einzuhalten hatte, Stellungnahmen, die sie fertigschreiben musste, Abklärungen, die sie noch nicht gemacht hatte.

»Ich erwarte heute eine Auskunft über Malta.« Ihre Stimme kam ihr fremd vor. »Es geht um ein Auslieferungsbegehren. Der Anwalt von Kayden behauptet, Fluchtgefahr sei nicht gegeben, weil das Land dem Freizügigkeitsabkommen unterstehe. Ich konnte aber noch nicht abklären, wie kompliziert das Verfahren wäre. Aus der Pöschwies müsste auch jemand zurückrufen. Wegen des Brotfalls. Erinnerst du dich? Ich habe euch letzte Woche davon erzählt. Ich bin mir nicht sicher, ob die Disziplinarmaßnahme zu Recht verhängt wurde. Dass nur noch drei Scheiben Brot pro Insasse verteilt werden, stimmt. Wo sich der Aushang befand, ist mir nicht ganz klar. Der Insasse behauptet, er habe das Brot nicht nach dem Aufseher geworfen, sondern nach dem Aushang. Dann wollte ich noch die Aufsichtsbeschwerde …«

Priska legte ihr die Hand auf die Schulter. »Vergiss die Arbeit! Wir werden uns darum kümmern. Geh nach Hause zu Fanny. Macht etwas, das euch guttut. Das wird schon wieder!«

Milena nickte ohne Überzeugung und nahm ihre Tasche. In der Tür drehte sie sich um. »Ich habe Kaffeedienst«, sagte sie. »Der Geschirrspüler läuft. Ich wollte ihn noch ausräumen.«

»Ich mache das«, versprach Priska.

Noch nie waren Milena die Gänge im Kaspar-Escher-Haus so lang vorgekommen. Zum ersten Mal fiel ihr die Stille auf. War es immer so ruhig? Oder befanden sich alle an der Krisensitzung? So vieles kam ihr auf einmal fremd vor. Jahrelang war sie täglich hier durchgegangen, doch nie hatte sie die Bilder an der Wand angeschaut oder die Ledersessel vor dem Büro 235 richtig wahrgenommen. Gab es einen Grund dafür, dass der eine rot und der andere grün war? Auch die Geräusche aus dem Hof hatten nie eine Bedeutung für sie gehabt. Milena trat ans Fenster und beobachtete, wie ein Lieferwagen zum Wareneingang eines Möbelhauses fuhr. Ihr Blick fiel auf das Netz, das über den Hof gespannt war. Sie betrachtete den blauen Himmel durch die engen Maschen. Es ist wie in einem Gefängnis, dachte sie.

Plötzlich wollte sie nur noch weg. Mit schnellen Schritten ging sie zum Ausgang. Sie wartete nicht auf den Lift, sondern rannte die Treppe hinunter. Als sie im Erdgeschoss die Drehtür betrat, dachte sie flüchtig daran, dass sie ohne ihren Badge nicht mehr zurückkonnte. Sie würdigte die Mitarbeiterin an der Loge keines Blickes, als sie aus dem Gebäude eilte. Abgasgeschwängerte Luft schlug ihr entgegen. Ein Rettungswagen der Sanität raste vorbei und schaltete genau vor ihr das Martinshorn ein. Milena nahm ihr Handy hervor und wählte Jasmins Nummer.

Jasmin drückte auf Aus. Sie war fassungslos. Pal hatte Milena angezeigt. Zwar hatte Milena den Namen des Anwalts nicht erwähnt, doch Jasmin zweifelte keine Sekunde daran, wer dahintersteckte. Sie griff nach einer der leeren Bierdosen, die auf dem Couchtisch standen, und warf sie mit aller Kraft gegen die Wand. Ein kleiner Rest Flüssigkeit spritzte heraus. Bernie würde es nicht auffallen. In seiner Wohnung gab es weit schlimmere Flecken.

Milena Herzog wusste offenbar nichts von der Verbindung zwischen Jasmin und Pal. Vielleicht hatte sie den Namen von Lauppers neuem Anwalt noch gar nicht erfahren. Jasmin packte eine zweite Bierdose. Sie traf die Wand wenige Zentimeter über dem Fleck, den die erste hinterlassen hatte. Wie konnte er nur? Bedeutete sie ihm überhaupt nichts mehr? Er hätte ihr nicht klarer zeigen können, dass ihm ein Vergewaltiger wichtiger war als sie.

Jasmin befreite sich aus dem Schlafsack, den Bernie ihr geliehen hatte, und schob ihn vom Sofa. Es war viel zu heiß für eine Decke, doch ohne Schutz konnte sie nicht schlafen. Das Kissen warf sie quer durch den Raum. Wenn Milena den Zusammenhang erkannte, wäre Jasmin ihren Auftrag los. Zumindest, was davon übrig war. Fanny musste nicht mehr betreut werden, da Milena nun mehr als genug Zeit hatte. Fluchend stakste Jasmin in die Küche. Sie nahm einen Energydrink aus dem Kühlschrank und trank ihn in einem Zug aus. Auf dem Tisch stand ein voller Aschenbecher. Beim Gestank drehte sich ihr beinahe der Magen um. Sie wollte die Kippen in den Abfall werfen, der Sack war jedoch bis zum Rand gefüllt. Kurzentschlossen öffnete sie das Fenster und leerte den Aschenbecher ins Gebüsch, das die Hauswand säumte. Sie war überrascht, als sie sah, dass die Sonne hoch am Himmel stand. Sie musste noch einmal eingeschlafen sein, nachdem Bernie gegangen war. Sie versuchte, sich daran zu erinnern, was sie heute vorhatte, doch das Denken fiel ihr schwer. Die letzten Tage waren ineinandergeflossen, ohne dass Jasmin unterscheiden konnte, wann einer zu Ende ging und ein neuer begann.

Als sie ihre schmuddeligen Kleider zusammensuchte, kam ihr in den Sinn, dass sie frische Wäsche aus ihrer Wohnung hatte holen wollen. Ein Anflug von Panik erfasste sie. Nicht daran denken! Einfach machen. »Los, unter die Dusche!«, sagte sie laut.

Sie vergewisserte sich, dass die Haustür abgeschlossen war, bevor sie Bernies T-Shirt abstreifte und das Bad betrat. Sie spülte die Haare, die in der Badewanne lagen, den Abfluss hinunter und stellte sich unter den Wasserstrahl. So schnell wie möglich seifte sie sich mit dem herben Duschmittel ein, das auf dem Rand der Wanne stand. Sie verzichtete darauf, sich die Haare zu waschen, obwohl sie es nötig gehabt hätten. Nackt fühlte sie sich ausgeliefert. Wenn sich jemand anschlich? Das Rauschen des Wassers übertönte alle Geräusche.

Erleichtert drehte sie den Hahn wieder zu und stieg aus der Wanne. Sie wollte nach einem Frotteetuch greifen, als es hinter ihr laut krachte. Wie von einem Stromschlag getroffen, zuckte sie zusammen und sprang nach vorne, wo sie gegen das Lavabo stieß. Sie spürte den Schmerz in der Hüfte kaum. Mit einer Hand griff sie nach der Tür, die sie nur angelehnt hatte, mit der anderen versuchte sie, irgendwo Halt zu finden. Ihre nassen Füße rutschten auf den Bodenplatten aus. Bevor sie wusste, wie ihr geschah, stürzte sie. Ihr Hinterkopf prallte gegen den Rand der Badewanne. Wie betäubt blieb sie liegen. Seltsame Formen bewegten sich vor ihren Augen. Erneut übermannte sie die Panik. Sie musste aufstehen! Sich wehren! Halbblind tastete sie nach einem Gegenstand, auf den sie sich stützen konnte. Als ihre Hände den WC-Ring berührten, zog sie sich hoch. Eine Welle von Übelkeit erfasste sie. Kurz verharrte sie über der WC-Schüssel, erst als sie sicher war, dass der Energydrink in ihrem Magen bleiben würde, stand sie auf. Die Beine trugen sie kaum. Sie ermahnte sich, nicht aufzugeben, sie hatte schon weit Schlimmeres überstanden. Wer immer in der Wohnung war, sie ließe sich nicht von ihm überwältigen!

Die Messer!, schoss es ihr durch den Kopf. Sie lagen unter dem Sofa! Jasmin stolperte zur Tür. Sie hielt sich am Rahmen fest und horchte mit allen Sinnen. Es war still. Sie stellte sich vor, wie er irgendwo lauerte und auf sie wartete. Sie war nackt! Ohne den Blick vom Gang zu nehmen, tastete sie nach etwas Anziehbarem. Ihre Finger berührten ein Stück Stoff, das unter dem Lavabo lag. Sie zog daran. Es war Bernies schmutziger Arbeitsoverall. Als sie hineinschlüpfte, stieg ihr der Gestank von Schweiß, Rauch und Motorenöl in die Nase. Jasmin ignorierte ihn. Fieberhaft überlegte sie, was sie als Waffe benutzen könnte. Die Brause, dachte sie. Wenn es ihr gelänge, die Duschbrause abzuschrauben, würde sie sich damit wehren können. Leise wich sie einige Schritte zurück. Es war ihr nicht wohl dabei, den Blick von der Tür abzuwenden.

Ganz langsam drehte sie sich um. Als sie nach der Brause greifen wollte, fiel ihr etwas in der Badewanne auf. Es dauerte ein paar Sekunden, bis sie begriff, was es war: das Duschmittel. Kurz fragte sie sich, wie es dorthin gekommen war. Hatte sie es nicht auf den Rand gestellt? Ihr Verstand versuchte, ihr etwas zu sagen, doch die Gedanken rissen immer wieder ab. Nur mit Mühe gelang es Jasmin, sie zusammenzufügen. Der Knall. Er war von hinten gekommen, nicht von vorne. Das Duschmittel war vom Badewannenrand gefallen.

In der Wohnung war niemand.

Langsam ließ sich Jasmin zu Boden gleiten. Schwer atmend saß sie auf den nassen Platten, den Rücken an die Badewanne gelehnt. Ihr Hinterkopf pochte. Sie tastete nach der Wunde und spürte etwas Klebriges. Ihre Finger waren mit Blut bedeckt. Tränen schossen ihr in die Augen, doch sie hielt sie zurück. Sie hatte keine Zeit für Selbstmitleid. Sie musste nach Maur, um die Gegend auszukundschaften. Sie wollte vorbereitet sein, wenn Eric Laupper am Samstag dort eintraf.

Sie rappelte sich hoch und spülte das Blut von der Hand. Anschließend machte sie einen kurzen Kontrollgang durch die Wohnung. Als sie sich vergewissert hatte, dass niemand eingedrungen war, kehrte sie ins Bad zurück, wo sie sich vor der Badewanne hinkniete, den Kopf über den Rand hielt und die Wunde mit kaltem Wasser spülte. Aus dem Gefrierfach holte sie eine Packung Pommes frites, wickelte sie in ein Küchentuch ein und legte sich damit aufs Sofa. Als die Schmerzen etwas nachließen, machte sie sich auf den Weg.

26

Eric Laupper folgte dem Zaun mit gleichmäßigen Schritten. Er hörte, wie hinter dem Wald eine S-Bahn vorbeifuhr. Es roch schwach nach Nadelbäumen. Er mochte den Geruch. Livia hatte ihm einmal einen Duftbaum in Form einer Tanne geschenkt, den er in seiner Zelle aufgehängt hatte. Nadelbäume weckten in ihm ein Gefühl von Weite. Vor Jahren hatte er einen Film über Kanada gesehen. Nichts als Weiß- und Schwarzfichten, Kiefern und Tannen mit seltsamen Namen. Kein Mensch weit und breit. Eric vermutete, dass er sich in Kanada wohlfühlen würde. Außerdem war es kühl. Die verdammte Hitze hier machte ihm zu schaffen.

Er war am Ende des Zauns angekommen. Er wendete und ging den gleichen Weg zurück. Diese Hitze hatte er satt. Richtig satt. Sie machte ihn träge. Er wollte nur schlafen. Ausgerechnet jetzt, da er besonders aufmerksam sein musste. Er durfte keine Fehler machen. Nicht einen einzigen. Sie warteten nur darauf, dass er ihnen einen Vorwand lieferte, um seinen Urlaub zu streichen. Eric spürte die Linse der Überwachungskamera im Rücken. Wie ein Auge, das auf ihn gerichtet war. Die Weber hatte heute Dienst. Mit ihr war nicht zu spaßen. Viele Insassen hatten sich gefreut, als sie hörten, der neue Aufseher sei eine Frau. Dachten, sie wäre anders. Weicher. Doch die Weber hatte gleich den Tarif durchgegeben. Sie war härter als die Mauer, die das Gefängnis umgab. Duldete weder Sprüche noch Blicke, die zu lange auf ihr ruhten. Eric hatte sich angewöhnt, seine Füße zu betrachten, wenn er mit ihr sprach. Das mochte sie aber auch nicht.

Er wendete erneut. Vom überdachten Platz aus hörte er das regelmäßige Klacken des Tischtennisballs. Er passte seine

Schritte dem Rhythmus an. Klack, Schritt, Klack, Schritt. Noch drei Tage. Klack, Schritt. Würden sie ihn rauslassen? Klack, Schritt. Um halb fünf wüsste er mehr. Dann würde er mit seinem Anwalt telefonieren. Das hatten sie so abgemacht. Gestern hatte Eric erfahren, dass es nicht gut aussehe. Offenbar hatte er bei der Polizei etwas gesagt, das ihn verdächtig machte. Sie hatten ihm eine Falle gestellt, und er war hineingetreten. Egal was er tat, er konnte es ihnen nicht recht machen. Schwieg er, so hieß es, er verweigere die Zusammenarbeit. Redete er, sagte er das Falsche. Genau deshalb wehrte er sich gegen ein neues Gutachten. Kürzlich hatten sie den Sabatier reingelegt. Dabei hatte der nur gesagt, er würde am liebsten auf der Botschaft nachfragen, ob man ihn wirklich so lange hierbehalten dürfe. Er war Franzose, der Sabatier. Wollte nach Hause. Dort wäre er schon längst wieder draußen, behauptete er. Im Gutachten hieß es nun, bei Sabatier bestehe Fluchtgefahr. Fertig Urlaub.

Eric wendete. Nicht daran denken, sagte er sich. Er hatte sich angewöhnt, im Hier und Jetzt zu leben. Gedanken an die Zukunft, schon an den morgigen Tag, machten ihm das Leben unnötig schwer. Er konnte ohnehin nichts ändern. Es war, wie es war. Klack, Schritt. Auf der ASP hatten das die meisten begriffen. Deshalb fiel es Eric hier leichter, seine Hoffnungen zu dämpfen. Im Normalvollzug hatte er sich ständig das Gejammer der Neuen und die Flüche der Langzeitgefangenen anhören müssen, wenn ihnen etwas gegen den Strich ging. Dort war die Welt außerhalb der Mauern greifbar, weil die Gefangenen sie am Leben erhielten. Nicht so auf der ASP. Hier hatte die Zeit keine Bedeutung mehr. Klack, klack. Der Tischtennisball rollte davon.

Eric wendete. Der Heller bückte sich nach dem Ball. Die schlabbrigen Trainerhosen rutschten ihm über die Hüften und gaben weiße Haut frei. Kein schöner Anblick. Er war spindeldürr, der Heller. Immer in Bewegung. Trotzdem holten ihn nachts die Alpträume ein. Eric hatte nie gefragt, wovon er träumte. Heller arbeitete in der Holzwerkstatt. Er war nicht richtig im Kopf. Seine Arbeit konnte sich aber sehen lassen. Die Sitzbank hinter dem Tischtennistisch hatte er aus einer Baumwurzel gehauen. Hatte sie selber im Hof ausgegraben, monatelang daran gesägt und geschnitzt. Jede Wurzelverästelung abgeschliffen. Ausdauer hatte er, der Heller.

Hinter dem Zaun hörte Eric Stimmen. Eine Gruppe ASP-Bewohner, begleitet von einem Aufseher, kehrte vom Sport zurück. Mittwochnachmittags hatten sie frei, durften Sport treiben, Kurse besuchen, sich auf dem Hof aufhalten. Abendessen gab es wie immer um 16.45 Uhr. Nur am Wochenende wurde das Essen früher verteilt. Deshalb hatte Eric mit seinem Anwalt vereinbart, um halb fünf anzurufen. Um diese Zeit war das Telefon meistens frei, weil alle ihre Medikamente holten.

Langsam ging Eric auf den überdeckten Platz zu. Seine Telefonkarte befand sich in der Zelle. Zehn Nummern hätte er darauf speichern dürfen. Eric hatte nur drei – die von Livia, die seines neuen Anwalts und die von Jakob Reichlin. Reichlins Nummer hätte er löschen können, doch er schaffte es nicht. Eric schüttelte den Kopf. Dass es den Reichlin vor ihm erwischen würde, hätte er nie gedacht. Armer Siech. Heller begann wieder zu spielen. Das Klacken des Balls verfolgte Eric, als er den Wohnpavillon betrat; erst als er die Treppe hinaufstieg, verebbte das Geräusch. Der erste Stock war fast leer. Aus einer Zelle hörte Eric einen Fernseher, sonst war es ruhig. Er ging auf seine Tür zu und schloss sie auf.

Er merkte sofort, dass sie hier gewesen waren. Die Zellen wurden regelmäßig kontrolliert, da sie bei ihm aber noch nie etwas Verbotenes gefunden hatten, wurde er häufig verschont. Heute Nachmittag hatten sie aber alles gründlich auf den Kopf gestellt. Zwar hatten sie seine Sachen annähernd so zurückgelegt, wie er sie zurückgelassen hatte, aber eben nur annähernd. Der Wasserkocher stand leicht schräg. Seine Socken lagen verkehrt auf dem Regal. Das Foto von Livia war so gedreht, dass ihr Blick auf die Gitter vor dem Fenster fiel, statt auf ihn, wenn er im Bett lag. Wut stieg in Eric auf. Er hasste es, wenn Fremde seine Sachen anfassten. Schon im Heim hatte er es nicht ertragen. Die Vorstellung, die Weber könnte sein Kopfkissen berührt, sein Leintuch gerochen, seine Wäsche betrachtet haben, trieb Eric den Schweiß aus allen Poren.

Er riss eine Schublade auf. Sogar seine Teebeutel hatten sie geöffnet. Was, glaubten sie, würde er darin verstecken? Drogen? Er nahm keine. Schon lange nicht mehr. Das wussten sie. Doch wie heißt es? Vertrauen ist gut, Kontrolle ist besser. Wie oft hatte Eric das in seinem Leben zu hören bekommen.

Der Brief!, schoss es ihm durch den Kopf. Zum Glück hatte er ihn nicht geschrieben! Obwohl er es Livia versprochen hatte, hatte Eric es nicht über sich gebracht. Vielleicht hatte er etwas geahnt. Jedesmal, wenn er den Stift in die Hand genommen hatte, hatte sich etwas in ihm dagegen gesträubt, die Worte zu Papier zu bringen. Schließlich hatte er aufgegeben. Er war sich wie ein Versager vorgekommen. Tief drinnen hatte er aber gewusst, dass der Brief nichts ändern würde. Er musste es persönlich tun. Vor ihr stehen und es ihr selbst sagen. Nur dann würde sie auf ihn hören.

Eric setzte sich auf den Bettrand. Er musste sich beruhigen. Durfte sich nicht anmerken lassen, wie wütend er war. Schon gar nicht auf die Weber. Sie war eine Frau. Eric wusste genau, was in seiner Akte stehen würde, wenn sie etwas mitkriegten. Aggressionen gegen Frauen waren schlecht. Ganz schlecht. Dass sich Eric über jeden ärgerte, der in seinen Sachen wühlte, war egal. Sie würden behaupten, er habe ein Problem mit Frauen. Schlimmer noch. Er sei eine Gefahr für Frauen. Eric wiegte sich hin und her. Ruhig!, ermahnte er sich. Ganz ruhig. Er stand so kurz vor dem Ziel. Er musste sich in den Griff bekommen.

Auf einmal überkam ihn das heftige Verlangen, sich zu betäuben, egal wie. Sein Körper schrie förmlich danach, als sei es erst gestern gewesen, und nicht über zwanzig Jahre her, seit er das letzte Mal zugedröhnt war. Einen Moment, nur einen kurzen Moment, wollte er vergessen. Alles. Die Weber. Die Zelle. Die Regeln. Die Psychiater. Die Filzherzen. Die Ohnmacht. Er schloss die Augen. Er hatte einmal einen Film gesehen über einen Mann, der sich alles merken konnte. Er wurde als Genie gefeiert. Bis er zerbrach. Denn er konnte sich zwar an alles erinnern, aber er konnte nichts vergessen.

Eric stand auf. Aus einer Schublade holte er seine Telefonkarte. Seine Hände hatten aufgehört zu zittern. Livia behauptete, er sei stark. Eric hätte sich eher als feige bezeichnet. Wäre er mutig, hätte er diesem Leben längst ein Ende bereitet. Stattdessen verließ er seine Zelle und schloss die Tür ab. Auf dem Gang kam ihm Gökhan entgegen. Er trug seinen Fressnapf unter dem Arm. Nie benutzte er das Anstaltsgeschirr. Der Behälter, der ihm als Teller diente, hatte einen Deckel. Damit die Heuschrecken nicht reinsprangen. Eric kehrte ins Erdgeschoss zurück. Die Weber stand an der Theke und gab Medikamente ab. Eric grüßte sie höflich. Er nannte seine Tragnummer. Schluckte seine Pillen. Ging zum Telefon.

Pal zuckte zusammen, als es klingelte. Die Einzige, die regelmäßig diese Nummer anrief, war Jasmin. Seit Tagen versuchte Pal, sie zu erreichen. Mehrmals war er zu ihr gefahren, doch ihre Monster war nicht an der Hauswand gestanden. Bestimmt hatte Jasmin erfahren, dass er gegen Milena Herzog Anzeige erstattet hatte. Trotzdem hoffte er, dass sie ihn zurückrufen würde.

Sie war es nicht. Er erinnerte sich daran, dass er Eric Laupper seine Direktwahl gegeben hatte.

»Und?«, erklang die körnige Stimme des Gefangenen. »Wie sieht es aus? Kann ich am Samstag raus?«

»Guten Tag, Herr Laupper«, begrüßte Pal ihn. »Schön, dass es mit dem Anruf geklappt hat.«

»Sagen Sie schon!«

Pal räusperte sich. »Ja, der Urlaub findet statt.« Er hörte ein Geräusch, das ihn an ein Schnauben erinnerte, vermutlich aber ein Aufatmen war.

Pal war persönlich beim Amt für Justizvollzug vorbeigegangen, um die Frage zu klären. Lauppers Fallverantwortlicher arbeitete seit acht Jahren in der Abteilung Straf- und Maßnahmenvollzug 3, die für gemeingefährliche Täter zuständig war. Pal war über den herzlichen Empfang und die umgängliche Art des Juristen überrascht gewesen. Stefan Vlasek hatte ihm einen Kaffee angeboten, den Pal dankend abgelehnt hatte. Daraufhin hatte er eine dicke Akte hervorgeholt, die mit dem Stempel »GMP« versehen war. Genehmigungs- und meldepflichtig.

Vlasek bemerkte Pals Blick. »Wir arbeiten risikoorientiert, nicht ressourcenorientiert. Manchen ist das ein Dorn im Auge. Ich gebe zu, auch mir ist das System manchmal zu restriktiv, doch ich bin ein Teil davon. Was mir daran gefällt: Es ist berechenbar. Wir ziehen am gleichen Strick. Wir wenden bei allen Insassen denselben Maßstab an. So kann verhindert werden, dass ein Anstaltsleiter tut, was er will. Unsere Entscheide sind nachvollziehbar, und wir begründen sie schriftlich.«

Pal nickte. »Ich bin nicht hier, um Sie zu kritisieren. Ich weiß, dass Sie eine schwierige Aufgabe haben. Ich habe bloß einige Fragen zu Eric Laupper.«

Vlasek schlug die Mappe vor sich auf. »Laupper ist ein Sonderfall. Wir haben einige wenige altrechtlich Verwahrte, die bereits von Lockerungen profitiert haben, bevor sie widerrufen wurden. Laupper gehört dazu. Es hätte nicht viel gefehlt, und er wäre entlassen worden.«

»Dass er stattdessen in den geschlossenen Vollzug versetzt wurde, nennen Sie nachvollziehbar?«

»Ich sage ja, er ist ein Sonderfall. Nach der Geschichte in der Ostschweiz haben sie die Schrauben angezogen. Es genügte nicht mehr, sich im Vollzug ordentlich zu verhalten. Was meiner Meinung nach auch richtig ist. Woher wollen Sie wissen, wie sich ein Sexualstraftäter gegenüber Frauen verhält, wenn er entlassen wird? Dass er drinnen anständig ist, hat nichts zu bedeuten. Schließlich begegnet er dort nur Männern. Viel wichtiger als sein Verhalten ist seine Bereitschaft, sich mit seinem Delikt zu beschäftigen. Und genau das lehnt Laupper ab.«

»Kennen Sie den Paragraphen 21 der Hausordnung der Pöschwies?« Pal wartete keine Antwort ab. »Darin steht, das

Verhalten des Gefangenen werde regelmäßig beurteilt. Und«, betonte er, »dass diese Beurteilungen berücksichtigt werden, wenn über Urlaube oder Lockerungen entschieden wird.«

»Und sagt Ihnen der Begriff Mitwirkungspflicht etwas?«, konterte Vlasek. »Ein Gefangener ist gesetzlich verpflichtet, das Rückfallrisiko zu verringern.«

»Sicherheit wird nicht durch Repression und Ausgrenzung erreicht, sondern durch Integration«, widersprach Pal. »Eric Laupper wird nie eine Therapie machen. Aber er macht etwas weit Wirkungsvolleres. Er lebt seit über zehn Jahren in einer Beziehung mit einer Frau. Livia Merz bietet ihm ein soziales Netz. Und sie ist der lebende Beweis dafür, dass Laupper keine Gefahr für Frauen darstellt.« Pal beugte sich vor. »Er hat über 60 unbegleitete Urlaube absolviert! Nie wurde er gegenüber Livia Merz oder einer anderen Frau gewalttätig.«

Vlasek seufzte. »Ich verstehe Sie, glauben Sie mir, ich verstehe Sie wirklich. Aber sagen Sie mir, woher wir wissen sollen, wie er unter Stress reagiert?«

»Sie können es nicht wissen. Wir schaffen es nicht einmal, das Wetter der kommenden Tage vorherzusagen. Wie sollen wir das zukünftige Verhalten eines Menschen mit Sicherheit prophezeien?«

»Mit Sicherheit können wir es nicht, da gebe ich Ihnen recht. Aber unter gewissen Bedingungen ist es möglich, das Rückfallrisiko ziemlich genau einzuschätzen. Nur weigert sich Laupper, diese Bedingungen zu erfüllen. Deshalb bleibt uns nichts anderes übrig, als ihm weitere Lockerungen zu verweigern. Das sieht übrigens auch die Fachkommission so. Wie Sie bestimmt wissen, haben die Empfehlungen der Fachkommission starkes Gewicht.«

Und wie Pal das wusste. An den Sitzungen der Fachkommission durften weder Laupper noch er als sein Verteidiger teilnehmen. Betroffene wurden nicht einmal angehört. Dies, obwohl das Verdikt der Kommission einem Gottesurteil gleichkam, denn kein Richter wagte es, sich dagegenzustellen. Ein Beschwerderecht existierte ebenfalls nicht. Früher nannte man solche Geheimverfahren Kabinettsjustiz, dachte Pal, heute sind sie im Gesetz verankert. Doch mit Stefan Vlasek eine Diskussion darüber zu beginnen, führte zu nichts. Pal hatte den Eindruck, dass der Fallverantwortliche Laupper gegenüber wohlgesinnt war. Im Rahmen seiner Möglichkeiten würde er den Gefangenen unterstützen. Diese Sympathie wollte sich Pal nicht verscherzen.

Er zwang sich zu einem Lächeln. »Ich habe am Telefon angedeutet, warum ich Sie sprechen will. Laupper befürchtet, sein bevorstehender Urlaub könnte wegen des Verdachts gegen ihn gestrichen werden.«

Auf einmal veränderte sich Stefan Vlaseks Gesichtsausdruck. Er wurde undurchsichtig. In diesem Augenblick ahnte Pal, warum der Fallverantwortliche sofort zu einem Gespräch bereit gewesen war. In der Regel reagierte das Amt für Justizvollzug zurückhaltend. Vlaseks Zusage hatte Pal nicht einordnen können. Jetzt wurde ihm klar, dass sie mit der Anzeige gegen Milena Herzog zusammenhängen musste. Fürchtete die Justizdirektion, Pal würde sich an die Presse wenden? Wurde er deshalb so zuvorkommend behandelt?

Vlasek schüttelte den Kopf. »Ich weiß, was Sie denken. Doch wir sind keine Unmenschen. Glauben Sie mir, wir tun unser Möglichstes.«

Eric Lauppers Stimme holte Pal in die Gegenwart zurück. »Hallo? Sind Sie noch da?«

»Entschuldigung.« Pal richtete sich auf. »Ihr Urlaub wird so stattfinden, wie Sie ihn geplant haben. Das hat mir der Fallverantwortliche beim JUV bestätigt. Aber ich muss Sie warnen. Es ist gut möglich, dass Sie unter Polizeibeobachtung stehen werden.« Er wappnete sich gegen die Reaktion seines Klienten. Als keine kam, hakte er nach. »Herr Laupper, haben Sie mich verstanden? Möglicherweise wird sich die Polizei in Ihrer Nähe aufhalten.«

Das Geräusch, das Laupper von sich gab, klang in Pals Ohren nicht sonderlich beruhigend.

Pal fuhr fort: »Sie werden weiterhin verdächtigt, die Drohbriefe gegen Milena Herzog verfasst zu haben. Auf keinen Fall dürfen Sie sich ihr nähern.«

Am anderen Ende war es still.

»Herr Laupper? Haben Sie mich verstanden?«

»Ja.« Ein Räuspern. »Danke.«

Es war das erste Mal, dass sich Eric Laupper bei ihm bedankte. Pal fühlte sich seltsam berührt.

»Ich wünsche Ihnen für Samstag alles Gute«, sagte er zum Abschied.

»Ja«, antwortete Laupper.

Nachdem er aufgelegt hatte, saß Pal eine Weile reglos da und starrte auf den Hörer. Er versuchte, sich klarzuwerden, warum ihm Eric Lauppers Situation so naheging. Er hatte schon immer heftig reagiert, wenn rechtsstaatliche Grundsätze missachtet wurden. Doch da war mehr. Es hatte mit seinem eigenen Kontrollbedürfnis zu tun. Eric Laupper führte Pal vor Augen, wie einfach man die Herrschaft über sein Leben verlieren konnte. Ein einzelnes Ereignis setzte eine Kettenreaktion in Gang. Pal hatte immer geglaubt, wenn er sich an die Regeln der Gesellschaft hielte, bestimme er selbst über sein Schicksal. Laupper machte ihm deutlich, dass auf diese Regeln kein Verlass war. Sie konnten sich von heute auf morgen verändern. Wenn Pal etwas hasste, dann Unberechenbarkeit.

Erneut riss ihn das Klingeln des Telefons aus den Gedanken. Diesmal war es sein Handy. Jasmin!, schoss es ihm durch den Kopf. Enttäuschung stieg in ihm auf, als er auf dem Display die Nummer seines Vaters erkannte. Sofort meldete sich sein schlechtes Gewissen. Er hatte den Rückruf immer wieder hinausgeschoben. Obwohl er keine Lust verspürte, sich Vorwürfe anzuhören, nahm er den Anruf entgegen.

»Endlich!«, stieß Nexhat Palushi aus. »Weißt du, wie lange ich dich schon zu erreichen versuche?«

»Es tut mir leid. Ich war beschäftigt.«

»Zu beschäftigt, um mit deinem eigenen Vater zu sprechen?«

Pal schwieg und ließ die Tirade über sich ergehen.

»Wann kommst du vorbei?«, fragte Nexhat, nachdem er seinem Ärger Luft gemacht hatte.

»Ich weiß es nicht. Ich habe zurzeit viel zu tun.«

»Du hast immer viel zu tun.«

Pal seufzte. »Heute Abend, in Ordnung? Aber erst gegen neun. Ich muss noch Einiges erledigen.«

»Ich erwarte dich.« Nexhat Palushi legte auf.

Pal lehnte sich zurück und schloss die Augen.

27

Es war dunkel in der Wohnung. Nirgends brannte Licht. Nicht einmal das bläuliche Flimmern eines Fernsehers war zu erkennen. Doch Jasmin wusste, dass Livia Merz zu Hause war. Ab und zu bewegte sich ein Schatten hinter einem der Fenster, und die Balkontür stand leicht offen, um Luft hereinzulassen. Jasmin suchte sich eine bequemere Position. Seit zwei Stunden saß sie im Wagen. Sie fühlte sich eingesperrt, sehnte sich nach Bewegung. Doch sie wagte nicht einmal, die Fenster zu öffnen, aus Angst, jemand könnte hineingreifen und die Türen aufschließen.

Bernie hatte ihr ohne Zögern den Passat geliehen. In der Garage hatte er immer ein oder zwei Reservefahrzeuge, die er Kunden anbot, wenn deren Wagen im Service waren. Die einzige Bedingung, die er gestellt hatte, war, dass er einen Tag lang die Monster fahren durfte. Er versprach, das Motorrad anschließend nach Altstetten zu bringen. Jasmin stimmte zu. Niemandem fiel ein geparktes Auto auf. Der Passat diente ihr nicht nur als Versteck, sie würde auch darin schlafen können. Hier war sie sicher. Auf dem Rücksitz lagen genügend Vorräte, dass sie einige Tage über die Runden käme. Sogar frische Kleider hatte sie dabei.

Sie hatte es nicht geschafft, ihre Wohnung zu betreten. Die Vorstellung, dass der »Metzger« wusste, wo sie wohnte, hatte sie überwältigt. Was, wenn er auf sie wartete? Hinter einer Tür? Im Bad? Im Putzschrank? Jasmin schauderte. Stundenlang hatte sie im Gebüsch gekauert, sich einzureden versucht, dass sie überreagierte. Gewissheit hätte sie nur, wenn sie den Schritt über die Türschwelle wagte. Möglicherweise wäre es dann aber zu spät. Schließlich hatte sie aufgegeben. Sie würde woanders frische Kleider auftreiben müssen. Sie war bereits wieder im Passat gesessen, als ihr die Wäsche in den Sinn gekommen war, die sie im Keller aufgehängt hatte. Wie lange war das her? Zwei Wochen? Drei? Sie wusste es nicht mehr. Sie hatte ihren ganzen Mut zusammengenommen, sich ins Haus geschlichen und war die Treppe hinuntergerannt. Der Trocknungsraum befand sich neben der Waschküche. Irgendjemand hatte ihre Sachen von der Leine genommen und in einer Ecke gestapelt. Zum Glück war es in den letzten Wochen so heiß gewesen. Jasmin hatte an einer Hose geschnuppert und festgestellt, dass sie einigermaßen frisch roch. Erleichtert hatte sie ihre Kleider zum Auto getragen, alles hineingeworfen und war so rasch wie möglich davongefahren. An einer Tankstelle hatte sie Lebensmittel, Wasser und Hygieneartikel gekauft, sich auf der Toilette umgezogen und Bernies Overall im Kofferraum verstaut.

Seither saß sie hier. Was sie sich davon erhoffte, war ihr nicht klar. Sie hatte erwogen, sich wieder als Freundin von Luca Bracchini auszugeben und bei Livia Merz zu klingeln, doch sie befürchtete, dass Livia Merz sie durchschauen würde.

Sie drehte sich um und griff nach einem Plastiksack hinter dem Beifahrersitz, aus dem sie eine Packung Chips zog. Kaum hatte sie sie aufgerissen, ging die Eingangstür auf, und eine Frau trat mit einem Schnauzer heraus. Jasmin kam eine Idee. Sie wartete, bis die Hundehalterin um die Ecke verschwunden war, dann holte sie aus dem Kofferraum Bernies schmutzigen Overall und schlüpfte hinein. Wie erwartet fand sie im Wagen genügend Werkzeug, um sich als Mechanikerin auszugeben. Sie setzte sich wieder in den Passat und verspeiste die Chips. Als die Hundehalterin eine halbe Stunde später zurückkehrte, stieg Jasmin aus und ging auf sie zu.

»Entschuldigen Sie, ich suche einen silbrigen Honda.« Sie nannte das Kennzeichen. »Ich muss mir die Hausnummer falsch notiert haben. Er gehört einer Frau Merz.«

»Livia Merz? Sie wohnt im gleichen Haus wie ich, ein Etage tiefer. Ich glaube, sie fährt einen Honda. Ich werde bei ihr klingeln, wenn ich vorbeigehe.«

»Sie wartet in der Tiefgarage auf mich«, erklärte Jasmin. »Offenbar hat ihr Handy dort aber keinen Empfang. Die Combox schaltet sich sofort ein. Wenn Sie mir zeigen könnten, wie ich dorthin komme, wäre ich Ihnen dankbar.«

»Natürlich.« Die Frau schloss die Haustür auf. »Ich wusste gar nicht, dass der TCS Hausbesuche macht.«

Jasmin lächelte. »Ich bin nicht vom TCS. Frau Merz ist eine Kundin von uns. Ihr Wagen springt nicht mehr an.«

»Wie ärgerlich. Hoffentlich finden Sie das Problem. Zur Tiefgarage geht es durch die erste Tür links.« Die Frau zeigte die Treppe hinunter.

Jasmin bedankte sich. Sie fand den Honda auf Anhieb. Nachdem sie sich vergewissert hatte, dass sie alleine war, machte sie sich am Schloss zu schaffen, das sich ohne Schwierigkeiten knacken ließ. Im Handschuhfach fand sie den Fahrzeugausweis, Taschentücher und eine Parkscheibe, in der Beifahrertür einen Eiskratzer. Auf dem Armaturenbrett lag eine Packung Melone-Bonbons, persönliche Gegenstände befanden sich nicht im Auto. Damit hatte Jasmin gerechnet. Livia Merz würde keine Stofftiere ins Heckfenster setzen oder den Kofferraum mit einem Aufkleber dekorieren.

Jasmin wusste nicht, was sie sich von der Suche erhofft hatte. Als Polizistin hatte sie aber immer wieder erlebt, dass Informationen an unerwarteten Orten auftauchten. Deshalb war sie nicht überrascht, als sie zwischen der Handbremse und dem Fahrersitz auf einen Zettel stieß. Mit zwei Fingern zog sie ihn hervor. Die Handschrift gehörte eindeutig Livia Merz. Jasmin las ihn zweimal. »Bingo«, flüsterte sie.

Pal klopfte kurz und trat ein. Seine Eltern schlossen nur ab, wenn sie zu Bett gingen. Meist herrschte bis spät abends ein Kommen und Gehen. Seine Geschwister und ihre Familien besuchten sie regelmäßig, manchmal waren auch Verwandte aus Kosovo zu Gast. Als seine Mutter die Tür hörte, eilte sie aus der Küche. Jasmin neckte ihn manchmal, indem sie ihn »Mamas Liebling« nannte. Bis sie ihn darauf aufmerksam gemacht hatte, war Pal nicht aufgefallen, dass seine Mutter ihn anders behandelte als seine Geschwister.

Er umarmte sie. »Was macht die Schulter?«

Fatmire war vor zwei Wochen auf der Straße angerempelt worden und gestürzt. Sie winkte ab.

»Warst du beim Arzt?«

»Ich brauche keinen Arzt. Hast du gegessen? Ich habe Pasul gekocht.«

Pal mochte Bohnensuppe nicht besonders, doch er lächelte. »Genau das Richtige!«

Seine Mutter strahlte. »Ich bringe sie dir. Geh schon, dein Vater wartet.«

Nexhat Palushi stand nicht auf, als Pal das Wohnzimmer betrat. Von seinem Sessel aus betrachtete er seinen Sohn, als müsste er sich erst überlegen, ob er ihm den Gefallen tun wolle, sich mit ihm abzugeben. Die Jahre auf dem Bau hatten seinen Körper geformt. Seit seiner Pensionierung waren seine Bewegungen aber schwerfälliger geworden, und obwohl seine Masse erhalten geblieben war, ahnte Pal, dass sie nicht mehr ausschließlich aus Muskeln bestand. Sein Vater wurde alt. Die Erkenntnis stimmte Pal mild.

Nexhat Palushi zeigte auf ihn. »So behandelst du deinen Vater also? Bist dir wohl zu gut dafür, etwas Respekt zu zeigen!«

»Tut mir leid, ich hatte viel zu tun.«

Nexhat machte eine abschätzige Geste. »Viel zu tun«, schnaubte er. »Ausreden, nichts als Ausreden. Den Vater ruft man zurück! Egal, wie viel man zu tun hat!«

Pal verzog keine Miene. »Jetzt bin ich hier. Warum wolltest du mich sprechen?«

Doch Nexhat hatte nicht vor, seinen Sohn so leicht davonkommen zu lassen. Er setzte zu einem Vortrag über mangelnden Respekt und die Pflichten eines Sohnes an. Fatmire schlich herein und stellte eine Schale mit Pasul, frisches Fladenbrot und eine Tasse Kaffee vor Pal. Er wartete mit Essen, bis sein Vater seine Standpauke beendet hatte. Erst als Fatmire Nexhat ein Glas Tee brachte, griff Pal nach dem Löffel.

»Also«, versuchte er es nochmals. »Was ist los?«

»Es geht um den jungen Tolaj.« Nexhat gab zwei Löffel Zucker in seinen Tee. »Du hast ihm in dieser Sache mit der Pistole geholfen. Dafür ist dir die Familie immer noch dankbar.«

»Ich habe nur meine Arbeit getan.«

Nexhat ignorierte ihn. »Er ist dir etwas schuldig. Sein Vater kam deshalb zu mir.«

»Was wollte er?«

»Unterbrich mich nicht dauernd!« Nexhat schlürfte langsam seinen Tee. »Bekim Tolaj ist vor einigen Tagen zu mir gekommen. Ein anständiger Kerl, Tolaj. Er hätte Besseres verdient. Zuerst die Geschichte mit Rasim, jetzt der Skandal wegen seiner Tochter.« Er schüttelte den Kopf.

Pal wartete.

»Schwanger ist sie, und keiner weiß, von wem. Er hätte sie nach Hause schicken sollen, bevor es zu spät war. Alle sahen es kommen.« Nexhat seufzte tief. »Aber aus Rasim wird einmal etwas. Dank dir. Ein Freispruch und 40 000 Franken, damit kann er sich ein Geschäft aufbauen.«

Das war schon fast ein Lob. Pal straffte die Schultern. Er schämte sich, dass ihm die Worte seines Vaters so viel bedeuteten, doch er war machtlos dagegen.

»Rasim will seine Schuld begleichen«, fuhr Nexhat fort. »Er hat Informationen für dich, sagt Tolaj. Die Sache ist aber heikel. Niemand darf davon wissen.«

»Worum geht es?«

»Um deine Freundin.«

»Jasmin?«, stieß Pal aus, vom Sofa aufspringend. »Was ist mit ihr?«

»Setz dich!«

Pal blieb stehen. »Was ist mit Jasmin? Sag schon!«

Sein Vater ignorierte die Frage. Erst als sich Pal gesetzt hatte, fuhr er fort. »Das wird dir der junge Tolaj selber sagen. Du sollst ihn anrufen. Seine Nummer hast du, nehme ich an.«

Pal zog sein Handy hervor, den verärgerten Blick seines Vaters ignorierend. Rasim Tolaj nahm sofort ab, wollte jedoch nicht am Telefon reden. Sie verabredeten sich hinter dem Bahnhof. Pal packte seinen Helm.

Nexhat Palushi hievte sich aus dem Sessel. Bevor er seinen Ärger über Pals abrupten Aufbruch in Worte fassen konnte, verließ Pal das Wohnzimmer. Seine Mutter stand im Gang. Vermutlich hatte sie alles mitgehört. Sie legte ihm die Hand auf die Wange.

»Ist alles in Ordnung mit Jasmin?«, fragte sie leise.

»Ich weiß es nicht«, gestand Pal. »Ich versuche seit Tagen, sie zu erreichen.«

»Sie kann von Glück reden, dass sie dich hat.«

»Da bin ich mir nicht so sicher«, murmelte Pal.

Rasim Tolaj wartete im Schatten des Velounterstands. Trotz der Wärme trug er eine Lederjacke mit aufgestelltem Kragen. Die Hände hatte er tief in den Taschen vergraben. Bevor er aus seinem Versteck trat, sah er vorsichtig nach links und nach rechts. Pal hatte sein Superbike in der Nähe des Bahnhofplatzes geparkt und war zu Fuß zum Treffpunkt gekommen, um weniger Aufmerksamkeit zu erregen. Unter der Woche waren nur wenige Menschen um diese Zeit unterwegs. Niemand beachtete ihn.

»Hey«, Tolaj reichte ihm kurz die Hand. »Danke, dass Sie gekommen sind.«

»Ich habe zu danken«, erwiderte Pal.

»Da gibt es etwas, das Sie wissen müssen.« Tolaj sprach schnell, als wollte er das Gespräch möglichst rasch hinter sich bringen. »Es darf aber niemand erfahren, dass ich geredet habe, klar?«

Pal nickte.

Tolaj sah über die Schulter. »Es geht um Ihre Freundin. Sie sind doch mit dieser Polizistin zusammen, die vor einigen Jahren entführt wurde?«

Pal fragte nicht, woher er das wusste. Die Welt war klein. Er nickte erneut, und Tolaj fuhr fort: »Okay, die Sache ist die. Sie müssen wissen, dass da einer ziemlich sauer auf sie ist.« Nervös rieb Tolaj die Hände gegeneinander. »Sie soll die Augen offen halten.«

»Wer ist wütend auf sie?«, fragte Pal scharf. »Wie heißt er?«

»Rathgeb. Kari oder so. Er ist im Knast, soll aber bald rauskommen.« Tolaj zündete sich eine Zigarette an.

»Erzählen Sie mir mehr!«

»Mein Cousin, der sitzt doch wegen diesem Schuss, der sich aus Versehen gelöst hat, Sie wissen schon. Schlägt sich einigermaßen durch. Wenn man sich an die richtigen Typen hält, schafft man es. Wir Shipis bleiben unter uns, Sie wissen, was ich meine?«

Pal wusste es genau.

»Mein Cousin arbeitet im Gewerbe. Nimmt Flachbildschirme auseinander. Dieser Typ, Rathgeb, arbeitet auch dort.«

Pal wippte ungeduldig mit dem Fuß.

»Er hat geprahlt, dass er eine Tussi fertiggemacht hat, die ihn belästigte. Er behauptet, sie sei ihm gefolgt, als er Urlaub hatte.«

Pal überlief es kalt. »Und Sie glauben, er hat von Jasmin gesprochen?«

»Ich glaube es nicht nur, Mann, ich weiß es! Weil genau dann das ganze Geheul losging wegen dem Bild.«

Pal hob die Hand. »Einen Moment! Wer hat geheult?«

»Der ›Metzger‹! Weil jemand sein Bild geklaut hat. Das von Spanien. Er hat die Seite aus einem Reisekatalog gerissen, wenn er rauskommt, will er dorthin. Das erzählt er jedem. Die meisten können es nicht mehr hören. Mein Cousin sagt, Rathgeb stecke hinter der Sache. Er hat Jasmin erkannt, als sie hinter ihm her war. Der halbe Knast weiß, wie sie aussieht, schließlich zeigt der ›Metzger‹ allen ihr Foto. Er behauptet, sie sei seine Freundin.«

Pal rang um Fassung. Rasim Tolaj verlagerte das Gewicht von einem Fuß auf den anderen.

»Hat Rathgeb Jasmin etwas angetan?«, brachte Pal endlich heraus.

»Er hat einen Typen erpresst. Der musste dafür sorgen, dass

das Blatt zur Tussi … sorry, zu Jasmin, kommt. Rathgeb hat irgendetwas draufgeschrieben.«

»Woher hatte er ihre Adresse?«

Rasim Tolaj zog eine Grimasse. »Echt, für so naiv habe ich Sie nicht gehalten! Es ist doch kein Problem, sich eine Adresse zu beschaffen! Du musst nur die richtigen Leute kennen und etwas Kohle oder Dope springen lassen. Ich könnte Ihnen morgen sagen, wo Ihre Freundin wohnt, wenn ich es wollte.«

Pal versuchte, die Informationen zu verdauen. Wenn die Geschichte stimmte, musste Jasmin sofort gemerkt haben, dass das Foto vom »Metzger« stammte. Was hatte Rathgeb geschrieben? Wusste er, wie sehr sich Jasmin vor ihrem Peiniger fürchtete? Natürlich, dachte er. Rathgeb hat gezielt nach Jasmins Schwachstelle gesucht. Und sie gefunden. Pal griff sich an den Kopf.

»Hey, ich verschwinde dann mal, in Ordnung?« Tolaj klopfte ihm unbeholfen auf den Rücken. »Und Sie sagen nichts, okay? Sonst ist mein Cousin am Arsch.«

»Natürlich nicht. Danke. Sie haben mir einen großen Gefallen getan.«

Nachdem Rasim Tolaj davongeschlichen war, kehrte Pal zu seinem Motorrad zurück. Unterwegs zog er sein Handy hervor und wählte Jasmins Nummer. Die Combox schaltete sich ein – wie immer in den letzten zwei Tagen. Angst breitete sich in ihm aus. Jasmin stand gefährlich nahe am Abgrund. Es fehlte nicht viel, und sie stürzte ab. Vielleicht war es schon geschehen. Eine vermeintliche Botschaft des »Metzgers« hätte das auslösen können. Pal wollte sich nicht vorstellen, wie ihr zumute war. Ihr schlimmster Alptraum war Realität geworden. Und er war nicht für sie dagewesen.

Voller Wut holte er aus und trat gegen die Betonwand der Unterführung. Warum hatte er seinen Vater nicht sofort zurückgerufen? Dann hätte er zwei Tage früher von der Sache erfahren. Ausgerechnet jetzt hatte er sich aber auf ein Machtspiel mit ihm eingelassen. Pal rannte die Treppe hoch. Er musste Jasmin finden. Wenn sie wieder nicht zu Hause war, würde er ihre Mutter aufsuchen.

Auf der Fahrt nach Altstetten versuchte er, einen klaren Kopf zu bekommen. In Gedanken erstellte er eine Liste aller Personen, die Jasmin wichtig waren. Sie war kurz. Wie einsam sie sich fühlen musste. Pal zügelte den Drang, das Gas aufzudrehen. Die Strecke kam ihm unendlich lange vor. Selten war es ihm so schwer gefallen, sich an die Geschwindigkeitsbegrenzung zu halten. Die Straße vor ihm war leer, wie ein gerader Strich führte sie nach Zürich. Endlich erreichte er die Stadtgrenze.

Jasmins Monster stand an der Hauswand. Pals Herz setzte einen Schlag aus. Sie war da! Er blickte in den Rückspiegel, machte einen Schwenker und überquerte verbotenerweise das Trassee, das dem Tram vorbehalten war. Er stellte sein Superbike neben die Monster, sprang vom Motorrad und holte seinen Schlüsselbund hervor. Ohne den Helm vom Kopf zu nehmen, rannte er die Treppe zum vierten Stock hoch. Er holte kurz Atem und klingelte. Sie öffnete nicht. Pals Herz pochte. War er zu spät? Er dachte daran, wie er vor wenigen Wochen hier gestanden war und sich die gleiche Frage gestellt hatte. Bestimmt machte er sich auch diesmal unnötig Sorgen. Trotzdem zitterten seine Finger, als er den Schlüssel ins Schloss steckte. Er war überrascht, dass er nicht auf Widerstand stieß. Schlagartig wurde ihm bewusst, was das bedeutete. Jasmin war zu Hause, fürchtete aber nicht, dass ihr jemand etwas antun könnte.

Weil sie es selbst schon getan hatte?

Er riss den Helm vom Kopf. Der Schweiß rann ihm die Seiten hinunter. Er versuchte, sich auf den Anblick vorzubereiten. Wie würde sie es tun? Mit dem Messer. Ganz klar. Schnell und entschlossen. Ein einziger Schnitt. Tief. Tödlich.

Pal drehte den Schlüssel. Er legte seine Hand auf die Türklinke, hielt einen Augenblick inne und drückte sie nach unten. Abgestandene Luft schlug ihm entgegen. Er ließ den Geruch auf sich wirken und versuchte zu erkennen, woraus er bestand. Bei dieser Hitze würde eine Leiche innerhalb weniger Stunden zu verwesen beginnen.

Pal bemerkte nichts Ungewöhnliches. Er flüsterte Jasmins

Namen. Als er keine Antwort erhielt, stieß er die Tür ganz auf. Noch immer roch er nichts Verdächtiges. Dennoch machte er sich auf das Schlimmste gefasst. Auf Zehenspitzen schlich er in die Wohnung. Es war stockdunkel. Die Rollläden waren alle heruntergelassen, nirgendwo brannte Licht.

»Jasmin?«, wiederholte er lauter.

Unschlüssig holte er sein Handy hervor und schaltete die Taschenlampenfunktion ein. Er traute sich nicht, den Lichtschalter zu betätigen. Mit Hilfe seines Handys suchte er die unmittelbare Umgebung ab. Er entdeckte weder Blut noch einen anderen Hinweis, dass etwas nicht stimmte. Schließlich nahm er seinen Mut zusammen und leuchtete auf die Matratze in der Ecke. Jasmin lag nicht dort. Pal wusste nicht, ob er erleichtert oder besorgt sein sollte. Er drückte auf den Lichtschalter. Die plötzliche Helligkeit blendete ihn. Einzelne Gegenstände drangen in sein Bewusstsein. Die Bettdecke auf der Matratze war zerknüllt, auf dem Boden daneben lagen ein Paar schmutzige Socken, einige leere Coladosen, benutzte Taschentücher und ein Schraubenschlüssel. Die Tür zur Küche stand offen. Auch dort war Jasmin nicht.

Blieb nur noch das Bad. Pal starrte auf die Wand, die Wohnzimmer und Bad trennte, als könnte sie ihm Aufschluss darüber geben, was sich dahinter befand. Kein Geräusch drang aus dem fensterlosen Raum. Wenn Jasmin dort war, dann bewegte sie sich nicht. Pal wischte sich den Schweiß von der Stirn. Seitwärts ging er auf die Tür zu. Sie war nur angelehnt. Er wappnete sich gegen das, was er vorfinden würde. Wiederholte ihren Namen. Als sie nicht antwortete, stieß er die Tür mit dem Fuß ein klein wenig auf. Mit der Hand tastete er nach dem Lichtschalter.

Zuerst begriff er nicht, was er sah. Sein Gehirn weigerte sich, die Informationen zu entschlüsseln. Erst nach und nach gelang es Pal, einzelne Gegenstände mit Funktionen zu verbinden und zu verarbeiten, welche Bedeutung ihre Anwesenheit hatte. Auf dem Boden sah er ein Frotteetuch und einen Haufen schmutziger Kleider, auf dem Rand der Badewanne eine offene

Shampooflasche. Der Duschvorhang war zugezogen, dahinter war kein Schatten zu erkennen. Trotzdem traute sich Pal kaum, genauer hinzuschauen. Er überwand seine Furcht und streckte die Hand aus. Der Kunststoff knisterte, als er ihn beiseiteschob.

Die Badewanne war leer.

Pals Beine wurden weich. Er lehnte sich schwer atmend gegen die Wand. In seine Angst mischte sich Erleichterung, doch sie war von kurzer Dauer. Jasmin ging nie zu Fuß weg. Sie fühlte sich zu verwundbar. Was hatte es zu bedeuten, dass ihre Monster zwar hier war, sie aber nicht?

28

Es dämmerte. Der 14. Juli würde wieder heiß werden, wie die Tage zuvor. Eric Laupper stand am offenen Gitterfenster, die Arme verschränkt, das Kinn auf eine Hand gestützt. Einer nach dem anderen trafen die Aufseher ein. Eric beobachtete, wie sie den überdachten Verbindungsweg zwischen den Pavillons entlanggingen. Er erkannte Ponte und deutete es als gutes Zeichen, dass er heute Dienst hatte. Positiv denken, hatte Livia gesagt. Dann würde alles klappen.

Nervös fuhr sich Eric über den Kopf. Er hatte sich letzte Woche die Haare schneiden lassen. Nicht zu kurz, schließlich wollte er nicht wie einer dieser Knastbrüder aus den USA mit ihren Millimeterschnitten aussehen, aber kurz genug, um gepflegt zu wirken. Darauf standen die Frauen. Er war erschrocken, als er die kahle Stelle entdeckt hatte. Livia behauptete, im Knast altere man schneller. Machte irgendwie keinen Sinn. Die Zeit verging viel langsamer als draußen.

Ponte verschwand im Wohnpavillon. Eric trat vom Fenster zurück. Er wollte gleich unter die Dusche, wenn die Zelle aufgeschlossen wurde, bevor ihm jemand zuvorkam. Auf dem Bett lagen ein Handtuch und Seife bereit. Livia hatte ihm für den heutigen Tag ein Hemd gekauft. Die Ärmel waren zu lang, doch vielleicht könnte er sie hochkrempeln. Er hatte über neun Kilogramm abgenommen, seit er erkrankt war. Auch seine Anstaltskleidung war ihm zu groß geworden.

Sein Magen knurrte. Eric hatte am Vorabend bloß Schwarztee getrunken. Dennoch würde er nichts essen. Er wollte kein Risiko eingehen. Nicht heute. Auf gar keinen Fall. Er hatte lange auf diesen Tag gewartet. Nichts durfte schieflaufen. Das war er Livia schuldig. Er wusste, was sie von seinem Vorhaben hielt, doch sie hatte eingesehen, dass es keinen anderen Weg gab. Man ließ ihm keine andere Wahl.

Eric hörte, wie der Sicherheitsmechanismus entriegelt wurde. Er wartete. Es klopfte, dann wurde der Schlüssel im Schloss gedreht. Die Tür ging einen Spalt auf, und Ponte fragte, ob Eric wach sei. Eric gab einen Laut von sich.

»Ein großer Tag heute, was?« Ponte fächerte sich Luft zu. »Wo geht es hin?«

»Zum See.«

»Das einzig Richtige, bei diesem Wetter. Ich hol Sie dann um halb zehn ab.«

Eric dachte daran, wie er früher mit Livia im See gebadet hatte. Wie lange war das her? Sieben Jahre? Acht? Seit ihm nur noch begleitete Urlaube gestattet wurden, war Baden verboten. Im Wasser könnte man ihn aus den Augen verlieren, hieß es. Er sammelte seine Sachen ein und verließ seine Zelle. Seit kurzem durfte er einmal im Monat die Badewanne benutzen. Der Arzt hatte es verschrieben. Gökhan beneidete ihn darum. Er hätte gerne gebadet.

Der Heller kam den Gang herunter. Er mied Erics Blick. Tat er immer. Er steuerte auf die Treppe zu, um im Erdgeschoss auf den Essenswagen zu warten. Eric ignorierte ihn. Er betrat den Duschraum und schloss die Tür hinter sich. Im Spiegel betrachtete er sein Gesicht. Was würde sie denken, wenn sie ihn sah? Eric versuchte, sich durch ihre Augen zu betrachten. Es gelang ihm nicht. Im Grunde genommen war es egal. Er wusste, was sie von ihm hielt. Ihr Schweigen war Antwort genug. Trotzdem musste er es selbst hören. Er wollte ihr gegenüberstehen und ihr in die Augen schauen, wenn sie es aussprach.

Es war erst 9 Uhr, als Jasmin hinter Livia Merz in die Roosstraße einbog. Sie fuhr am Parkplatz der Justizvollzugsanstalt vorbei und hielt vor einem der Wohnhäuser gegenüber, wo der Passat weniger auffiel. Sie fragte sich, was Livia Merz vorhatte. Warum war sie eine ganze Stunde zu früh gekommen? Zwei Tage lang hatte Jasmin sie beschattet. Viel in Erfahrung gebracht hatte sie nicht. Trotzdem war sie überzeugt, auf der richtigen Spur zu sein.

Sie nahm den Zettel hervor, den sie im Honda entdeckt hatte. »Urdorf, 7. Juli, 17 Uhr«, las sie laut, um sich zu vergewissern, dass sie richtig handelte. Der 7. Juli war der Samstag gewesen, an dem sie Livia Merz aus den Augen verloren hatte. Jasmin hatte sich nicht getäuscht. Livia Merz war tatsächlich auf dem Weg nach Urdorf gewesen. Soweit Jasmin wusste, hatte sie dort weder Freunde noch Verwandte. Was hatte sie vorgehabt? Warum hatte sie ihre Pläne geändert? Hatte sie die Anwesenheit von Matthias abgeschreckt? Oder hatte sie gemerkt, dass Jasmin ihr gefolgt war? Was immer der Grund gewesen war, Jasmin zweifelte keinen Augenblick, dass Livia Merz nicht aufgeben würde, bis sie ihr Ziel erreicht hatte. Dass sie Durchhaltevermögen besaß, bewies ihre Beziehung zu Eric Laupper. Seit über zehn Jahren hielt sie zu ihm. In seinen Akten befanden sich mehrere Briefe von ihr an das Amt für Justizvollzug. Den letzten hatte sie im Dezember vergangenen Jahres geschrieben, kurz bevor Lauppers Antrag auf einen unbegleiteten Urlaub am Runden Tisch besprochen und abgelehnt worden war. Livia Merz hatte dem Fallverantwortlichen darzulegen versucht, dass weder Flucht- noch Rückfallgefahr bestand. Sie schilderte ihren guten Einfluss auf den Gefangenen und behauptete, er würde die Beziehung nicht aufs Spiel setzen, indem er den Urlaub missbrauchte. Ihre Argumente waren offenbar nicht überzeugend genug gewesen.

Die Tür des Hondas ging auf. Jasmin griff nach ihrem Feldstecher. Livia Merz stieg aus, nahm ihre Handtasche vom Rücksitz und schloss den Wagen ab. Anschließend setzte sie sich auf eine Bank, den Blick auf den Eingang der Pöschwies gerichtet, und wartete. Sie trug einen knielangen Rock und eine Bluse in Pastelltönen. Die Lippen hatte sie in einem dezenten Rosa nachgezogen. Trotz der Bedeutung des Tages wirkte sie ruhig und gefasst.

Pal würde sie bewundern, schoss es Jasmin durch den Kopf. Sie schob den Gedanken beiseite, er wühlte sie zu sehr auf. Sie musste sich auf ihre Aufgabe konzentrieren, mit Pal würde sie sich befassen, wenn Eric Lauppers Urlaub vorbei war. Bestimmt hatte er versucht, sie zu erreichen. Jasmin hatte außer Milena Herzog niemandem ihre neue Handynummer gegeben, nicht einmal Bernie. Fanny ging vor. Jasmin wollte sich nicht ablenken lassen, weder von ihrer Familie noch von Pal. Und schon gar nicht vom »Metzger«. Diesmal wird er nicht gewinnen, dachte sie und genoss die Wut, die in ihr aufstieg. Sie brauchte sie. Die Wut ließ der Angst, die immer wieder von ihr Besitz ergriff, keinen Raum.

Jasmin legte den Feldstecher hin und öffnete einen Energydrink. Warm schmeckte das Getränk scheußlich, doch nach zwei Nächten im Auto brauchte sie den Koffeinschub. Obwohl die Fenster des Passats getönt waren, fühlte sie sich beobachtet. Immer wieder war sie erwacht, weil sie geglaubt hatte, Schritte zu hören. Livia Merz hatte auch nicht viel geschlafen. Die ganze Nacht über hatte irgendwo ein Licht gebrannt.

Aus dem Augenwinkel nahm Jasmin eine Bewegung wahr. Sie griff wieder nach dem Feldstecher und richtete ihn auf Livia Merz, die aufgestanden war. Jasmin sah auf das Display ihres Handys. 9.45 Uhr. Wenn Eric Laupper den Zug erwischen wollte, der um 10.11 Uhr losfuhr, würde er seinen Urlaub pünktlich antreten müssen. Livia Merz hatte bereits am Vortag zwei Tageskarten gelöst. Jasmin hatte beschlossen, mit dem Auto nach Maur zu fahren, die Gefahr, im Bus bemerkt zu werden, war zu gross. Wenn Livia Merz Jasmin wiedererkannte, würde sie Eric Laupper warnen. Außerdem fühlte sich Jasmin im Wagen sicherer als in öffentlichen Verkehrsmitteln.

Die Schiebetür in der Mauer öffnete sich. Zwei Männer traten heraus. Livia Merz ging auf sie zu. Den Werkmeister erkannte Jasmin vom Foto, das Milena Herzog ihr zur Verfügung gestellt hatte. Die zweite Person musste Eric Laupper sein. Er war dünner, als Jasmin sich ihn vorgestellt hatte. Im zu großen, gestreiften Hemd, das er bis oben zugeknöpft hatte, wirkte er wie ein Junge, der die Kleider seines Vaters trug. Die dunkle Hose war viel zu warm für die Jahreszeit.

Livia Merz umarmte ihn und schloss kurz die Augen. Laupper tippte mit den Fingern unablässig gegen den Plastiksack, den er bei sich trug. Der Werkmeister sah auf die Uhr und sagte etwas. Livia Merz ließ die Arme sinken, trat einen Schritt zurück und reichte ihm die Hand. Sie wechselten einige Worte. Als sie sich auf den Weg machten, verflochten sich Eric Lauppers Finger mit ihren.

Jasmin fuhr an ihnen vorbei, ohne den Kopf zu drehen. Sie nahm den kürzesten Weg zum Bahnhof, parkte in einer Seitenstraße und setzte die Sonnenbrille auf. Als sie die Tür öffnen wollte, zögerte sie. Hinter den Backsteinhäusern beim Bahngleis erhoben sich die Mauern der Pöschwies. Der Natodraht glitzerte im Morgenlicht. Ob die Augen des »Metzgers« auch darauf gerichtet waren? Dachte er an Andalusien, wenn er die Sonne sah? Auf einmal fühlte sich Jasmin, als befände sie sich außerhalb ihres Körpers. Sie hatte keine Kontrolle über ihn. Ihre Kopfhaut kribbelte, und die Wunde begann zu pochen. Im Auto konnte sie die Bedrohung verdrängen, doch Aussteigen war etwas anderes. Im Freien war sie exponiert, für jeden sichtbar. Während sie all ihren Mut zusammenkratzte, kam der Werkmeister um die Ecke, einige Schritte hinter ihm folgten Livia Merz und Eric Laupper. Leise fluchend, rutschte Jasmin im Fahrersitz nach unten. Sie hatte die drei vom Kiosk aus beobachten wollen. Eric Laupper ging so nahe an ihr vorbei, dass sie seinen angespannten Gesichtsausdruck erkennen konnte. Er schien nichts um sich herum wahrzunehmen. Jasmin atmete auf. Livia Merz merkte offenbar auch nicht, dass sie den Passat schon mehr als einmal gesehen hatte.

Jasmin wartete, bis die S-Bahn abgefahren war, ehe sie sich auf den Weg machte. Es herrschte kaum Verkehr auf den Straßen. Sie erreichte den Klusplatz eine Viertelstunde zu früh. Diesmal parkte sie so, dass der Passat weder vom Tram noch vom Bus aus zu sehen war. Sie nützte die verbleibende Zeit, um die Beine zu strecken. Noch immer fühlte sie sich ungeschützt, wenn sie den Wagen verließ, doch es gelang ihr, die Angst zu überwinden. Zwölf Kilometer lagen jetzt zwischen ihr und dem »Metzger«.

Eine leichte Brise war aufgekommen. Sie vermochte die schwüle Hitze jedoch nicht zu lindern. Jasmin kaufte sich am Kiosk einen weiteren Energydrink, diesmal einen gekühlten. Kaum hatte sie ihn geleert, hörte sie den Dreier, der auf die Endstation zusteuerte. Sie warf die Dose in den Abfall, schob die Mütze in die Stirn und stellte sich vor einen Zeitungsständer, der sich neben dem Kiosk befand.

Livia Merz stützte Eric Laupper, als er ausstieg. Seine Haut hatte eine gelbliche Farbe angenommen. Ob ihm von der Fahrt übel war? Oder war es die Aufregung? Auch Livia Merz schien nicht mehr so gefasst wie vor zwei Stunden. Ihre Wangen waren gerötet, ihr Blick starr. Nur der Werkmeister lachte über etwas, das er erzählte. Mit seiner aufrechten Haltung und den energischen Schritten hob er sich deutlich von Laupper ab. Erleichterung erfasste Jasmin. Wenn sie Unterstützung brauchte, wäre der Werkmeister in der Lage, sie ihr zu geben.

Der Niederflurbus wartete bereits. Jasmin ließ ein paar Minuten verstreichen, bevor sie zum Passat zurückkehrte und den Motor startete. In Witikon fuhr sie einen Umweg durch ein Wohnquartier, anschließend schlug sie den Weg nach Maur ein. Sie hatte das Restaurant sowie die Umgebung gründlich ausgekundschaftet und wusste, was sie erwartete. Sie hatte sogar einen Tisch in einer Nische reserviert, von der sie einen guten Überblick über den Raum hatte.

Nur auf eine Frage hatte sie keine Antwort gefunden. Warum wollten Eric Laupper und Livia Merz ausgerechnet in Maur zu Mittag essen? Jasmin hatte keine Verbindung zum Dorf gefunden. Die vergangenen Urlaube hatten die beiden am Katzensee, in Höngg oder mit Spaziergängen entlang der Limmat verbracht. Die Fahrt nach Maur dauerte über eine Stunde, den Fußweg zum Bahnhof nicht miteingerechnet. Eric Laupper hatte nur sechs Stunden zur Verfügung. Warum vergeudete er fast die Hälfte davon mit Reisen? Jasmin hatte das Gefühl, etwas Wichtiges zu übersehen. Dass Eric Laupper gerne Bus fuhr, schloss sie aus. Als er nun in Maur ausstieg, entdeckte sie Schweißflecken unter seinen Achselhöhlen. Er ging gekrümmt, als bereite es ihm Mühe, sich zu bewegen. Mittlerweile musterte ihn sogar der Aufseher besorgt. Statt wie geplant dem Ufer entlangzuspazieren, setzten sich Laupper und Livia Merz auf eine Bank, den Blick auf den See gerichtet.

Die Wasseroberfläche kräuselte sich im Wind. Obwohl der Himmel wolkenlos war, kündigte sich ein Wetterumschwung an. Noch strömten die Menschen aber an den See, bereits waren alle öffentlichen Parkplätze besetzt. Jasmin war froh, dass sie einen Tisch im Restaurant hatte und damit berechtigt war, den Gästeparkplatz zu benutzen. Sie ließ sich auf der Wiese nieder und betrachtete Laupper. Niemand käme auf die Idee, dass er ein verwahrter Vergewaltiger war. Er hob sich nicht von den Menschen um ihn herum ab. Wie einfach es doch war, sich durch das Äußere täuschen zu lassen. Obwohl Jasmin wusste, dass das Böse unsichtbar war, hatte auch sie sich damals zu einem vorschnellen Urteil hinreißen lassen. Sie hatte den »Metzger« als harmlos eingestuft.

Die Frauen, die am Uferweg entlangspazierten, ahnten nicht, wessen Blick ihnen folgte. Was mochte Eric Laupper durch den Kopf gehen? Stimulierten ihn die nackten Beine? Die weiten Ausschnitte? Jasmin versuchte, anhand seiner Bewegungen abzuschätzen, wem er nachsah. Wenn sie es nicht besser gewusst hätte, hätte sie geglaubt, er nehme die knapp bekleideten Frauen gar nicht wahr. Livia Merz hatte seine Hand genommen. Gemeinsam starrten sie auf den Greifensee, wo ein niedriges Motorschiff langsam auf die Anlegestelle zusteuerte. Einige Spaziergänger winkten den Passagieren, die an der Reling standen. Diese winkten zurück. Als Jasmin ihre festliche Kleidung auffiel, bemerkte sie, dass es sich um eine Hochzeitsgesellschaft handelte.

Livia Merz strich Laupper über den Rücken. Jasmin fragte sich, was der Anblick des Brautpaares, das nun an Deck trat, in ihr auslöste. Erst kürzlich hatte ein Straftäter im Gefängnis geheiratet. Jasmin hatte die Bilder in der Zeitung gesehen. Die Hochzeit musste alles andere als romantisch gewesen sein. Jasmin glaubte nicht, dass sich Livia Merz damit zufrieden gäbe. Hatte Laupper deshalb nie um ihre Hand angehalten? Jasmin beobachtete ihn. Sein Blick folgte dem Brautpaar, das über den Steg kam. Laupper drehte sich sogar um, um den Verliebten nachzuschauen, als sie an ihm vorbeigingen und auf das Restaurant zusteuerten. Sein Mund stand leicht offen. Livia Merz nagte an ihrer Unterlippe, eine Angewohnheit, die Jasmin noch nie an ihr beobachtet hatte. Plötzlich stand Laupper auf.

»Ich habe Hunger«, verkündete er.

»Trifft sich gut«, meinte der Werkmeister. »Es ist fast Mittag.«

Der Wind trug ihre Stimmen über die Wiese. Jasmin hatte keine Mühe, sie zu verstehen. Sie wartete darauf, dass sie das Gespräch fortsetzten, doch Livia Merz erhob sich wortlos. Gemeinsam mit Laupper und dem Werkmeister machte sie sich auf den Weg zum Haupteingang des Restaurants. Jasmin blieb noch einige Sekunden sitzen, dann stand sie auf und joggte zur Terrasse, von wo sie den Speisesaal betrat. Sie wollte an ihrem Tisch sitzen, wenn die drei eintrafen. Sie hätte sich nicht beeilen müssen. Es dauerte fast fünf Minuten, bis ein Kellner Livia Merz und Eric Laupper die Plätze zuwies. Der Werkmeister setzte sich so an die Bar, dass er den Gefangenen im Blickfeld hatte.

»Kann ich Ihnen schon etwas zu trinken bringen?«, erklang eine Stimme neben Jasmin.

Überrumpelt sah sie auf. »Cola.«

Ohne großes Interesse warf Jasmin einen Blick auf die Karte. Als der Kellner mit einer Flasche Cola zurückkehrte, bestellte sie Frischkäse-Ravioli an Basilikumpesto.

Da die Terrasse für die Hochzeitsgesellschaft reserviert war, war der Speisesaal voll. Jasmin verstand nicht, worüber Eric Laupper und Livia Merz sprachen. Sie stellte jedoch fest, dass Laupper der Karte genauso wenig Beachtung schenkte wie sie. Livia Merz bestellte für beide. Kurz darauf stand Laupper auf, durchquerte den Raum und richtete einige Worte an den Werkmeister. Gemeinsam verließen sie den Saal und stiegen die Treppe zu den Toiletten hinunter.

Jasmin stellte sich vor ein Anschlagbrett mit Plakaten, die für Veranstaltungen in der Region warben. Als sie das Restaurant ausgekundschaftet hatte, hatte sie in Erfahrung gebracht, dass es von den Toiletten aus keinen Weg nach draußen gab. Die Treppe führte zu einem Gang, der in einen gemeinsamen Waschraum mündete. Dahinter befanden sich die Damen- und Herrentoiletten. Eine weitere Tür auf der linken Seite des Gangs war verschlossen, vermutlich handelte es sich um den Eingang zu einem Lagerraum.

Eric Laupper tauchte erst nach zehn Minuten wieder auf. Der Werkmeister wirkte besorgt. Jasmin hörte nicht, was er sagte. Laupper schüttelte entschlossen den Kopf und kehrte an seinen Tisch zurück, wo ein Salat für ihn bereitstand. Lustlos stocherte er mit der Gabel in den Blättern. Auch Livia Merz hatte keinen Appetit. Als der Kellner fragte, ob sie bedient seien, lächelte sie entschuldigend. Kaum war er gegangen, stand Laupper erneut auf, um die Toilette aufzusuchen. Diesmal wartete der Werkmeister oben an der Treppe.

Ob die häufigen Toilettengänge etwas mit der Darmerkrankung des Gefangenen zu tun hatten? Oder spielten seine Nerven einfach nicht mit? So aufregend konnte der Ausflug für ihn doch nicht sein. Immerhin hatte er schon viele Urlaube, sogar unbegleitete, absolviert. Also führte er doch etwas im Schild. Erneut fragte sich Jasmin, warum er ausgerechnet hierhergekommen war. Sie sah sich um. Das Restaurant zeichnete sich durch keine Besonderheiten aus. Einzigartig war höchstens die Lage. Wollte sich Eric Laupper in den See stürzen? Jasmin verwarf den Gedanken. Zu viele Menschen hielten sich am Ufer auf, ein Suizidversuch würde sofort bemerkt. Außerdem nähme sich Laupper kaum vor den Augen seiner Freundin das Leben.

Auf der Terrasse war es still geworden. Der Vater der Braut erhob sich, um einen Trinkspruch auszubringen. Zumindest vermutete Jasmin, dass es sich um den Vater handelte, da er den Arm um die junge Frau gelegt hatte. Jasmin betrachtete sie. Ihre Züge waren unauffällig, ihre Figur rundlich. Normalerweise würde keiner sich nach ihr umdrehen, heute aber strahlte sie vor Glück. Immer wieder sah sie zum Bräutigam, einem hageren Brillenträger, der vor Aufregung nicht aufhören konnte zu schlucken.

Jasmin beneidete sie. Die Braut sah aus, als erfülle sich heute ein Traum. Irgendwann würde der Alltag in die Beziehung einkehren, doch im Moment lag er weit weg in der Zukunft. Nur der Augenblick zählte. Wie lange hatten sie diesen Tag geplant? Die Musik ausgesucht, sich Gedanken zum Kleid, zum Festmahl, zur Gästeliste gemacht? Hatten sie eine Hochzeitsreise gebucht? Würde das Paar am Abend in eine Limousine steigen, die gepackten Koffer holen und sich zum Flughafen fahren lassen?

Jasmin schüttelte verwundert den Kopf. Noch nie hatte ihr Romantik etwas bedeutet. Sie begriff nicht, was an der Braut sie in den Bann zog. Sie spießte zwei Ravioli auf und kaute mechanisch. Sie fühlte sich leer. Um nichts in der Welt wollte sie mit der Braut tauschen, dennoch nagte etwas an ihr, das Eifersucht gefährlich nahekam. Die Braut schwamm mitten im Strom des Lebens, Jasmin fühlte sich einmal mehr wie Strandgut. In Gedanken versunken, zerquetschte sie mit der Gabel ein Klümpchen Frischkäse.

Als sie aufsah, betrat die Braut den Speisesaal. Zögernd schaute sie sich um. Der Kellner deutete auf den Ausgang, der zur Toilette führte, worauf die Braut ihm ein strahlendes Lächeln schenkte und den Raum durchquerte. Viele Blicke folgten ihr. Als Jasmin ihre Aufmerksamkeit wieder auf Eric Laupper richtete, stellte sie fest, dass er aufgestanden war. Livia Merz sah ihn mit feuchten Augen an und nickte leicht. Laupper setzte sich in Bewegung. Der Werkmeister stellte sein Glas Mineralwasser auf die Theke und begleitete Laupper zur Treppe. Dort blieb er stehen.

Adrenalin schoss Jasmin ins Blut. Alle ihre Sinne signalisierten Alarm. Eric Laupper stieg die Stufen hinunter. Der Werkmeister lehnte sich gegen den Handlauf. War ihm klar, dass sich auch die Damentoilette im Untergeschoss befand? Hatte er gesehen, dass die Braut soeben in den Waschraum getreten war? Jasmin schlug das Herz bis zum Hals. Sie eilte zur Treppe, wo sie zwei Stufen aufs Mal nahm. Unten angekommen, sah sie gerade noch, wie Eric Laupper durch die Tür verschwand.

29

Der Wind hatte aufgefrischt. Holunderblüten rieselten von einem Strauch und legten sich wie feine Schneeflocken auf Pals Jacke. Er wischte sie weg und fuhr sich über die Haare. Es war ihm nicht wohl dabei, Milena Herzog gegenüberzutreten, doch er schob seine Bedenken beiseite. Sie war seine letzte Hoffnung. Überall hatte er nach Jasmin gesucht. Außer Bernie hatte niemand sie gesehen. Wohin sie mit dem geliehenen Passat gefahren war, hatte Bernie nicht sagen können. Irgendwo musste sie Unterschlupf gefunden haben. In ihre Wohnung würde sie nicht zurückkehren, dessen war Pal sich sicher.

Er holte tief Luft und klingelte. Schritte ertönten im Haus, dann herrschte Stille. Vermutlich betrachtete ihn Milena Herzog durch das Guckloch. Eine Überwachungskamera hatte er nicht entdeckt. Nach einigen Sekunden ging die Tür einen Spalt auf. Eine Kette war vorgelegt.

»Ja?«, fragte Milena Herzog.

Sie schien sich nicht an ihn zu erinnern. Erleichterung breitete sich in Pal aus. Doch sie war von kurzer Dauer.

Milena Herzog zog die Augenbrauen hoch. »Habe ich Sie nicht im Büro von Jasmin Meyer getroffen?«

»Das ist richtig.«

»Einen Moment, bitte.« Milena Herzog schloss die Tür, um die Kette zu entriegeln, bevor sie sie wieder öffnete und ihm die Hand reichte. »Entschuldigen Sie, ich habe ein schlechtes Namensgedächtnis.« Sie sah ihn fragend an.

»Darf ich hereinkommen?«

»Natürlich.« Sie trat zur Seite und führte ihn ins Wohnzimmer.

Trotz der sommerlichen Hitze waren alle Fenster sowie die Tür, die in den Garten führte, geschlossen. Milena Herzog trug eine dünne Strickjacke, die sie eng um ihren Körper geschlungen und in der Taille zusammengebunden hatte. Sie hatte abgenommen, seit Pal sie in der Kanzlei getroffen hatte. Die Schatten unter ihren Augen erkannte er wieder, neu war aber der bittere Zug um ihren Mund.

Pal richtete sich auf und sah ihr in die Augen. »Mein Name ist Pal Palushi.«

Ein verwirrter Ausdruck huschte über ihr Gesicht. Plötzlich schien sie zu begreifen. »Palushi?«, wiederholte sie ungläubig.

»Ja. Ich bin der Anwalt von Eric Laupper.«

»Sie haben mich angezeigt!«

»Ja.«

Milena Herzog schnappte nach Luft. »Was fällt Ihnen ein, hier aufzutauchen?«

»Ich suche Jasmin Meyer. Ich hatte gehofft, dass sie hier sein könnte.«

»Sie rücksichtsloser Mistkerl! Verlassen Sie sofort mein Haus!«

Im oberen Stock ging eine Tür auf. Kurz darauf erschien ein neugieriges Gesicht über dem Geländer. Milena Herzog bemerkte ihre Tochter nicht. Sie bebte vor Zorn.

»Ich werde gleich wieder gehen«, versicherte Pal. »Bitte sagen Sie mir nur …«

»Gar nichts werde ich Ihnen sagen! Verschwinden Sie, und zwar sofort! Sonst rufe ich die Polizei!«

»Jasmin könnte in Gefahr sein.« Pal machte eine kurze Pause. »Hören Sie? In Gefahr! Ich muss sie finden!«

»Daran hätten Sie denken sollen, bevor Sie dafür gesorgt haben, dass sich ein gemeingefährlicher Straftäter frei bewegen kann! Wenn Sie auch nur ein Fünkchen Anstand hätten, müsste ich mich heute nicht mit meiner Tochter im Haus verschanzen! Aber offenbar verschafft es Ihnen eine perverse Befriedigung, für einen Vergewaltiger Partei zu ergreifen!«

»Ich muss Jasmin finden.« Trotz der Wut, die ihre Worte

in ihm auslösten, bemühte sich Pal um einen sachlichen Ton. »Wissen Sie, wo sie sich zurzeit aufhält?«

»Glauben Sie mir, Sie sind der Letzte, dem ich es sagen würde!« Sie griff nach dem Telefonhörer.

Pal machte einen Schritt in Richtung Tür. Nur mit Mühe gelang es ihm, sich zu beherrschen. »Wenn ihr etwas zustößt, mache ich Sie dafür verantwortlich! Diese Hetzjagd, zu der Sie Jasmin angestachelt haben, wird in einer Katastrophe enden!«

»Ich soll sie angestachelt haben? Das ist eine Unterstellung! Sie sind schuld! Ihnen haben wir es zu verdanken, dass ein Vergewaltiger heute in einem Seerestaurant in Maur sitzt und gemütlich zu Mittag isst. Vermutlich bespricht er gerade in aller Ruhe mit seiner Freundin, was er Fanny antun will! Doch Ihnen ist das egal. Es ist schließlich nicht Ihre Tochter, die bedroht wird! Hauptsache, Sie können sich profilieren, Sie karrieregeiles, arrogantes Arschloch!«

Pal wandte sich abrupt ab und verließ das Haus. Er hatte die Schwelle kaum überschritten, als die Tür hinter ihm zuknallte. Nicht einen Moment hatte er geglaubt, Jasmin sähe in Eric Laupper eine ernsthafte Gefahr für Fanny. Doch nicht nur Jasmin, auch Milena Herzog schien überzeugt, dass Laupper dem Mädchen etwas antun könnte. Pal schüttelte den Kopf. Wie stellten sie sich das vor? Laupper befand sich zwanzig Kilometer von Fanny entfernt. Er wurde beaufsichtigt. Nicht nur vom Werkmeister, vermutlich stand er auch unter Polizeibeobachtung.

Rasch machte Pal sich auf den Rückweg. Als er über die Schulter blickte, sah er in einem der Fenster im oberen Stock des Hauses ein schmales Gesicht. Fanny schaute ihn mit einem Blick an, der bittend und ängstlich zugleich wirkte. Wusste sie etwas? Pal blieb stehen. Mehrere Sekunden starrten sie sich an. Dann verschwand das Gesicht.

Jasmin stieß die Tür mit der Schulter auf. Sie erfasste die Situation sofort. Die Braut befand sich mit dem Rücken zur Wand, die Faust auf den Mund gepresst. Eric Laupper stand vor ihr, so nahe, dass er nur die Hände ausstrecken musste, um sie zu packen. Jasmin hörte nicht, was er sagte. Sie vernahm nicht einmal ihre eigenen, schweren Atemstöße. Sie hatte keine Zeit, ihre nächsten Schritte zu planen, sie wusste nur, dass sie Laupper stoppen musste, bevor er der Braut etwas antat.

Sie wählte den sichersten und effektivsten Weg. Blitzschnell drehte sie sich ab, winkelte das Bein an und trat mit aller Kraft gegen seine Kniekehlen. Kaum war er zu Boden gegangen, legte sie ihm den Arm um den Hals und zog das Wurfmesser aus dem Schaft an ihrem rechten Bein. Laupper gab keinen Laut von sich, als die Spitze der Klinge die weiche Stelle unterhalb seines Kinns berührte.

Die Zeit schien stillzustehen. Eric Laupper röchelte. Sein Rücken drückte gegen Jasmins Brust, und der Geruch von Schweiß stieg ihr in die Nase. Ekel erfüllte sie. Sie dachte daran, wie sich der »Metzger« jeweils über sie gebeugt hatte, als sie auf dem Bett lag, die Stimme dünn vor Aufregung, die Augen vor Verlangen geweitet. Sie sah die zuckende Ader an seiner Schläfe, spürte die Finger, die ihr über das Gesicht strichen und mit ihren Haaren spielten. Der Wunsch, sich zusammenzurollen, war überwältigend gewesen, doch er hatte sie so gefesselt, dass sie nicht einmal die Arme schützend vor ihren Körper hatte halten können. Sie war ihm ausgeliefert gewesen. Sie hatte alles über sich ergehen lassen müssen. Die Scham, die in ihr aufstieg, löste einen beinahe physischen Schmerz aus.

Sie zwang sich zur Konzentration. Sie hatte die Kontrolle über die Situation. Jetzt war sie es, die bestimmte. Sie ließe nicht zu, dass Eric Laupper die Braut berührte, ihr Glück zerstörte. Jasmin würde dafür sorgen, dass er keiner Frau mehr etwas zuleide tun konnte. Diesmal würde sie sich wehren.

Ein gellender Schrei erklang, und Jasmin zuckte zusammen. Plötzlich geriet alles in Bewegung. Die Tür flog auf, und der Werkmeister stürzte herein.

»Was ist passiert?«, rief er.

Jasmin begriff, dass es die Braut gewesen war, die geschrieen hatte. »Rufen Sie die Polizei!«

Entsetzen breitete sich auf dem Gesicht des Werkmeisters

aus, als er das Messer in ihrer Hand sah. Er öffnete den Mund, um etwas zu sagen, da ging die Tür erneut auf. Livia Merz blieb bestürzt stehen. Bevor jemand sie aufhalten konnte, eilte sie zu Eric Laupper.

»Lassen Sie ihn los!«, befahl sie Jasmin. »Sofort! Haben Sie mich verstanden?« Sie fiel vor Laupper auf die Knie. »Eric! Ganz ruhig! Hörst du mich? Beweg dich nicht!«

»Die Polizei!«, wiederholte Jasmin. »Schnell!«

»Wer sind Sie?«, fragte der Werkmeister verdattert.

»Machen Sie endlich!«, rief Jasmin. »Er hat versucht, sich an der Braut zu vergehen!«

»Nein!« Livia Merz sprang auf und packte Jasmin am Arm. »Er würde ihr nie etwas antun! Er wollte nur mit ihr reden! Lassen Sie ihn los!«

Die Tür schlug gegen die Wand. Zwei Polizisten richteten ihre Waffen in den Raum. Schlagartig veränderte sich die Stimmung. Verblüfft fragte sich Jasmin, wie die Polizei so schnell hatte reagieren können. Aus dem Augenwinkel nahm sie das besorgte Gesicht des Kellners wahr, der im Gang stand.

»Legen Sie das Messer auf den Boden!«, befahl einer der Polizisten.

Erst jetzt merkte Jasmin, dass seine Pistole auf sie gerichtet war. Langsam ließ sie das Wurfmesser sinken und legte es hin. Ohne die Augen von ihr zu nehmen, schob der Polizist die Waffe mit dem Fuß beiseite. Er befahl ihr, die Hände hinter den Kopf zu legen. Als er die Handschellen von seinem Gürtel löste, stieg Panik in Jasmin hoch. Nie wieder ließe sie sich fesseln! Nicht einmal von einem Polizisten. Sie dachte an das Stiefelmesser an ihrem linken Bein. Sie war schnell. Sie würde es schaffen. Eine zwölf Zentimeter lange Klinge würde ihn davon abhalten, sie anzufassen.

»Eric?«, erklang eine Frauenstimme von der Tür aus. »Bist du das?«

Es war die Mutter der Braut.

»Verlassen Sie sofort den Raum!«, befahl der zweite Polizist, die Waffe auf Eric Laupper gerichtet.

Sie schien ihn nicht zu hören. »Was machst du hier?«

Livia Merz sah die Mutter der Braut flehend an. »Er wollte ihr nichts tun! Bitte, Sie müssen mir glauben. Er musste es nur von ihr selbst hören! Sie hat keinen seiner Briefe beantwortet.«

Die Braut begann zu schluchzen. »Er soll mich in Ruhe lassen!«

Jasmins Arm wurde nach hinten gerissen, und Handschellen rasteten ein. Sie rang nach Luft. Sie hatte sich ablenken lassen! In ihren Ohren begann es zu rauschen, und ihr wurde schwindlig. Der Polizist zog sie zurück, während sein Kollege Laupper sicherte.

»Stehen Sie auf!«, befahl er.

Nur mit Mühe gelang es Eric Laupper, auf die Beine zu kommen. Die ganze Zeit hatte er keinen Ton von sich gegeben. Er wirkte wie weggetreten. Erst als er vor der Braut stand und ihre Tränen sah, bewegte er langsam die Lippen.

»Das wollte ich nicht«, sagte er.

Ein Funkgerät knisterte. Der Polizist erteilte Anweisungen. Jasmin verstand sie nicht. Alles um sie herum drehte sich. Ihr Kopf fühlte sich an wie ein mit Helium gefüllter Ballon. Sie spürte Hände an ihren Beinen. Sah, wie der Polizist das Stiefelmesser hervorzog. Übelkeit stieg in ihr auf. Sie registrierte gerade noch, wie Eric Laupper abgeführt wurde, bevor ihr schwarz wurde vor Augen.

Jasmin hörte eine vertraute Stimme. Sie war klar und neutral, als bemühe sich der Sprecher, beim Reden nichts von sich preiszugeben. Wenn sie genau hinhörte, erkannte sie aber, dass das O ein bisschen zu nasal klang. Dieser eine Laut verriet ihr die Muttersprache und hüllte Jasmin in Sicherheit. Sie fühlte sich, als habe ihr jemand eine warme Decke um die Schultern gelegt.

Sie schlug die Augen auf. Pal kniete neben ihr. Sie lag auf der Seite, den Kopf auf etwas Weiches gebettet. Sie sah graue Bodenplatten und solides Schuhwerk. Ein Polizist, dachte sie, und ihr Herz begann zu hämmern. Als sie sich aufzurichten versuchte, stellte sie fest, dass die Handschellen entfernt worden waren.

Pal legte ihr die Hand auf die Schulter. »Bleib noch ein wenig liegen«, sagte er sanft. »Du hast das Bewusstsein verloren.«

Seine Hand fühlte sich warm an. Sie zog Jasmin in die Tiefe. Sie hatte so lange nicht mehr geschlafen. Sie war müde. Unendlich müde. Sie hörte ein leises Weinen und zwang sich, die Augen wieder zu öffnen. Livia Merz stand neben der Tür, die Stirn gegen die Wand gelehnt.

Jasmin rappelte sich in eine sitzende Position auf. »Wo ist er?«

»Eric Laupper wurde auf den Polizeiposten gebracht«, antwortete Pal.

Der Polizist trat von einem Bein aufs andere.

Pal nickte kurz und sah Jasmin an. »Man wird deine Personalien aufnehmen, dann darfst du gehen. Die Befragung wird erst stattfinden, wenn du dich besser fühlst.«

Obwohl er sich bemühte, beruhigend zu klingen, schwang Besorgnis mit. Auf einmal begriff Jasmin. »Du meinst … ich bin hier die Beschuldigte?«

Pal nahm ihre Hand. »Ich kann dich nicht vertreten, weil Eric Laupper mein Klient ist. Aber ich werde einen erfahrenen Kollegen bitten, deinen Fall zu übernehmen. Mach dir keine Sorgen. Er wird Putativnotwehrhilfe geltend machen.«

»Sind Sie sicher, dass ich keinen Krankenwagen rufen soll?«, fragte der Polizist.

Pal wusste, wie sehr Jasmin Spitäler hasste. Er lehnte das Angebot ab. »Ich werde sie zum Arzt bringen.« Er streckte die Hände nach ihr aus. »Kannst du aufstehen? Man hat uns das Büro zur Verfügung gestellt. Wir müssen dort einige Formalitäten erledigen, anschließend kannst du dich ein wenig ausruhen.«

»Ich bin hier die Beschuldigte?«, wiederholte Jasmin ungläubig. »Das ist nicht zu fassen! Ein verurteilter Vergewaltiger hat sich in den Waschraum geschlichen und eine Frau bedroht! Was genau wirft man mir vor? Dass ich sie gerettet habe?«

Plötzlich drehte sich Livia Merz um. »Was fällt Ihnen

eigentlich ein? Ich weiß nicht, wer Sie sind. Auch nicht, was Sie hier machen. Aber Sie mischen sich in Dinge ein, die Sie rein gar nichts angehen! Begreifen Sie überhaupt, was Sie angestellt haben?« Sie kam einen Schritt näher. »Dank Ihnen wird Eric die nächsten Wochen alleine in einer Arrestzelle verbringen! Ohne Kontakt. 23 Stunden am Tag wird er dort liegen und sich den Kopf zermartern, warum Sie ihm das angetan haben. Vermutlich wird man ihm jetzt auch noch die begleiteten Urlaube streichen. Wegen Ihnen!« Ihre Stimme wurde schrill. »Was gibt Ihnen das Recht, das Leben eines Menschen zu zerstören?«

»Ich soll sein Leben zerstört haben?« Jasmin sprang auf. Sie hielt sich an Pal fest, um das Gleichgewicht nicht zu verlieren. »Dieser Perversling wollte sich an der Braut vergehen! Er ...«

»Sie sind verrückt! Eric würde ihr nie etwas antun! Er wollte nur mit ihr reden!«

»Reden? Ja klar!« Jasmin lachte laut. »So, wie er mit seinem ersten Opfer geredet hat?«

Pal strich ihr besänftigend über den Arm.

Jasmin trat einen Schritt zur Seite. »Sie sind blind!«, fuhr sie fort. »Oder geisteskrank! Sehen Sie denn nicht, was Laupper ist?«

Als Livia Merz weitersprach, war ihre Stimme ruhig. »Ja, ich sehe, was er ist. Ein Mensch, der vor über zwanzig Jahren einen großen Fehler gemacht hat. Und der seither dafür büßt. Er hat nie bestritten, etwas Furchtbares getan zu haben. Er schämt sich dafür, und er weiß, dass er es nie wieder gutmachen kann. Es war richtig, dass er deswegen eingesperrt wurde. Er war drogensüchtig, aggressiv und gewalttätig. Er hätte es vielleicht wieder getan. Doch das liegt über zwei Jahrzehnte zurück. Heute erlebe ich Eric als zärtlichen, liebevollen Mann. Natürlich hat seine Vergangenheit Spuren hinterlassen. Im Umgang mit Menschen ist er unbeholfen. Kein Wunder, schließlich hat er sein halbes Leben im Gefängnis verbracht. Zuneigung hat er nie erfahren, auch davor nicht.« Tränen rannen ihr über das Gesicht. »Eric hat seine Strafe abgesessen! Vor zehn Jahren schon! Irgendwann muss doch genug sein! Wie soll er beweisen, dass er sich verändert hat, wenn man ihm keine

Chance gibt?« Sie putzte sich die Nase. »Er hat ihr geschrieben. Sie hat seine Briefe einfach ignoriert. Das hat ihm zu schaffen gemacht. Er musste es von ihr selbst hören. Was, wenn ihre Mutter ihr den Kontakt mit ihm verboten hat? Oder wenn sie die Briefe gar nicht bekommen hat? Eric brauchte Gewissheit. Wenn sie keinen Kontakt möchte, wird er es akzeptieren, aber er muss es von ihr selbst erfahren.« Sie sah Jasmin an. »Ihm blieb nichts anderes übrig! Wie hätte er es sonst anstellen sollen? Sein Antrag auf einen unbegleiteten Urlaub wurde abgelehnt. Der Werkmeister hat ihn nie aus den Augen gelassen. Er musste sie im Waschraum abfangen. Die Toilette ist der einzige Ort, den Eric unbeaufsichtigt aufsuchen darf!«

»Verstehe ich Sie richtig?«, fragte Pal. »Herr Laupper hat die Braut gekannt?«

Livia Merz sah ihn verwirrt an. »Sie wissen es nicht?«

»Was?«, fragte Pal.

»Tanja ist seine Tochter.«

Stille trat ein. Aus der Herrentoilette war das gedämpfte Rauschen der Spülung zu hören. Eine Tür schlug zu. Jasmin versuchte zu erfassen, was sie gehört hatte.

»Herr Laupper hat eine Tochter?«, wiederholte Pal.

»Sie wussten das nicht?«

»Er hat mir nie etwas von ihr erzählt.«

»Er kennt sie nicht. Er war 19, als sie zur Welt kam. Die Beziehung zu ihrer Mutter hat nur einige Wochen gedauert. Er hat zwar eine Geburtsanzeige bekommen, der nächste Rausch interessierte ihn jedoch mehr.« Livia Merz schloss kurz die Augen. »Wir haben in den letzten Jahren viel über seine Vergangenheit gesprochen. Irgendwann wuchs in ihm der Wunsch, seine Tochter kennenzulernen. Für Eric war die Familie stets ein Hort der Gewalt. Hinter geschlossenen Türen spielte sich ab, was nicht sein durfte. Durch mich lernte er, dass dem nicht so sein muss. Er begriff, dass es Eltern gibt, die ihre Kinder umsorgen, Geschwister, die für einander da sind. Er schrieb Tanja einen langen Brief. Genauer gesagt, er diktierte ihn mir. Doch sie hat nicht reagiert.«

»Warum hat er ein Geheimnis daraus gemacht? Es ist nicht verboten, Kontakt mit der Tochter aufzunehmen. Er hätte mit jemandem darüber reden können.« Pal zögerte. »Oder hat er Tanjas Mutter … vergewaltigt?«

»Mein Gott, nein! In diesem Fall hätte er nie gewagt, ihr zu schreiben.«

Pal schüttelte den Kopf. »Ich verstehe immer noch nicht, warum er sein Vorhaben verschwieg.«

Livia Merz seufzte. »Erics Misstrauen gegenüber den Behörden sitzt tief. Seit seiner Rückversetzung erst recht. Er empfindet sie als willkürlich. Erstaunt Sie das? Er traut den Behörden zu, ihm ohne Grund den Kontakt mit Tanja zu verbieten. Dieses Risiko wollte er nicht eingehen.«

Der Polizist räusperte sich. Livia Merz nahm ein Papiertuch aus dem Spender und benetzte es mit Wasser. Sie tupfte sich das Gesicht ab und strich sich das Haar glatt. Als sie fertig war, nickte sie dem Polizisten zu.

»Aber was ist mit Milena Herzog?«, rief Jasmin. »Sie sind nach Urdorf gefahren! Das können Sie nicht abstreiten!«

Livia Merz drehte sich zu ihr um. »Milena Herzog? Wer ist das?«

»Sie sind vor einer Woche nach Urdorf gefahren«, wiederholte Jasmin. »Sie hatten dort einen Termin. Um 17 Uhr.«

»Woher wissen Sie das?«

»Was haben Sie dort gemacht?«

»Ich habe den Arzt getroffen, der Eric untersucht hat. Ich wollte mit ihm über Erics Krankheit reden.«

Jasmin schaffte es nicht, Ordnung in ihre Gedanken zu bringen. »Eric Laupper hat zugegeben, Fanny einen Drohbrief geschrieben zu haben!«

Pal berührte sie am Rücken. »Lass uns später darüber reden«, sagte er leise.

»Er hat es zugegeben!« Jasmin hörte den hysterischen Ton in ihrer Stimme, doch sie war unfähig, sich zurückzuhalten. »Es steht im Protokoll!«

Livia Merz sah sie verständnislos an.

»Vermutlich hat Eric Laupper die Frage falsch verstanden«, erklärte Pal mit gesenkter Stimme.

»Falsch verstanden?«

»Rainer Kälin hat ihn gefragt, ich zitiere ›Haben Sie ihrer Tochter einen Brief zukommen lassen?‹ Eric Laupper hat wahrscheinlich ›Ihrer Tochter‹ verstanden, in der Höflichkeitsform. Er muss geglaubt haben, Kälin frage nach den Briefen, die er Tanja zukommen ließ.«

Endlich begriff Jasmin. Sie hielt sich mit beiden Händen am Lavabo fest und senkte den Kopf. Was hatte sie sonst noch falsch verstanden? Wie hatte das passieren können? Weil du dir bereits eine Meinung gebildet hast, bevor du die Fakten studiert hast, meldete sich eine Stimme in ihrem Kopf. Du hast voreilige Schlüsse gezogen. Du hast die Informationen so gedeutet, dass sie zu deiner Vorstellung der Ereignisse passten. Sie zitterte. Der Polizist öffnete die Tür und forderte sie auf, ihm zu folgen.

»Ich brauche noch einen Moment«, flüsterte sie. »Ich komme nach.«

Der Polizist zögerte. »Wir sind im Büro neben dem Speisesaal«, sagte er schließlich. »Bitte kommen Sie, sobald Sie so weit sind.«

»Danke.«

Er verließ mit Livia Merz den Raum.

Pal strich ihr eine Haarsträhne aus dem Gesicht. »Ich muss auf den Polizeiposten. Eric Laupper wartet dort auf mich. Ich komme zurück, sobald er seine Aussage gemacht hat.«

Jasmin nickte. Nachdem er gegangen war, hielt sie das Gesicht unter den Wasserhahn. Die Kälte vertrieb die dumpfe Verwirrung, die Livia Merz' Worte hervorgerufen hatten. Jasmin starrte ihr Spiegelbild an. Sie hatte schon wieder versagt.

Sie zog die Tür auf. Stimmengemurmel schlug ihr entgegen. Langsam stieg sie die Treppe hinauf. Im Saal speisten die Gäste, als sei nichts geschehen. Auf der Terrasse stand die Hochzeitsgesellschaft in kleinen Gruppen beisammen und redete. Tanja saß neben dem Bräutigam, der ihr den Arm um die Schultern gelegt hatte. Ihre Augen waren verquollen. Ihre Mutter tätschelte ihr die Hand.

Die Tür zum Büro, in dem der Polizist die Personalien der Beteiligten aufnahm, war geschlossen. Jasmin holte tief Luft. Bevor sie anklopfen konnte, klingelte ihr Handy. Sie nahm es hervor. Nur eine einzige Person kannte diese Nummer.

»Jasmin?« Milena Herzogs Stimme überschlug sich. »Kannst du herkommen?«

Jasmin erstarrte. »Ist etwas passiert?«

»Fanny ist verschwunden!«

30

Der Himmel über Urdorf war fast schwarz. Gespenstisch hoben sich die hellen Häuser der Siedlung vom dunklen Hintergrund ab. In der Ferne hörte Jasmin ein Donnergrollen. Blüten und Blätter wirbelten durch die Luft. Eine dünne Fichte bog sich im Wind. Als Jasmin auf das Haus der Herzogs zurannte, erfasste eine Böe ihre Haare und peitschte sie ihr ins Gesicht.

In allen Zimmern brannte Licht. Jasmin machte sich nicht die Mühe zu klingeln, sondern griff nach der Klinke. Die Tür war unverschlossen. Sie stürzte hinein, blieb abrupt stehen, als sie die Menschenansammlung sah. Die Fahnder, die Fanny drei Wochen lang beobachtet hatten, befragten Matthias Herzog, der immer wieder hilflos die Schultern zuckte und den Kopf schüttelte. Rainer Kälin saß auf dem Sofa und lauschte konzentriert den Ausführungen von Emily Schweikert. Sein Schädel glänzte im Schein einer Halogenlampe. Die Nachbarin gestikulierte heftig, als wolle sie die Bedeutung ihrer Worte unterstreichen.

Die Gespräche verstummten, alle Blicke richteten sich auf Jasmin. Enttäuschte Seufzer erklangen. Jasmin wurde klar, dass man Fanny erwartet hatte. Milena eilte auf sie zu, die Augen rot, das Gesicht kreideweiß.

»Danke, dass du gekommen bist! Wir sind froh um jede Hilfe.«

»Seit wann ist sie verschwunden?«, fragte Jasmin.

»Ich weiß es nicht genau«, antwortete Milena. »Sie war noch hier, als Palushi kam. Kurz davor hat sie mir eine Frage zu einer Hausaufgabe gestellt.«

»Pal Palushi war hier?«, fragte Jasmin scharf. Wusste Milena von ihrer Beziehung?

»Er hat dich gesucht.« Milena rang die Hände. »Er war ziemlich wütend. Wir haben gestritten. Kann es sein, dass er … ich meine … könnte er Fanny etwas angetan haben?«

»Unmöglich!«

»Bist du sicher? Er hat engen Kontakt mit Gefangenen. Er setzt sich für sie ein, vertritt sie, wenn sie rekurrieren. Wir sind immer davon ausgegangen, dass der Schreiber der Drohbriefe ein Insasse sein muss, genauso gut kann es aber ein Anwalt gewesen sein! Denk doch mal nach! Du hast selbst gesagt, die Sprache passe zu einem gebildeten Menschen. Du hast die korrekt gesetzten Kommas erwähnt und den Verdacht geäußert, die Rechtschreibfehler seien absichtlich gemacht worden.«

»Pal hat Fanny nicht«, sagte Jasmin mit fester Stimme. »Ich habe ihn vor einer halben Stunde gesehen. Aber die Idee, dass ein Anwalt hinter den Drohbriefen steckt, müssen wir unbedingt weiterverfolgen. Zuerst will ich jedoch genau wissen, was Fanny heute gemacht hat. In welcher Verfassung war sie? Hattet ihr Pläne? Hat sie irgendetwas Ungewöhnliches gesagt?«

Verzweifelt schüttelte Milena den Kopf. »Mir ist nichts aufgefallen! Sie hatte schlechte Laune, weil ich ihr verboten habe, in die Badi zu gehen. Ich war nervös wegen Lauppers Urlaub. Ich wollte heute mit Fanny im Haus bleiben.« Sie holte Luft. »Eric Laupper! Du hast ihn nicht aus den Augen verloren, oder?«

»Laupper war es nicht«, sagte Jasmin kurz. »Erzähl weiter.«

Milena schilderte, wie Fanny zuerst gelesen und dann Hausaufgaben gemacht hatte. Vor dem Mittag sei sie heruntergekommen, um etwas zu trinken, gleich darauf aber wieder in ihrem Zimmer verschwunden. Kurze Zeit später sei Pal vor der Tür gestanden. Milena beschrieb den Streit.

»Wie viel hat Fanny mitbekommen?«

»Ich weiß es nicht.«

Ein Blitz erhellte den Himmel. Milena presste die Faust auf den Mund. Jasmin wusste, was sie dachte. Fanny fürchtete sich vor Gewittern. Nie hielte sie sich freiwillig im Freien auf, wenn es blitzte und donnerte. Jasmins Gedanken überschlugen sich. Was hatte das Mädchen veranlasst, aus dem Haus zu gehen? Trotz? Akzeptierte Fanny das Verbot ihrer Mutter nicht?

»Hat man in der Badi nach ihr gesucht?«, fragte sie.

Milena nickte. »Zwei Polizisten sind dort. Sie waren auch bei Celine. Niemand hat sie gesehen.«

Es passte nicht zu Fanny, sich gegen ihre Mutter aufzulehnen. Wenn sie etwas beschäftigte, zog sie sich zurück. Jasmin bat, sich Fannys Zimmer ansehen zu dürfen. Als Milena nickte, ging sie nach oben. Auf dem Bett lag ein aufgeschlagenes Buch, das Fenster war geschlossen. Jasmin setzte sich. Sie versuchte, sich in Fannys Lage zu versetzen: Die Stimmen aus dem Wohnzimmer sind deutlich zu hören. Fanny bekommt den Streit zwischen Milena und Pal mit. Was löst er in ihr aus? Fanny mag Auseinandersetzungen nicht, zudem sieht sie in Pal einen Verbündeten, schließlich macht er sich um mich Sorgen. Es muss Fanny verwirrt haben, die Anschuldigungen ihrer Mutter zu hören. Vielleicht hat sie sogar Angst um mich. Hat sie sich womöglich auf die Suche nach mir gemacht?

Jasmin verwarf die Idee. Dazu war das Mädchen zu passiv. Jasmin erinnerte sich, wie Fanny sich im Schulhaus versteckt hatte, damit niemand erfuhr, dass sie abgeholt wurde. Fanny ging Konflikten lieber aus dem Weg, als sich ihnen zu stellen. Plötzlich hielt Jasmin inne. Ein Gedanke schoss ihr durch den Kopf. Sie sprang auf und eilte die Treppe hinunter. Milena sah überrascht auf, als sie ohne Erklärung das Haus verließ. Ein schlechtes Gewissen packte Jasmin. Sie ahnte, wo sich Fanny aufhalten konnte, wollte sich aber zuerst vergewissern, dass sie mit ihrer Vermutung richtig lag, um Milena keine falschen Hoffnungen zu machen.

Der langersehnte Regen setzte ein, als sie die Straße hinaufrannte. Das Wasser stürzte vom Himmel, als hätte jemand eine Schleuse geöffnet. Innert Sekunden war Jasmin klatschnass. Die Jeans klebten ihr an den Beinen und verlangsamten ihre Bewegungen. Ein greller Blitz erhellte die Einfamilienhäuser am Hügel, kurz darauf krachte es mehrmals hintereinander.

Die Luft vibrierte noch vom Schall, als bereits der nächste Blitz einschlug. Jasmin rannte weiter, vorbei an den Villen, hinauf zum Wald. Der Regen lief ihr über das Gesicht. Wenn er sie doch nur von ihren Fehlern reinwaschen könnte! Als sie beim Waldrand ankam, blieb sie keuchend stehen. Weit und breit sah sie nichts als Bäume. Sie versuchte, sich an Fannys Worte zu erinnern. »Beim Bonzenhügel. Ganz weit oben«, hatte das Mädchen erklärt, als Jasmin gefragt hatte, wo sich die Baumhütte befand, die Matthias gezimmert hatte.

Jasmin schirmte die Augen mit der Hand ab. Sie entdeckte keinen Weg. Sie beschloss, trotzdem weiterzugehen. Matthias hatte die Hütte bestimmt nicht allzu weit weg gebaut. Schließlich würde er in Fannys Nähe bleiben wollen, wenn sie dort spielte. Außerdem war es anstrengend, Baumaterial durch den Wald zu schleppen. Kurz erwog Jasmin, ihn anzurufen, doch etwas hielt sie zurück. Sie hatte Livia Merz' Aussage noch nicht durchdenken können. Bevor Jasmin weitere Schritte unternahm, wollte sie in Ruhe alle Fakten betrachten, die sie zusammengetragen hatte. Sie durfte keine weiteren Fehler machen. Ein bitterer Geschmack breitete sich in ihrem Mund aus. Sie schluckte und eilte weiter.

Das Wasser lief in Rinnsalen über die trockene Erde. Jasmins Fuß blieb in einer Brombeerranke hängen, ungeduldig riss sie sich los. Ihre Schritte gingen im Getöse des Gewitters unter. Der Regen prasselte auf das Laub, Zweige ächzten, als sie vom Wind erfasst wurden. Laut rief sie Fannys Namen. Plötzlich hörte sie über sich ein lautes Knacken und preschte davon. Hinter ihr stürzte ein dicker Ast zu Boden. Schwer atmend, erreichte sie eine kleine Ebene. Ein idealer Ort für eine Hütte, dachte sie. Aber nirgends entdeckte sie Baumaterial. Ob überhaupt noch etwas davon übrig war? Wie viele Jahre war es her, seit Matthias das Versteck errichtet hatte?

Vielleicht war Fanny doch ins Freibad gegangen, um ihre Freundinnen zu treffen. Warum sollte sie sich in eine Hütte flüchten, die längst verrottet war? Jasmin verdrängte ihre Zweifel. Instinkt bestand aus weit mehr als vagen Gefühlen, er war die Folge von Wissen, das noch nicht ins Bewusstsein gedrungen war. Jasmin war nicht ohne Grund hier.

Sie beschloss, der Ebene zu folgen. Das Wasser staute sich in kleinen Pfützen, Jasmins Sohlen schmatzten, als sie hindurchstapfte. Obwohl sie mit dem Passat nach Urdorf gefahren war, trug sie ihre Motorradstiefel, da sie kein anderes Schuhwerk bei sich hatte. Im Restaurant waren ihr die Stiefel lästig gewesen, doch nun war sie froh um den Halt, den sie ihr gaben. Ohne Angst vor Verletzungen marschierte sie durch das dornige Gestrüpp und den Matsch.

Und dann sah sie die Hütte.

Es war die Form, die ihre Aufmerksamkeit erregte. Sie war zu rechteckig, um natürlichen Ursprungs zu sein. Jasmin kniff die Augen zusammen, aber ein Baumstamm versperrte ihr die Sicht. Sie rannte auf die Stelle zu. Als sie näher kam, erkannte sie ein Schalbrett, wie es auf Baustellen verwendet wurde. Es stand schräg, als lehnte es gegen etwas. Jasmins Blick fiel auf eine niedrige Esche. Die kräftigen Äste über dem kurzen, gedrungenen Stamm waren ideal für eine Baumhütte. Jasmin glaubte sogar, eine Plattform ausmachen zu können.

»Fanny!«, rief sie.

Sie hörte Wimmern, das im nächsten Augenblick von Donnergrollen übertönt wurde. Jasmins Arm hatte sich in einer Winde verfangen. Sie riss sich los und wiederholte Fannys Namen. Jetzt erkannte sie, dass das Schalbrett gegen ein zweites lehnte, so dass sie ein zeltähnliches Dach bildeten. Als der nächste Blitz den Wald erhellte, sah sie die Spitze eines Turnschuhs. Erleichterung durchflutete sie.

Fanny saß mit angezogenen Beinen in ihrem kleinen Unterschlupf, die Hände an die Ohren gepresst. Jasmin fiel auf die Knie und zog sie in ihre Arme. Das Mädchen zitterte am ganzen Körper. Jasmin legte ihre Wange auf Fannys Kopf und drückte sie an sich. Sie murmelte beruhigende Worte, bis Fannys Schluchzer in lautloses Weinen übergingen.

Jasmin schloss die Augen. Der Geruch von feuchtem Holz und Erde drang ihr in die Nase. Trotz des Gewitters breitete sich eine seltsame Ruhe in ihr aus. Fanny fühlte sich warm an in ihren Armen, die Bretter ragten Schutz bietend über ihnen empor. Die Welt war weit weg und mit ihr die Anforderungen, denen Jasmin nicht mehr gewachsen war. Wenn die Zeit doch nur eine Weile stillstehen könnte! Nur so lange, bis Jasmin sie eingeholt hatte. Doch sie lief unaufhaltsam weiter. Die Donnerschläge wurden leiser, die Blitze seltener. Das Trommeln des Regens ging in ein Prasseln über.

»Alles in Ordnung?«, fragte Jasmin leise.

Fanny nickte.

Jasmin küsste sie auf die Stirn. »Deine Eltern machen sich Sorgen um dich. Sie haben dich überall gesucht.«

»Entschuldigung«, flüsterte Fanny.

»Ich möchte mich manchmal auch am liebsten verstecken.« Jasmin strich Fanny eine nasse Haarsträhne aus dem Gesicht. »Doch es nützt nichts. Die Sorgen kommen mit. Willst du mir erzählen, warum du weggerannt bist?«

Fanny rollte sich enger zusammen.

»Du hast ihn erkannt, nicht wahr? Den Mann im Zug?«

»Er hat mir nichts getan.« Fannys Stimme war kaum hörbar. »Er hat nur den Schulthek aufgestellt.«

»Vielleicht hat er den Brief hineingesteckt, als du aus dem Fenster geschaut hast.«

»Nein.«

»Bist du sicher?«

»Ja.« Fanny begann wieder zu weinen.

Plötzlich verstand Jasmin. Die Puzzleteile fügten sich zu einem Ganzen. Sie erkannte den Grund für Fannys Verzweiflung und begriff, dass das Mädchen den Unbekannten im Zug gar nicht identifizieren wollte – weil er ihr den Drohbrief tatsächlich nicht in den Schulthek gesteckt hatte. Doch so lange die Polizei nach ihm suchte, war der wahre Täter in Sicherheit.

Nun wusste sie auch, wer der Stallbesitzer in Fannys Aufsatz war. Der kahlköpfige Böse mit dem Bart, der Mund und Kinn bedeckte, stellte Rainer Kälin dar. Der Mann mit dem Gesicht voller Haare, der ihr das Wichtigste im Leben wegnehmen wollte. Kein Wunder, fürchtete sie sich vor ihm. Jasmin stieß die angehaltene Luft aus.

»Ach, Fanny«, flüsterte sie. »Es tut mir so leid!«

Sie ließ das Mädchen weinen. In ihrer Jeanstasche vibrierte ihr Handy. Jasmin nahm den Anruf nicht entgegen. Sie schloss die Augen, streichelte Fanny und atmete die Waldluft ein. Langsam zogen die Gewitterwolken weiter. Ein zaghafter Sonnenstrahl beleuchtete das nasse Grün. Im Unterholz raschelte es, und eine Meise flog davon.

Fanny konnte nicht davonfliegen. Sie musste sich dem Unausweichlichen stellen. Genau so, wie Jasmin endlich die Wahrheit akzeptieren musste. So unerträglich sie war, sich dagegen aufzulehnen, war sinnlos. Sie wusste, was zu tun war. Als Fanny den Kopf hob, nickte Jasmin. Sie kroch aus dem Versteck und nahm das Mädchen an der Hand. Gemeinsam verließen sie den Wald.

Die Siedlung wirkte wie frisch gewaschen. Rosa, gelbe und lila Blüten leuchteten in der Abendsonne, die Fassaden glänzten feucht. Leben war ins Quartier zurückgekehrt. Fenster standen offen, Stimmen erklangen aus den Gärten, eine Tür wurde aufgestoßen. Jasmin und Fanny streiften ihre schmutzigen Schuhe ab und betraten das Haus der Herzogs.

Milena schrie auf. Sie stürzte sich auf Fanny, ohne ein Wort über den Schlamm zu verlieren, der ihre Tochter bedeckte. Matthias stöhnte erleichtert auf. Rainer Kälin unterbrach ein Telefongespräch und steckte sein Handy weg.

»Wo warst du?«, stieß Milena aus. »Ich hatte solche Angst!«

Jasmin räusperte sich. »Fanny möchte dir etwas sagen.«

Fannys Kinn zitterte. Sie schielte zu Rainer Kälin, über dessen zusammengewachsenen Augenbrauen sich Falten gebildet hatten. Mit zwei Fingern strich er sich über den Henriquatrebart.

»Es war nicht der Mann im Zug«, sagte Fanny so leise, dass nur ihre Mutter sie verstand.

»Nicht der Mann im Zug?«, wiederholte Milena. »Du meinst, nicht der Unbekannte im Zug hat dir den Drohbrief in den Thek gesteckt? Woher weißt du das?«

Als Fanny schwieg, sagte Jasmin: »Weil sie weiß, wer die Briefe geschrieben hat, nicht wahr, Fanny?«

Milena riss die Augen auf. »Stimmt das? Fanny, hast du etwas gesehen?« Sie legte ihre Hände auf die schmalen Schultern des Mädchens und beugte sich vor. »Wer war es? Wer?«

Fanny senkte den Blick. Tränen tropften ihr vom Kinn. »Papi.«

Die Stille, die eintrat, war beinahe greifbar. Ganz langsam drehte Milena den Kopf, um Matthias anzusehen. Auf ihrem Gesicht lag ein verwirrter Ausdruck. Matthias stand wie versteinert im Raum. Er schien nicht einmal mehr zu atmen. Auch als Milena fragend seinen Namen flüsterte, regte er sich nicht.

Jasmin dachte an das Gespräch auf dem Balkon. Wie sicher er gewesen war, dass Fanny nichts zustieße. Wie wenig Angst er um seine Tochter hatte. Als Jasmin ihn darauf ansprach, meinte er, er wolle Fanny nicht das Gefühl geben, sie sei in Gefahr. Und Jasmin hatte seine Erklärung nicht hinterfragt, weil sie mit eigenen Augen sah, wie sehr er seine Tochter liebte. Sie hatte dabei völlig ausgeblendet, dass die Drohbriefe nicht an Fanny gerichtet waren.

Sondern an Milena.

»Matthias?«, flüsterte Milena erneut. »Ist das wahr?«

Er schloss kurz die Augen und nickte.

»Warum?« Milena klang fassungslos. »Warum? Ich verstehe das alles nicht!«

»Es hätte nie so weit kommen sollen.« Matthias sah sie mit flehendem Blick an. »Bitte, glaub mir, das wollte ich nicht!« Er sah zu Fanny. »Ich hatte keine Ahnung, dass sie … Bunny, das wollte ich nie!«

Milena schob Fanny schützend hinter sich. »Ist dir klar, was du uns angetan hast? Ich will wissen, warum! Matthias, sag es mir!«

Er griff sich an die Stirn. »Für dich war von Anfang an klar, dass sie bei dir bleiben würde! Du hast nicht mit dir reden lassen! Wie immer! Du bestimmst, wie unser Leben aussieht, du entscheidest, was richtig ist! Meine Meinung ist dir egal! Du hast ihr gar keine Möglichkeit gegeben, selber zu entscheiden, wo sie wohnen möchte!«

»Und deshalb hast du beschlossen, uns Angst einzujagen?«

»Ich wollte dich nur zum Nachdenken bringen! Es hätte nie so weit kommen sollen! Aber du musstest ja unbedingt eine Privatdetektivin engagieren! Die Sache ist total außer Kontrolle geraten. Warum hast du nicht mir vertrauen können? Warum, Lena?«

»Dir vertrauen?«, schrie Milena. »Nach allem, was du mir angetan hast? Und jetzt wolltest du mich auch noch dazu bringen, meine Tochter aufzugeben! Ich sollte glauben, dass sie wegen mir in Gefahr sei! Du wusstest, dass ich Fanny nie freiwillig hergeben würde!« Sie packte Fanny an den Schultern und drehte sie um. »Schau dir an, was du getan hast! Ist es das, was du wolltest?«

»Ich hatte keine Ahnung, dass sie mich gesehen hat! Ich habe den Brief in den Thek gesteckt, als sie schlief! Woher hätte ich wissen sollen, dass sie es gemerkt hat?«

»Offenbar war sie aber wach! Kannst du dir vorstellen, was es in ihr ausgelöst haben muss? Sie hat die ganze Zeit gewusst, dass du hinter allem steckst! Wie groß muss ihre Angst gewesen sein? Sie hat sich nicht getraut, die Wahrheit zu sagen! Sie hat gefürchtet, dich zu verlieren! Trotz allem bist du ihr Vater.«

Matthias rang um Fassung. »Glaub mir, das wollte ich nicht.« Seine Augen füllten sich mit Tränen, als er zu Fanny sah. »Ich wollte dir nie weh tun, Bunny. Ich liebe dich! Du bist für mich das Allerwichtigste im Leben!«

Milena zog ihre Tochter in ihre Arme.

Fanny weinte.

Jasmin trat einen Schritt zurück und wandte sich ab. Leise verließ sie das Haus. Sie hörte, wie Rainer Kälin etwas fragte. Sachte zog sie die Tür hinter sich zu. Kurz blieb sie stehen, dann ging sie zum Auto. Aus dem Handschuhfach holte sie eine der Visitenkarten, die Bernie dort aufbewahrte.

»Bernie freut sich, dich kennenzulernen«, kritzelte sie auf die Rückseite.

Sie warf die Nachricht in den Briefkasten.

31

News-Ticker

Verwahrter Sexualstraftäter im Hafturlaub rückfällig

Zürich – Ein 46jähriger verwahrter Sexualstraftäter hat während seines Hafturlaubs im Kanton Zürich versucht, eine junge Frau sexuell zu nötigen. Er war in die Damentoilette eines Seerestaurants eingedrungen.

Der Häftling befindet sich im geschlossenen Vollzug. 1992 war er vom Bezirksgericht Zürich wegen Vergewaltigung zu einer Freiheitsstrafe von zehn Jahren verurteilt worden. Ein Jahr später hatte das Obergericht eine Verwahrung ausgesprochen. Obwohl er als gemeingefährlich gilt, hat ihm das Amt für Justizvollzug Urlaub gewährt. Der Zürcher Justizdirektor lässt nun abklären, ob beim Entscheid Fehler passiert sind. Bereits vor ein paar Monaten hatte ein Verwahrter während eines Urlaubs in einem Internetcafé Kinderpornographie konsumiert.

Für das Opfer hätte es der schönste Tag des Lebens werden sollen. Die 27-Jährige feierte am Greifensee ihre Hochzeit. Als sie im Untergeschoss des Restaurants die Damentoilette aufsuchte, stand plötzlich der verurteilte Sexualstraftäter vor ihr. Dass die Braut mit dem Schrecken davon kam, hat sie der Zivilcourage einer jungen Frau zu verdanken, die zufällig anwesend war und ihr zu Hilfe eilte.

Der Vorfall lässt die Forderung nach einem härteren Regime für Verwahrte wieder laut werden. Nach Ansicht einer SVP-Nationalrätin sollen alle Verwahrten ihr Leben lang eingesperrt bleiben. Somit müsste man ihre Gefährlichkeit nicht mehr periodisch überprüfen, wie dies das Gesetz heute verlangt. Frei käme keiner, wodurch sich auch Urlaube als erster Schritt in Richtung Freiheit erübrigten.

Kommentare

Hans Krähenbühl am 15.07. 18:53
Und wieder wurde ein Mensch Opfer der Kuscheljustiz!
Sonja Hotz am 15.07. 18:57

Wieso hat so einer überhaupt Urlaub? In einem Schweizer Gefängnis lebt es sich doch wie in einem Hotel!

Charles Keller am 15.07. 19:08
Schon mal was von Menschenrechten gehört?

Thomas Kralic am 15.07. 19:10
Für den Täter hat man Verständnis, um die Opfer kümmert man sich, wenn es zu spät ist. Was sind das nur für Idioten, die solche Entscheide treffen? Man sollte sie einsperren!

Silvan Hensel am 15.07. 19:11
Und die Todesstrafe wieder einführen!

Miguel Navarro am 15.07. 19:14
Das hat schon Britney Spears gefordert. Zitat: »Ich bin für die Todesstrafe. Wer schreckliche Dinge getan hat, muss eine angemessene Strafe bekommen. So lernt er seine Lektion für das nächste Mal.« !!!

Albi Frei am 15.07. 19:16
Ein tragischer Einzelfall bedeutet nicht, dass unser Rechtssystem auf allen Ebenen versagt. Von den Tätern, die dank der Resozialisierung in die Gesellschaft eingegliedert wurden, spricht nie jemand.

Jakob Reichlin am 15.07. 19:51
Richtig – und die Freilassung und die Freiheit müssen vorbereitet werden – Schritt um Schritt, auch mit Freigängen. Bei den allermeisten funktioniert das – aber auch hier gibt es keine hundertprozentige Sicherheit.

Irene Pfändler am 15.07. 20:01
Warum entscheidet man dann »im Zweifelsfall für den Angeklagten«? Wie wäre es mit »im Zweifelsfall für die Gesellschaft«?

Heinz Wernli am 15.07. 20:03
Ich stelle mir auch die Frage, wie das passieren konnte. Aber wenn man die Kommentare hier liest, könnten wir die gesamte Gesetzgebung und Rechtsprechung genauso gut abschaffen und das vom Rachegedanken getriebene Faustrecht einführen.

32

Pal rieb seine Handflächen gegeneinander, um sie zu wärmen. Der Novemberwind hatte aufgefrischt und fegte über den breiten Mittelweg, der vom Hauptportal des Friedhofs Nordheim zur Kapelle führte. Am Käferberg hoben sich die kahlen Äste der Bäume vom grauen Himmel ab. Eine Krähe setzte sich auf ein frisches Grab und schob den Schnabel ins Gefieder, unbeeindruckt von der Trauergesellschaft, die sich nebenan versammelt hatte.

Jakob Reichlin war nur wenige Wochen im Spital gewesen. Sein Wunsch, die letzten Monate seines Lebens im Engadin zu verbringen, war in Erfüllung gegangen. Erst Anfang Oktober hatte sich sein Gesundheitszustand so stark verschlechtert, dass er nach Zürich zurückkehren musste. Pal hatte ihn nach seiner Einlieferung besucht. Gerne hätte er ihm gute Nachrichten überbracht. Doch er hatte keine gehabt.

Eric Lauppers Antrag auf einen begleiteten Urlaub an Livia Merz' Geburtstag im Dezember war abgelehnt worden. Als Grund gab das Amt für Justizvollzug seinen Verstoß gegen die Urlaubsregeln an. Laupper hatte den Entscheid akzeptiert, genauso wie er die Disziplinarmaßnahme angenommen hatte. Die zehn Tage Arrest hatte er kommentarlos abgesessen. Livia Merz besuchte ihn seither wieder regelmäßig während der erlaubten vier Stunden pro Monat im Besucherraum. Pal fragte sich, worüber sie sprachen. Die Zukunft war kein Thema mehr. Ein neues Aktengutachten hatte Lauppers Gemeingefährlichkeit bestätigt und festgehalten, es bestehe eine deutliche strukturelle Rückfallgefahr. Laupper wurden eine delinquenzfördernde Weltanschauung und eine tiefe Frustrationstoleranz attestiert. Weiter eine verminderte Reflexionsfähigkeit, geringe emotionale Reagibilität sowie Defizite in der Sozialkompetenz. Die Fachkommission hatte die negative Einschätzung des Gutachters geteilt.

Auf eine Anzeige gegen Jasmin hatte Laupper verzichtet. Pal hatte keine Erklärung dafür. Von seiner Beziehung zu ihr wusste Laupper nichts. Vielleicht war es seine Art, sich für das Debakel zu entschuldigen. Gegenüber der Polizei hatte Laupper ausgesagt, er habe seine Tochter nur fragen wollen, ob sie seine Nachrichten erhalten habe. Über den Inhalt der Briefe schwieg er sich aus. In seiner Akte stand, er habe in den vergangenen Monaten mehrmals den Seelsorger der Pöschwies aufgesucht.

Pal schob die Hände in die Taschen seiner Jacke. Sein Blick glitt über die Trauergäste. Viele Anwälte waren gekommen, um sich vom Kollegen zu verabschieden. Betroffenheit und Bedauern standen ihnen ins Gesicht geschrieben. Jakob Reichlin war ein unbequemer Strafverteidiger gewesen, doch als Mensch wurde er geschätzt. Obwohl Pal keine enge Beziehung zu ihm gepflegt hatte, glaubte er, ihn im letzten halben Jahr besser kennengelernt zu haben. Reichlin hatte keine Mühe gescheut, seinen Klienten zu ihrem Recht zu verhelfen. Er hatte sich auch engagiert, wenn ihre Lage scheinbar aussichtslos war, und sei es nur, damit sie wussten, es war noch jemand für sie da. Dafür bewunderte Pal ihn. Der Kollege war nicht nur ein mitfühlender Mensch gewesen, er war auch ein scharfer Denker.

Pal hatte den Sommer über viele Stunden in der Bibliothek des rechtswissenschaftlichen Instituts verbracht. Er hatte mehr über die Hintergründe des Strafvollzugsrechts erfahren wollen und sich oft ganze Tage in Standardwerke und Fachzeitschriften vertieft. Mehrmals war er auf den Namen Jakob Reichlin gestoßen, vor allem im Zusammenhang mit dem revidierten, 2007 in Kraft gesetzten Sanktionenrecht, das Diskussionen auslöste. Viele bezeichneten das neue Strafrecht als zu mild. Sie bemängelten die Abschaffung kurzer Freiheitsstrafen und die Einführung von Geldstrafen. Im Parlament hagelte es Vorstöße, die Gegensteuer geben sollten. Als Begründung hieß es, sowohl die Kriminalität als auch die Rückfallquote steige, weil Strafen heute keine abschreckende Wirkung mehr hätten. Reichlin war anderer Meinung gewesen. In seinen Artikeln zeigte er auf, dass die Rückfallquoten seit 30 Jahren stetig abnahmen, unabhängig vom Delikt. Auch die Kriminalität hatte nicht zugenommen, im Gegenteil. Wohl aber die Lust auf mehr Strafen. Für Politiker lohnte es sich, härtere Strafen zu fordern. Dadurch profilierten sie sich als Kämpfer für das Gute. Reichlin erklärte, dass höhere Strafen nur zu vermehrten Kosten, überfüllten Gefängnissen und höheren Rückfallquoten führten. Die Schweizer Justiz funktioniere gut, schrieb er. Für Revisionen gebe es keinen Anlass.

Pal teilte seine Meinung. Im internationalen Vergleich bewegte sich die Kriminalität in der Schweiz im unteren Bereich. Wer das Schweizer Recht als täterfreundlich bezeichnete, blendete diese Tatsache aus. Pal wusste, dass die Debatte nicht von Logik, sondern von Emotionen geprägt war. Obwohl der Vergeltungs- und Sühnegedanke seit den Siebzigerjahren des letzten Jahrhunderts in den Hintergrund getreten war, bestimmte er immer noch das Denken vieler. Die Bevölkerung sah nicht die Wiedereingliederung in die Gesellschaft als Ziel einer Sanktion. Die Strafe war ein Mittel, dem Täter Leid zuzufügen. Das hatte teilweise groteske Folgen. Die Forderungen waren oft nicht mehr vereinbar mit dem Gesetz.

Ein Urteil des Verwaltungsgerichts hatte Pal das Dilemma deutlich vor Augen geführt. Ein Verwahrter, der das AHV-Alter erreicht hatte, wollte von der Arbeitspflicht befreit werden und in den Ruhestand treten. Die Richter sagten Nein. Als Grund führten sie an, die Arbeit strukturiere den Alltag im Gefängnis und fördere die Fähigkeit, straffrei zu leben. Besonders sauer stieß Pal die Bemerkung auf, auch bei Verwahrten gelte das Vollzugsziel der Resozialisierung. Dies stand in krassem Widerspruch zur Praxis und zeigte, dass der Umgang mit Verwahrten alles andere als klar war. Sollten sie irgendwann wieder in die Gesellschaft eingegliedert werden? Oder zum Schutz der Bevölkerung weggesperrt bleiben?

Dass die Behörden hin- und hergerissen waren, zeigte auch Pals neuster Fall. Laurent Hory saß seit 28 Jahren im Gefängnis. 2008 wurde seine Verwahrung zugunsten einer stationären Maßnahme aufgehoben. Als ein Platz frei wurde, kam er in die Forensisch-Psychiatrische Abteilung der Pöschwies. Mehrmals pro Woche hatte er sich in Einzeltherapiesitzungen mit seiner Vergangenheit und seiner Persönlichkeit auseinandergesetzt. Zudem hatte er an einer deliktorientierten Gruppentherapie teilgenommen. In seinem Therapiebericht hatte sein Psychiater festgehalten, Hory sei zuverlässig, pünktlich und halte sich an Abmachungen. Er zeige großes Interesse für seine Mitinsassen, engagiere sich für die Kollegen und wirke kompetent. Emotional sei er meist ausgeglichen, im Umgang mit anderen kontrolliert und rational. Seine Sozialkompetenz wurde als hoch eingestuft, offene Konflikte mit ihm gebe es kaum. Er strukturiere seine Freizeit sinnvoll und habe sich während Jahren weitergebildet. Defizite und Ressourcen betrachte er differenziert, zwischen den therapeutischen Sitzungen befasse er sich weiter mit den besprochenen Themen. Das Fazit des Therapeuten: Die intensive Behandlung sei erfolgreich abgeschlossen.

Dennoch konnte Hory nicht mit Vollzugslockerungen rechnen. Denn sein Verhalten wurde als »auffällig unauffällig« eingestuft. Es hieß, Hory habe die Fähigkeit, sich so zu benehmen, wie es sein Gegenüber von ihm erwarte. Seine Therapiefortschritte wurden als reine Anpassungsleistung bewertet.

Auch Laurent Horys Antrag auf begleitete therapeutische Ausgänge war vom Amt für Justizvollzug abgelehnt worden. Als Begründung wurde genannt, er zeige keine ausreichenden Auffälligkeiten auf Störungsniveau. Therapeutische Ausgänge waren dazu da, Sozialkompetenz zu üben. Das hatte Hory nicht nötig. Da er französischer Staatsbürger war, durfte er jedoch auch keine normalen Ausgänge absolvieren. Die Justizvollzugsanstalt Pöschwies gewährte kaum je Lockerungen für illegale Ausländer. Während des Lesens hatte Pal immer wieder an Eric Laupper und seine Behauptung, eine Therapie würde an seiner Situation nichts ändern, denken müssen. Pal hatte immer mehr Verständnis für seine Einstellung.

Einmal verwahrt, immer verwahrt.

Der Pfarrer kam zum Schluss seiner Grabrede. Vereinzelte Schluchzer waren zu hören. Jakob Reichlins Tochter trat vor und erzählte eine Anekdote aus ihrer Kindheit. Erde rieselte auf den Sarg. Pal fröstelte. Zusammen mit Lisa Stocker, die im Namen der Kanzlei einen Kranz besorgt hatte, ging er am Grab vorbei. Jakob Reichlins Frau bedankte sich bei den Gästen für die Anteilnahme. Als Pal ihr die Hand reichte und sein Beileid aussprach, hielt sie sie fest.

»Danke, dass du Jakobs Arbeit weiterführst«, sagte sie leise. »Es war ihm sehr wichtig. Es hat ihm geholfen loszulassen. Er hat es dir vielleicht nie ausdrücklich gesagt, aber er schätzte dich sehr. Als Anwalt und als Mensch.«

Pal nickte berührt. »Jakobs Meinung bedeutet mir viel.«

Er trat vom Grab zurück und verabschiedete sich. Er genoss das prickelnde Gefühl der kalten Luft in seinen Lungen. Es lenkte ihn von der Unsicherheit ab, die ihn plötzlich befiel. War Jakob Reichlins Vertrauen in ihn gerechtfertigt? Hatte er wirklich die Ausdauer und die Kraft, um über Jahre hinweg Klienten zu betreuen, für die er kaum etwas erreichen konnte?

Darüber würde er sich zu einem anderen Zeitpunkt Gedanken machen. Dieses Wochenende wollte er ganz für Jasmin da sein. Bei der Vorstellung begann er trotz der Jahreszeit zu schwitzen. Sie hatte die letzten Monate in einer Klinik verbracht. Obwohl die Nachfrage nach Plätzen auf der psychiatrischen Spezialstation für Traumafolgestörungen groß war, war sie kurz nach ihrer freiwilligen Anmeldung im Juli aufgenommen worden. Zu Beginn hatte sie niemanden sehen wollen. Sie brauche Zeit und Abstand, hatte sie erklärt. Sie entschloss sich zu einer intensiven Einzeltherapie und nahm an Gruppentreffen für Opfer von Gewalttaten teil.

Nach und nach war es ihr gelungen, ihr Gleichgewicht wieder zu erlangen. Pal machte sich nichts vor. Jasmin war nicht geheilt. Vielleicht wäre sie es nie. Doch sie hatte eingesehen, dass sie Hilfe brauchte und sich bemüht, diese zu erhalten. Eine riesige Last war von ihm abgefallen. Während ihres Klinikaufenthalts hatte er sich mit der Frage auseinandergesetzt, ob er sich trotz der Schwierigkeiten, die ein Leben mit ihr brächte, eine gemeinsame Zukunft vorstellen könne. Ja, hatte er entschieden. Er liebte Jasmin genug, um die Anstrengungen in Kauf zu nehmen. Vorausgesetzt, sie akzeptierte seine Werte. Er brauchte eine Partnerin, der er von seiner Arbeit erzählen konnte. Er erwartete nicht, dass Jasmin seine Ansichten teilte. Es genügte, wenn sie sie gelten ließ.

Dass es nicht einfach würde, hatte ihre Reaktion auf Karl-Heinz Rathgebs Versetzung in den offenen Vollzug gezeigt. Man hatte ihm nicht nachweisen können, dass er Jasmin einzuschüchtern versucht hatte. Seine Mitinsassen gaben an, nichts gehört oder gesehen zu haben. Die Seite aus dem Reisekatalog war verschwunden, und ohne Beweise war es nicht möglich, gegen Rathgeb vorzugehen. Als Jasmin erfahren hatte, dass der erste Schritt in Richtung Entlassung eingeleitet worden war, hatte sie sich nachts während eines Alptraums einen Zahn ausgebissen.

Über Milena Herzog hatten sie noch nicht gesprochen. Pal vermutete, dass Jasmin ihm die Strafanzeige nicht verziehen hatte. Obwohl Milena Herzog bei der Justizdirektion gekündigt hatte, lief die Untersuchung gegen sie weiter. Die Ereignisse hatten in den Medien eine Debatte über die Sicherheit von Behördenmitgliedern ausgelöst. Dabei blendeten viele Berichte aus, dass keine Gefahr für Milena und Fanny Herzog bestanden hatte. Dass es sich beim angeblichen Opfer um Eric Lauppers Tochter handelte, war ebenfalls nirgends zu lesen. Genauso wenig interessierten sich die Medien für sein Motiv. Jasmin als Heldin darzustellen, war verkaufsträchtiger.

Trotzdem fand Pal es wichtig, dass über den Umgang mit Drohungen diskutiert wurde. Glaubten Verwaltungsangestellte oder Mitglieder der Justiz, in Gefahr zu sein, wären sie nicht mehr in der Lage, ihre Arbeit sachlich anzugehen. Wozu das führte, zeigte der Fall deutlich. Pal schüttelte den Kopf.

Hatte Matthias Herzog auch nur einen Moment an die Konsequenzen seiner Handlungen gedacht? Nicht nur für seine Familie, sondern auch für die Insassen, auf die der Verdacht gefallen war? Pal beneidete Milena Herzog nicht. Trotz der Geschehnisse blieb ihr Ex-Mann Teil ihres Lebens. Fanny zuliebe würde sie ihre Gefühle zurückstellen und nach einem gemeinsamen Weg suchen.

Pal war beim Ausgang des Friedhofs angekommen. Er warf einen Blick zurück. Eine alte Frau legte Blumen auf ein Grab. Sie wirkte müde, als sehnte sie sich danach, das Leben mit all seinen Anstrengungen hinter sich zu lassen. Pal sah weg. Er versuchte, die Unsicherheit abzuschütteln, die Reichlins Erwartungen und Jasmins bevorstehende Entlassung in ihm auslösten. Doch nicht einmal das tiefe Wummern seines Superbikes vermochte ihn zu beruhigen. Die Fahrt zur Klinik ging viel zu schnell vorbei.

Jasmin stand am Eingang, eine Sporttasche zu ihren Füssen. Die Haare hatte sie zu einem Pferdeschwanz zusammengebunden, was sie jünger aussehen ließ. Vielleicht lag es auch an ihrem Gesicht. Ihre Wangen waren voller, die Furchen, die die Angst gezeichnet hatten, fast weg. Nur ihre Augen ließen erahnen, was sie durchgemacht hatte. In ihrem Blick lag Argwohn, als gelte es genau abzuwägen, wem sie vertrauen durfte. Gleichzeitig strahlte sie aber auch eine Ruhe aus, die neu war. Erleichterung durchflutete Pal. Erst jetzt merkte er, dass er sich gegen ihre Nervosität gewappnet hatte. Er begann, sich zu entspannen. Als er ihr gegenüber stand, kam Freude in ihm auf.

Sie lächelte.

»Hey, çika«, ahmte er seinen Bruder nach.

»Was sind das denn für neue Sitten?«, fragte sie. »Bekomme ich keine anständige Begrüssung?«

Er grinste und zog sie in seine Arme. Eine Weile standen sie schweigend beisammen. Es fühlte sich gut an. Durch die dicke Jacke spürte er schwach ihren Herzschlag. Eine Strähne hatte sich aus ihrem Haargummi gelöst und kitzelte ihn am Kinn. Er widerstand dem Impuls, sich zu kratzen.

Zwei Angestellte traten durch die Schiebetür und zündeten eine Zigarette an. Der Rauch bildete kleine Wirbel, die sich unter dem Vordach auflösten. Sie beachteten Jasmin und Pal nicht. Seltsamerweise war es diese Tatsache, die ihn zuversichtlich stimmte. Er hatte befürchtet, die Distanz zwischen Jasmin und ihm sei so gross, dass sie sogar für Außenstehende sichtbar wäre. Er seufzte leise. Jasmin trat einen Schritt zurück, so dass sie ihm in die Augen schauen konnte.

»Ich bin so weit«, sagte sie.

33

Das Mädchen zog seine Mütze gerade. Immer verrutschte sie. Außerdem kratzte die Wolle unangenehm. Kein Wunder, konnte es nicht Ski fahren. Wie sollte man sich auf die doofen Stemmbogen konzentrieren, wenn der Kopf dauernd juckte? Schon hundertmal hatte es der Mutter gesagt, es fühle sich in den alten Sachen der Schwester nicht wohl. Aber nein, es musste weiterhin in der hellblauen Jacke und der weißen Wollmütze auf die Piste. Wenn es wenigstens Snowboardunterricht nehmen dürfte, wie die coolen Jungs. Das aber wollte der Vater nicht. Zuerst lerne man anständig Ski fahren, hatte er gemeint.

»Alles in Ordnung?«, fragte der Skilehrer.

»Der rechte Ski dreht sich immer ab!«, klagte das Mädchen.

»Versuch, dein Gewicht auf den Talski zu verlagern.«

Das Mädchen befolgte den Rat. Es nützte nichts. Den Tränen nahe, biss es sich auf die Unterlippe. Die anderen warteten schon beim Skilift. Immer war es das Schlusslicht.

»Komm, lass uns zusammen runterfahren«, sagte der Skilehrer. »Dann bekommst du ein Gespür dafür.«

Er nahm das Mädchen zwischen die Beine, so, wie es der Vater getan hatte, als es klein gewesen war. Doch es war nicht mehr klein. Deshalb legte ihm der Skilehrer einen Arm um die Brust. Der Vater hatte es an den Seiten festgehalten, dafür war es jetzt aber zu schwer.

»Bereit?«, fragte der Skilehrer.

»Nicht zu schnell!«

»Lass dich einfach mitreißen.«

Er ging in die Knie und drehte sich talwärts. Das Mädchen hielt die Luft an, als sie losfuhren. Der Schnee knirschte unter seinen Skis, über sich hörte es die schnellen Atemzüge des Skilehrers. Als sie an einer eisigen Fläche vorbeikamen, erklang ein schabendes Geräusch. Ein Snowboardfahrer bretterte an ihnen vorbei. Sie wurden schneller. Das Mädchen spürte den Wind im Gesicht, die Kälte prickelte auf der Haut. Sie fuhren auf eine bucklige Stelle zu, und es klammerte sich an den Arm des Skilehrers. Seine Skis wurden in die Höhe geschleudert, dann verschwand es mit dem Lehrer in einer Mulde. Die Wollmütze verrutschte und bedeckte seine Augen. So schnell war es noch nie gefahren. Es kam kaum dazu, Luft zu holen. Ohne den Skilehrer wäre es längst gestürzt. So aber war es fast, als flöge es davon.

Viel zu rasch kamen sie bei der Talstation an. Der Skilehrer bremste ab, und das Mädchen schob sich die Mütze aus dem Gesicht, berauscht vom Adrenalin, das ihm durch den Körper strömte. Rundherum glitzerte der aufgewirbelte Schnee in der Sonne. Aus einem Lautsprecher erklang Musik. So machte das Skifahren Spaß! Der Skilehrer beugte sich vor.

»War das nicht toll?«, flüsterte er ihm ins Ohr.

Das Mädchen nickte begeistert.

Der Skilehrer erteilte der Gruppe Anweisungen. Er reihte sich mit dem Mädchen in die Menge ein, die vor dem Sessellift wartete. Erst als alle in der Gruppe einen Platz ergattert hatten, legte der Skilehrer dem Mädchen die Hand auf den Rücken und schob es nach vorne. Sie stellten sich nebeneinander. Das Mädchen spürte die Kante des Sessels hinter sich und ließ sich fallen. Der Skilehrer zog den Bügel herunter. Das Mädchen versuchte, die Skis auf die Metallstütze zu stellen, aber der linke Fuß verdrehte sich. Der Skilehrer beugte sich hinüber und griff nach dem Bein, um den Ski auszurichten. Als er sich wieder gerade hinsetzte, ließ er die Hand auf dem Oberschenkel des Mädchens liegen.

»Bist du mit deinen Eltern hier?«, fragte er.

»Ja, und mit meiner Schwester. Aber sie geht nicht in die Skischule, sie fährt mit meinen Eltern.«

»Wie alt ist sie?«

»Dreizehn.«

»Und du?«

»Zehn. Gestern hatte ich Geburtstag.«

»Gratuliere! Hast du gefeiert?«

»Wir gingen Pizza essen.«

»Magst du Pizza?«

»Es ist mein absolutes Lieblingsessen!«

Der Skilehrer lächelte. »Meines auch! Was magst du sonst noch?«

Das Mädchen zählte auf, was es gerne aß, welche Musik es hörte und was es am liebsten unternahm. Der Skilehrer hörte aufmerksam zu. Er lachte nicht, als es gestand, wie toll es Superstar Luca Hänni fand. Seine Eltern nahmen seine Gefühle nie ernst. Sie bezeichneten sie als Schwärmerei. Überhaupt mögen sie mich nicht, dachte das Mädchen, die Schwester ist ihnen viel lieber. Sie kann einfach alles. Der Vater erzählte jedem, wie toll sie war. Das Mädchen konnte es schon gar nicht mehr hören.

Der Skilehrer war anders. Er interessierte sich für das Mädchen, das merkte es an der Art, wie er den Kopf hielt. Leicht zur Seite geneigt, als könne er sich so besser konzentrieren. Ab und zu nickte er oder stellte eine Frage. Es war ihm wichtig, dass er alles verstand. Er ließ sich auch nicht ablenken wie der Vater. Als unter ihnen ein Skifahrer stürzte, schaute er nicht einmal hin.

»Wohnen Sie auch im Hotel?«, fragte das Mädchen.

Der Skilehrer schüttelte den Kopf. »Ich habe hier ein Zimmer. Aber nur im Winter. Wenn du möchtest, kann ich es dir zeigen.«

»Oh ja!«

»Aber du darfst niemandem davon erzählen.« Plötzlich sah er traurig aus. »Wenn man herausfindet, dass ich eine Schülerin bevorzuge, könnte ich meine Stelle verlieren.«

Das Mädchen versprach zu schweigen.

»Danke«, sagte der Skilehrer. »Ich arbeite seit Jahren jeden Winter hier. Ich brauche das Geld.«

»Was machen Sie im Sommer? Dann sind Sie nicht Skilehrer, oder?«

»Nein«, antwortete er. »Im Sommer bin ich als Bademeister angestellt. In Urdorf.«

Petra Ivanov

Petra Ivanov wurde 1967 in Zürich geboren. Sie verbrachte ihre Kindheit in den USA, wo sie dank Mark Twain, Louisa May Alcott und Julie Campbell die Freude am Lesen und Schreiben entdeckte. Nach dem Studium an der Dolmetscherschule Zürich arbeitete sie vorerst als freie Übersetzerin und Sprachlehrerin, später als Journalistin auf verschiedenen Redaktionen. Auf Deutsch zu schreiben begann sie während ihrer Tätigkeit bei HEKS, dem Hilfswerk der Evangelischen Kirchen Schweiz. Als Redakteurin gehörte es zu ihren Aufgaben, über Projekte im In- und Ausland sowie über verschiedene Kampagnen zu informieren. Sie stellte fest, dass sie mit Geschichten Menschen auf andere Art und Weise erreichen konnte als durch journalistische Beiträge. Kurzerhand verpackte sie die Themen, die ihr am Herzen lagen, in Spannungsromane.
2005 veröffentlichte sie ihren ersten Kriminalroman *Fremde Hände,* der Beginn einer Reihe mit dem Ermittler-Duo Regina Flint und Bruno Cavalli. 2011 startete sie mit Tatverdacht eine neue Reihe mit der privaten Ermittlerin Jasmin Meyer und dem Anwalt Pal Palushi. Ihre Kurzgeschichten erschienen in Zeitungen, Zeitschriften und Anthologien, in Buchform seit 2007 zudem mehrere Bände von Regio-Krimis. *Reset* (2009) war das erste von mehreren Jugendbüchern, Spannungsromane für Jugendliche ab 12 Jahren.

Bibliografie

Romane mit dem Ermittlerduo Flint/Cavalli: *Fremde Hände* (2005); *Tote Träume* (2006); *Kalte Schüsse* (2007); *Stille Lügen* (2008); *Tiefe Narben* (2010); *Leere Gräber* (2012); *Hangar B* (2015) und *Heisse Eisen* (2015).
Romane mit dem Ermittlerduo Jasmin Meyer/Pal Palushi: *Tatverdacht* (2011) und *Hafturlaub* (2014).
Regionalkrimis: *Angst, Haas und Glockenschlag* (2008); *Angst, Haas und Seitensprung* (2009) und *Angst, Haas und Wellness* (2010).
Jugendbücher: *Reset* (2009); *Escape* (2010); *Delete* (2011); *Control* (2012) und *Geballte Wut* (2014).

Petra Ivanov hat zudem mehrere Kurzgeschichten in Zeitschriften und Anthologien veröffentlicht.

Ausführliche Informationen auf Petra Ivanovs Homepage:
www.petraivanov.ch

Fremde Hände

In der Kehrichtverbrennungsanlage Zürich Nord wird die Leiche einer jungen Frau gefunden. Bezirksanwältin Regina Flint und Kriminalpolizist Bruno Cavalli kommen im Zürcher Rotlichtmilieu Frauenhändlern auf die Spur. Je verworrener die Spuren, desto klarer das Motiv: Geld. Bis ein zweiter Mord geschieht, der viel mit dem Fall, aber gar nichts mit Geld zu tun hat.

Tote Träume

Nach einem Brand in einer Zürcher Asylunterkunft wird der Sudanese Thok Lado tot aufgefunden. Erste Untersuchungen ergeben, dass der junge Mann bereits vor dem Ausbruch des Feuers nicht mehr am Leben war. Während Kriminalpolizist Bruno Cavalli glaubt, den Täter über das Opfer ermitteln zu können, verlangt Bezirksanwältin Regina Flint, da anzusetzen, wo die ersten Spuren hinführten: zum Pfarrhaus. Dort gehen einige als Ausländerhasser bekannte Jugendliche ein und aus.

Kalte Schüsse

Kurz nach Weihnachten wird eine Kickboxerin in ihrem Badezimmer tot aufgefunden, wenig später wird die Leiche einer älteren Frau entdeckt, beide mit einem Deformationsgeschoss getötet. Und doch suchen Staatsanwältin Regina Flint und Kriminalpolizist Bruno Cavalli zunächst vergeblich nach weiteren Gemeinsamkeiten zwischen den Mordfällen. Einzig Lukasch, ein ukrainischer Bekannter der Kickboxerin, zieht mit seinem Schweigen Verdacht auf sich.

Stille Lügen

Staatsanwältin Regina Flint und Kriminalpolizist Bruno Cavalli machen Urlaub im Südkaukasus. Das Ermittlerteam nutzt die Ferien, um nach Isabelle Jenny, Reginas ehemaliger Schulfreundin zu suchen. Diese arbeitete in Georgien als Entwicklungshelferin und verschwand von einem Tag auf den anderen. Einer ihrer Kollegen, der Buchhalter der Hilfsorganisation, stirbt kurz darauf. Selbstmord? Flint und Cavalli stoßen auf eine Mauer des Schweigens.

Mehr über Autorin und Werk auf *www.unionsverlag.com*

Tiefe Narben

Bauarbeiten fördern die Leiche einer Frau zutage. Die Rippen wurden mit einer Gartenschere durchtrennt, der Schädel mit einem spitzen Gegenstand aufgebrochen – dasselbe Muster wie beim »Metzger«. Aber der sitzt im Gefängnis. Ein Nachahmungstäter? Da verschwindet eine weitere Frau. Kriminalpolizist Bruno Cavalli kann nur noch Staatsanwältin Regina Flint vertrauen, denn der Täter scheint über Insiderwissen zu verfügen.

Leere Gräber

Im Zürichsee stößt ein Polizeitaucher auf eine Leiche. Staatsanwältin Regina Flint und Kriminalpolizist Bruno Cavalli stehen vor einem Rätsel. Niemand hat den Mann als vermisst gemeldet. Erst über Interpol gelingt es dem Ermittler-Duo, die Identität des Toten zu klären. Die Spur führt nach Südamerika in die Wirren der argentinischen Diktatur. Während Regina Flint nach Buenos Aires fliegt, fällt Bruno Cavalli in Zürich die schwerste Entscheidung seines Lebens.

Tatverdacht

Camp Casablanca in Kosovo: Ein Swisscoy-Soldat wird beschuldigt, eine Bardame vergewaltigt zu haben. Er bestreitet die Tat, doch die Spuren zeichnen ein anderes Bild. Jasmin Meyer und Pal Palushi versuchen beide auf ihre eigene Weise, Licht in die Sache zu bringen. Hat Fabian Zaugg etwas gesehen, das nicht für seine Augen bestimmt war? Oder schützt er einen Kameraden? Je tiefer Jasmin Meyer gräbt, desto undurchsichtiger wird die Geschichte.

Geballte Wut

Sebastians Leben ist eine einzige Abwärtsspirale. Seine Eltern sind von seinen schulischen Leistungen enttäuscht, Freunde hat er kaum. Einzig im Billardspielen ist Seb wirklich gut. Als er dabei Isabella kennenlernt, scheint sein Leben eine Wende zu nehmen. Doch es kommt anders als erwartet. Statt auf sicheren Boden, führt ihn diese Beziehung aufs Glatteis. Unfähig, sich aufzufangen, schlittert Seb geradewegs in eine Katastrophe.

Mehr über Autorin und Werk auf *www.unionsverlag.com*

Filmriss

Zürich, drei Tage vor Heiligabend. Die Zwillinge Lukas und Lorena werden aus ihrem Elternhaus am Zürichberg entführt. Verzweifelt wenden sich die Eltern an die Privatdetektivin Nora Tabani, die auf Hochtouren zu ermitteln beginnt. Warum lügt die Mutter? Was verschweigt das Kindermädchen? Und was hat der seltsame junge Mann mit der Erinnerungslücke mit dem Fall zu tun? Da geschieht in einem Kinosaal ein Mord. Die Lage spitzt sich zu.

Seelensplitter

Ein Firmenboss springt von einem Hochhaus in die Tiefe. Die Polizei geht von einem Unfall im Alkoholrausch aus, doch Privatdetektivin Nora Tabani entdeckt die wahre Todesursache: eine Überdosis der Giftpflanze Alraune, die das Gefühl vermittelt, fliegen zu können. Keiner der Mitarbeitenden trauert dem cholerischen Chef nach. Etliche haben ein Motiv. Nora Tabani stößt bei ihrer Suche nach dem Mörder auf seelische Abgründe.

Das Kainszeichen

Der »Kainszeichenmörder« Paul Berthold wird aus der geschlossenen Anstalt entlassen. Mitten in der Nacht lockt er seine Psychiaterin Carla Manser in eine alte Fabrik zu einer Leiche. Die Polizei nimmt Berthold und Carla Manser fest, denn sie kennt das Opfer. Auf der Fahrt ins Untersuchungsgefängnis gelingt es ihr, Detektivin Nora Tabani zu benachrichtigen. Sie soll ihre Unschuld beweisen.

Mehr über Autorin und Werk auf *www.unionsverlag.com*

Blutsfeind

Zwei Maskierte stürmen die Zurich Credit Bank. Privatdetektivin Nora Tabani, die in der Schalterhalle auf einen Auftraggeber wartet, wird als Geisel genommen. Zufall? Oder hat jemand Nora Tabani in eine Falle gelockt? Einer der Täter kennt sie. Doch warum hasst er sie so sehr? Der Plan der Täter geht schief, der erste Mord geschieht, die Lage eskaliert. Und Nora, in Gefangenschaft zur Untätigkeit verdammt, sieht sich mit den Schatten ihrer Vergangenheit konfrontiert.

Kleiner Mord zwischendurch

Rabenschwarze Kurzkrimis zum Gruseln, Schmunzeln und Verschlingen. Die Heldinnen und Helden sind voller starker Gefühle und zahlen jede Niedertracht zurück. Mit psychologischer Raffinesse lässt Mitra Devi ihre Protagonisten mit den Mordwaffen spielen – gnadenlos, angenehm unheimlich und mit einem Schuss gefährlicher Nonchalance.

Mehr über Autorin und Werk auf *www.unionsverlag.com*

Im Appenzeller Verlag erschienen

Petra Ivanov

Heisse Eisen

Roman

13 × 21 cm, 336 Seiten, geb., SFr. 39.80/€ 39.80

ISBN: 978-3-85882-723-4

Appenzeller Verlag, CH-9103 Schwellbrunn

Seit Jahren engagiert sich Kantonsrat Moritz Kienast pointiert für den Umweltschutz. Besonders am Herzen liegt ihm ein durchgehender Uferweg entlang des Zürichsees – auch wenn das für Villenbesitzer Enteignungen zur Folge hätte. Plötzlich verschwindet der engagierte Politiker. Als in einer Waldhütte am Albis eine verkohlte Leiche entdeckt wird, ist für Staatsanwältin Regina Flint sofort klar, dass es sich hier um ein aussergewöhnliches Verbrechen handelt.

Petra Ivanov baut wie gewohnt präzise recherchiert Spannung auf, von der ersten bis zur letzten Seite. Schonungslos zeigt sie auf, wie gedankenlos oder leichtfertig geäusserte Verwünschungen zu eigentlichen Gewaltexzessen führen können.

www.appenzellerverlag.ch